KB248023

고려거란전쟁

고려거란전쟁

구주대첩 (하)

ⓒ 길승수 2025

초판 1쇄   2025년 6월 27일

지은이   길승수

출판책임 박성규
편집주간 선우미정
기획이사 이지윤
편집 이동하·이수연·김혜민
디자인 조예진
마케팅 전병우
경영지원 나수정
제작관리 구법모
물류관리 엄철용

펴낸이 이정원
펴낸곳 도서출판 들녘
등록일자 1987년 12월 12일
등록번호 10-156
주소 경기도 파주시 회동길 198
전화 031-955-7374 (대표)
031-955-7381 (편집)
팩스 031-955-7393
이메일 dulnyouk@dulnyouk.co.kr

ISBN   979-11-5925-966-1 (04810)
979-11-5925-964-7 (세트)

고려 거란 전쟁

구 주 대 첩

길승수 지음

下

들녘

책을 읽기 전에

고려사, 고려사절요, 요사(遼史)를 기본사료로 취했다.

등장인물들은 대부분 실존 인물이고 사건들 역시 역사적 사실을 바탕으로 하고 있다.

시대 배경

고려 성종 시기(993년) 거란의 소손녕이 고려를 침공한다. 이때 그 유명한 서희가 활약하고 이 사건을 거란의 1차 침공이라고 한다.

그로부터 17년 후(1010년), 거란은 다시금 고려를 침공한다. 이것이 거란의 2차 침공이다. 거란 황제 야율융서가 총 40만의 대군을 이끌고 직접 고려로 와서 고려의 수도 개경까지 함락시킨다. 그러나 거란군은 회군하는 길에, 고려의 서북면도순검사 양규의 공격을 받아 패전과 다를 바 없는 피해를 입게 된다.

자존심에 큰 상처를 받은 야율융서는 고려를 다시 공격하여 완전히 멸망시키고자 했다. 이 소설은 거란의 2차 침공 후의 이야기를 다룬다.

고려 측 주요 인물

1. 왕순: 고려의 제8대 왕 현종. 강조의 정변으로 18세에 왕위에 올라 (1009년), 거란의 계속되는 침공과 내부적 위험을 극복하며 진정한 왕으로 성장해간다.
2. 강감찬: 눈에 띄지 않는 평범한 늙은 관료였으나 위기의 순간 빛을 발하기 시작하여 파격적인 전략으로 거란군을 상대한다.

3. 강민첨: 늦은 나이(43세)에 과거에 급제했으며, 거란의 2차 침공
   (1010년) 당시 애수진장(隘守鎭將, 문반 7품)으로 중하급 관료였다. 거
   란의 침공이 계속되자 군사적 능력을 발현하여 고려 최고의 장수
   가 된다.
4. 조원: 거란의 2차 침공 때 강민첨과 더불어 서경을 지켜내고, 그
   후 강감찬을 도와 거란군을 상대한다.
5. 김종현: 바람을 몰고 다닌다.

거란 측 주요 인물

1. 야율융서: 거란의 6대 황제. 총 40만 대군을 이끌고 고려를 침공하
   여 개경까지 함락시키지만, 회군길에 고려의 서북면도순검사 양
   규에 의해 패전과 다름없는 피해를 당한다. 이 실패를 만회하고자
   지속적으로 고려를 침공한다.
2. 소배압: 2차 침공 때(1010년) 거란 황제가 직접 고려로 왔지만, 거
   란군의 총지휘는 소배압이 했다. 그로부터 8년 후(1018년), 소배압
   은 총사령관이 되어 다시금 고려를 침공한다.
3. 야율세량: 거란의 2차 침공 때(1010년), 통주 근처 삼수채에서 고려
   와 거란의 주력군 간에 회전이 벌어진다. 그로부터 6년 후(1016년),
   야율세량이 이끄는 거란군은 곽주 서쪽에서 고려군과 다시 회전
   을 벌인다.
4. 소허열: 소배압의 조카. 거란의 4차(1015년), 5차(1017년), 6차
   (1018년) 고려 침공에 모두 관여한다.
5. 소합탁: 거란 황제 야율융서가 가장 총애한 신하.

일러두기

1. 재추(宰樞): 고려에서 재상급 고위 관료를 가리키는 용어다. 내사문하성*(內史門下省)의 종2품 이상 관료와 중추원**(中樞院)의 정3품 이상이다. 현대의 국무위원 정도에 해당하지만, 여러 직을 겸직하여 권한은 훨씬 막강했다.

2. 귀주대첩으로 익히 알려진 지명인 '귀주'는 '구주'로 표기한다.

3. 날짜는 모두 음력이다.

4. 본문에 나오는 각종 시와 노래들은 원문 그대로인 것도 있고 창작한 것도 있으며, 어떤 시나 민요의 내용을 차용한 것도 있다. 예를 들어, 본문에서 구주(평안북도 구성시) 여인이 전사한 남편을 생각하며 부르는 노래는, 민요 '망부가(경북 의성군)'와 '해당화 타령(전북 정읍)'의 내용을 합쳐 변형한 것이다.

5. 한 척은 약 30cm의 당대 척이고 한 근은 약 600g이다. 당시의 역법은 선명력(宣明曆)으로 선명력의 1분은 현대의 약 10초이다. 일각은 현대의 900초이다.

6. 관직명에서 약간의 의도한 오류가 있다. 예를 들어, 감찰하는 업무를 담당하는 관청인 어사대(御史臺)는 시기별로 명칭의 변화가 있으나 어사대(御史臺)로 통일했다.

---

* 내사문하성(內史門下省): 고려 초기의 행정관청으로 최고 의결기관에 해당하며 국가행정 전반과 언론을 담당했다. 후에 '중서문하성'으로 명칭이 바뀐다.

** 중추원(中樞院): 군사와 정보에 관한 일과 왕명 출납을 담당했다. 내사문하성과 더불어 양부(兩府)라고도 한다.

1010년 당시 고려의 군제도

1. 중앙군 6위(六衛)[*]

	6위 명칭	병종별 인원	총인원
전투 부대 전투 부대 전투 부대	좌우위(左右衛)	보승(保勝) 10령**[**](領) 정용***[***](精勇) 3령(領)	1만 3천 명
	신호위(神虎衛)	보승(保勝) 5령(領) 정용(精勇) 2령(領)	7천 명
	흥위위(興威衛)	보승(保勝) 7령(領) 정용(精勇) 5령(領)	1만 2천 명
치안 유지	금오위(金吾衛)	정용(精勇) 6령(領) 역령(役領) 1령(領)	7천 명
의장대	천우위(千牛衛)	상령(常領) 1령(領) 해령(海領) 1령(領)	2천 명
수문 부대	감문위(監門衛)	1령(領)	1천 명

2. 주진군(州鎭軍)

국경의 주·진에 주둔하며 방어를 담당했다. 이 소설에서는 구주군(龜州軍), 통주군(通州軍) 등이 등장한다.

3. 사역군(노동부대)

일품군(一品軍), 이품군(二品軍), 삼품군(三品軍).

---

[*] 각 위에는 최고 지휘관인 상장군(정3품) 1명과 대장군(종3품)이 1명 있었다.

[**] 1령(領)은 1천 명의 군사로 구성되어 있으며 장군(정4품)이 지휘한다.

[***] 정용과 보승에 대해서는 여러 설이 있다. 이 소설에서는 정용은 기병으로, 보승은 보병으로 설정했다.

1015년 이후 고려의 군제도

왕의 친위대인 '응양군*(鷹揚軍)'과 '용호군(龍虎軍)'을 창설하여 고려의 중앙군은 '2군 6위' 체제가 된다.

	2군 명칭	병종별 인원	총인원
친위 부대	응양군(鷹揚軍)	1령(領)	1천 명
친위 부대	용호군(龍虎軍)	2령(領)	2천 명

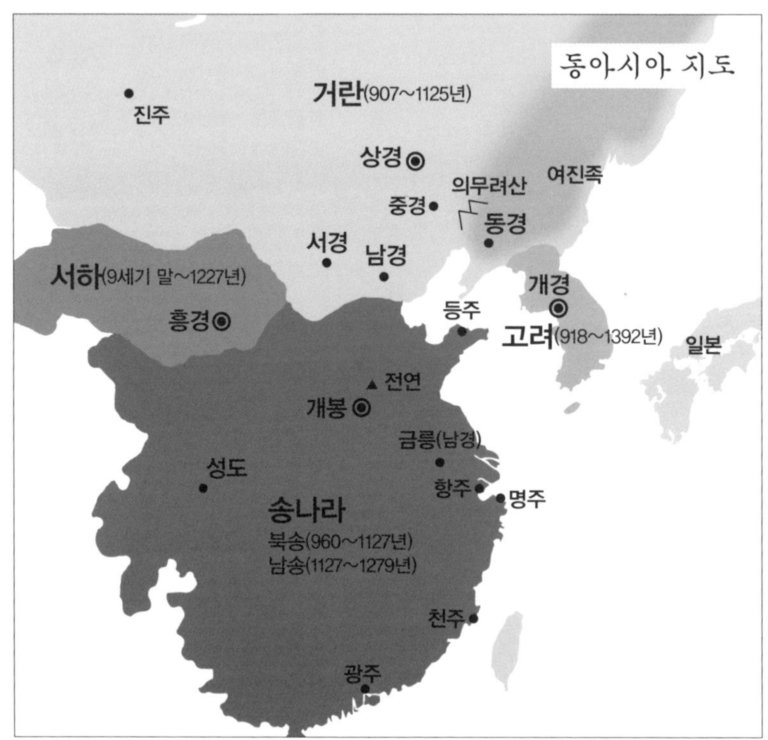

---

* 응양군과 용호군의 창설 시기에 대해서는 여러 설이 있다. 이 소설에서는 '김훈과 최질의 난(1015년)' 이후에 창설되었다는 설을 따른다.

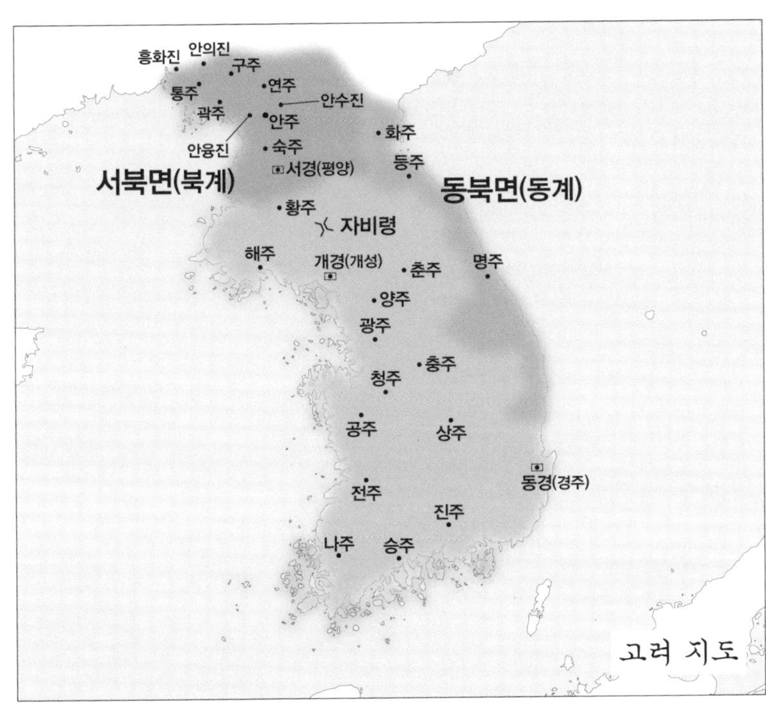

서북면과 동북면은 거란과 여진족 등을 막기 위한 특수군사행정구역으로 거란의 1차 침공 (993년) 후에 성종과 서희에 의해 설치되었다.

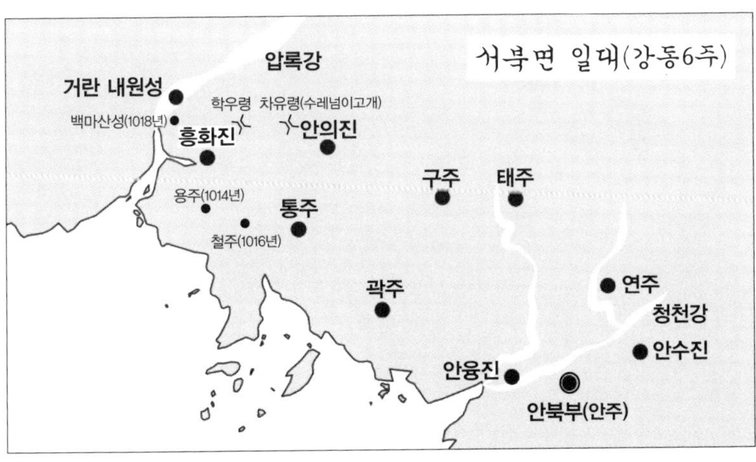

용주(1014년), 철주(1016년), 백마산성(1018년)은 거란의 2차 침공(1010년) 이후에 방어선을 강화하기 위해 설치되었다.

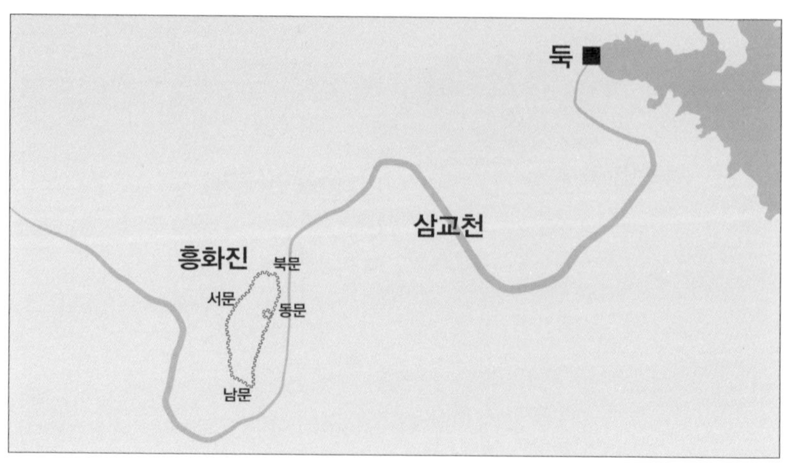

흥화진과 둑의 추정 위치

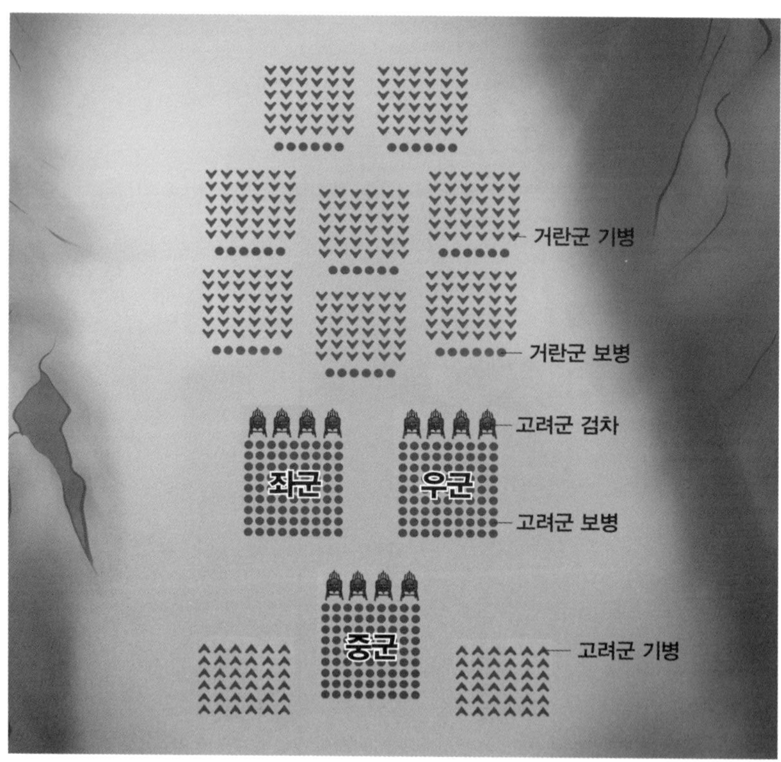

구주대첩(1019년) 진형도는 고려사 기록을 바탕으로 소설적 상상을 더 해 설정한 것이다.

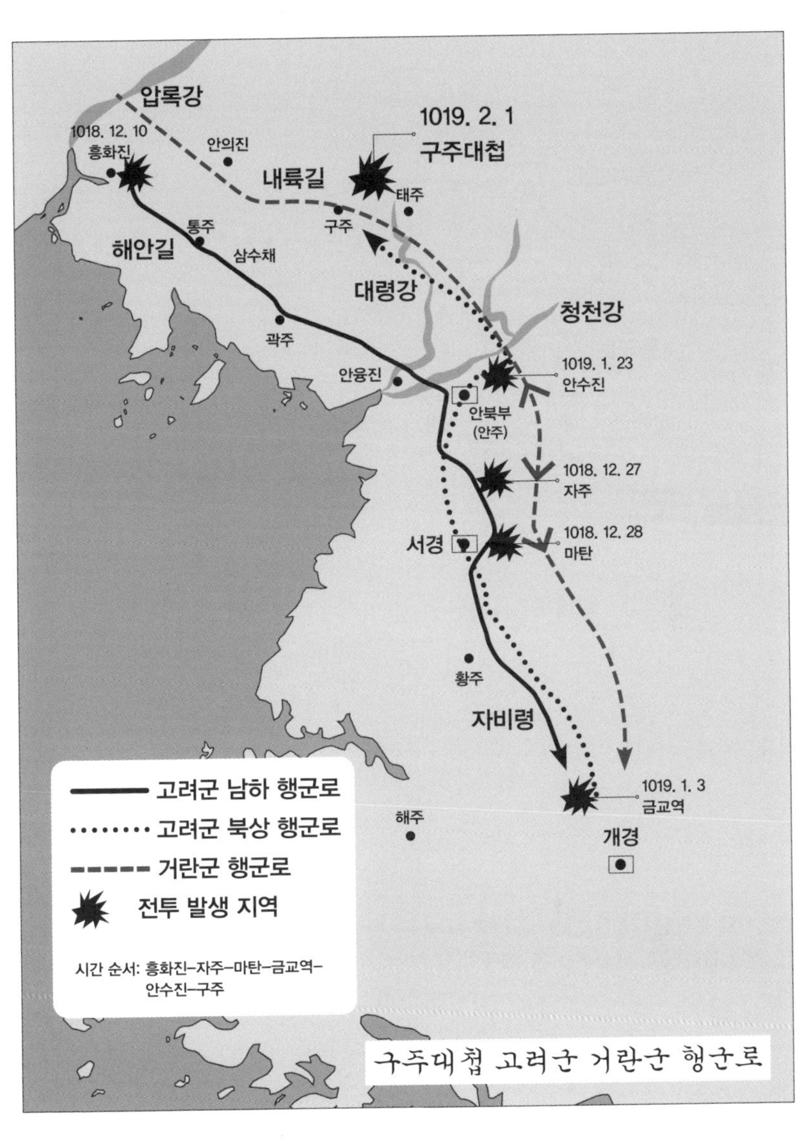

압록강
1018. 12. 10
흥화진
안의진
1019. 2. 1
구주대첩
태주
내륙길
통주
구주
해안길
삼수채
대령강
청천강
곽주
안융진
1019. 1. 23
안수진
안북부
(안주)
1018. 12. 27
자주
1018. 12. 28
서경
마탄
황주
자비령
1019. 1. 3
금교역
해주
개경
고려군 남하 행군로
고려군 북상 행군로
거란군 행군로
전투 발생 지역
시간 순서: 흥화진-자주-마탄-금교역-
안수진-구주
구주대첩 고려군 거란군 행군로

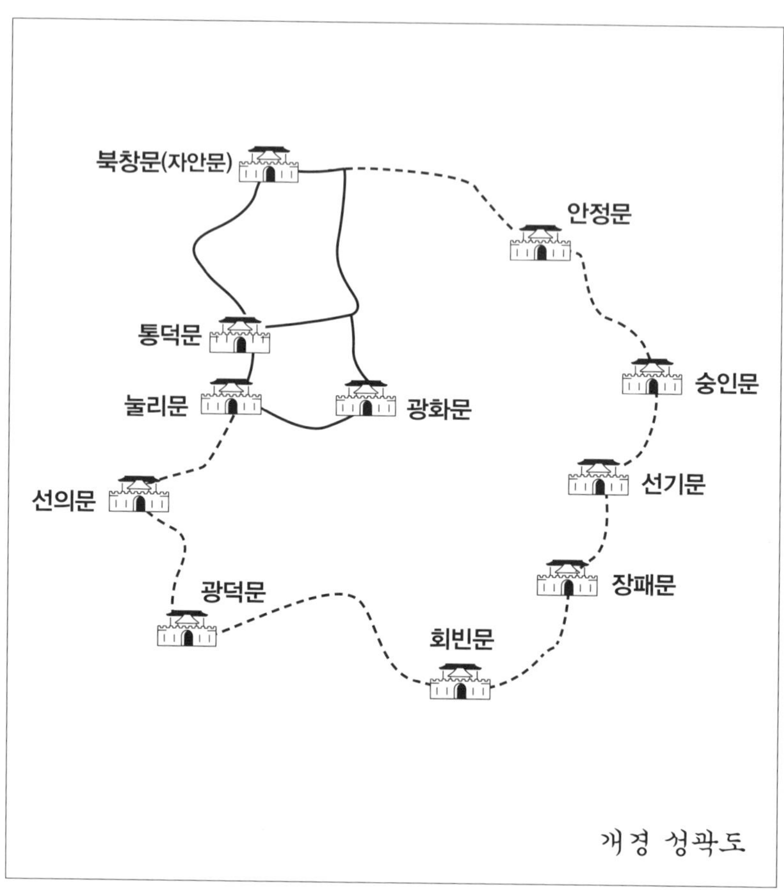

점선으로 표현된 나성은 고려거란전쟁 시기에는 완성되지 않았다. 전쟁이 마무리된 후 1029년 즈음 완성된다. 나성에는 총 25개의 성문이 있었다. 위 그림에서는 주요 성문만 표시했다.

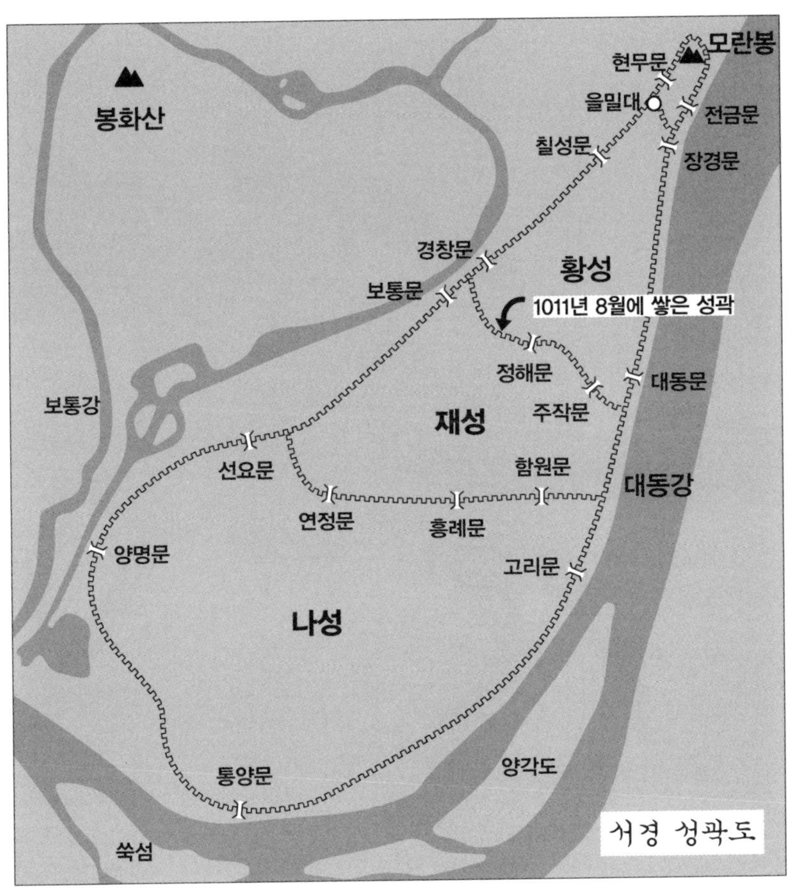

황성과 재성을 나누는 성벽은 거란의 2차 침공(1010년) 후에 서경의 방어를 강화할 목적으로 쌓아졌다.

강감찬 동상: 강감찬이 태어났다고 알려진 서울 관악구의 낙성대 공원 안에 있다. 낙성대 공
원에는 강감찬을 모신 '안국사'라는 사당이 있고, 근처에 생가터가 있다. 낙성대는 '별이 떨
어진 곳'이라는 뜻으로 강감찬이 태어날 때 큰 별이 떨어졌다고 한다.

고려거란전쟁 – 구주대첩(하)

수성무기와 공성무기

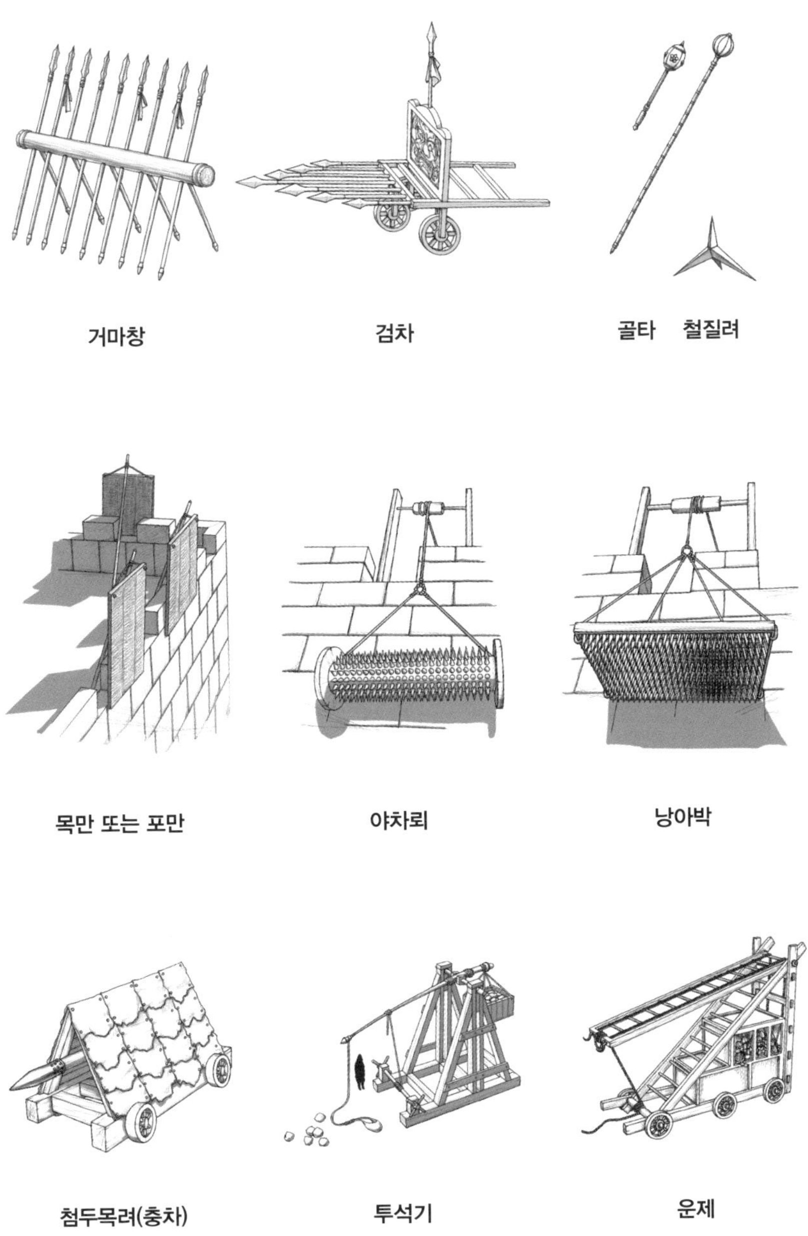

목차

제4장

다시 전쟁 속으로

33
진주*(鎭州)

시월 말(1012년 10월)이었다. 야율융서는 자흑색 갖옷을 입고 있었다. 이 갖옷은 백두산에서 잡은 담비의 가죽으로 만든 것으로 갖옷 중에 가장 귀한 것이었다. 마치 솜털처럼 가벼우면서도 따뜻하기 이를 데 없었다.

날씨가 점점 추워지고 있어서 이제 고려에 대한 군사행동을 시작할 때였다. 고려 침공에 관련해 지속적으로 논의했고 전략과 전술도 거의 완성되었다. 이번에는 고려를 반드시 취해야 할 것이었다. 저번에는 상대를 너무 얕잡아 보았었다.

이윽고 각지에 군사 소집 명령을 하달하려는 때, 북원추밀사 야율화가 등이 급하게 보고했다.

"서북로 진주(鎭州) 인근에서 반란이 일어났습니다."

진주는 거란의 실질적인 지배력이 미치는 서쪽의 가장 끝 영토였다. 야율융서가 얼굴을 찡그리며 물었다.

"무슨 이유에서?"

"고려 정벌을 위해 말을 징발하는 과정에서 조복** 부족들과 마찰이

---

* 　진주(鎭州): 지금 몽골의 수도 울란바토르 서쪽에 있었다.
** 　조복(阻卜): 몽골을 포함한 여러 유목 부족으로 추정된다.

있었는데, 그중 아리저(阿裡底)가 이끄는 한 부족이 반란을 일으켰다고 합니다. 그런데 아리저의 반란은 곧 제압되었지만, 그 여파로 조복의 부족들 대부분이 반란을 일으켰습니다.”

고려 정벌에서 전쟁 물자를 대개 잃어버렸는데 다른 물자는 어찌어찌 채울 수 있었다. 그러나 말은 보충이 어려웠다. 특히 전쟁용 말은 오랜 시간 훈련해야 했기에 하루아침에 준비되지 않았다. 그래서 여러 부족으로부터 징발하라고 명령을 내렸었는데 결국 문제가 터진 것이다.

북원대왕 야율세량이 말했다.

“서북로가 안정되지 않으면 무역의 이익이 사라지고 또한 말의 생산지를 잃습니다. 고려보다는 먼저 그쪽을 정벌해야 합니다.”

서북로에는 수만 리 떨어진 서쪽, 대식국(大食國: 아라비아)까지 갈 수 있는 길이 존재했다. 이른바 초원길이었다. 초원길로 비단과 모피, 보석 등 각종 물류가 오갔고 이곳을 관리하며 얻는 이득은 막대했다. 또한 드넓은 초원 지대인 만큼 말의 거대한 생산지이기도 했다.

야율융서는 당장 고려를 정벌하고 싶은 마음이 간절했으나 일단 미룰 수밖에 없었다. 결국 북원추밀사 야율화가가 도통이 되고, 북부재상 유신행이 부도통, 북원대왕 야율세량이 도감이 되어 서쪽 정벌에 나섰다.

십이월 초, 소합탁이 안절부절못하며 행궁으로 늘어왔다. 야율융서가 물었다.

“무슨 일이오?”

소합탁이 눈을 아래로 깔며 조심히 말했다.

“오고족과 적렬족이 반란을 일으켰습니다!”

오고족과 적렬족 역시 서북로에서 관리하는데 이들은 진주로 가는 중간에 있었다. 그렇다면 야율화가가 군대를 거느리고 통과한 뒤에 반란이 일어난 것이었다.

"어째서 반란이 일어난 것이오?"

"역시 말을 징발하는 와중에 다툼이 있었다고 합니다."

야율융서의 얼굴이 몹시 일그러졌다. 고려 정벌에 성공했다고 스스로 평가했지만, 그 손실은 쉽게 회복되지 않았고 이런 강력한 여파를 남기고 있었다.

소합탁이 야율융서의 눈치를 살피며 말했다.

"오고와 적렬의 반란 규모는 크지 않습니다. 지금 가용병력으로 우피실군이 있는데 바로 출전시킬 수 있습니다."

"일단 사신을 보내 오고족과 적렬족을 잘 타일러보도록 하시오."

야율융서는 황제의 권위로 그들을 잘 타이르면 말을 들을 것이라 생각했다.

다음 해(1013년) 일월, 소합탁이 야율융서에게 보고했다.

"오고와 적렬이 우리의 제안을 거부했습니다."

야율융서가 미간을 찡그리며 말했다.

"우피실군을 보내 토벌하도록 하시오."

일월 말, 소합탁이 고했다.

"우피실군이 오고와 적렬의 반란을 진압했습니다."

야율융서가 말없이 고개를 끄덕였다. 반란을 진압한 것은 좋은 일이지만 전혀 개운하지 않았다. 며칠 후 야율화가로부터 보고가 도착했다.

"조복의 군사가 진주를 포위하였으나, 소신이 군대를 이끌고 가니 모두 물러갔나이다."

거란 상경*(上京)의 서북쪽은 대선비산(大鮮卑山)이라고 불리는 거대한 산맥이 수천 리에 걸쳐 병풍처럼 늘어서 있었다. 천 보 높이의 산들이 즐비하게 이어져 있었는데, 이 산맥을 기준으로 기후가 완전히 달라진다.

서북쪽에서 불어오는 차갑고 건조한 바람을 산맥이 막아서고 있어서, 거란 상경의 남쪽 지역은 어디서나 농사를 지을 수 있을 정도로 비교적 온난한 기후였다. 반면 산맥을 서북쪽으로 넘어가면 매우 건조하여 유목이 주된 생활 방식이 된다. 그래서 이 산맥은 문화의 경계선이기도 했다.

요동과 요서가 넓은 지역이라고 하지만 이곳과는 비교할 수조차도 없었다. 건조하고 한랭한 이곳에는 끝이 보이지 않는 바다와도 같은 거대한 푸른 초원이 펼쳐지는 것이었다. 이곳의 땅은 척박했고 기후는 추웠으며 농사를 지을 만한 땅은 거의 없었다. 따라서 생산량이 적었고 인구도 많지 않았다.

그러나 의외로 수많은 부족이 이곳을 기반으로 살아가고 있었다. 조복, 달단, 실위, 오고, 적렬 등 갖가지 부족들이 살아가는 삶의 터전이었다. 거란족도 한때 이곳에서 거주한 적이 있었다.

이곳이 비록 생산력이 낮고 척박한 곳이기는 하나, 드넓은 초원 덕분에 가축을 기르기에는 최적의 장소였다. 특히 말의 집산지였다. 따라서 이 거대한 초원을 관리할 필요성이 있었다. 문제는 이곳이 매우 거대하고 인구가 희박하여 모든 지역을 세세히 다스릴 수가 없다는 점이었다.

따라서 이곳을 지배하려면 한 가지 사실에 집중해야 했다. 모든 동물

---

* **거란 상경**(上京): 중국 네이멍구자치구(內蒙古自治區) 츠펑(赤峰) 바린좌기(巴林左旗).

에겐 마실 물이 필요하다는 점이다. 물을 지배하는 것이 곧 이 지역을 지배할 수 있는 유일한 조건이었다.

초원길은 녹주(綠洲: 오아시스)와 강을 따라 이어져 있었고, 거란은 이곳에 성과 보루를 쌓아나가며 길을 관리했다. 꾸준히 성을 쌓아나가다가 통화 이십이년(1004년)에는 상경에서 서북쪽으로 삼천 리 떨어진 초원 지역에 진주(鎭州)를 설치했다. 진주가 거란의 직접적인 지배력이 미치는 서쪽 끝자락이었다.

대선비산을 넘어 서쪽으로 육백 리를 가면 꽤 큰 녹주가 있었고 이곳을 중심으로 마을이 발달해 있었다. 이곳은 흑거자실위(黑車子室韋)라는 부족이 관할하고 있었다. 흑거자실위 사람들은 이곳을 '실링골'이라고 불렀다. '구릉 위를 흐르는 강'이라는 뜻이었다. 실링골은 춥고 척박한 곳이나 큰 녹주가 있어서 어느 정도 농사를 지을 수 있었고 또한 교통의 요지였다.

원래 흑거자실위 부족은 이곳에서 북쪽으로 천 리 떨어진 곳에서 살고 있었다. 그곳 역시 초원길 근방이었으므로 수레가 항시 지나다녔다. 따라서 흑거자실위 족에는 수레를 만드는 장인들이 많았다. 그래서 실위족의 일파인 이들에게 수레를 잘 만드는 사람들이라는 뜻의 흑거자(黑車子)라는 별칭이 붙었고 이것이 부족의 명칭으로 굳어진 것이다.

거란의 태조 야율아보기에 의해 흑거자실위는 거란에 복속되었고(901년) 거란이 남쪽으로 진출하며 세력이 강대해지자 이들 역시 남하하여 초원길 초입의 요지에 터를 잡았다.

십일월 겨울(1012년 11월), 마을은 온통 하얀 눈으로 뒤덮여 있었으나 주요 길에는 눈이 말끔히 치워져 있었다. 그러나 오가는 행인을 거의 찾아볼 수 없이 조용했다. 이곳 사람들은 봄부터 가을까지 열심히 일하며 식량을 비축한다. 기나긴 겨울을 대비하기 위해서였다. 그리고 추운 겨울에는 모든 활동을 멈추고 겨울잠을 자듯이 휴식한다. 이곳 생활의 초점은 겨울에 맞춰져 있었다. 겨울에 대비하고 겨울을 나는 것이었다.

"쨍~, 쨍~, 쨍…."

그때 종소리가 요란히 울리기 시작했다. 곧 사람들이 밖으로 나와서 바삐 움직였다. 마구간에서 말과 수레를 꺼내고 짐을 싣기에 바빴다. 마을의 집들은 대부분 양털 등을 소재로 해서 만든 '게르'라고 불리는 천막이었는데 개중에는 통나무와 흙으로 지어진 것도 있었다.

황토색 가죽옷을 입은 스무 살이 안 되어 보이는 앳된 청년도 사람들 틈에서 분주하게 움직이고 있었다. 둥글고 길쭉한 얼굴이었고 왼쪽 뺨에 꽤 큰 갈색 점이 있었다. 바쁘게 움직이며 말과 수레에 갖가지 짐을 실었는데 이 청년은 고려인 염가칭이었다.

염가칭은 마을 중앙의 가장 큰 게르로 향했다. 흑거자실위 왕부(王府) 였다. 왕부로 들어서니 흰색 갖옷을 입은 풍채 좋은 오십 대 남자가 의자에 앉아 있었고 그 주변에 몇 사람이 있었다.

흰색 갖옷을 입은 사람은 흑거자실위국의 왕 '바타르'였다. 바타르가 어떤 사람에게 말했다.

"인비쉬! 이번 원정에서 우리가 큰 공을 세울 것이니 황제께 올리는 표문을 잘 작성해야 할 것이야."

바타르가 이번에는 염가칭에게 말했다.

"고려인! 너도 인비쉬를 잘 돕도록 하라. 열심히 한다면 큰 상을 내릴 것이다."

염가칭은 경술년(1010년)에 개경에서 봉성현(峯城縣: 경기도 파주시)으로 피난을 가다가 흑거자실위족에게 포로로 잡혔었다. 거란 황제 야율융서는 각 부족이 획득한 노획물을 모두 그 부족이 갖게 했다. 그래서 염가칭은 이곳에 와서 살게 된 것이었다. 포로로 잡힌 농경민들은 노예 신분이 되어 농사에 종사하게 된다. 염가칭 역시 처음에는 왕부에 소속되어 농사를 지었다.

유목을 하며 부족 단위로 이리저리 옮겨 다니며 살아갔던 흑거자실위족은 원래 글을 몰랐었다. 그런데 흑거자실위족이 거란에 편입되자, 거란 조정에 보고하려면 글이 필요하게 되었다. 따라서 학교가 세워졌고 이제는 귀족자제 중 글을 아는 자가 꽤 되었다.

그런데 흑거자실위족 중에서 글을 아는 사람들은 꼭 필요한 것만 공부했다. 과거 시험을 보려고 공부하는 것이 아니라 공문을 작성하기 위한 공부였기에 지식을 많이 쌓을 필요가 없었다. 학문적 수준이 낮다 보니 흑거자실위에서 작성한 표문은 마치 어린아이가 작성한 것 같다는 비웃음도 들었다.

이십 대 후반의 인비쉬는 바타르의 조카로 문서에 관한 일을 맡고 있었다. 그런데 염가칭이 글을 안다는 말을 듣고 시험 삼아 표문을 작성하게 해보았다. 인비쉬는 상당히 감탄했고 이후로는 염가칭더러 표문을 작성하라고 했다. 염가칭은 세 살 때부터 과거 시험을 위해 글공부를 했으므로 그 정도 문장을 짓는 데는 이골이 나 있었다.

거란 조정에서 흑거자실위에서 올린 표문을 보고 잘 지었다고 칭찬하자 바타르는 매우 뿌듯했다. 바타르는 염가칭이 지었다는 것을 알고 있으면서도 안비쉬에게만 상을 주었다. 염가칭은 아니꼬웠지만 어쩔 수 없었다. 자신은 노예 신분이잖은가. 그래도 중노동에 시달리지 않고 왕부에서 글을 짓고 허드렛일을 하고 있으니 어찌 보면 특별대우를 받는 셈이었다.

염가칭은 당당히 행동하려고 노력했다. 고려와 거란의 관계가 정상화되면 몸값을 지불하고 고려로 돌아갈 수 있을 것이다. 염가칭은 평소

자기 몸값으로 수백 마리의 말을 살 수 있다고 말해왔다.

조금 전의 종소리는 군장을 챙겨서 집합하라는 신호였다. 며칠 전 거란 조정에서 명령이 내려왔다. 조복이 진주를 공격하니 구원군을 보낼 것이며, 흑거자실위 부족이 선두에 서라는 것이었다.

북원추밀사 야율화가가 이끄는 거란군 본대가 '실링골'에 거의 당도했으므로 흑거자실위 부대도 출동하는 터였다. 염가칭은 안비쉬와 함께 바타르를 수행하여 출발했다.

염가칭은 이곳에서 산 지 이 년이 다 되어가지만 마을 밖을 벗어나 본 적이 없었다. 실링골은 수량이 풍부한 곳에 있어 농토가 있었다. 주변으로는 나무와 수풀이 우거졌다. 그런데 북쪽으로 가니 마을을 찾기 힘들었고 눈 덮인 하얀 초원만 끝없이 펼쳐졌다. 가축이나 야생 동물들이 먹이를 찾느라 눈을 헤쳐 놓은 곳 외에는 모두 하얀 세상이었다. 길은 물길을 따라 이어졌다. 초원에서는 물을 구하기 힘들기에 물길을 따라가야만 식수를 쉽게 구할 수 있기 때문이다.

실링골을 출발한 지 육 일째 되는 날, 산으로 둘러싸인 흰색의 분지 지형이 눈앞에 나타났다. 특별할 것은 없었지만 표면이 뭔가 균일하지 않았다.

옆에 가던 안비쉬가 말했다.

"가칭은 염수(鹽水)를 처음 보시?"

안비쉬의 나이는 염가칭보다 열 살 많은 스물여덟이었다. 안비쉬가 문서 작성의 총괄 실무자이므로 염가칭이 안비쉬의 지시를 받아야 했으나 사실 그 반대였다. 오히려 안비쉬가 염가칭에게 글을 배우고 있었다. 그러나 도통 실력이 늘지 않았다. 과거 시험을 보는 것도 아니니 열심히 공부할 열정이 없는 터였다.

"염수?"

“그래, 소금 호수.”

“저게 소금이란 말입니까?”

“그렇지, 여기서 잠시 쉬며 각자 소금을 캘 거야.”

안비쉬의 말대로 행렬이 멈추더니 각자 소금 한 주머니씩을 긁어모았다. 염가칭이 신기해서 맛을 보니 정말 소금이었다. 바다도 없는데 소금이 있다는 것은 너무나 신기한 일이었다. 고려에서는 찾아볼 수 없는 일인 것이다. 염가칭은 고려라는 단어가 머릿속에 떠오르자 마음이 아련해졌다. 주변에 삼백 명이나 되는 군사들이 있지만 드넓고 삭막한 초원에 완전히 홀로 존재하는 기분이었다. 염가칭은 그렇게 우두커니 서 있었다.

“가칭! 뭐해? 우리도 빨리 출발하자구!”

염수에서 북서쪽으로 방향을 틀어 끝도 없는 눈밭의 초원을 계속 나아갔다. 날씨는 모질게 추웠고 지루한 길이 계속 이어졌다. 신기하게도 북쪽으로 갈수록 해는 늦게 뜨고 빨리 져서, 낮은 짧아지고 밤은 점점 길어졌다. 수백 리마다 거란이 관리하는 영채가 있었고 각기 다른 부족들과 마주쳤다.

십여 일을 가자 전혀 예상하지 못했던 풍경이 펼쳐졌다. 겨울이라 누렇게 시들었지만 수풀이 크고 빼곡한 곳이 나타났고 큰 강도 있었다.

염가칭이 뜻밖의 장관에 눈을 크게 뜨자, 안비쉬가 자랑하듯이 말했다.

“이 강을 우리는 ‘어머니의 강’이라고 불러. 강이 초원의 모든 것을 제공해주기 때문이지. 우리 부족도 몇십 년 전만 해도 이 어머니의 강 주위에서 살았었지.”

염가칭이 주위 풍경을 구경하고 있는데 흑거자실위 사람들은 강을 바로 건너지 않고 어머니의 강 앞에 멈춰 섰다.

곧 마두금*이 연주되었는데 '어머니의 강'이라는 노래였다. 평소 흑거자실위 마을에서 많이 연주되었기 때문에 염가칭도 잘 알고 있었다. 염가칭은 이제야 '어머니의 강'이라는 곡과 실제 '어머니의 강'이 주는 느낌을 연결시킬 수 있었다. 연주가 시작되자 안비쉬가 말했다.

"'어머니의 강'을 건너기 전에 하는 의식이야."

고결하고 드넓은 어머니의 강!

이곳에서 천천히 땅 위를 흐르며

드넓은 초원을 촉촉이 적시는

아름다운 이야기를 간직하고 있다네.

맑고 깨끗한 어머니의 강!

동쪽으로 세차게 흘러가며

초원의 많은 녹색들을 축복하고

헤아릴 수 없는 많은 은혜를 남겨놓네.

신비롭고 기이한 어머니의 강!

천 번 꺾이고 만 번 돌아 함께 노래를 부르며

모든 가축을 풍요롭게 실러

이로부터 사람을 행복하게 하네.

'어머니의 강'을 건너 며칠을 더 가니 지형이 완전히 변해 있었다. 북

---

* 　마두금: 두 개의 현을 가진 몽골의 전통 현악기로, 말머리 장식이 울림통에 새겨져 있다.

쪽에 거대한 산맥이 보이기 시작했다. 염가칭은 산을 보자 매우 반가운 친구를 만난 듯한 기분이었다. 그동안 듣지 못했던 새들이 지저귀는 소리도 들렸다. 염가칭이 산의 나무들을 유심히 바라보자 안비쉬가 말했다.

"여기 사람들은 우리와 달리 주로 통나무집을 짓고 산다고 하더군."

이곳에는 산이 있고 충분한 물이 있어 살을 에는 추위만 아니라면 그럭저럭 살만한 곳이라고 생각되었다. 산을 넘고 물을 건너 며칠을 더 가자 갑자기 사방이 고요해졌다. 흑거자실위 부족은 여기서 멈췄다.

군사들은 갑옷을 챙겨 입고 투구를 쓰는 등 전투 준비에 분주했다. 안비쉬 역시 투구를 썼다. 염가칭은 노예 신분이라 투구가 지급되지는 않았으나 두터운 털모자는 가죽으로 만든 투구와 다름없었다.

"여기서 진주까지는 서쪽으로 오십 리 남짓한 거리야. 또 북쪽으로 삼십 리 정도를 가면 유주(維州)가 있어. 주변에 가축 떼가 보이지 않는 것으로 보아 적들이 이 근처에 있는 게 틀림없어. 지금부터 조심해야 해."

곧이어 서쪽과 북쪽으로 보냈던 척후들이 다가와 바타르에게 보고했다.

"조복과 달단 등이 진주를 포위하고 있습니다."
"유주 근처에는 적이 없습니다."

바타르는 즉시 야율화가가 이끄는 본대에 전령을 보냈고, 그 자리에서 대기했다.

정오 무렵 삼만의 원정군이 모두 모여 대형을 갖추자, 흑거자실위가 선봉이 되어 진주 쪽으로 진군하기 시작했다. 적과 마주칠 것을 대비하여 체력을 비축하며 천천히 행군하여 이십 리를 이동했을 때는 이미 해가 진 뒤였다.

그다음 날 사시(9~11시) 무렵에야 진주 근처에 당도할 수 있었다. 진주의 성곽이 보이는 거리까지 접근하자, 조복의 군사들이 진주를 포위하고 있는 것이 보였다.

흑거자실위 부대는 멈추어 섰고 곧이어 본대와 더불어 진을 쳤다. 염가칭이 보니 초승달 모양의 진이었고 흑거자실위 부대는 좌익에 위치했다. 진영이 앞으로 천천히 움직이기 시작하자 염가칭은 매우 긴장했다. 이런 대규모 전투는 처음이었다. 안비쉬가 자신의 활을 잡으며 염가칭에게 말했다.

"긴장하지 말고, 가칭은 나만 따라다니면 돼."

염가칭은 자신의 칼자루를 꽉 잡으며 거란군의 승리를 기원했다. 거란에 속한 흑거자실위족에 포로로 잡혀 고국에서 수천 리 떨어진 곳에 와서, 또 거란군의 일원으로 전투에 임하고 있었던 것이었다.

34
아살란회골*(阿薩蘭回鶻)

"하하하!"

눈꼬리가 올라가고 풍채가 좋은 어떤 사람이 호탕하게 웃고 있었다.

북원추밀사·도통 야율화가(耶律化哥)였다.

야율화가의 옆에 있던 북부재상·부도통 유신행(劉愼行)이 말했다.

"정말 시원한 광경입니다."

유신행은 쉰넷의 나이로 이제 노년에 접어들었지만, 얼굴이 하얗고 단아하며 동안이었다.

야율화가는 갈색 갖옷을 입고 있었는데, 그 털을 쓰다듬으며 말했다.

"이건 곰 사냥보다도 더 쉽지 않은가!"

이 갖옷은 직접 사냥한 갈색곰의 가죽으로 만든 것으로, 그중에서도 천 근 이상 무게가 나가는 개체들의 가죽만을 사용한 것이었다.

거란군이 초승달 모양의 진을 이루고 전진하였고, 진주성에서도 군사들이 나와서 조복 군사들에게 화살을 난사했다. 앞뒤에서 적을 맞이하자, 진주를 포위하고 있던 조복의 군사들은 황급히 도망쳤다. 마치 놀란 수만 마리의 사슴 떼가 지축을 울리며 사방으로 흩어지는 것과 같

---

* 아살란회골(阿薩蘭回鶻): '아살란'은 '사자'를 뜻한다고 하며 '회골'은 '위구르'족이다. 즉, 아살란회골은 위구르족의 일파이다.

은 장관이었다.

야율화가가 추격을 명하려고 하자, 옆에 있던 한 사람이 말했다.

"적들이 너무 쉽게 흩어지는 것이 수상합니다. 일단 적의 치중*(輜重)을 확보하고 사방으로 원탐난자군을 보내 정찰을 철저히 해야 합니다."

이번 원정에서 도감으로 임명된 북원대왕 야율세량이었다.

야율화가가 고개를 끄덕이더니 말했다.

"그렇지, 적들을 물리쳤으니 무리할 필요는 없겠지."

조복의 반란 소식이 거란 조정에 전해지자, 야율세량은 가용병력으로 바로 원정을 떠날 것을 주장했다. 빠르게 구원하는 것이 무엇보다 중요하다고 판단했기 때문이다. 그래서 상경 주위에서 바로 소집할 수 있는 삼만 정도만 동원하여 원정을 나온 터다. 야율세량의 짐작대로 조복 군사들은 이렇게 빨리 거란 조정에서 군대를 보내리라 예상하지 못했고 황급히 도망쳤다.

유신행이 야율화가에게 말했다.

"추밀사께서 이번에 또 큰 공을 세우셨으니, 왕에 봉해지시지 않겠습니까?"

"껄껄껄."

야율화가가 크게 웃으며 싫지 않은 기색을 드러냈다. 야율화가와 유신행이 서로 추켜세우는 말을 주고받는 가운데, 야율세량은 조복을 어떻게 토벌할 것인지 생각하고 있었다. 곧 열렬한 환호를 받으며 진주에 입성했고 진주를 책임지고 있던 서북로초토사 소도옥(蕭圖玉)이 진심으

---

*   치중(輜重): 군대의 여러 가지 물품을 통틀어 이르는 용어. 화살, 식량, 막사, 의복 등등을 말한다.

로 반갑게 맞으며 말했다.

"이렇게 빨리 원군이 도착하리라고는 예상하지 못했습니다!"

야율화가가 말했다.

"폐하께서 적들이 예상치 못하게 움직이라고 하셔서 소식을 받자마자 출발했습니다."

소도옥이 환한 미소를 지으며 말했다.

"영명하신 폐하의 판단이십니다!"

유신행 역시 크게 웃으며 말했다.

"폐하의 명을 따랐더니 조복을 무찌르는 큰 공을 세우게 되었습니다. 하하하."

소도옥이 맞장구치며 덕담을 몇 마디 하는데, 야율세량이 소도옥에게 물었다.

"피해 상황은 어떻게 됩니까?"

"조복이 갑자기 쳐들어와서, 목동들이 가축 떼를 들판에 두고 성안으로 들어왔습니다. 조복들이 끌고 간 가축들만 회수하면 큰 피해는 없습니다."

곧 가축들을 비롯해 조복의 수많은 치중을 노획했다는 보고가 들어왔다. 야율세량이 야율화가에게 말했다.

"적들이 치중을 두고 그냥 도망갔으니 겨울이라 쉴 곳을 찾지 못해 고생할 것입니다. 당장 추격해야 합니다!"

야율화가가 어정쩡하게 답했다.

"그렇군요."

유신행이 시큰둥하게 말했다.

"도감은 아까는 추격하지 말자고 하더니 지금은 왜 추격하자는 것이요?"

“아까는 속임수가 있을까봐 그랬는데, 적들이 치중을 모두 놓고 갔다면 속임수가 아닙니다. 지금 추격하면 소탕할 수 있습니다.”

야율화가가 부정적인 어조로 말했다.

“적들은 우리와 싸우려 하지 않고 도망할 것이오. 그러면 이 넓은 곳에서 그들을 어떻게 잡는단 말이오.”

“적들이 도망가더라도 우리가 계속 쫓으면 막사가 없는 저들은 추위와 피로에 지쳐 쓰러질 것입니다.”

야율화가는 먼 산을 바라보며 잠자코 있었다. 야율세량이 거듭 추격을 주장하자 유신행이 말했다.

“상경에서 급하게 출발하느라 우리의 병력이 얼마 되지 않습니다. 너무 깊이 들어가는 것은 위험하오. 진주의 포위를 풀었고 가축들을 되찾았으니 충분히 성과를 거둔 셈입니다.”

야율화가 역시 동조하여 말했다.

“부도통의 말이 맞소. 지금은 무리하지 않는 것이 좋겠소.”

야율세량이 소도옥을 보며 말했다.

“초토사께서 사정을 가장 잘 아실 테니 의견을 말해주십시오.”

승천황태후와 친척인 소도옥은 등용된 뒤로 서북로에서 군사를 지휘하는 관직을 주로 맡았다. 통화 이십이년(1004년)에 진주가 설치되자, 주변의 조복들을 복속시키고 남서쪽으로 이천오백 리나 떨어신 삼주회골*(甘州回鶻)까지 정벌했다. 그 공으로 야율융서의 열세 번째 딸인 금향공주(金鄕公主)에게 장가들어 부마가 되었다.

이제까지 거란에서는 조복의 부족들을 직접 지배하지 않고 간접적

---

* 감주회골(甘州回鶻): ‘위구르족’의 한 갈래, 지금의 중국 간쑤성(甘肅省) 일대에 있었다.

으로 지배했었다. 각 부족의 유력자들에게 관직을 주고 그들을 통해서 영향력을 행사하는 방식이었다.

그런데 소도옥은 조복을 직접 지배하자고 건의했다. 야율융서가 이 의견을 받아들여 조복에 여러 부를 설치하고 절도사를 직접 파견했다. 그런데 여기서 갈등이 생겼다. 조복은 원래 자신들만의 법칙으로 이리저리 이동하며 살던 부족인데 갑자기 절도사가 통치하니 반발심이 생겨났던 것이다. 그러다가 이번에 말 징발 문제로 결국 반란이 일어나고 만 터였다.

소도옥이 고민하더니 말했다.

"물론 조복을 완전히 토벌하면 좋지만, 마침 한겨울이라….”

야율세량이 다시 추격을 주장하자 야율화가가 말했다.

"초토사 말이 맞소. 지금 가진 군사들로 조복들을 완전히 토벌하기는 불가능한 데다가, 이 맹추위에 우리 군사들도 고단하여 결국 약해질 것이오. 또한 너무 깊이 들어갔다가 눈이라도 많이 오게 되면 낭패할 가능성이 있어요.”

야율세량은 매우 답답했으나 총사령관인 도통이 군대를 움직이지 않겠다는데 어쩔 수 없었다.

황족인 야율화가는 좋은 것이 좋은 거라고 생각하는 사람이었다. 따라서 어떤 일을 강력히 추진하는 사람은 아니어서, 어느 정도 공을 세웠으니 여기서 만족하고 싶은 것이었다.

야율세량이 말했다.

"그럼 일단 방주(防州)까지는 갑시다. 방주의 군민들도 많이 불안해할 것 입니다.”

방주는 진주의 관할주로 진주에서 서쪽으로 육십 리 정도의 거리에 있었다.

야율화가가 이것도 부정하며 말했다.

"조복이 코빼기도 보이지 않는데 굳이 갈 필요가 뭐가 있나. 우리가 왔다는 것만 전하면 충분히 사기가 오를 것이오."

결국 일정 수의 군사를 남겨 진주를 지키는 힘을 보태도록 하고 본대는 철수하여 삼월에 상경으로 돌아왔다.

조복을 물리쳤다는 보고에 야율융서는 몹시 기뻐했다.

"경들의 공로에 짐은 기쁘기 한량없군요."

야율융서는 자신이 결정한 고려와의 전쟁에서 큰 낭패를 보았었는데, 이번에 쉽게 승리했다는 말을 듣자 아주 기분이 좋아졌다. 또한 야율화가가 공을 세운 것도 좋은 일이었다. 자신이 총애하는 신하가 능력을 발휘한 것이다.

한덕양은 야율세량을 후임으로 천거했다. 사람들은 야율세량이 북원추밀사가 될 것이라고 예상했으나, 야율융서는 예상과 다르게 야율화가를 추밀사로, 소합탁을 추밀부사로 임명했다. 신하들 중 상당수는 이 인사 조처에 반대했었다. 그들은 추밀사가 될 인재가 아니라는 이유에서였다. 그러나 야율융서가 밀어붙여 관철했다. 황제답게 자신의 안목과 의지대로 임명하고 싶었던 것이다.

그리고 공을 세운 야율화가를 빈왕(豳王)에 봉했다. 야율융서는 서북로의 일이 내강 해결되었나고 생각하여 본격적인 고려 정벌을 준비하려고 야율화가에게 명했다.

"이제 모든 변경이 안정되었는데 고려만이 아직 귀순하지 않고 있소. 고려 정벌 준비를 하도록 하시오. 이번에도 짐이 친히 고려로 갈 것이오."

고려 정벌에 대한 야율융서의 의지가 워낙 강력해서 신하들이 정벌 자체를 반대하지는 않았지만 친정에는 반대했다.

"천자는 가볍게 움직이는 법이 아닙니다. 전쟁은 제장들에게 맡기소서."

야율융서가 언성을 높이며 말했다.

"송나라와 전쟁할 때도 자주 친정을 했소. 무엇이 문제란 말이요?"

"송나라도 굴복시켰으니 이제 폐하께서는 천하의 지존이십니다. 천하의 지존은 전장에 직접 나가는 것을 삼가야 합니다."

신하들은 여러 가지 이유를 대며 말렸다. 야율융서가 뜻을 굽히지 않자 임아*(林牙) 장검이 아뢰었다.

"송나라와의 전쟁은 주로 평원에서 행해졌습니다. 우리는 한 수 위의 기동력을 가지고 전투에 승리할 수 있었습니다. 그러나 고려의 국토는 온통 산으로 이루어져 있어 나아가고 물러남이 수월치 않았습니다. 그것은 폐하께서도 잘 아실 것입니다. 폐하께서 너무 앞으로 나가시면 장수들은 부담을 갖게 될 것입니다."

장검의 말에 야율융서의 얼굴이 붉어졌다. 야율융서는 자신에게 듣기 좋은 말만 하는 소합탁과 같은 자들을 중용하고 있었다. 그러다 보니 직언하는 신하들은 점점 사라지고 있었다. 그중 장검은 야율세량과 더불어 직언을 하는 몇 안 되는 신하였다.

여러 신하의 반대에 야율융서는 친정을 하되 고려 영토에 직접 들어가지 않고 후방에서 지원하기로 했다. 이렇게 고려 정벌에 모든 신경을 쓰고 있는데 야율세량이 아뢰었다.

"아직 서북로가 완전하지 않습니다. 야율화가가 한 것은 군대를 이끌고 무사히 돌아온 것에 지나지 않습니다. 적들이 이미 떠났기는 했지만 곧 다시 돌아올 것입니다. 진주의 군사는 약하고 식량은 부족한데

---

*　임아(林牙): 문서 작성의 일을 하는 관직.

어찌 오래 지킬 수 있겠습니까! 진주를 안정시키고자 한다면 병력을 증원하여 적들을 완전히 토벌해야 합니다."

야율융서는 아무런 반응을 보이지 않았다. 아니, 아무런 반응을 보이고 싶지 않았다. 자신의 판단대로 야율화가를 북원추밀사에 앉혔고 원정에서 성공했다. 그 사실에서 벗어나고 싶지 않았다. 그러나 얼마 후, 야율융서는 그 사실에서 벗어날 수밖에 없었다.

서북로초토사 소도옥이 보낸 상주문이 도착한 것이었다.

"얼마 전, 폐하의 위엄에 힘입어 조복들을 다시 복속시켰습니다. 그런데 조복들 중에 일부가 불손하게도 다시 반란을 일으켰고 우리에게 순종하던 조복들까지 겁박하여 같이 행동하고 있습니다. 조복 군사는 최소 오만 명 정도로 추정됩니다. 우리의 군세가 부족하여 성 밖으로 나가서 저들을 상대할 수는 없습니다. 따라서 적들이 들판을 휩쓸고 다니며 가축들을 모조리 잡아가서 성안에는 식량이 부족할 지경입니다. 앞으로 몇 달을 버틸 수 있을지 알 수 없습니다. 다시금 폐하의 위세로 적들을 제압해주소서."

야율융서는 상주문을 집어 던지고 싶었지만 화를 가라앉히고 생각했다. 야율화가가 원정에 성공한 것은 사실이었고 그 후에 다시 반란이 일어난 것이다. 반란이 다시 일어난 것이 야율화가의 잘못은 아닌 것이다.

일단 야율화가를 불러들여 가볍게 책망하며 말했다.

"조복들이 다시 반란을 일으켰다고 하오. 어찌 일 처리가 이리 서투시오. 다시 원정을 해야겠소."

"심려를 끼쳐드려 송구하기 이를 데 없습니다."

"병력을 증원해줄 테니 이번에는 실수가 없도록 하시오."

"황은이 망극하옵니다."

야율융서는 곧 대신들을 불러들여서 회의를 소집했다.

"적이 오만이라는데 우리는 얼마의 병력이 필요하겠소?"

소배압이 답했다.

"조복군사가 오만이라니, 최소 십만은 필요할 것입니다."

야율융서가 고개를 끄덕였다. 야율세량 역시 동의하며 말했다.

"십만이면 안정시킬 수 있습니다."

소합탁이 말했다.

"고려 정벌을 준비 중인데 차질을 빚을까 염려되옵니다."

야율융서의 의중을 대신 말한 것이었다.

야율세량이 말했다.

"고려가 우리 영토를 침범하는 것은 아니니 그쪽은 급하지 않습니다. 일단 서쪽을 안정시키는 것이 급선무입니다. 서쪽을 먼저 안정시킨 후에 고려를 도모할 수 있습니다."

고려 정벌은 황제가 의욕적으로 추진하는 일차 관심 사항이었다. 다른 신하들은 고려 정벌을 늦추자고 말하는 것에 매우 부담스러워하고 있었다. 그러나 야율세량은 황제의 의중을 살피기보다는 객관적인 상황을 파악해서 거침없이 말했다. 이것이 한덕양이 자신의 후계자로 야율세량을 지목한 이유였다.

십만으로 원정군을 조직하기로 하고 야율세량이 삼만의 선봉군을 이끌고 먼저 출발했다. 야율세량이 급속히 행군하여 진주 근처에 도착하니 조복 군사들이 서둘러 서쪽으로 물러났다. 지난번의 패배를 의식했던 것이다. 진주에 들어가서 소도옥에게 물었다.

"반란을 주도하는 자는 누구입니까?"

"오팔(烏八)이라는 자가 여러 부족을 이끌고 있습니다."

"오팔은 어디에 살고 있습니까?"

"여기서 서쪽으로 사백 리 정도 가면 강물이 남에서 북으로 흐르는데, 익지수(翼只水)라고 합니다. 오팔의 부족들은 주로 그 강을 따라 살고 있습니다."

야율세량이 지도를 보다가 익지수 근처 한 곳을 가리키며 말했다.

"이곳을 점거하면 오팔의 부족들을 제어할 수 있을 듯한데, 이곳의 상태는 어떠합니까?"

소도옥이 지도를 보며 말했다.

"그곳은 옛날 회골국*의 수도로 반쯤 무너진 성곽이 있습니다. 보통 회골성(카라발가순)**이라고 부릅니다. 도감의 말씀대로 회골성을 점령하기만 한다면 오팔의 부족은 심한 압박을 느낄 것입니다. 그런데 지금 오팔의 부족 일부가 그곳에 살고 있어서 점령이 쉽지 않을 것입니다."

야율세량은 날이 어두워지자 군사들을 이끌고 은밀히 진주를 나왔다. 민첩히 움직여 나흘 후에는 익지수에 이르렀다. 과연 익지수를 따라 많은 가축 떼가 모여 있었다. 야율세량은 타초곡기들을 시켜 보이는 족족 노획하게 했다.

거란의 대군이 갑자기 나타나 가축들을 노획하자 조복의 무리들은 도망치기 바빴다. 타초곡기로는 계속 노획하게 하고, 나머지 군사들을 이끌고 강줄기를 따라 기습적으로 남하했다. 백 리를 움직이자 반쯤 무너진 짙은 회색의 성벽이 보였다. 이곳이 회골성이었다. 과연 그곳에는 조복의 부족이 살고 있었다. 그들은 거란군이 갑자기 접근하자 남녀노소 할 것 없이 비명을 지르며 도주하기 바빴다. 그중 몇 명을 잡아 다시 풀어주며 말을 전하게 했다.

"항복하는 부족들은 반란의 죄를 용서받을 것이다."

회골성에 주둔하여 익지수 주변을 순찰하며 보이는 것들을 모조리 노획하면서 며칠 시간을 보냈더니, 오팔에 속한 부족 중 일부가 항복하겠다는 전갈을 보내왔다. 그 추장들을 회골성에 오게 한 후, 잘 대접하고 노획한 가축들을 돌려주며 말했다.

"폐하께서는 은혜로써 모두를 대하고자 하시니, 원래 살던 대로 평화롭게 살면 되오."

야율세량은 오팔이 북쪽 산림 지역에 있다는 사실을 알게 되었다. 그 즉시 군사들을 이끌고 북쪽으로 이동했다. 그런데 이번에는 하루에 이십 리 정도의 속도로 매우 천천히 움직였다. 천천히 움직이며 주변 부족들을 회유하려는 것이었다. 각 부족이 앞다투어 항복해 왔다. 북쪽으로 삼백 리를 진군하자 대부분의 부족이 항복했다. 항복한 부족들의 말에 의하면 오팔은 측근 몇과 북쪽 산림 깊숙한 곳으로 도망쳤다고 한다. 야율세량은 다시 회골성으로 회군했다. 그리고 그때 야율화가와 유신행이 이끄는 본대가 도착했다.

일이 아주 순조롭게 풀리자 야율화가는 욕심을 냈다.

"이번에는 서쪽으로 가서 더 많은 부족을 평정합시다."

야율세량이 반대하며 말했다.

"겨우 조복을 안정시키고 있습니다. 우리가 서쪽으로 더 가면 어떤 일이 발생할지 모릅니다. 지금은 조복들을 어르고 달래며 지역을 안정시키는 것이 가장 낫습니다."

야율화가는 야율세량의 말을 무시하고 유신행과 더불어 서쪽으로 정벌을 나갔다. 서쪽으로 나아가며 눈에 보이는 모든 것을 약탈했다. 특히 수백 명의 포로들을 잡았다. 야율화가는 입이 벌어질 정도로 기뻐했다. 이 포로들을 자신의 개인 영지에 채울 것이다. 야율화가가 유신행에게 말했다.

"아주 좋군요! 서쪽으로 더 나아가서 정벌합시다."

많은 포로와 물자를 약탈할수록 더 욕심이 생겼다. 야율화가와 유신행은 서쪽으로 가며 노략질을 일삼다가 어느 대규모 부족을 만났다. 많은 수의 포로를 잡고 수만 마리의 가축들을 노획했다. 울부짖음이 끊이지 않았는데, 개중에는 거란말을 할 줄 아는 자가 있었다.

"우리는 '아살란회골'이요! 우리는 요나라에 충성을 다하는데 왜 우리를 노략질하는 것이요!"

군사들이 거란어를 할 줄 아는 자를 야율화가에게로 끌고 갔다.

"우리는 아살란회골 부족입니다. 요나라에 충성하고 있습니다."

그 모습을 본 야율화가가 말했다.

"글쎄, 아살란회골?"

그런데 그때 야율세량이 소도옥과 같이 도착했다. 소도옥이 아살란회골 사람들을 보고 놀라서 말했다.

"이들은 우리에 충성하는 부족입니다. 이들을 통해서 서쪽의 무역로를 관리하고 있었는데 이게 어인 일입니까?"

야율화가가 겸연쩍은 표정으로 말했다.

"얼굴에 충성한다고 쓰여 있는 것도 아니니…, 이거 참."

사정을 들은 야율세량이 어이없는 표정으로 말했다.

"먼저 추장을 오라고 한 다음, 말을 듣지 않으면 공격해야지, 덮어놓고 약탈하면 어찌합니까!"

소도옥이 어두운 표정으로 말했다.

"아살란회골을 우리 편으로 끌어들이는 데 오랜 시일이 걸렸습니다. 일단 사람들을 풀어주고 약탈품을 모두 돌려주십시오."

야율화가가 말했다.

"이왕 약탈한 것을 굳이 돌려줄 필요가 있소? 돌려준다고 이들의 마음이 다시 돌아오겠소?"

야율세량이 화를 내며 말했다.

"아살란회골만의 문제가 아닙니다! 서쪽 부족들은 우리를 더 이상 믿지 않을 것입니다. 서쪽 무역로를 통치할 수 없게 될 거라는 말입니다!"

소도옥 역시 말했다.

"물품을 돌려주고 아살란회골의 추장을 불러 후하게 대접하고 사과해야 합니다."

포로들을 풀어주고 물품을 돌려주었으나 아살란회골의 추장은 숨어서 오지 않았다. 야율세량이 말했다.

"서쪽에 대한 원정은 여기서 그치는 것이 좋겠습니다."

기가 죽은 야율화가도 동의했다. 소도옥이 한숨을 내쉬며 말했다.

"추밀사는 돌아가시면 그만이지만 이쪽을 책임지는 저는 큰 난관을 만났습니다. 각 부족의 협조를 얻어 무역로를 지켜왔는데, 앞으로 어떻게 해야 할지 난감하기만 합니다."

돌아가는 길에 야율화가가 야율세량에게 물었다.

"폐하께 이번 일을 보고할 것이오? 적당히 넘어가면 어떻겠소?"

"어찌 보고하지 않을 수 있겠습니까! 제가 보고하지 않더라도 서북로초토사가 보고할 것입니다."

야율화가는 시무룩해졌다. 더는 부탁하는 말을 하지 않았는데, 냉랭하고 원칙주의자인 야율세량의 성격을 잘 알고 있었기 때문이었다.

35
정벌 준비

아율융서는 소배압과 소허열을 면담하고 있었고 소합탁 등이 배석했다. 소허열이 말했다.

"고려를 정벌하려면 가장 확실한 방법을 쓰는 것이 좋습니다. 따라서 사전 작업이 필요합니다."

야율융서가 물었다.

"사전 작업이라면?"

"고려에는 큰 강이 여럿 있어 군대의 기동에 많은 제약이 있습니다. 겨울에 강물이 얼어야 기동이 자유로운데 그 기간은 기껏해야 두 달 남짓입니다. 그런데 겨우 두 달 동안에 고려를 완전히 정벌하는 것은 불가능합니다. 따라서 먼저 압록강에 다리를 놓고 그 다리를 보호할 성을 압록강 남쪽에 쌓아야 합니다. 그렇게 하면 계절과 관계 없이 최소한 청천강까지 기동할 수 있고, 고려는 금세 피폐해질 깃입니다."

야율융서가 매우 흡족한 듯 고개를 크게 끄덕이며 말했다.

"지난번에 여진인들의 배를 동원해 고려를 습격한 것도 정말 좋은 작전이었네."

소허열이 고개를 아래로 숙이며 말했다.

"두 번째 습격은 성공하지 못해서 면목이 없습니다."

야율융서가 격려하며 말했다.

"한 번 성공한 것만으로도 제 역할을 다한 것이지. 그래, 압록강에 대한 일을 자세히 말해보게."

"제가 압록강으로 가서 다리를 놓을 자리를 알아보고 고려군의 대응을 시험해보겠나이다. 그리고 배를 많이 만들어 도강할 준비를 마치겠나이다."

"지금 우리가 가용할 병력이 있는가?"

"여진 병력으로 시도해보겠습니다."

야율융서가 동의하며 말했다.

"아주 좋군. 이제 야율화가가 서북로를 정벌하고 돌아오면 바로 고려로 갈 것이다."

소배압이 거들며 말했다.

"소허열의 말대로 하면 고려를 약화시킬 수 있습니다."

야율융서가 소합탁에게 물었다.

"추밀부사는 어떻게 생각하는가?"

소합탁이 소배압을 힐끗 보더니 말했다.

"매우 합당한 방법이라고 생각하옵니다."

야율융서가 자신에 찬 목소리로 소허열에게 말했다.

"추진해보도록 하게."

소배압은 조카 소허열에게 힘을 실어주기 위해 이 자리에 있었지만, 또 다른 이유도 있었다. 소배압이 조심히 입을 열었다.

"소신이 듣기로는 서남로에서도 불온한 움직임이 있다고 합니다."

서남로(西南路)는 서하(西夏)와의 국경 지대를 관리했는데, 거란과 서하 사이에는 당항족이 살고 있었다.

야율융서의 표정이 굳으며 소합탁을 바라보며 물었다.

"그게 무슨 소리요?"

소합탁이 침착한 표정으로 답했다.

"서남로에 있는 몇 부족이 북쪽으로 도망쳤는데, 평소에도 가끔 있는 일이라 따로 보고드리지 않았습니다."

야율융서는 잠자코 있었다. 소배압이 말했다.

"서남로는 서하와 송나라와 맞닿아 있습니다. 문제가 커지기 전에 세심히 살펴볼 필요성이 있습니다."

야율융서가 여전히 잠자코 있는데, 소합탁이 머리를 조아리며 말했다.

"난릉군왕의 말씀이 옳습니다. 제가 이 문제를 너무 대수롭지 않게 봤습니다."

그제야 야율융서가 입을 열었다.

"어떤 조치를 취해야겠소?"

소합탁이 슬쩍 소배압을 보며 답했다.

"당장 군사를 보내야 하는 것은 아닙니다. 단지 초토사(招討使)로 명망 있는 황실 인사를 파견하는 것이 어떨까 합니다."

야율융서가 고개를 끄덕이다가 소배압을 보았다. 지금 황실에서 가장 연장자이고 명망 있는 사람은 소배압이었다. 눈빛을 받은 소배압이 천천히 말했다.

"폐하께서 허락하시면 소신이 가서 살펴보겠나이다."

소배압의 말에, 소합탁의 얼굴에 희미한 미소가 나타났다가 곧 사라졌다. 소합탁은 야율융서의 총애를 듬뿍 받아 정치를 점차 좌지우지하고 있었다. 따라서 그 기세는 등등했다. 자신의 눈 밖에 나면 어떤 방법을 써서라도 제거했다. 사람들은 그 사실을 잘 알고 있기에 소합탁을 어려워했고 그 앞에서 아부를 떨어댔다.

그렇지만 소합탁이 무서워하는 사람도 있었다. 그 사람 앞에서는 책잡히지 않기 위해서 마치 고양이 앞에 쥐처럼 굴었다. 바로 야율세량이었다. 만일 야율세량이 소합탁을 탄핵하면 야율융서는 그 말을 듣지 않을 수 없을 것이었다. 야율세량은 누구나 다 아는 한덕양의 후계자이기 때문이다.

성격이 너그러운 소배압은 야율세량처럼 무섭지는 않지만, 역시 소합탁이 꺼리는 사람이었다. 황실의 가장 웃어른이기 때문이었다. 그래서 소배압이 황제와 만날 때면 소합탁은 늘 긴장했다. 혹여나 자기에게 불리한 말을 할까 봐 염려해서였다. 아니나 다를까, 소배압은 서남로가 불안하다고 말했다. 소합탁이 야율융서의 심기를 어지럽힐까 봐 보고하지 않은 사항이었다.

그런데 오히려 이 기회에 꺼리는 소배압을 서남로로 보낼 수 있게 되었으니 소합탁의 입장에서는 아주 잘된 일이었다.

얼마 후, 어사중승* 야율자충이 상소를 올렸다.

"신이 고려로 가서 강동육주의 반환을 요청하겠나이다."

야율융서가 소합탁에게 물었다.

"어떻게 생각하시오?"

소합탁이 고개를 저으며 말했다.

"야율자충은 거만한 성격으로 문제를 일으킬까 염려됩니다."

야율융서가 상소에 대한 답을 하지 않자, 야율자충은 또다시 상소를 올렸다.

"그들은 전쟁을 두려워하고 있습니다. 우리가 움직이기만 하면 강동육주를 충분히 빼앗을 수 있다는 것을 알기 때문입니다. 제가 가서 이치로 설득하면 고려는 반드시 강동육주를 내놓을 것입니다."

---

*　어사중승: 관리를 감찰하는 어사대에 속한 관직.

야율융서가 다시 소합탁에 물었다.

"야율자충을 고려로 보내서 강동육주를 회수하는 것이 어떻겠소?"

소합탁이 말했다.

"고려 사신들이 와서 강동육주를 반환하지 않겠다는 뜻을 명확히 했습니다. 괜히 폐하의 위엄만 손상될 우려가 있습니다. 더구나 야율자충은 외골수 같은 성격이라 외교 임무에는 맞지 않다고 생각됩니다."

소합탁이 역시 반대하자, 야율융서는 상소에 답하지 않았다. 그러자 야율자충은 계속 상소를 올려 고려로 가겠다고 졸라댔다. 결국 야율융서는 밑져야 본전이라는 심정으로 허락했다.

야율자충이 고려로 출발하며 말했다.

"제가 꼭 강동육주를 회수하여 오겠나이다!"

야율자충의 태도는 너무 자신만만했다. 고려가 강동육주를 돌려준다는 것은 사냥감이 알아서 발밑에 와서 잡혀주는 것과 같았다. 그럴 리는 만무한 것이다. 더구나 이미 고려는 강동육주 반환을 거절했다. 그런데도 야율자충은 외골수 같은 성격이어서 본인이 된다고 믿으면 너무 밀어붙였다. 박학다식하고 글을 잘 지었으나 황족임에도 그런 성격 때문에 마흔이 넘도록 등용되지 못했었다.

며칠 후, 서남로에서 소배압이 보낸 상주문이 당도했다.

"당항족 중 일부가 반란을 일으켜 급히 토벌했더니, 황하(黃河) 북쪽의 모난산(模柟山)으로 도망갔나이다."

야율융서는 고개를 절레절레 흔들었다. 무엇 하나 마음대로 되는 일이 없었다. 화가 나기도 하고 약간 허탈하기도 했다. 모난산은 수백 장 높이의 산들이 즐비한 건조하고 척박한 곳이었다. 그런데 겨우 말을 징발했다고 풍요로운 곳을 떠나 척박한 곳으로 도망간 것이다. 작은 것을 지키려고 아주 많은 것을 포기하는 행위였다. 야율융서로서는 이해할 수 없는 일이었다.

도망간 그들을 속 시원하게 토벌하고 싶지만 그렇게 하려면 많은 병력이 필요하다. 지금 당장은 여력이 없었다. 일단 부드러운 내용의 조서를 내렸다.

"반란을 일으키지 않은 당항족을 잘 어루만지고 달래서 안정시키도록 하시오."

하나 마나 한 얘기 같지만, 일부러 군사행동을 할 필요가 없음을 넌지시 이야기한 것이었다.

그런데 며칠 후, 소배압으로부터 다시 상주문이 당도했다.

"반기를 들지 않은 갈당족*은 그대로 그 땅에 살고 있었는데, 얼마 후 서쪽으로 옮기고자 하기에 그 이유를 따져 물었습니다. 그들이 말하기를, '우리는 다만 물길을 따라서 다닐 뿐입니다'라고 하였습니다. 지금 서둘러 그들을 제어하지 않으면, 뒤에 우환거리가 될까 걱정입니다. 또 제가 듣기로는 반기를 든 자들 대부분이 서하에 투항했는데, 서하에서 받아들이지 않았다고 합니다."

야율융서는 화가 났다. '물길을 따라다닐 뿐'이라고 했지만 어쨌든 복종하지 않은 것이었다. 그렇지만 일단 화를 자제하고 차분한 내용의 조서를 다시 내렸다.

"사신을 보내 서쪽으로 옮겨간 이유를 다시 묻고, 잘 달래서 다시 돌아오게 하라."

그런데 얼마 후 다시 소배압의 상주문이 당도했다.

"갈당족으로 보냈던 사신들이 처형당했다고 합니다."

야율융서는 화가 머리끝까지 났다. 즉시 서하에 조서를 보냈다.

---

*   갈당족: 당항족의 한 갈래.

"지금 당항이 반기를 들었다! 내가 서쪽으로 정벌을 나가고자 하니, 서하의 국왕은 마땅히 동쪽에서 공격하여 협공하도록 하라!"

당항족을 제어하기 위해서는 서하의 협조가 필요했기 때문이다. 그리고 군대에 조서를 내려보냈다.

"각 군대에 명하여 살찐 말을 사 두도록 하라!"

이번에는 말을 징발하라는 것이 아니라 돈을 주고 구입하라는 것이었다.

야율융서의 급한 명령에 신하들은 기겁했다. 지금 서북로, 서남로, 고려와의 전쟁을 거의 동시에 진행하려는 것이다. 이것은 아무리 거란이더라도 너무나 무리한 일이었다. 이 와중에 만일 송나라가 공격해 온다면 큰 위기를 맞게 될 것이다. 신하들은 그러나 차마 반대 의견을 입 밖에 낼 수 없었다. 야율융서의 분노가 극에 달해 있다는 것을 알고 있었기 때문이다.

그때 장검이 상소를 올렸다.

"동시에 전쟁을 벌이는 것은 무리한 일입니다. 옥체를 수고스럽게 할 필요 없이, 서하에 사신을 보내 반기를 든 당항족들을 붙잡아서 보내라고 하십시오."

야율융서의 뜻에 정면으로 반하는 내용이었다. 상소를 보고 야율융서는 일굴을 찡그렸고 답하지 않았나.

이때 서북로에 나가 있던 야율세량으로부터 상주문이 도착했다.

"회골성을 점거하자 겁을 먹은 조복들이 항복하고 있습니다. 전투를 치르지 않고 안정시키고 있으니 한두 달 안에 끝낼 예정입니다."

상주문을 본 야율융서의 얼굴에 비로소 미소가 흘렀다. 반란을 손쉽게 해결하고 있었고 더구나 전투 없이 해결한다면 최상의 결과인 것이다.

야율융서의 안색을 살피고 있던 소합탁이 말했다.

"폐하의 위세로 조복들이 바로 항복한다고 하니, 이보다 더 좋을 수는 없습니다."

소배압으로부터도 상주문이 당도했다.

"갈당족으로 보냈던 사신들이 처형되었다는 말을 듣고, 즉시 군사를 움직여 추격해 갔습니다. 그랬더니 갈당족에서 사람을 보내 자신들의 소행이 아니라고 알려왔습니다. 그래서 이해와 득실로 따지니 다시 원래 살던 곳으로 복귀하기로 하였나이다. 지금 당장 서남로를 정벌할 필요는 없으니 옥체를 수고롭게 하지 마소서."

야율융서는 서남로를 직접 정벌하려는 계획을 취소했다. 상주문을 보고 마음이 풀렸기 때문이기도 하고, 본인 역시 갑자기 서남로를 정벌하는 것이 무리라는 것을 잘 알고 있었기 때문이다. 더구나 서하에서 적극 협조해줄 것인지조차도 알 수 없었다. 그리고 지금은 고려 정벌이 우선이었다. 서북로에 보낸 군사들이 돌아오면 바로 고려를 정벌할 것이었다.

팔월(1013년 8월)에 야율자충이 고려에 사신으로 갔다 왔는데 당연히 고려에서는 강동육주의 반환을 거절했다.

누군가 야율자충에게 개인적인 자리에서 말했다.

"고려는 이미 강동육주의 반환을 거절했소. 괜한 일에 힘 빼지 마시오."

야율자충이 언성을 높이며 말했다.

"저번에 우리는 고려의 주력군을 격파하고 곽주, 안주, 숙주를 함락시켰소. 그때 새로 얻은 영토를 잘 지켰다면 강동육주 정도는 당연히 우리 것이 되었을 것이오. 그런데 무리해서 개경까지 들어갔기 때문에 기존에 확보한 것도 모두 잃고 말았소. 고려도 그 사실을 잘 알고 있소.

또다시 우리가 군사행동을 시작하면 고려의 손실은 막심할 것이오. 따라서 이해로 설득하면 결국 강동육주를 내놓을 것이오.”

그런데 이 사적인 대화가 야율융서의 귀에 들어갔다. 며칠 후 조회가 파하자, 야율자충이 행궁 밖으로 나가려는데 야율융서가 지나가는 말로 슬쩍 던졌다.

“경이 ‘우리가 무리해서 개경까지 갔다’고 했다지?”

야율자충이 깜짝 놀라며 머리를 조아리며 뭐라 변명하려는데, 야율융서가 몸을 일으키더니 내전으로 들어가버렸다.

야율자충이 행궁을 나가려다가 소합탁을 보고는 따지듯이 말했다.

“부추밀사가 폐하께 말씀드렸겠지요?”

소합탁이 정색하며 말했다.

“난 모르는 일이오. 폐하의 눈과 귀는 어디에나 있소.”

소합탁이 시치미를 떼자 야율자충이 훈계하듯이 말했다.

“그대는 능력에 비해 너무 높은 자리에 올랐소. 행동을 삼가는 것이 좋을 것이오.”

소합탁의 얼굴이 벌겋게 변했다. 평소 거침없이 말해대는 야율자충을 별로 좋아하지 않았지만, 그렇다고 특별히 싫어하지도 않았었다. 소합탁이 행궁을 나가는 야율자충의 뒷모습을 오랫동안 바라보았다. 그 다음 날부터 야율자충의 잘못을 지적하는 상소가 빗발치기 시작했다.

“고려로 가서 폐하의 위신을 손상시켰으니 관직을 삭탈해야 합니다.”

“어사중승 직을 수행하며 뇌물을 받고 범죄자를 놔주었다고 합니다.”

야율자충은 야율융서가 직접 등용한 사람이었다. 그래서 상소를 무시하고 넘기려고 했는데 몇 날에 거쳐 수십 건의 상소가 올라오자 그냥 무시하기는 힘들었다. 그래도 벌을 주고 싶지는 않았다. 따라서 야율자충을 상경부유수에 임명해서 중앙 정치와 좀 멀어지게 했다.

얼마 후, 압록강에 갔던 소허열이 돌아왔다.

"다리를 놓을 곳과 성을 쌓을 지점을 선택했나이다."

소허열은 새로 그려온 지도를 펼쳐 들고 자세한 계획을 설명했다. 야율융서는 매우 흡족해했다. 그리고 여진인 하나를 데리고 왔는데, 철리국*(鐵利國) 출신으로 저번 전쟁에서 고려군에 포로로 잡혔다가 얼마 전에 철리국으로 다시 돌아왔다는 것이었다. 여진어와 거란어, 고려어를 모두 할 줄 알았기에 개경에서 통역과 언어 교육을 담당했다고 한다. 절을 하는 여진인을 보니 몸집이 작고 피부는 까맣다. 그러나 눈빛은 매우 반짝이는 것이 영리해 보였다.

야율융서가 물었다.

"그대는 철리국 사람이라지?"

"철리국의 국왕 나사(那沙)와 육촌 간인 만두(滿豆)이옵니다."

야율융서는 철리국왕 나사를 여러 번 만났었다. 자세히 보니 닮은 면이 있어 보였다.

"고려의 사정을 잘 아는가?"

"소신은 삼 년 전에 서경에서 고려군에 포로가 되었습니다. 소신이 거란어와 여진어, 고려어를 모두 할 줄 알기 때문에 고려에서는 소신에게 통역에 관한 일을 맡겼습니다. 그 뒤 삼 년 간이나 지냈었기 때문에 고려에 대해서 잘 압니다."

"개경에서 고려의 강남까지는 몇만 리라고 하는데 사실인가?"

이 말은 하공진이 삼 년 전에 야율융서에게 했었다. 야율융서 역시 이제는 몇만 리까지는 되지 않는다는 것을 잘 알고 있으나 확인차 물어보는 것이었다.

"전혀 그렇지 않습니다. 그러나 몇천 리는 될 것입니다."

"섬이 수천 개가 있다는 것도 사실인가?"

"그것은 소신도 직접 보지는 못했습니다만, 섬이 많은 것은 사실입니다. 죄인들이 섬으로 도망치면 잡을 방법이 없다고 합니다."

야율융서는 왕순이 나주까지 갔다가 돌아온 사실을 알고 있었다.

"개경에서 나주까지의 거리는 얼마나 되나?"

"개경에서 말을 타고 십칠 일 정도 가면 나주이옵니다."

"별로 먼 거리가 아니군."

야율융서는 무척 아쉬운 표정으로 말했다. 만일 삼 년 전에 이 사실을 알았더라면 왕순을 나주까지 추격하여 사로잡았을지도 모른다. 그때는 고려의 지리를 잘 몰라서 섣불리 쫓을 수가 없었다.

소허열이 아쉬움을 느끼고 있는 야율융서를 보고 만두에게 눈짓했다. 만두가 말했다.

"고려는 산이 많아서 모든 공물을 해로로 운반합니다. 따라서 해로의 요충지에 대형 창고를 몇 군데 지어 놓고 있습니다. 만일 그곳을 장악할 수 있다면, 고려는 더 이상 힘을 쓸 수 없을 것입니다."

야율융서가 눈을 크게 뜨고 지대한 관심을 보이며 물었다.

"그곳의 위치는 어떻게 되는가?"

"개경으로부터 동남쪽으로 말을 타고 칠 일을 가면 큰 성채가 있습니다. 넓이는 개경과 같습니다. 주변에서 바치는 진기한 공물들을 모두 이곳에 쌓아둡니다. 여기서 십 일을 더 가면 나주이옵니다. 나주의 남쪽에도 역시 두 곳의 큰 성이 있습니다. 여기도 마찬가지로 공물을 쌓아둛니다. 이곳을 모두 장악한다면 고려의 젖줄을 끊는 것이 됩니다.”

야율융서가 약간 시큰둥한 표정으로 말했다.

“거기까지 갈 수만 있다면 장악이 어렵지 않겠으나, 고려는 강동육주라는 단단한 방어선을 가지고 있다.”

개경까지 갔다가 회군하는 길에 강동육주를 지키던 고려군들에 의해 큰 피해를 보았다. 야율융서는 몸소 그것을 경험했던 것이다.

만두가 자신 있게 말했다.

“강동육주를 우회하면 됩니다.”

“강동육주를 우회한다?”

“길은 간단합니다. 겨울에 압록강 하류 쪽을 건너 서쪽 해안의 작은 길들을 이용하면 강동육주를 우회하여 곽주 남쪽까지 갈 수 있습니다. 거기서부터는 대로를 따라 남하하기만 하면 나주가 나옵니다.”

“좋군, 좋아!”

야율융서는 꽤나 흡족한 표정을 지었다. 사실 강동육주를 우회하는 길은 저번 침공 때도 일부 이용한 길이었고 나머지 정보들도 고려인 포로들을 통해 알고 있었다. 이번에 풀린 의문은 왕순이 나주로 간 이유였다. 국토가 점령당하더라도 공물이 모이는 나주에서 버티려고 한 것이었다.

야율화가가 조복을 격파했다는 승전보가 연달아 올라왔다. 서북로에 대한 평정이 순조롭게 이루어지나 싶었다. 그러다가 아살란회골을 격파했다는 보고가 왔는데, 반란을 일으킨 적이 없는 순종적인 부족이었다. 곧 야율세량의 상주문이 당도했다.

“아살란회골은 우리에게 복종하는 부족입니다. 그런데 야율화가가 이들을 학살하고 노획했습니다. 노획한 것을 모두 돌려주었으나 여러 부족이 이 일로 인해서 귀순하지 않고 있습니다.”

서북로초토사 소도옥도 거의 동일한 내용의 상주문을 보내왔다.

"휴-."

야율융서는 깊은 한숨을 내쉬었다.

십일월, 야율화가가 돌아오자 북원추밀사에서 물러나게 하고 대동 군절도사로 좌천시켰다. 거기에 왕의 작위 역시 박탈했다. 그리고 드디어 야율세량을 북원추밀사로 임명했다.

야율세량이 야율융서에게 고했다.

"진주로 가서 요지에 성을 쌓아 서쪽부터 안정시키겠습니다."

"조복을 비롯한 서쪽의 부족들은 변화가 무상하오. 안정이 되겠소?"

"진주 서쪽에는 회골인들이 쌓은 회골성이 있습니다. 그곳이 길을 통제하는 요지이니 그곳의 무너진 성벽을 보수하고 점거하면 서쪽 변방의 부족들을 통제하는 데 용이할 것입니다. 서쪽 변경 일을 마무리 지으면 곧 돌아와 고려를 정벌하겠나이다."

야율융서가 고개를 끄덕이며 말했다.

"고려 정벌에는 얼마나 시간이 걸리겠소?"

"송나라와의 국경이 안정되는 데 삼십 년의 세월이 걸렸습니다. 고려 역시 스스로 무너지지 않는 한, 시간이 제법 걸릴 것입니다."

야율융서는 만족스럽지 못한 표정을 지었다. 그 표정을 보고 야율세량이 다시 말했디.

"오 년 정도 전쟁을 하면 고려는 상당히 피폐해질 것입니다. 고려왕이 그래도 입조하지 않는다면 고려 왕조는 멸망의 길을 걷게 될 것입니다."

야율융서가 비로소 흡족한 표정을 지었다.

야율세량이 다시 군대를 이끌고 진주로 향하자, 조복의 추장 오팔(烏八)은 사람을 보내 항복하겠다고 알려왔다. 거란군이 세 번이나 기동하자 저항이 무의미하다는 것을 알게 되었기 때문이었다.

야율세량이 오팔을 불러 말했다.

"추장은 폐하를 알현하고 죄를 용서받도록 하시오."

오팔이 꺼리는 기색을 보이자 야율세량이 다시 말했다.

"우리 황제께서는 귀순하면 이전 죄를 용서하고 높이 등용하십니다."

오팔이 떨리는 목소리로 말했다.

"내 안전을 보장할 수 있습니까?"

"내가 여기서도 당신에게 아무런 해를 가하지 않는데, 또 무슨 해를 가하겠소?"

오팔이 그래도 내키지 않은 표정을 짓자, 야율세량이 엄숙한 표정을 지으며 말했다.

"추장이 믿지 못한다면, 나는 다시 군사를 움직일 수밖에 없소. 서로 믿지 못하는데 어찌 평화가 찾아오겠소?"

야율세량의 위협에 오팔은 결국 굴복할 수밖에 없었다. 거란의 힘은 충분히 경험했다. 대적할 수 없는 힘이어서 자기를 따르던 부족들은 모두 거란에 항복했다. 자신이 추장의 지위를 지키면서 부족들에 대한 영향력을 유지하려면 거란에 협조하는 방법밖에 없었다.

오팔이 결연한 표정을 지으며 말했다.

"알겠소, 폐하를 알현하겠소."

야율세량이 커다란 웃음을 지으며 말했다.

"추장은 왕이 되고 싶지 않으시오?"

오팔은 솔깃했으나 부정적인 어조로 말했다.

"나 같은 일개 추장이 어찌 왕이 되겠습니까?"

야율세량이 나직한 말투로 말했다.

"여진족 추장들도 왕으로 봉해지는데 조복의 대추장인 당신이 왕이
안 될 이유가 무어겠소!"

오팔이 눈을 크게 뜨자, 야율세량이 다시 말을 이었다.

"여진 추장들은 우리가 고려를 정벌할 때, 수천 마리의 말을 바치고
왕으로 봉해졌소. 조만간 다시 고려를 정벌할 것이니 말과 낙타가 많이
필요하오. 여진 추장들은 말만 바치고 왕이 되었는데 당신은 낙타도 바
칠 수 있으니 당연히 왕이 될 것이오."

며칠 후, 오팔은 말 삼천 마리와 낙타 오백 마리를 몰고 상경으로 떠
났다. 야율세량은 상주문을 보내 오팔의 입조 소식과 왕으로 봉하기를
청했다.

다음 해(1014년) 일월, 오팔이 오자 야율융서는 몹시 기뻐하며 말
했다.

"추장이 지금까지의 잘못을 깨닫고 귀순해 오니 이 어찌 기쁜 일이
아니겠나! 짐이 그대에게 특별한 은혜를 내릴 것이다."

야율융서는 성대한 의식을 열어 오팔을 조복의 왕으로 책봉했고 각
국의 사신들도 모두 참가하게 했다. 높은 단 위에서 오팔에 대한 책봉
의식을 끝내고 책봉 조서를 직접 낭독했다.

"조복의 추장 오팔은 도량이 넓고 기개가 높으며 엄숙하고 위엄이
있으니 이것은 군자의 풍모다. 이번에 서쪽이 안정된 것은 오직 오팔의
공이요, 또한 동쪽의 정벌에도 큰 힘을 보태니, 그 공로가 현저히 크다
고 할 것이다. 이것을 아름답게 여겨 특별히 조복의 왕에 임명하노라."

야율융서는 천하를 내려다보듯이 단 아래를 보았다. 각국의 사신들
이 모두 자신을 우러러보고 있었다. 마음이 뿌듯해지며 자신감이 거대
하게 부풀어 올랐다. 그런데 그 사신들 사이로 고려 사신이 눈에 들어
왔다. 마음 어딘가에서 미세한 언짢음이 느껴졌다. 그 언짢음은 계속

커졌고 마음을 계속 잠식했다.

삼월, 야율세량이 진주 서쪽에 성을 쌓자, 야율융서는 초주(招州)라는 이름을 하사했다. 곧 야율세량이 돌아오자 본격적으로 고려 정벌에 몰두할 때가 되었다.

이때, 상경부유수 야율자충이 다시 상소문을 올렸다.

"소신이 다시 고려로 가서 강동육주의 반환을 요구하겠나이다."

야율융서는 쓸데없는 일이라고 생각했으나, 야율세량이 찬성하며 말했다.

"고려가 강동육주를 돌려주지는 않겠지만, 오가는 길에 고려의 사정을 알아볼 수 있으니 역시 보내는 것이 좋습니다."

그런데 사월, 또다시 반란이 일어났다. 이번에는 오고와 적렬이었고 역시 말 때문이었다. 돈을 주고 샀는데도 반란이 일어난 것이다. 오고와 적렬은 거란 상경에서 진주로 가는 길목에 살고 있다. 진주로 가는 길의 안전을 확보하기 위해서 이곳부터 토벌해야 했다.

더 이상 기다릴 수 없었던 야율융서가 야율세량에게 물었다.

"오고와 적렬은 가까운 곳에 있는 데다가 반란의 규모가 크지 않으니, 군대를 둘로 나누어 고려를 정벌하는 것이 어떻겠소?"

야율융서의 인내심이 한계에 달한 것을 알고 있는 야율세량이 말했다.

"서쪽 정벌을 마무리하고 다시 대군으로 고려를 정벌하는 것이 가장 좋습니다만, 폐하께서 원하신다면 고려에 삼만 정도의 군사를 보내 국경 지역을 공략하게 할 수도 있습니다."

"이 일은 누구에게 맡기면 좋겠소?"

"소허열이 내원성에 가 있으니, 국구상온 소적렬을 보내 돕게 하는 것이 적당합니다."

소적렬은 원래 지방의 향리였는데 견식과 도량이 크다고 소문이 나서, 야율융서가 중앙의 관리로 등용한 사람이었다. 과연 소적렬은 사람됨이 너그러운 데다가 정치적 능력도 뛰어났다. 따라서 북원추밀사가 될 인재라는 평가를 받고 있었다. 그런데도 야율융서에게 중용되지는 못하고 있었다. 소적렬은 할 말은 하는 성격으로, 저번 고려와의 전쟁 전에 반대하는 상소를 올렸기 때문이었다.

"국가가 매년 정벌을 하고 있어 군사들이 지쳐 사기가 낮습니다. 더욱이 올해에는 흉년까지 들어 식량이 부족합니다. 또한 고려가 작은 나라이나 성곽이 완전하고 튼튼합니다. 승리하여도 무공을 쌓는 것이 아니고 만일 패한다면 후회를 남길까 두렵습니다. 사신을 보내어 그 까닭을 묻는 것이 낫습니다."

이렇게 야율융서의 결정에 정면으로 반박하는 내용이었다. 야율융서는 자신의 의중을 따르는 소합탁 같은 자들만 중용하고 있었다. 능력 있는 자를 중용한다는 원칙이 어느새 무너지고 있었다. 야율세량은 이것을 바로 잡으려고 했다.

야율융서가 떨떠름한 표정으로 말했다.

"소적렬은 전쟁에 반대하지 않았소?"

"그가 그때 반대한 것은 이유가 있어서입니다. 이제 결정이 났으니 최선을 다할 것입니다."

야율세량이 소적렬을 불러 구체적인 일을 말했다.

"고려 국경으로 움직여 고려가 대응하게 하시오. 고려의 힘을 소모시키는 것이 일차 목적입니다. 만일 가능하다면 압록강에 다리를 놓고 강을 넘어 남쪽에 성을 쌓으시오. 만일 고려가 대군으로 압박해 오면 상대하지 말도록 하오. 서쪽 정벌이 끝나면 그때 본격적으로 고려를 정벌할 것입니다."

36
평화에 대한 기대

전공지가 사신으로 다녀온 그해(1012년), 고려 조정은 거란군이 바로 침공해 올 수 있다고 판단했다. 그래도 계속 사신을 거란으로 보냈다. 어떻게든 군사 충돌을 막아보려는 생각이었던 것이다. 또한 그와 함께 전국 각지의 군사들을 점검하고 전쟁 물자를 지속적으로 비축했다.

긴장 상태로 보내는 와중에 겨울이 되었음에도 거란군의 움직임은 없었다. 다만 의외의 소식이 들렸다.

다음 해(1013년) 일월, 중추사 채충순이 보고했다.

"거란의 서북로에서 반란이 일어나고 있다고 합니다."

거란이 침공해 오지 않은 이유를 이제야 알 수 있었다. 반란이 일어나서 여력이 없었던 것이다. 왕순은 일단 한시름 놓았다. 채충순이 말했다.

"이번에 신이 다시 거란으로 가서 사정을 자세히 알아보겠나이다."

삼월, 채충순이 거란에서 돌아와 보고했다.

"거란의 서북로에서 일어난 반란이 계속되고 있습니다."

왕순이 물었다.

"반란이 계속되는 이유가 무엇인가요?"

"우리를 침공하기 위해서 각 부족한테서 말을 과다하게 징발한 것이 원인이라고 합니다."

재추들이 모두 한마디씩 했다.

"우리로서는 천만다행한 일입니다."

"거란주가 그 백성들을 핍박했으니, 인과응보입니다."

정황상 당분간 거란군의 대규모 침공이 없을 것은 분명했다. 왕순은 거란 상황이 계속 좋지 않기를 기대했다.

그때 우습유*(右拾遺) 최충이 상소를 올렸다.

"도순검사 양규는 회군하는 거란군을 공격하여 무수한 말과 낙타, 병장기를 노획했습니다. 그 결과, 막대한 피해를 입은 거란이 우리를 침공할 수 없게 된 것입니다. 큰 공을 세운 양규와 그의 가족들을 포상해야 합니다."

상소를 본 왕순은 고개를 끄덕이며 혼잣말을 했다.

"그렇지, 이게 모두 양 상서의 공이지."

최충의 상소대로, 양규가 회군하는 거란군을 그토록 강하게 타격하지 않았다면 거란에서 반란이 일어나지 않았을 것이다. 전사한 양규가 또다시 고려를 구하고 있는 것이었다.

곧 양대춘에게 조서를 내렸다.

"구국의 영웅 양규의 아들 양대춘의 관직을 일 단계 올려 공역승**(供驛丞)에 임명한다."

왕순은 조회 때 양대춘을 앞으로 부른 후 말했다.

"짐이 몽진을 할 때 매우 힘들다고 생각하여 하늘을 원망하기도 했었다. 그런데 그대 아버지가 나라를 위해 한 일을 듣고 스스로가 매우

---

* 　우습유(右拾遺): 고려 초기, 내사문하성에 속한 종6품 관직. 간쟁과 봉박 등의 권한이 있는 요직이었다.

** 　공역승(供驛丞): 고려 시대 역마(驛馬)를 맡아보던 관청인 공역서(供驛署)의 종8품 관직.

부끄러웠다. 그대 아버지는 나라를 구하고 짐도 일깨웠다.”

이렇게 말하며 좋은 향이 든 은합(銀榼)을 하사했다. 그 은합의 겉면
에는 솜씨 좋은 장인을 시켜 양규의 마지막 모습과 더불어 양규가 항정
이관에게 써 준 글귀 역시 새겨 넣었다.

그리고 곽주 탈환에 선봉에 섰던 사람들을 불러서 술과 음식을 내렸
다. 최충과 금오위 장군 정신용, 중랑장 고적여 등이었다.

정신용이 왕순에게 청했다.

“금오위 부대 중 천 명을 가려 뽑아 금오위 기군*(奇軍)을 만들도록
해주십시오.”

“장군은 무엇을 하려고 합니까?”

“제가 그 부대를 훈련시킨 후에 거란군이 다시 침입하면 흥화진으로
들어가겠습니다. 도순검사가 지휘했던 흥위위 초군의 역할을 맡게 해
주소서.”

이렇게 말하는 정신용의 눈빛은 형형했다. 왕순은 재추회의에서 논
의한 후 허락했다.

삼월 이십일, 태사국**(太史局)에서 보고했다.

“경주에 지진이 발생해 월성의 기왓장들이 떨어지고 민가의 담장이
무너진 곳이 있습니다.”

지진이 있었으나 다행히 피해 정도가 경미하다는 보고였다. 왕순은
고개를 끄덕이며 별다른 반응을 보이지 않았다.

그러자 최항이 정색하며 말했다.

“옛날 훌륭한 임금들은 백성을 보호하기를 갓난아이와 같이한다고

---

*　　기군(奇軍): 최정예 부대의 명칭 중에 하나.
**　태사국(太史局): 천문(天文), 달력, 날씨, 시간 등의 일을 다루던 관청.

했습니다. 따라서 백성들이 굶주리면 먹일 것을 생각하고, 추우면 입힐 것을 생각하며, 괴로우면 편하게 해줄 것을 생각했습니다. 그런데 지금 성상께서는 고통을 겪는 백성들을 보면서도 아무런 대책도 없으시니, 어찌 천하가 잘 다스려지겠습니까!"

왕순은 즉시 깨닫고 곧 조서를 내렸다.

"천재지변은 아무 이유 없이 생기는 것이 아니니, 하늘이 짐에게 허물이 누적되고 있음을 경고하는 것이다. 짐은 더욱 삼가고 조심하며 행동을 바로잡고 백성들의 삶을 돌볼 것이다. 각 관청 역시 백성들의 삶을 더 나아지게 할 방안을 찾아서 보고하도록 하라."

그리고 경주에 따로 관리를 파견하여 백성들을 위로하게 했다.

며칠 후, 거란 군사 네 명이 압록강을 넘어 귀순해 왔다. 그런데 이들은 거란인들이 아니었다. 송나라 사람들로 거란군에 포로로 잡혀 내원성을 지키는 군사로 충당된 사람들이었다. 이들의 이름은 두문현(竇文顯), 엽거전(葉居腆), 임덕(林德), 왕호(王皓)였다.

거란의 상황에 대해서 묻자 이들은 이렇게 답했다.

"고려를 정벌한다고 했는데 그 뒤 조치가 없습니다. 들리는 말에 의하면 서북로에 반란이 일어나서 지체되고 있다고 합니다."

또한 두문현 등이 울며 하소연했다.

"우리의 고향은 하북(河北: 중국 하북 지방)입니다. 고향으로 놀아가고 싶습니다. 돌아갈 수 있게 조처해주소서."

왕순은 이들을 보고 측은한 마음이 들어 서둘러 송나라로 돌려보내고 싶었다. 그렇지만 고려와 송나라의 외교는 단절된 상태였다. 왕순이 채충순에게 물었다.

"우리가 송나라에 사신을 보내면서 이들을 같이 보내는 것이 어떻습니까?"

"송나라 황제는 경술년(1010년)에 거란이 우리를 침공한다는 보고를 접하고, 만일 고려 사신이 송나라에 오면 개봉(송나라 수도)에 못 오게 하라는 조서를 내렸습니다. 송나라가 어떻게 나올지 알 수 없습니다."

"그러면 이들을 고향으로 돌려보내려면 어떤 방법이 있겠습니까?"

"송나라 상인들의 배를 이용하는 것이 가장 무난합니다."

"그렇게 하면 되겠군요."

"먼저 등주*(登州: 중국 산동 반도 북쪽)의 송나라 관리에게 공문을 보낸 뒤에 그쪽에서 승낙하면 그때 보내도록 하겠습니다."

"그렇게 조치하도록 하십시오."

삼월 이십칠일, 거란의 야율자충이 사신으로 왔다. 수창궁 관인전에서 접견했는데 야율자충은 읍을 할 뿐 절을 하지 않았다. 합문사 김맹이 엄한 목소리로 말했다.

"사신은 성상께 절을 하시오!"

야율자충이 고개를 뒤로 젖힌 자세로 말했다.

"나는 고려에 예를 행하려고 온 것이 아니외다!"

야율자충의 예의 없는 말에 왕순을 비롯한 사람들이 모두 놀란 표정으로 보았다. 야율자충이 턱을 위로 치켜들며 거만한 태도로 말했다.

"나는 가르침을 주려고 온 것이오!"

채충순이 왕순에게 말했다.

"북조**(北朝: 거란)의 사신이 예를 행하기를 거부하니, 성상께서는 내전으로 드소서."

왕순이 야율자충을 보면서 무슨 말을 하려다가 몸을 일으켜서 내전

---

*   등주(登州): 중국 산둥성(山東省) 옌타이시(烟台市) 펑라이구(蓬萊區)
**   북조(北朝): '북쪽의 정부'라는 뜻으로 고려가 거란을 지칭한 용어.

으로 향했다.

야율자충이 왕순의 뒤에 대고 큰 목소리로 외쳤다.

"폐하의 명을 듣지 않으면서 어찌 예를 논하는가!"

이 무엄한 말에 문하시랑 유진이 낮은 목소리로 말했다.

"사신의 말씀이 지나치오."

야율자충이 입술을 삐죽거리며 말했다.

"직접 와서 폐하를 뵈라는 명을 거역하니 이는 불충이오. 따라서 예전에 하사했던 홍화진 등 여섯 성을 반납하도록 하시오!"

사신을 접대하기 위한 관반사*(館伴使)가 임명되는데, 이번에는 내사사인 윤징고가 맡았다. 성격이 차분한 윤징고가 객관으로 가서 야율자충을 달래자 야율자충이 낮은 목소리로 말했다.

"내가 특별히 당신에게만 알려드리겠소. 지난번 전쟁에서 우리가 강동육주 지역만을 장악하려고 했다면 충분히 그렇게 할 수 있었소. 그러니 괜한 피해를 입지 말고 반납하는 것이 좋을 것이오."

윤징고는 말없이 고개만 끄덕였다. 야율자충이 위협적인 어조로 다시 말했다.

"곧 수십만 대군이 몰려올 것이요. 당신이 꼭 고려왕을 설득하도록 하시오. 내가 며칠 말미를 주겠소."

야율자충은 스스로 친절을 베풀고 있다고 생각하는 것 같은데, 듣기에 매우 무례하기 그지없었다. 그러나 윤징고는 역시 말없이 고개만 끄덕였다.

며칠이 지나도 고려 조정에서 아무 말이 없자, 야율자충은 왕순을 만나려고 했다. 왕순이 병들었다는 핑계로 거부하자, 대궐 앞까지 와서

---

*　관반사(館伴使): 외국 사신을 접대하기 위하여 설치되었던 임시 관직.

막무가내로 여섯 성을 내놓으라고 고래고래 소리를 지르다가 거란으로 돌아갔다.

오월 칠일, 다시 거란에서 사신이 왔는데, 자기네 황제의 존칭을 '천보황제(天輔皇帝)'로 높였으며, 연호를 통화(統和)에서 개태(開泰)로 바꿨다는 것을 알리기 위해서였다.

이 일은 작년(1012년) 십일월의 일로, 고려에서도 거란이 연호를 바꾼 것을 알고 있었다. 몇 달이 지났는데 굳이 공식적으로 알리는 이유는, 거란으로 보내는 문서에 연호를 바꿔 표기하라는 것이었다. 왕순은 거란의 연호를 사용하라고 지시했다. 거란과 문제를 만들 필요는 없는 것이었다.

그런데 오 일 후(12일), 서북면병마사 유방으로부터 급한 장계가 도착했다.

"일단의 거란군이 압록강을 건너려 하자, 대장군 김승위 등이 이들을 격퇴시켰나이다."

왕순은 즉시 재추회의를 소집했다. 내사시랑 최사위가 말했다.

"이번에 거란군의 숫자가 얼마 되지 않았습니다. 내원성의 병력으로 우리의 대응을 시험해본 것 같습니다."

중추사 채충순이 말했다.

"거란에서 아직 대규모로 군대를 동원하고 있지 않으니, 일단 크게 염려할 문제는 아닙니다."

왕순이 말했다.

"저들은 분명 어떤 목적이 있을 것입니다. 정찰을 강화해서 동향을 면밀히 파악하도록 하십시오."

"성상의 명을 받드옵니다."

그런데 이달에 왕첨이 갑자기 사망했다. 왕첨은 거란에 다녀온 이후에 다시 구월산 패엽사에 들어가 있었다. 근래 며칠간 복통이 있고 열이 났는데 갑자기 그렇게 되었다고 했다. 장례는 구월산에서 치러졌고 왕순은 장례에 쓰일 물품들을 보냈다.

그리고 이제는 더 이상 미뤄둘 수 없는 일이 생각났다. 경애원주를 왕후로 들이는 것이었다. 왕순은 조서를 내렸다.

"경애원주 유씨(柳氏)를 책봉해 왕후로 삼으려고 하니, 의례를 거행할 것을 명하노라."

칠월에 야율자충은 또다시 왔다. 이번에 왕순은 야율자충을 만나지 않았다. 윤징고가 역시 관반사가 되어 접대했는데 야율자충의 무례함은 도를 넘어서는 것이었다. 그렇지만 성격이 침착한 윤징고는 싫은 내색 없이 야율자충을 접대했다.

야율자충은 이런 글을 왕순에게 올렸다.

"우리의 백만대군이 대기 중이니, 왕은 두렵지 않소? 어서 여섯 성을 바치도록 하시오!"

윤징고는 야율자충의 일거수일투족을 면밀히 감시했는데, 밤마다 혼자서 문서를 작성한다는 것을 알게 되었다. 어느 날 밤, 좋은 술과 안주를 가지고 가서 야율자충에게 권하며 말했다.

"저 역시 전쟁을 막기 위해 강동육주를 반환하는 것이 옳다고 생각하고 있습니다. 그래서 우리 성상께 권유 중입니다. 당신의 식견이 탁월합니다."

윤징고는 야율자충을 치켜세우며 연신 술을 권했다. 결국 야율자충은 대취했다. 윤징고는 그 틈에 야율자충이 작성한 문서를 살펴보았다. 거란주에게 그날그날의 상황을 보고하는 내용이었다.

"우리의 서북로와 서남로에 모두 반란이 일어나서 고려를 바로 공격할 수 없습니다. 또한 제가 오가며 보니 고려의 성곽이 우뚝한 것이 방비가 제법 탄탄합니다. 그러니 외교적 수단으로 강동육주를 얻어내는 것이 상책입니다."

"우리는 고려가 송나라와 연합할 것을 걱정하고 있습니다. 그런데 다행히도 아직까지는 고려에서 적극적으로 송나라와 손을 잡으려는 움직임은 없습니다. 고려와 송나라가 연합하면 우리에게 큰 골칫거리가 될 것입니다. 그런 상황은 무슨 수를 써서라도 막아야 합니다."

윤징고가 내용을 기억했다가 왕순에게 보고했다. 왕순이 대단히 기뻐하며 칭찬했다.

"거란의 사정을 지혜로 알아냈으니, 그 공이 무척 크오!"

팔월에는 과거 시험을 시행했다. 왕순은 궁궐에서 몸소 시험을 감독하고 임유간(林維幹) 등 아홉 명을 급제시켰다.

무려 삼 년 만에 과거 시험을 다시 실시한 것이다. 평시와 같은 모습으로 일상을 회복해가고 있었다. 왕순은 거란 내부의 반란 상황이 계속되어 이대로 고려와 거란 간의 분쟁이 마무리되었으면 했다. 그것은 또한 모든 고려인의 소망이었다.

최항이 건의했다.

"거란군이 개경의 궁궐에 불을 질러 서적이 모두 잿더미가 되었습니다. 태조로부터 목종에 이르는 칠대실록*(七代實錄)을 복원해야 합니다."

이에 왕순은 최항을 책임자인 감수국사(監修國史)로 임명하고, 윤징고, 최충 등을 수찬관(修撰官)으로 임명하여 실록의 편찬을 착수하게 했

---

* 칠대실록(七代實錄): 고려 태조에서 목종에 이르는 일곱 명의 왕에 대한 역사 기록.

다. 이들은 옛 사실을 알고 있는 노인들을 탐방해 자료를 모으고 정리했다. 시월, 미륵사에 짓고 있던 공신당이 완공되어 방문했다. 공신당의 내부에는 태조를 도와 고려 건국에 공을 세운 공신들의 초상화가 걸려 있었다. 이 공신들을 삼한벽상공신(三韓壁上功臣)이라고 한다. 공신당은 원래 신흥사에 있었는데, 거란의 침공으로 불타버려서 이번에 미륵사에 새롭게 조성한 것이었다.

다음 해(1014년) 일월 칠일, 왕순은 성대한 행차와 더불어 수창궁을 나와서 광화문으로 갔다. 드디어 삼 년 만에 궁궐이 완공된 것이다. 왕순은 회경전 등을 둘러본 후에 어떤 건물로 갔다. 건물 현판에는 경령전(景靈殿)이라고 쓰여 있었다.

이 경령전에는 태조와 안종(왕순의 아버지 왕욱)의 초상화가 모셔져 있었다. 역대 왕을 모신 종묘가 있음에도 경령전을 따로 만든 이유는 두 가지였다. 우선 안종은 사망 후에 왕으로 추존되었기 때문에 예법상 종묘에 들어갈 수가 없었다. 그래서 궁궐 안 가까이에 아버지 왕욱을 모시는 시설을 설치해서 마치 살아 있을 때처럼 섬기려고 했다. 경령전에서 올리는 제사 음식도 생존할 때 좋아했던 음식으로 했다. 격식화된 종묘의 제사와는 달랐다.

서북면병마사 유방이 장계를 보냈다.

"흥화진 남서쪽 삼십 리 지점에 성을 쌓아, 해안 쪽의 방어를 강화하려고 합니다."

왕순은 승인하고 성을 쌓을 곳의 지형이 용이 꿈틀거리는 것 같다고 하여 용주(龍州)라는 이름을 내려주었다. 그리고 삼 년간 중앙집권을 강화하며 그간 호구 조사에서 누락된 사람들을 대거 찾아냈고, 이들을 용주로 이주시켰다.

이월, 이번에는 동북면병마사 강감찬이 장계를 보냈다.

"신라 때 진흥왕이 진출했던 마운령*을 넘어 화장사(華藏寺)라는 절을 지었으며, 화장사에서 북쪽 삼백 리 지점에는 개심사(開心寺)라는 발해의 절터가 남아 있어 그곳을 중건하려고 합니다."

며칠 후에 동북면 북쪽으로 보냈던 승려들 몇 명이 돌아왔다. 이들이 왕순에게 말했다.

"성상폐하! 소승들은 철리국에 다녀왔나이다."

그리고 철리국 사람 만두(滿豆)와 같이 왔는데, 만두는 담비와 청설모 가죽, 말을 바쳤다. 왕순은 만두에게 불교와 유교 서적을 내려주었다.

이날 밤, 왕순은 승려들을 위한 연회를 베풀고 경험담을 들었다.

"철리국까지는 삼천 리 길이온데, 천오백 리 길은 동해를 접하고 있어 해산물이 풍부하고 농사를 지을 만한 땅도 제법 있었습니다. 나머지 천오백 리 길은 큰 산이 겹겹이 늘어서 있었는데, 철리국 부근은 수백 리에 걸친 광활한 평야가 있었습니다. 철리국 사람들은 농사를 지으며 유목도 같이하는데…."

삼월 팔일, 야율자충이 다시 왔다. 벌써 세 번째였다. 야율자충은 강동육주를 반환하라는 말만 계속 반복했다. 이제는 소음 수준이었다. 윤징고가 서눌, 곽원과 함께 야율자충을 만났다.

야율자충이 윤징고 등에게 말했다.

"그대들은 우리 수십만 기병대가 두렵지 않소? 강조가 이끄는 고려군을 단 하루 만에 깨뜨렸소. 송나라 군대 역시 추풍낙엽처럼 쓸려 나갔는데, 당신네 왕은 더 무엇을 고민하는지 모르겠소."

곽원이 아니꼬운 표정으로 야율자충에게 말했다,

"그런데 그 수십만 기병의 말들이 고려에서 거의 몰살되지 않았소?

---

* 　마운령: 함경남도 이원군 동면과 단천군 부귀면 사이에 있는 고개.

생각보다 약하더이다."

곽원의 말에 야율자충의 안색이 확 변하더니 입을 열었다.

"그것은….."

그런데 야율자충은 그다음에 할 말을 찾지 못했다. 잠시 후 겨우 말을 이어나갔다.

"그것은 기후가 맞지 않아서이지, 우리 군대가 약해서가 아니오!"

야율자충의 얼굴이 붉게 달아올라 있었는데, 화가 난 것 같기도 했고 부끄러운 것 같기도 했다.

서눌이 그런 야율자충을 보며 말했다.

"공께서는 학문이 박학하시고 문장에도 능하시니, 거란에서도 보기 드문 인재이십니다."

자신을 칭찬하는 말에 야율자충이 고개를 저으며 말했다.

"나 정도 인물은 우리 거란에 차고 넘칩니다."

서눌이 말했다.

"안타까운 것이 우리나라에는 좋은 책이 없어 학문을 닦을 수가 없다는 것입니다. 전쟁 전에는 거란에서 많은 책을 받아올 수 있었는데, 지금은 참….."

야율자충이 반색하며 말했다.

"강동육주만 반환히면 모든 관계가 징상화될 것이니, 책을 받아와 학문을 닦는 것이 뭐가 어렵겠소."

서눌이 한숨을 쉬며 말했다.

"음-, 결국 책을 구할 곳이 송나라밖에 없더군요. 그래서 책을 구하러 송나라에 사신을 보내려고 합니다."

야율자충이 말없이 서눌을 노려보았다.

다음 날, 윤징고, 서눌, 곽원이 연명해서 상소를 올렸다.

"거란은 우리가 송나라와 통교하는 것을 매우 부담스러워하고 있는 것이 분명합니다. 송나라와의 교섭을 지속적으로 진행하여 우리 사신단이 송나라 수도 개봉에 갈 수 있다면 좋을 것입니다. 그러면 거란은 송나라를 매우 의심하게 될 것이고 송나라와의 국경에 대비하지 않을 수 없습니다. 그것만으로도 우리에게는 큰 수확입니다."

유월, 마침내 고려에 첩보가 들어왔다. 거란군의 동향이 심상치 않다는 것이었다. 왕순은 유방을 서북면도통으로 임명했다.

그리고 병부에 이렇게 지시했다.

"전장에서 사망한 군사들을 위해 관청에서 장례도구를 지급하고, 그 유골함을 역마로 각 집에 보내주도록 하라."

칠월, 송나라 측으로부터 송나라 황제가 고려 사신들의 접견을 허가했다는 연락이 도착했다.

팔월, 내사사인 윤징고가 송나라로 향했다. 예물로는 용과 봉황을 새긴 금빛 안장과 좋은 말 스물두 필 등이었다.

37
송나라에서

십 년 전(1004년), 송나라 황제의 이름은 조항*(趙恒)으로 태조, 태종에 이어 세 번째 황제였다. 조항이 황위에 오른 지는 팔 년째, 송나라가 건국된 지는 사십사 년. 이제 송나라는 경제, 문화적으로 발전되고 사회가 안정되며 점점 번영하고 있었다. 조항이 황제가 된 후, 태종 때보다 토지 경작면적이 크게 늘어 곡식 생산량이 증대되었고 각종 수공업도 호황을 누리고 있었다.

송나라는 성장과 융성을 누리고 있었으나 큰 외환이 있었다. 북쪽에서 거란의 압박이 매년 거세졌기 때문이다. 몇 년 전부터 거란군이 계속 국경을 침략했고 급기야 이해(1004년) 구월, 거란의 승천황태후는 황제 야율융서와 더불어 이십만 군대를 이끌고 대대적으로 침공해 왔다.

거란군이 명주(洺州)에서 송나라 군대를 패배시키고 기주(冀州)의 덕청군(德淸軍)을 격파한 다음, 전연**(澶淵)의 잎까지 이르러 군사를 주둔했다. 수도 개봉에 며칠이면 닿을 거리까지 진군해 온 것이었다.

북방의 변경에서 다급한 상황을 알리는 급보가 하룻저녁에 다섯 번이나 도착하자, 조정의 안팎에서 매우 놀랐고 황제 조항은 제대로 식사

---

* 　조항(趙恒): 송 진종(宋 眞宗, 968년 12월 2일~1022년 2월 19일)으로 송나라의 제3대 황제(재위 997년~1022년)였다.
** 　전연(澶淵): 중국 안후이성(安徽省) 푸양시(濮陽市).

도 하지 못할 정도였다.

거란군의 압박이 거세지자 송나라 대신들은 금릉*(金陵)이나 성도
**(成都)로 수도를 옮길 것을 청했다.

"장강(양자강) 남쪽 금릉으로 천도해야 거란군의 무도한 말발굽을 피
할 수 있을 것이옵니다."

"서쪽의 성도로 가서 험한 지형에 의지하여 거란군을 막아야 합니
다."

그러나 재상 구준(寇準)이 강력히 반대하며 말했다.

"폐하께서 이번 상황을 종료시키려고 한다면 바라건대, 전연(澶淵)으
로 행차하소서."

구준의 주장에 조항이 난색을 표명하며 내전(內殿)으로 들어가려고
하니, 구준이 다시 말했다.

"폐하께서 내전으로 들어가시면 국가의 대사를 그르칠 것입니다. 청
컨대, 내전으로 들어가지 말고 당장 전연으로 출발하소서."

조항이 떨리는 목소리로 말했다.

"거란 군사들이 사납다고 하는데 그들을 막을 수 있겠소? 많은 대신
이 남쪽이나 서쪽으로 수도를 옮기는 것이 상책이라고 말하고 있소."

구준이 말했다.

"신이 그 계책을 주장한 사람들의 목을 쳐서 그 피를 북에다 바른 다
음에 북벌(北伐)에 나서려고 합니다. 폐하께서는 어찌하여 종묘와 사직
을 버리고 수도를 옮기려고 하신단 말입니까! 그러면 군사들과 백성들
의 사기가 붕괴될 것이고 적군이 그 기회를 이용해 더 깊이 들어올 것

이니, 어찌 천하를 다시금 보유할 수 있겠습니까!"

재상 구준의 강력한 주장에 조항은 결국 전연으로 가기로 결정했다. 조항이 전연으로 움직이는데, 대신들이 여전히 남쪽으로 가서 거란군을 피해야 한다는 계책을 주장하니, 조항은 계속 흔들렸다.

그러자 구준이 다시 말했다.

"대신들이 금릉이나 성도로 가자는 것은 모두 자신을 위한 계책이지 나라를 위한 것이 아닙니다. 태조께서 나라를 건국한 지 오십 년이 되어 수도 개봉에는 종묘와 사직이 있습니다. 만약 위험이 닥친다면 폐하께서는 신들과 함께 죽음을 무릅쓰고 지켜야 할 것입니다. 그런데 하루아침에 버리고 떠나면 우리 군사들이 와해될 것이고, 거란이 그 기회를 이용할 경우에는 금릉으로 떠나도 도착하지 못할 것입니다."

구준의 강력한 주장에도, 조항이 다시금 남쪽으로 피난 가는 사안에 대해 언급하자, 일흔 살의 늙은 무장 고경(高瓊)이 분연히 말했다.

"거란군이 국경 안으로 들어온 지 이미 몇 개월이 되었으므로 그들은 매우 지쳐 있습니다. 국경에서 우리 군사들이 죽기로 싸우고 있는데, 만약 폐하께서 남쪽으로 떠났다는 것을 알면 모두 사기가 떨어져 제 살길만을 도모할 것입니다. 그 누가 기꺼이 힘을 다해 적을 격파하려고 하겠습니까!"

고경은 조항의 말고삐를 움켜쥐고 선장으로 이끌었다. 소항은 마지못해 전연의 남쪽을 흐르는 황하(黃河)까지 왔다.

조항과 신하들이 황하의 남쪽에서 북쪽을 바라보니, 거란군이 들판을 가득 메우고 있었다. 그 모습에 신하들이 두려움에 떨며 그냥 머물러 있을 것을 청했다.

그러자 구준이 다시 조항에게 간청했다.

"폐하께서 황하를 건너가지 않으시면 우리 군사들의 사기는 떨어지고 적군의 기세는 더욱 오를 것입니다. 이는 위엄을 이용해 승리로 이끄는 방도가 아닙니다. 지금 각지에서 달려오는 구원병이 날마다 도착하고 있으니 폐하께서는 그들과 함께 분연히 앞으로 진군하소서!"

그러나 조항을 비롯한 여러 신하가 모두 두려워하였으므로, 구준이 아무리 여러 차례 극렬히 주장해도 결정이 나지 않았다. 구준은 조항의 막사 밖으로 나가다가 마침 고경을 만나 그에게 말했다.

"장군께서는 나라의 은혜를 입었으니 보답해야 하지 않겠습니까!"

고경이 칼자루를 움켜잡으며 대답했다.

"나는 무인(武人)이므로 죽음으로 보답하려고 합니다!"

구준이 다시 안으로 들어가자 고경이 뒤따라가 중앙에 섰다. 구준이 큰 소리로 말했다.

"폐하께서는 백전노장 고경의 말을 한 번 들어주소서!"

고경이 그 즉시 우러러 아뢰었다.

"폐하께서 죽음을 무릅쓰신다면 소장을 비롯한 모든 신하와 군사들 그리고 백성들이 함께할 것입니다."

그러자 대신 한 명이 꾸짖으며 말했다.

"고경은 왜 그처럼 무례합니까?"

고경이 노여워하며 말했다.

"지금 나라가 풍전등화의 위기인데, 겨우 나의 무례를 책망한단 말인가!"

구준이 고경에게 조용히 말했다.

"기회를 놓쳐서는 안 되니, 빨리 어가를 재촉해야 합니다."

고경이 곧바로 호위 군사들을 지휘하여 조항을 말 위에 태웠다. 조항은 전혀 내키지 않았지만 힘에 떠밀려서 황하에 설치된 부교(浮橋: 배다리)의 중간에 이르렀다. 그런데 강 건너 거란군의 모습이 가까워지자,

뒤따르던 신하들이 다리에 힘이 풀려 주저앉았고, 조항 역시 전진할 수 없었다. 고경이 말에서 내려 조항의 말고삐를 잡고 이끌었다.

이때 송나라로서는 천만다행한 일이 발생한다. 거란군의 총사령관은 소달름(蕭撻凜)이었는데, 그는 소손녕과 같이 고려를 침공한 적도 있는 인물이었다(993년). 소달름은 총사령관임에도 몸소 최전선으로 나와 전쟁을 독려했다. 그런데 전연의 성곽을 살펴보던 중에 전연의 성벽 위에 있던 송나라 군사 하나가 상자노*(床子弩)를 발사하여 소달름의 이마를 명중시켰고 그날 밤에 소달름이 죽었다.

승천황태후는 매우 당황했으나 우선 소배압을 다시 총사령관으로 임명했다. 소배압은 일단 군대를 뒤로 약간 물린 후 재정비하며, 경무장한 기병을 수시로 보내서 송나라 군대의 동태를 정찰했다.

이 첩보가 송나라 진중에 전해지자, 구준이 발분하여 조항에게 건의했다.

"이 기회에 진군하여 거란 세력을 만리장성 북쪽으로 몰아내야 합니다!"

그러나 조항은 전쟁에 두려움을 느낀 나머지 전혀 그렇게 할 생각이 없었다.

"짐은 차마 백성들이 계속 전쟁에 시달리는 것을 볼 수 없소. 우선 재물을 주이서라도 저들과 화의를 맺는 것이 옳은 일이오."

결국 송나라와 거란 사이에 화의가 성립되고 이 화의가 바로 '전연의 맹'이었다. 맹약의 내용은 이러했다.

첫째, 송나라는 매년 거란에 비단 이십만 필, 은(銀) 십만 냥을 보

---

* 상자노(床子弩): 고정된 발사대(상자) 위에 설치된 대형 노(弩: 쇠뇌)이다.

낸다.

둘째, 송 황제는 거란 황제의 모친을 숙모(叔母)로 삼고, 황제들은 형제의 교분을 맺는다.

셋째, 양국의 국경은 현재 상태로 하고, 포로는 서로 송환하며 이후 국경을 넘는 자들 역시 송환한다.

맹약을 맺고 거란군이 물러가기 시작하자 고경이 조항에게 건의했다.

"우리 군대를 집결시켜, 퇴각하는 거란군의 뒤를 치면 남김없이 섬멸할 수 있습니다."

조항이 고개를 저으며 말했다.

"또다시 전투를 시작하면 너무나도 많은 인명이 살상될 것이고, 그로 인한 재앙이 끝날 날이 없을 것이오. 거란과 체결한 맹약을 지키며 천하를 휴식시키는 것이 더 낫소."

그로부터 육 년 후(1010년) 시월, 거란에서 사신을 보내 고려 정벌을 알려왔다.

한 달 후, 국경의 장수 이윤칙(李允則)으로부터 첩보가 도착했다.

"거란이 군대를 일으켜 고려를 정벌하려고 합니다!"

첩보를 보고 받은 조항이 재상 왕단(王旦)에게 물었다.

"거란이 고려를 정벌한다는데, 만일 고려가 어려운 지경에 빠져서 우리에게 귀순하려고 하거나 원군을 요청하면 어떻게 해야 하오?"

왕단이 답했다.

"거란과는 굳은 맹약을 맺어 수년째 평화가 유지되고 있습니다. 그러나 고려와의 관계는 단절된 지 오래되었습니다. 고려를 위해 무엇을 할 필요는 없습니다."

조항이 맞장구치며 말했다.

"경의 말이 맞소."

이때까지 고려와 송나라의 사신들은 육로가 거란에 의해서 막혀 있어서 바닷길을 통해서 오가고 있었다. 개경의 벽란도와 송나라의 등주(중국 산둥반도)를 잇는 길이었다.

조항이 등주의 관리들에게 명령을 내렸다.

"만일 고려 사신이 와서 원군을 요청하면 여러 해 동안 왕래가 없었다는 것을 말하고, 감히 조정에 오지 못하게 하라. 혹 귀순하는 자가 있으면 살 수 있게 도와주고 따로 조정에 보고할 필요 없다."

조항은 보고하지도 말라고 했다. 송나라와 거란 간에는 사신이 꾸준히 오갔으므로 거란 사신은 항상 송나라 궁궐 안에 있었다. 혹시 거란이 알게 될까 봐 두려워한 것이었다. 거란과의 전쟁으로 수도를 옮길 위기에 처했었기에 조금이라도 문제를 만들고 싶지 않았다.

송나라는 거란의 고려 침공의 결과를 예의주시했다. 이 결과에 따라 송나라에 미치는 영향도 매우 크기 때문이었다. 그다음 해(1011년) 거란이 고려에서 퇴각한 다음, 송나라 조정에도 전쟁 결과가 전해졌다.

"고려가 거란을 대패시켰다고 합니다. 거란의 귀족과 병사, 수레 중에 돌아온 것이 드물었고 관리들도 태반이 선사했다고 하며, 이에 유주(幽州: 지금의 중국 베이징 지역) 등에 영을 내려, 조금이나마 글을 아는 사람까지 뽑아서 관리에 보충하고 있다고 합니다."

조항이 놀라서 반문했다.

"고려가 승전했단 말이오?"

"거란군이 고려의 수도 개경까지 함락시켰으나 결국 고려군의 반격을 받아 많은 피해를 입고 물러났다고 합니다."

조항은 왠지 모르게 가슴이 후련해지는 기분이 들었다. 자신의 아버지 태종은 거란과의 전투에서 두 번이나 패하여 본인도 전사할 뻔했고 수십만의 전사자가 났었다. 자신도 거란군에 위협당해 매년 비단 이십만 필, 은 십만 냥을 바치고 있다. 따라서 거란군은 대적할 수 없는 무서운 존재로 각인되어 있었다. 그런데 그 무서운 거란군이 고려군에게 패한 것이었다.

삼 년 후(1014년) 고려에서 사신을 보낸다는 통보를 받자, 송나라 황제 조항은 이 문제로 재상 왕단, 왕흠약(王欽若)과 상의했다. 조항이 말했다.

"고려가 오랫동안 조공하지 않았는데, 이제 고려 사신이 온다고 하니 어떻게 해야겠소?"

왕흠약이 난색을 표하며 말했다.

"고려의 사신이 오면, 거란의 사신과 동시에 대궐에 있게 됩니다."

거란과는 사신을 왕성하게 교류하고 있었고 송나라 대궐에는 늘 거란 사신이 있었다. 거란이 알게 될 수밖에 없고 문제를 삼을 수 있었다. 왕흠약은 이것을 두려워하는 것이었다.

그런데 왕단이 호기롭게 말했다.

"외국이 조공하는 것은 중국을 존중하는 것이고 그래서 늘 있는 일입니다. 저쪽과 이쪽이 불화가 있는데 우리 조정이 어찌 한쪽 편을 들겠습니까!"

왕단은 삼 년 전과는 완전히 다르게 말하고 있었다. 고려가 거란을 막아냈기 때문일 터다.

조항이 엄숙한 표정을 지으며 말했다.

"경의 말이 요점을 깊이 있게 짚은 것이오. 등주에 객관을 설치하여 고려의 사신들을 대접하고 개봉으로 인도해 오도록 하시오."

십이월 십오일, 드디어 고려 사신단이 개봉에 당도했다. 윤징고와 더불어 여진 장군 대천기 이하 모두 칠십팔 명이었다.

고려에서 보낸 표문의 내용은 이러했다.

"거란이 도로를 막아서 오랫동안 송나라와 통하지 않았습니다. 청하오니 연호를 내려주십시오."

고려는 공식 문서에 거란의 연호를 쓰고 있었다. 연호를 내려 달라는 것은 이제 송나라의 연호를 쓰겠다는 것이다. 이것은 거란을 몹시 도발하는 행위였다. 송나라가 이것을 허락하면 송나라도 고려에 동조하는 것이 된다. 그런데 조항은 조서를 내려 과감히 허락했다.

사신단을 접견하는 자리에서 열일곱 명의 사람이 들어와 울음을 터트렸다. 이들은 거란에 잡혀갔던 송나라 백성 두문현 등이었다.

"고국에 돌아와 폐하를 뵈오니, 소인들은 이제 죽어도 여한이 없나이다!"

조항은 그들을 위로했다.

"고생들 했소. 이제 고향으로 돌아가 편안히 살도록 하시오."

그리고 윤징고에게 말했다.

"고려에서 우리 백성들을 돌려보내니, 그 뜻이 매우 아름답소."

조항은 백성들이 다시 돌아온 것을 매우 기뻐했다. 황제의 책무를 다한 것 같아 마음이 매우 뿌듯했기 때문이었다.

윤징고가 한 사람을 가리키며 말했다.

"이 사람은 여진 장군 대천기이옵니다. 일찍이 대천기의 아버지와 형이 대궐에 와서 폐하를 뵈었다고 하옵니다. 그런데 그 형이 송나라에 머물며 돌아오지 않아 그 소식을 알고자 합니다."

조항이 알아보게 하니, 대천기의 형은 병에 걸려 돌아가지 못하고 머물다가 곧 사망한 터였다. 대천기가 조항에게 감사하며 말했다.

"이제 그 소식을 알게 되었으니, 마음의 응어리가 시원하게 풀렸나이다."

조항은 윤징고 등 고려 사신단을 매우 융숭히 대접했다. 그리고 송나라 각지에서 진상되는 진기한 물품들을 보여주고 원하는 것은 모두 가져가게 했다.

38
다시 전쟁 속으로

시월 초하루(1014년 10월) 인시 무렵(3시~5시) 압록강 남쪽, 하늘에는 실 같이 얇은 초승달이 흐릿하게 떠 있었고, 칠흑 같은 어둠 속에서 무수한 별들이 반짝이며 자태를 뽐내고 있었다.

그런데 갑자기 공중에서 밝은 세 줄기의 불빛이 나타났다. 잠시 후 몇십 리 떨어진 곳에서 역시 세 줄기의 불빛이 나타났고, 일정한 간격을 두고 계속 불빛들이 나타나 남쪽으로 이어지고 있었다. 불빛은 계속 남하하여 한 시진 후에는 청천강 남쪽 안주까지 이르렀다. 압록강 인근에서 시작한 봉수대의 불빛이 안주에 당도한 것이었다.

안주 북쪽 성벽 위에는 백상루(百祥樓)라는 누각이 웅장하게 서 있었다. 태조 왕건 때 안주를 개척하며 만든 누각으로, 백 가지 경치를 볼 수 있다고 하여 백상루라는 이름이 붙은 것이었다. 불빛이 안주에 이르자 백상루로 사람들이 모여들었다. 그중에 자색 선포를 입은 한 사람이 불빛을 보며 말했다.

"이런, 시작되었군요!"

중군병마사 박충숙이었다. 그 옆에는 오색으로 채색된 황룡이 수놓아져 있는 담황색 전포를 말쑥하게 차려입고 있는 사람이 있었는데, 도통 유방이었다. 그 옆에는 부도통 장영이 있었다.

유방이 장영에게 말했다.

"군사들을 점검해야겠습니다."

장영이 뒤를 보며 말했다.

"서 판관, 준비하게나."

"네, 알겠습니다!"

이번에 도통부 판관으로 임명된 서눌이었다. 곧 백상루로 붉은색 전포를 입은 사람이 올라왔는데 안북도호부사*(安北都護府使) 정성이었다. 정성은 경술년(1010년) 전쟁이 끝난 다음, 안주를 책임지는 안북도호부사로 임명되었다. 저번 전쟁에서 안주가 지켜졌다면 거란군은 그 이상 남하할 수 없었다. 흥화진사였던 정성의 능력을 높게 사서 안북도호부사로 임명한 것이었다.

유방이 정성을 보며 말했다.

"군사들을 점검한 후에 진법을 훈련할 것이니, 안주의 군사들도 준비시켜주시오."

유방은 백상루를 내려가 각 군의 군영으로 향했다. 박충숙이 유방에게 말했다.

"적들이 얼지 않은 압록강을 밤을 틈타 건넜습니다. 그렇다면 대군은 아닐 것입니다."

유방이 고개를 끄덕였다. 곧 안주성 내에 설치된 각 군영을 돌며 군사들을 점검했다. 잠시 후 황색 西(서) 자가 앞뒤로 쓰인 흑색 전포를 입은 군사들이 있는 군영에 당도했다. 챙이 있는 투구를 쓴 육 척 장신의 사람이 유방에게 군례를 했다. 유방이 그에게 물었다.

"조 판관, 서경군 숫자는 얼마인가?"

서경 판관 조원이었다.

---

*　안북도호부사(安北都護府使): 안북부(안주)의 총책임자.

"행군이 이천 명, 신기군이 오백 명, 신보군이 일천 명입니다."

유방이 조원을 보며 고개를 여러 번 끄덕였다. 이런 국가적 위기 상황에는 평소 군역을 지지 않는 사람들도 차출한다. 그런데 신분을 고려하다 보니 원정양반군(元定兩班軍), 한인군(閑人軍), 백정군(白丁軍), 잡류군(雜類軍) 등 명칭이 다양했고 이들의 지휘권도 통일되어 있지 않았다. 그런데 서경군은 이들 중에 정예병을 차출하여 말을 가진 사람은 신기군, 말이 없는 사람은 신보군으로 단순화했던 것이다. 유방은 이 신기군, 신보군 체제를 전국적으로 확대할 것을 고려하고 있었다.

박충숙이 조원의 등을 두드리며 말했다.

"나는 자네가 중군부의 판관이 되었으면 했는데, 서경군을 직접 지휘하고 싶다고 하니 할 수 없지. 서경군을 자네가 심혈을 기울여 훈련시켰으니 그들을 잘 이끌어주게."

각 군사를 점검하는 동안, 거란의 침입을 알리는 보고가 여러 차례 왔지만 유방은 별다른 반응 없이 해야 할 일을 하고 있었다.

유방이 왕순에게 올린 전략은 이러했다.

"거란의 동경부터 우리의 안주까지는 천 리입니다. 서북면의 성곽을 굳게 지키는 한편, 들판의 곡식을 깨끗이 치우고 기다린다면 거란군이 안주까지 왔을 때는 사람과 말이 지치고 굶주릴 것입니다. 거란군이 이와 같이 곤궁해졌을 때, 각 성에서 출격하여 거란군의 뒤를 끊고 주력군이 앞을 치면 승리할 수 있습니다."

경술년 때(1010년)처럼 적의 주력과 전쟁 초기부터 바로 맞붙어 싸우는 것보다는, 안주에서 편안하게 있으면서 적이 지치기를 기다리겠다는 것이었다.

만일 적이 깊이 들어오지 않고 흥화진 등의 성을 공격하는 데 힘을 쏟는다면 아주 잘된 일이다. 경술년(1010년) 전쟁에서 거란군이 공격해서 함락시킨 성곽은 곽주가 유일했다. 거란군이 서북면의 모든 성을 군사적으로 점령한다는 것은 불가능했다. 한두 개를 점령하는 것도 쉽지 않을 것이고 백번 양보해서 세 곳을 뗄군다고 하더라도 안주가 지켜지는 이상 고려의 방어선은 무너지지 않는다. 오히려 그 과정에서 거란군은 막대한 피해를 볼 것이다.

유방은 쓸데없이 부풀리는 것보다는 단단히 움츠리는 것을 선택한 것이었다. 흥화진 등 서북면의 각 성을 초기에 구원하지 않으므로 어쩌면 냉혹한 방법이었지만 고려 입장에서는 가장 안정적인 선택이었다.

군사들에 대한 점검이 끝나고 유방이 명령을 내렸다.

"이제 진법을 훈련한다."

곧 안주성 서쪽 벌판에서 검차를 이용한 진법 연습이 행해졌다.

조원은 백상루 위에 있었다. 사방이 탁 트인 백상루에서는 주변 경관이 한눈에 들어왔고 서쪽으로는 수십 리 떨어진 서해까지 볼 수 있었다. 훈련은 서쪽 성벽 옆에서 행해지고 있었다. 서경군도 결진하여 훈련하고 있었기에 서경군 속에 있어야 하겠지만 이번에는 백상루에서 지켜보기로 했다. 위에서 봐야 전체 진영이 어떻게 돌아가는지 잘 보이기 때문이다.

안주 서쪽 평야 지역에 검차, 보병, 기병들이 무질서하게 모여 있었다. 그러다가 신호에 따라 갑자기 병력들이 움직이며 순식간에 검차가 사면을 에워싼 커다란 방진을 이루었다.

잠시 후, 검차 방진은 뒤로 천천히 후퇴하기 시작했다. 천천히 후퇴하다가 신호에 따라서 진의 좌·우벽을 형성했던 검차들이 좌·우로 퍼지며 방진은 일자진으로 변했다가 다시 학익진으로 변했다. 학익진으로 변하자 그 학익진의 좌우로 기병들이 달려 나갔다. 이런 변화는 순식간에 이루어졌으며 눈이 어질할 정도로 현란했다.

조원이 감탄하며 자신도 모르게 "우와!" 하고 내뱉자, 그 모습을 보고 있던 백상루의 누군가가 명했다.

"출진하라!"

안북도호부사 정성이었다. 그 옆에는 키가 육 척이 넘고 피부색이 하얗고 얼굴이 긴 사십 대 장수가 있었는데 안북도호부(安北都護府) 부사(副使)* 유소였다. 유소는 경술년 전쟁에서 연주방어사였었다. 거란군이 연주(延州: 평안북도 영변)를 공격하지는 않았으나 항복하라는 서신을 보냈었다. 유소는 항복을 거부하고 성문을 굳게 닫고 연주를 지켰다. 전쟁이 끝난 뒤, 군사를 잘 이끌고 지략이 있다는 평가를 받아서 안북도호부부사로 임명되었다.

유소는 백상루를 내려가 안주군을 이끌었다. 곧 백상루 왼편의 북문이 열리며 병력이 뛰쳐나갔다. 흑색 전포에 앞뒤로 '安(안)' 자를 새긴 안주 군사들이었다. 기·보병 천여 명이었다. 마치 매복해 있다가 뛰쳐나가는 것과 같았다.

적들의 기세가 날카로울 때는 검차 방진을 치고 안주성에 의지하여 수비하고, 적들의 기세가 약해지면 검차 방진을 변형시켜 적들을 공격했다. 유방은 반드시 승리할 수 있는 진영을 세운 것이었다.

조원은 연신 감탄하며 그 모습을 보았다. 북쪽 성벽 바깥쪽에서 성벽과 가까이 붙어 있는 사찰인 칠불사(七佛寺)가 눈에 들어왔다. 칠불사 주위로 일곱 개의 바윗돌이 있는데, 마치 불상과 같이 생겼다고 하여 칠불사라는 이름이 붙었다. 이 바윗돌들에 대해서는 전설이 있었다.

사백여 년 전(612년), 수나라 군대가 고구려를 침공하여 청천강에 이르렀는데 배가 없어 강을 건너지 못하고 있었다. 그때 이 일곱 개의 바

---

* 　안북도호부 부사: '안북도호부 사'의 다음 가는 관직, 즉 안북부의 서열2위 관직.

윗돌이 승려로 변해서 바지를 걷고 청천강을 건너니, 수나라 군사들은 강이 얕은 줄 알고 앞다투어 강에 뛰어들었다. 그런데 강물은 깊었고 수나라 군대의 대열이 어지러워지자, 을지문덕이 지휘하는 고구려군이 총공격하여 백만의 수나라 군사가 무너져내렸다. 물에 빠져 죽은 수나라 군사들의 시체가 그득하여 강물이 흐르지 않을 정도였다고 한다. 일곱 명의 승려는 다시 바윗돌로 변했고 이 일을 기려 절을 짓고 칠불사라 했다. 칠불사는 고구려, 발해를 거치며 계속 유지보수를 했고 고려 태조도 안주를 개척한 다음 칠불사를 수리하여 사백 년간이나 그 자리에 있는 것이었다.

조원은 유방이 지휘하는 고려군과 칠불사를 보니, 여기서 거란군과 싸운다면 반드시 이기리라는 확신이 들었다.

몇 시진 전, 일단의 사람들이 숨을 죽이고 북쪽을 바라보고 있었다. 그중에 금오위 기군 장군 정신용도 있었다. 몇 치 앞도 보이지 않는 어둠 속이라 이들의 신경은 오로지 귀로 집중되어 있었다. 작은 소리 하나라도 놓치지 않으려고 했다.

이곳은 흥화진에서 북쪽으로 사십 리 떨어진 곳에 있는 창살고개였다. 고려군은 이곳에 초소를 설치해두고 관리했는데 여기에서 거란의 내원성을 관찰할 수 있기 때문이었다.

그런데 자시(23~1시) 무렵, 어둠 속에서 미세한 소리가 압록강으로부터 들려오기 시작했다. 배가 물을 가르는 소리, 사람과 말의 발자국 소리 등등…. 이 소리들은 너무 작아서 평소 같으면 신경 쓰지 않을 정도였다. 그렇지만 지금은 무시할 수 없었다. 이 작은 소리가 계속 들려왔기 때문이다.

분명 수많은 사람이 소음을 최대한 줄이고 배를 타고 압록강을 건너

오는 소리였다. 창살고개에서 정찰하던 군사들이 흥화진에 즉시 보고했고, 흥화진에 있던 정신용은 부하 몇 명만 데리고 전속력으로 달려 창살고개로 온 것이었다.

이곳에 주둔해 있는 군사들은 흥위위 보승군 이백여 명. 이들은 전투 준비를 완전히 마친 상태로 매우 긴장한 채 대기 중이었다. 거란군들이 압록강을 도강하여 어둠을 틈타 기습적으로 이곳을 공격할 수도 있기 때문이었다. 이들을 지휘해야 하는 정신용 역시 바짝 긴장하고 있었다.

잠시 후, 과연 지척에서 인기척이 들리기 시작했다. 그런데 그 인기척은 뒤에서 났다. 누군가가 천천히 접근해 오다가 아주 가까운 거리가 되자 낮고 작은 목소리로 말했다.

"중랑장 고적여, 군사들을 인솔해 왔습니다!"

고적여가 금오위 기군들을 인솔해 온 것이었다. 정신용은 거란군의 공격에 대비해 즉시 이들을 요소요소에 배치했다.

얼마 후 여명이 밝아왔다. 압록강 변이 희뿌옇게 보이기 시작했는데 강변에는 아무것도 없었다. 분명히 상당수의 인마가 강을 건너는 소리를 들었는데 지금은 인기척을 찾아볼 수 없는 것이다. 거란군의 규모도 이동로도 전혀 파악할 수 없었다. 정신용은 잠시 당황했다. 그렇지만 일단 기다리기로 했다. 거란군이 어떤 길로 오더라도 곳곳에 망을 보는 군사들이 있어서 완전히 아군의 눈을 피하기는 불가능하기 때문이었다. 고적여가 말했다.

"일단 전·후방으로 척후병을 보내는 것이 어떻겠습니까?"

그런데 잠시 후 동쪽으로 삼십여 리 떨어진 횡금산(橫琴山)에서 세 줄기 봉화가 올랐다. 거란군이 횡금산 북쪽 자락에 있는 학우령을 넘어 침입하고 있는 것이었다. 이 길은 저번 전쟁에서 거란군이 퇴각로로 이용했던 내륙 길로, 이 길로 가면 서북면의 고려의 성곽들을 피해 청천강까지도 갈 수 있다. 고려는 이곳에 특별한 방비를 하지 않았다. 지형 자체가 험준했기 때문에 이리로 들어오면 해안 길로 올 때보다 몇 배의 체력이 고갈된다. 깊게 들어오면 들어올수록 거란군의 체력 저하가 심각해질 것이고, 그러면 지친 적들을 섬멸할 수 있다. 그래서 신해년(1011년)에 양규와 김숙흥이 퇴각하는 거란군에게 심대한 타격을 준 곳이기도 했다.

정신용은 고적여와 더불어 금오위 기군들을 이끌고 남하하여 가을 고개를 넘어 사거리에 이르렀다. 여기서 남쪽으로 십오 리를 더 가면 흥화진이었다. 사 년 전(1010년), 구주군이 이곳의 한 언덕에 포위되어 있다가 김숙흥에 의해 구원을 받았던 곳이기도 했다.

학우령을 넘으면 길이 두 갈래로 갈라진다. 직진하면 구주나 통주, 곽주, 안주 등 남쪽으로 갈 수 있고 서쪽으로 움직이면 이곳 사거리로 오게 된다. 고적여가 말했다.

“여기에 군사를 매복시키는 것이 좋겠습니다.”

해가 질 무렵 동쪽으로 육십 리가량 떨어져 있는 동암산에서 봉화가 올랐다. 여기서 봉화가 올랐다는 것은 거란군의 행렬이 이쪽으로 오지 않고 계속 남하한다는 것이었다. 정신용은 금오위 기군을 이끌고 다시 흥화진으로 돌아가서 흥화진사 이수화에게 말했다.

“남하하는 거란군을 쫓아 출진하겠습니다!”

경술년 전쟁 때 흥화진부사였던 이수화는 흥화진사로 승진해 있었다. 이수화는 ‘만세봉 장대’로 흥화진의 제장들을 소집했다. ‘만세봉 장대’는 경술년 전쟁 전에는 ‘대장대’라고 불렸지만, 전쟁 후에 왕순의 조서가 이곳에서 낭독되고 군사들이 만세를 외친 다음부터 ‘만세봉 장대’라고 불리고 있었다. 잠시의 논의 끝에 결국 출진하기로 결정했다.

다음 날 새벽, 정신용은 고적여와 더불어 금오위 기군을 이끌고 통주

방향으로 남하했다. 통주에서 서쪽으로 십 리 떨어진 '왼쪽 고개'에 접근하자, 통주 동쪽 하늘이 온통 연기로 뒤덮여 있었다. 걸음을 재촉해서 통주성 서소문을 통해 통주로 들어갔다.

통주에 들어서며 가슴이 벅차올랐다. 사 년 전(1010년)의 기억이 떠올랐기 때문이다. 그때 홍화진에서 출진한 양규가 통주로 왔고 다시 통주에서 출진하여 곽주 탈환에 나섰었다. 정신용은 그 작전의 선봉에 섰었다. 정말로 불가능한 작전이었으나 결국 해내고 말았다. 또한 회군하는 거란군을 통주에서 막아서서 거란군에게 막대한 피해를 입혔다. 그때 여기저기 많은 부상을 당했고 그 흉터들이 아직 남아 있지만, 볼 때마다 자랑스러웠다. 고려를 구하려고 자신의 모든 힘을 다한 결과였기 때문이다. 그리고 지금, 자신이 그 당시 양규가 했던 역할을 하고 있었다.

통주성 대장대에 오르자, 통주방어사 최탁과 부방어사 시거운이 있었다. 밖을 보니 불길과 더불어 연기가 자욱했다. 시거운이 말했다.

"성 밖의 물자는 모두 성안으로 옮겼는데, 북적들이 숲에 불을 지르고 있습니다."

거란군의 초토화 작전이었다. 모든 것을 불태워서 생활할 수 있는 근거지를 없애려는 것이다.

최탁이 불길을 보며 말했다.

"근처에 산천초목을 모두 없앨 모양입니다."

정신용이 말했다.

"이번 거란의 원정에 도통을 임명하지 않았다고 합니다. 그럼 저들은 불을 다 지른 후 퇴각할 것입니다."

그다음 날 축시 초(1시), 거란군은 야음을 틈타 퇴각하기 시작했다.

정신용이 금오위 기군들에게 말했다.

"우리는 황도(皇都: 개경)를 지키는 명예로운 금오위다! 그러나 지난 전쟁에서 우리는 황도를 수호하지 못했다. 그렇지만 이번에는 다를 것이다. 반드시 북적을 물리치고 황도를 지킬 것이다!”

정신용은 이렇게 말한 후, 부하들을 일일이 바라보았다.

잠시 후, 금오위 기군들이 외쳤다.

“황도의 태평을 위하여!”

금오위 기군들은 통주성 북암문을 통해 거란군의 눈에 띄지 않게 밖으로 나섰다. 어둠 속에서 퇴각하고 있는 거란군의 후미가 보이자 뒤로 따라붙어 맹렬히 공격했다. 대열이 늘어진 거란군들은 제대로 대응하지 못하고 도망치기에 바빴다. 금오위 기군들은 수십 리를 추격하여 거란군 칠백 명을 격살할 수 있었다.

이틀 후 안주 백상루에서 유방과 장영, 박충숙을 비롯한 제장들이 작전 회의를 하고 있는데 통주에서 보낸 전령이 도착했다.

“적들이 학우령을 넘는 내륙 길을 통해 통주에 침입했습니다!”

몇 시진 후 다시 통주에서 보낸 전령이 도착했다.

“금오위 기군 장군 정신용, 중랑장 고적여 등이 퇴각하는 적들을 추격하여 칠백 명의 목을 베었습니다.”

거란군을 격퇴했다는 소식에 제장들을 비롯한 군사들 사이에서 환호성이 이어졌다. 유방은 고개를 끄덕였다. 자신이 생각한 바대로 되고 있었기 때문이었다.

그러나 안심하기에는 일렀다. 거란의 전쟁 방식은 집요하다. 상대를 무너뜨릴 때까지 몇 년에 걸쳐 계속 공격한다. 그러다 보면 결국 상대는 지치게 되고 내부에서도 분열이 일어나서 무너진다. 그런 방식으로 발해를 멸망시켰고, 만리장성을 넘어 연운십육주를 획득했으며, 송나라를 압박해 매년 세폐를 받는 것이었다. 통주에 침입한 거란군을 격퇴했으나, 사실 이제 진짜 전쟁이 시작된 것이었다.

제5장

반란

39

구타

먼동이 트는 새벽 무렵, 커다란 성문 앞에 도깨비 문양이 가슴과 등에 새겨진 붉은색 전포를 입은 백 명의 군사들이 도열해 있었다.

성문에는 가운데 문인 중문(中門)과 좌·우에 편문(偏門)이 하나씩 있었는데 지금은 모두 굳게 닫혀 있었다. 성문 위에는 이층 구조의 누각이 있었고 단청이 매우 화려했는데 이층 처마 가운데에 금색으로 쓰인 광화문(廣化門)이라는 현판이 달려 있었다. 개경 황성의 동쪽 정문인 광화문이었다.

지금은 진시 초(7시)였고 곧 광화문의 문이 열렸다. 이어서 간단한 의식이 행해졌는데 궁궐의 성문을 지키는 감문위 군사들의 교대식이었다.

도깨비 문양이 새겨진 붉은색 전포를 입은 사람 중에 전각복두를 쓴 중년의 땅땅한 체격의 사람이 교대식을 주도했다. 그는 왼쪽 다리를 살짝 절고 있었는데 감문위 장군 이섬이었다.

사 년 전(1010년), 이섬은 흥화진 북쪽 가을고개에서 구주군을 이끌고 전투를 벌이다가, 왼팔과 왼쪽 장딴지에 화살을 맞았다. 왼팔의 부상은 대수롭지 않았으나 장딴지의 부상은 후유증이 깊었다. 상처가 아물었어도 다리에 제대로 힘을 줄 수 없었다. 의원의 말로는 힘줄이 찢어졌다고 한다. 그래서 왼쪽 다리를 절게 되었던 것이다.

전쟁 초반에 부상을 당했기 때문에 김숙흥, 그리고 구주군과 함께할 수 없었다. 그래서 살아남았고 그것을 부끄럽게 생각했다.

전쟁 후 이섬은 중앙군인 감문위 장군에 임명되었다. 변방의 무장으로 중앙군의 장군직에 임명되었으니 대단한 출세였다. 그러나 기쁘지 않았다. 김숙흥과 이보량을 비롯한 구주군 천여 명은 모두 전사했다. 구주의 정예군이 전부 사라진 것이었다. 자신이 구주에 있으면서 구주군을 재건하는 것이 임무라고 생각했다.

또한 감문위는 전투부대가 아니었다. 개경의 문을 지키는 부대로, 임무 특성상 중앙군 중에서 가장 하위의 부대였다. 왠지 자신이 쓸모없는 사람이 된 것처럼 느껴졌다.

'감문위 장군에 임명한다'라는 조서를 받고 사양하는 상소문을 여러 번 올렸으나 받아들여지지 않았다. 결국 개경에 와서 알현을 신청한 다음, 왕을 만나 직접 아뢰었다.

"변방의 무장인 소신은 구주에 남기를 간절히 원하나이다!"

왕순이 어좌에서 내려와 이섬의 손을 꼭 잡으며 간곡히 말했다.

"저번 전쟁에서 개경까지 함락당했소. 개경을 지켜줄 장수가 필요하오. 장군의 용기와 경험이 필요해서 짐의 옆에 두려는 것이니, 사양하지 마오."

이섬은 왕의 간곡한 말을 거절할 수 없었다.

올해(1014년) 유월부터 거란이 마침내 본격적인 군사행동을 시작할 것이라는 첩보가 여러 경로로 고려에 전달되었고, 유방이 도통이 되어서 서북면에 대기 중이었다.

이번 달(10월) 초하루에 거란군이 압록강을 건넜다는 소식이 개경에 전해지자 왕순이 개경에 남아 있는 장군들을 불러 격려했다.

"이번에는 무조건 개경을 사수할 것이오. 나는 장군들만 믿소. 고려는 장군들에게 달려 있소."

거란군은 사 년 전 개경까지 왔었고 이번에도 그럴 수 있었다. 그런데 좋은 소식이 전해졌다. 거란군이 내륙 길을 통해 통주까지 침입해 왔지만 정신용 등이 물리쳤다는 것이다. 거란군의 침공은 이제 시작이나 초전의 승전은 매우 기쁜 일이었다.

이섬은 교대식이 끝난 후 감문위 군영으로 돌아왔다. 시간은 사시 초(9시)가 되어오고 있었다. 그런데 공문 하나가 책상 위에 놓여 있었다. 늘 있는 익숙한 풍경이라 아무 생각 없이 펼쳐 보는데 호부(戶部)에서 보낸 것이었다. 내용을 본 이섬은 깜짝 놀라서 감문위 군영의 중앙에 있는 상장군의 집무실로 향했다. 감문위 상장군은 최질이었다.

이섬이 집무실에 들어가 최질을 보며 말했다.

"이 공문을 보셨습니까?"

"아직 보지 못했네. 무슨 내용인가?"

이섬이 공문을 읽어 내려갔다.

"경술년(1010) 전쟁 후에 군인들의 숫자를 더 늘리니 이로 말미암아 나라의 재정이 턱없이 부족해졌다. 따라서 위로는 성상폐하부터 아래로는 말단 관리까지 모두 지출을 줄이며 절약하고 있다. 그런데 살펴보니 중앙군의 영업전(永業田) 중에 국고로 환수되어야 할 토지가 제법 있다. 그 토지들을 환수하여 관리들의 녹봉에 충당하도록 한다."

최질이 듣고서 인상을 찌푸리며 말했다.

"그게 뭔 말인가?"

관직에 따라 토지를 받고, 관직에서 물러나면 토지를 반납하는 것이 기본 원칙이었다. 그런데 군인 같은 경우에는 아들이 아버지에 이어 군인이 되는 것이 보편적이었으므로, 영업전이라는 이름으로 사실상 상속되었다. 문제는 아들이 군인이 되지 않으면 회수되어야 하는데, 상속되는 모양새가 되다 보니 여러 가지 이유로 회수되지 않는 경우가 많았다. 전시 상황에서 재정이 부족하여 이런 영업전을 회수하겠다는 것이었다.

이섬은 주의 깊게 공문의 내용을 다시 살핀 후에 말했다.

"중앙군의 영업전을 환수하겠다는 말입니다."

최질이 눈을 부라리며 말했다.

"그게 뭔 말이고! 다시 읽어보라. 미리 언질도 없이 그런 조치를 취할 수가 있나!"

최질은 이섬의 손에서 공문을 낚아챘다. 한참을 보더니 이섬에게 공문의 한 부분을 손가락으로 가리키며 물었다.

"이게 뭔 글자지?"

최질은 한미한 집안 출신으로 글에 매우 서툴렀다. 말단 병사부터 시작해서 변방에서 잔뼈가 굵었는데, 변방에 있을 때는 글자를 잘 모른다는 것을 의식하지 않았고 의식할 필요도 없었다.

그런데 통주를 지키는 큰 공을 세워 장군이 되고 상장군까지 오르게 되었다. 상장군이 되면 고위 문관이 될 수 있는 기회가 열린다. 그리고 문관이 되면 나라 정책에 관여할 막강한 권력이 생긴다. 최질은 고위 문관이 될 꿈을 꾸기 시작했다.

그런네 그렇세 되려년 글을 알아야 했다. 그래서 나름 매일 글공부를 하고 있지만 오십팔 세의 나이 때문인지 도통 외워지지 않았다. 최질은 자신이 글을 잘 모른다는 것에 대해 점점 열등감을 가지게 되었다.

최질은 띄엄띄엄 물어물어 공문을 읽은 뒤, 쌍꺼풀이 짙은 눈을 부라렸다. 씩씩대면서 몸을 벌떡 일으켰으나 잠시 탁자를 붙잡고 있었다.

키가 육 척 네 치에 이르고 원래도 이백 근 가까이 몸무게가 나가는 거구였는데, 근래에 개경 생활을 하다 보니 몸을 적게 움직여서인지 살이 더 쪄서 삼백 근이나 나가게 되었다. 더구나 나이도 이제 예순을 바라보는지라 무릎이 좋지 않았다. 그런 최질이 화를 내며 눈을 부라리고 있는 것이었다.

"아니 이런 말도 안 되는 일이 어디 있나!"

분을 못 이긴 최질이 감문위를 나와 북쪽 길로 향했다. 이섬을 비롯해 몇몇이 최질의 뒤를 따랐다.

회경전을 비롯해서 궁궐을 감싸고 있는 성곽을 궁성이라고 불렀고 그 궁성 밖의 외성을 황성이라고 불렀다. 황성 안 동편에는 남쪽부터 차례대로 천우위와 감문위, 금오위의 군영이 있었다. 최질이 향한 곳은 금오위의 군영이었다.

금오위의 군영 안에서 어떤 사람이 몹시 노하여 책상을 손으로 내려쳤다.

"꽝!"

키가 육 척이 넘는 장신이었으며 눈매가 매서운 사람이 자색 관복을 입고 전각복두를 쓰고 있었다. 금오위 상장군 김훈이었다. 올해 나이가 예순이 되었지만 그의 몸짓에는 아직 힘이 있었다.

김훈 역시 중앙군의 영업전을 환수한다는 공문의 내용을 보고 불같이 화를 내고 있었다. 그때 최질이 들어왔다.

최질이 김훈을 보며 말했다.

"공문을 보셨습니까?"

김훈이 혀를 차며 말했다.

"이거, 뭐 하자는 것인지 모르겠소."

둘이 한참 욕을 섞어서 말하던 중 최질이 말했다.

"성상을 뵈옵고 말씀을 드립시다."

김훈과 최질이 씩씩거리며 길을 나서려고 하는데 이섬이 말했다.

"아무래도 먼저 호부로 가서 자세한 사정을 알아보는 것이 좋지 않
겠습니까?"

이섬의 말에 김훈과 최질은 호부로 향했다. 황성의 동문인 광화문 밖
의 좌·우측 길가에는 관아가 늘어서 있었고 광화문을 나오면 바로 좌
측에 호부가 있었다. 호부로 막 들어서려고 하는데 호부에서 나오던 누
군가가 김훈을 보며 아는 체를 했다.

"상장군께서 여기는 어쩐 일이신지요?"

얼굴이 넙데데한 중년의 관리로 장작주부* 최구(崔龜)였다. 최구의
아버지도 무관이었으므로 무관들과 인연이 꽤 있었다.

김훈이 답했다.

"호부에 볼 일이 있어서…."

김훈은 말하다가 멈추고 최구의 아버지 역시 무관이었다는 것을 생
각해내고 물었다.

"중앙군들의 영업전을 환수한다는 소식을 들었소?"

"그 소식을 듣고 호부에 온 것입니다."

"장작주부가 가진 영업전도 환수 대상이오?"

"그렇다고 합니다."

최질이 물었다.

"노대체 이 말도 안 되는 안건을 누가 발의한 것인지 알고 있소? 성
상께서 직접 하셨을 리는 없을 테고…."

"음, 그게…."

최구가 얼버무리며 답을 못 했다. 최질이 다시 물었.

---

*　　장작주부: 토목(土木)이나 건물의 축조·수리 등을 맡아하는 관아인 장작감의 종
　　7품 관리.

"아, 거참 아는 것이 있다면, 속 시원하게 말씀해보시오."

최구가 주변의 눈치를 살피다가 낮은 목소리로 말했다.

"중추사 장연우와 일직*(日直) 황보유의가 발의했다고 합니다."

김훈이 물었다.

"이게 도대체 언제 결정된 것이요?"

"며칠 전에 성상폐하의 재가가 떨어졌다고 합니다."

최질이 씩씩대며 말했다.

"내, 그 황보 놈이 그럴 줄 알았지. 황보유의 이 자식은 평소에도 은 근히 우리를 무시해 왔소."

최구가 그들에게 말했다.

"성상을 뵙고 말씀을 드리는 것이 어떻겠습니까?"

일행은 다시 궁성으로 들어가 합문**(閤門)으로 가서 알현 요청을 했 다. 이들이 기다리고 있는데 합문사 김맹(金猛)이 와서 말했다.

"오늘은 일정이 모두 차 있습니다. 신청하고 가시면 일정이 빌 때 말 씀드리겠습니다."

김맹의 말에 김훈과 최질 등은 발길을 돌릴 수밖에 없었다. 합문을 나오며 최구가 의미심장한 표정을 지으며 말했다.

"성상께서 만나주실 리가 없지요."

김훈이 의아해하며 물었다.

"어째서 성상께서 우릴 만나주시지 않는다는 말이오?"

"성상께서야 상장군들을 만나려고 하겠으나 중추원에서 퇴짜를 놓 았을 겁니다."

최질이 분개하며 말했다.

"성상의 귀와 눈을 막고 장연우와 황보유의 따위가 국정을 농단하는구나!"

최구가 말했다.

"만일 유 장군이 있었다면 이러지는 못했을 것입니다."

유 장군은 유방을 말하는 것이었다. 최구의 말에 최질이 얼굴을 붉히며 말했다.

"우리도 정삼품의 상장군이요. 어찌 이토록 우리를 무시하다니!"

최구가 말했다.

"상장군이 높은 관직이지만, 문관이 아니어서 국정에 참여할 수 없으니, 이거 참….'

김훈과 최질의 얼굴이 굳어졌다. 특히 최질의 얼굴은 불만으로 가득차 보였다.

최구가 이들의 낯빛을 살피며 말했다.

"지금 개경의 방어를 장군들께서 책임지시면서 실질적인 병권을 쥐고 계신데, 이런 대접은 너무 심합니다."

최질이 눈을 동그랗게 뜨며 최구에게 물었다.

"무슨 방도가 없겠소?"

최구가 낮은 목소리로 속삭였다. 얼마 후 금오위로 놀아간 김훈과 최질은 휘하 장수들을 소집했다. 금오위 중랑장 박성(朴成), 이협(李協), 낭장 임맹(林猛) 등 열여덟 명이었다. 그리고 앞마당에 수백 명의 군사들이 모였다.

김훈이 군사들에게 말했다.

"장연우와 황보유의가 우리 중앙군들의 영업전을 빼앗아 문관들에게 나누어 준다고 한다."

문관에게만 주는 것이 아닌데, 김훈이 자극하려고 말을 꾸민 것이었다.

최질이 말했다.

"전쟁은 우리 장졸들이 다 하고 나라를 구했는데도 대접은 이렇듯 형편없다. 분통이 터진다!"

군사 중 하나가 외쳤다.

"궁궐로 가서 성상께 말씀을 드립시다!"

최질이 말했다.

"그러고 싶으나 장연우와 황보유의가 그것을 막고 있다."

누군가 외쳤다.

"그렇다면 장연우와 황보유의를 만나 따집시다!"

최질이 주먹을 불끈 들고 외쳤다.

"우리가 개경의 방어를 책임지고 있는데, 누가 우리를 능멸할 수 있는가!"

결국 이들은 장연우와 황보유의를 만나기 위해 중추원으로 향했다. 금오위에서 중추원까지는 겨우 삼백 보에 불과한 거리였다. 군사들 중 누군가가 북을 쳐댔다.

"둥, 둥, 둥, 둥, 둥…."

북을 쳐대니 행군하는 모양새가 되었고 궁궐에서 오가던 사람들이 황급히 길을 피했다.

이섬은 중앙군의 영업전을 환수하는 것에 대해서는 당연히 반대하지만 김훈과 최질이 군사들을 선동하여 중추원으로 향하자 몹시 불안감을 느끼기 시작했다. 그러나 어쩔 수 없이 뒤를 따랐다.

군사들이 중추원 마당에 들이닥치자 근무하는 관리들이 의아한 표정으로 보고 있는데, 어떤 사람이 마당으로 나오며 말했다.

“무슨 일인가?”

눈두덩이 살이 두툼한 사십 대 후반의 관리였는데 그의 말투는 꽤나 위엄 있었다. 바로 일직 황보유의였다.

황보유의는 외척 가문인 황주 황보 씨로, 왕순의 어머니 헌정왕후와 육촌 간이었다. 강경한 성격의 황보유의는 김치양을 극도로 경멸했다. 천추태후가 김치양과 사이에 낳은 아이로 왕위를 잇게 하려고 하자, 앞장서서 신혈사에서 왕순을 모셔 온 사람이 황보유의였다.

명문가 출신에다가 본인 역시 능력을 인정받는 고위 관리인 황보유의는 기본적인 태도에 위엄이 있었고 때로는 거만하다고 느껴지기도 했다.

황보유의가 위엄 있는 말투로 말하자, 떠들썩하던 군사들이 조용해졌다. 군사들이 아무 말 없자 황보유의가 심문하듯이 말했다.

“무슨 일이냐고 물었다.”

중추원의 주요 업무 중 하나는, 왕을 대신해서 군사에 관한 일을 처리하는 것이었다. 따라서 군사들은 황보유의를 자신들의 상관으로 여기고 있었다. 기세등등했던 군사들은 황보유의 앞에서 아무 말 못 하고 가만히 있었다.

광대뼈가 두드러지고 콧방울이 큰 사람이 황보유의 근처로 왔다. 중추사 장연우였다. 한 사람을 보며 물었나.

“이 장군은 여기에 어인 일이오?”

이섬이 장연우를 보고 길게 읍했다.

황보유의가 날카로운 목소리로 군사들에게 말했다.

“썩 물러가라!”

군사들이 주저주저하고 있는데 김훈과 최질이 들어왔다.

황보유의가 김훈과 최질을 보며 물었다.

"이게 어찌 된 일이오?"

김훈이 답했다.

"우리는 항의하러 왔을 뿐이오."

"항의를 누가 이렇게 하오. 상소를 올려야 하지 않겠소. 나라에는 정해진 법도와 규칙이 있거늘 이렇게 마구잡이로 몰려와서 무엇을 하자는 것이오?"

황보유의의 말에 김훈과 최질이 얼굴이 벌게졌다.

최질이 황보유의에게 따지듯이 물었다.

"아니, 중앙군의 영업전을 빼앗는 것이 말이 되는 조치요? 우리는 그것을 따지러 왔을 뿐이오."

황보유의가 혀를 끌끌 차며 말했다.

"상장군은 글도 모르시오? 상소하여 잘잘못을 따지면 될 것 아니요. 지금 무슨 떼를 쓰겠다는 것이오? 상소를 올리시오! 상소를!"

글도 모르냐는 황보유의의 말에 최질의 얼굴이 붉어지며 쌍꺼풀이 짙은 눈알을 부라렸다. 최질 스스로 생각하는 자신의 가장 큰 약점을 황보유의가 건드린 것이었다.

장연우가 김훈과 최질에게 말했다.

"지금 북쪽에서 적과 대치 중입니다. 이러는 것은 좋지 않습니다. 물러들 가십시오."

김훈과 최질이 물러가지 않자, 황보유의가 윽박지르듯이 다시 말했다.

"나라의 질서를 무시하다니, 모두 역적이 되겠다는 것인가!"

최질이 눈을 부라리며 말했다.

"네놈이 거란군을 보고 꽁지가 빠지게 도망갈 때, 우리는 목숨을 걸고 싸워서 나라를 지켰다. 도망간 네놈들이 역적이지, 나라를 지킨 우리가 역적인가!"

황보유의는 경술년(1010년) 전쟁 때 병마판관으로 참전했었다. 삼수채 전투에서 강조가 사로잡히자 고려군은 무너져 내렸고 황보유의도 그때 도망을 쳤다. 어쩔 수 없는 일이라고 생각하고 있었으나 마음속 깊은 곳에는 부끄러움이 있었다.

이번에는 황보유의의 얼굴이 붉어졌다. 황보유의가 호통을 쳤다.

"놈이라니, 이 무식한 인간 같으니라고!"

황보유의와 최질이 서로 삿대질하며 욕지거리를 내뱉는데 분위기가 점점 험악해졌다. 장연우가 이래서는 안 되겠다 싶어서 황보유의와 최질 사이로 들어가 말려보려고 하는데, 불쑥 어떤 사람이 황보유의 앞으로 다가갔다. 최질 옆에 서 있던 김훈이었다.

김훈이 황보유의에게 말했다.

"그래, 우리는 못 배워서 무식하다!"

그러더니 갑자기 주먹을 들어 황보유의를 쳤다.

"퍽!"

갑작스러웠으나 황보유의는 본능적으로 몸을 피하여 정타로 맞지는 않고 빗맞았다. 그러나 김훈은 평생 단련한 무장이었다. 빗맞긴 했어도 황보유의는 그만 중심을 잃고 비틀거렸다. 황보유의가 비틀거리자 이번에는 최질이 달려늘어 황보유의를 누늘겨 패기 시작했다.

깜짝 놀란 장연우가 최질의 오른팔을 잡으며 소리쳤다.

"이게 뭐 하는 짓이오!"

최질은 주저하지 않았다.

"퍽!"

말리는 장연우의 얼굴을 왼 주먹으로 강타했다.

"윽!"

장연우는 비명을 지르며 나가떨어졌다. 최질은 쓰러진 장연우를 다시 걷어찼다.

"악!"

최질은 장연우를, 김훈은 황보유의를 발로 밟아댔다.

"이런 염병할 놈들! 육시할 것들! 우라질!"

이 둘을 말릴 사람은 아무도 없었다.

"헉, 헉, 헉…."

둘은 호흡이 가빠질 정도로 장연우와 황보유의를 폭행했다. 폭행이 멈췄을 때 장연우와 황보유의는 축 늘어져서 움직이지 않았다. 마치 죽은 사람들 같았다.

이섬이 재빨리 다가가 그들의 상태를 확인했다. 다행히 숨이 아직 붙어 있었다.

이섬이 안도의 한숨을 내쉬며 말했다.

"아직 숨이 붙어 있습니다!"

김훈이 군사들에게 명했다.

"이 두 놈을 결박하라!"

김훈은 정신이 혼미한 둘을 광화문 앞으로 끌고 가 대들보에 매달고 군사들을 시켜 매를 때리게 했다.

"이 두 놈은 역적이다!"

매를 때리다가 기절하면 물을 뿌려서 깨운 후에, 또 때렸다. 초겨울 차가운 날씨에 피와 살이 엉겨 붙으며 초죽음이 되어 갔다. 김훈이 장연우와 황보유의의 상투를 움켜쥐고 흔들며 일갈했다.

"이 나라를 구한 것은 우리다! 이깟 놈들에게 굽실댈 필요가 무엇이 있는가!"

40

발을 잘라 신발에 맞추면

중추원 남쪽에는 내사문하성*(內史門下省)이 있었다. 중추사 채충순은 마침 내사문하성에서 유진, 최사위, 최항 등과 논의 중이었다. 그때 중추원 별가**(別駕)들이 다급히 와서 보고했다.

"군사들이 중추원에 난입해 난동을 부리고 있습니다!"

채충순이 급히 내사문하성을 나와 중추원으로 향했다. 중추원에서 군사들이 자색 관복을 입은 사람 둘을 질질 끌고 나오고 있는데 그들은 온통 피투성이였고 머리는 상투가 풀어져 산발한 채였다. 의식이 있는지도 불분명했다. 자세히 살펴보니 장연우와 황보유의였다. 그 뒤를 따라 나오고 있던 김훈과 최질 등이 보였다. 김훈과 최질은 채충순을 보고서도 고개를 빳빳이 들고 지나쳐 갔다. 채충순은 어떻게 된 상황인지 직감할 수 있었다. 즉시 궁궐로 들어가 건덕전으로 향했다.

왕순은 건덕전 안에서 각종 문서를 검토하는 중이었다. 채충순이 들어와 떨리는 목소리로 말했다.

"김훈과 최질 등이 장연우와 황보유의를 폭행하고 소란을 피우고 있습니다!"

---

* 　내사문하성(內史門下省): 고려 초기의 행정관청으로 최고 의결기관에 해당하며 국가행정 전반과 언론을 담당했다. 후에 '중서문하성'으로 명칭이 바뀐다.

** 　별가(別駕): 중추원에 소속된 이속(吏屬).

왕순이 몹시 놀라며 물었다.

"그게 무슨 소리입니까?"

"아마도 영업전 때문인 듯합니다."

왕순이 급히 말했다.

"어서 사람을 보내 말리도록 하십시오."

"우복야 안소광을 보내는 것이 좋겠습니다."

왕순이 고개를 끄덕여 허락했다.

채충순이 이어서 말했다.

"그리고 성상의 호위에 만전을 기해야 합니다."

왕순이 곁에 시립해 있는 천우위 대장군 지채문과 장군 문연을 둘러보며 말했다.

"내 호위는 지 장군과 문 장군이 있으니 염려 마십시오."

채충순이 건덕전을 나가 안소광이 있는 상서성으로 향했다. 이런 조처를 취하고 있는데 유진과 최사위, 최항 등 재상들 역시 건덕전으로 들었다. 왕순이 재상들에게 물었다.

"영업전 때문에 소란을 피우는 것이 맞습니까?"

"네, 그 때문이라고 합니다. 상장군 김훈과 최질이 주도하고 있습니다."

"하-."

왕순은 허탈함에 한숨을 쉬었다. 거란군의 침공이 시작되었고 나라의 존망이 위급한 와중에 영업전이 뭐가 중하다는 말인가! 그런 세세한 일에 연연할 때가 아니다. 어이없는 상황에 왕순을 비롯하여 모두 할 말을 잃고 있었다.

중추원 별가 한 명이 다시 와서 보고했다.

"상장군 김훈과 최질 등이 광화문 대들보에 중추사 장연우와 일직 황보유의를 매달고 다시 매질하고 있습니다.”

왕순과 재상들이 아연한 표정을 지었다. 폭행도 심한데 다시 매질이라니 너무 잔인했다.

잠시 후 합문사 김맹이 달려와 보고했다.

“상장군 김훈과 최질 등이 합문으로 몰려와 알현을 요구하고 있습니다.”

최사위가 분노한 표정으로 말했다.

“이들은 법을 어기고 패역한 일을 하고 있습니다. 진압해야 합니다.”

최항이 고개를 흔들며 말했다.

“지금 그들을 제압할 방법은 없습니다.”

유진이 말했다.

“일단 그들을 피하는 것이 어떻겠습니까?”

왕순이 이해할 수 없다는 표정으로 말했다.

“어디로 피한단 말입니까?”

유진이 심각한 표정으로 말했다.

“일단 궁궐을 빠져나가는 것이 좋을 듯합니다.”

왕순이 고개를 저으며 말했다.

“상장군 김훈과 최질은 충성심이 있는 사람들이오. 그들이 경악할 행농을 하고 있으나, 그렇다고 짐이 궁궐을 빠져나간다는 것은 이상하지 않습니까?”

최항이 말했다.

“이들이 중추사와 일직을 마음대로 폭행한 것은 큰 죄를 저지른 것입니다. 더욱이 광화문에서 매질하여 잔인하게 욕을 보이기까지 했습니다. 그렇지만 당장 이들을 제어할 방법이 없습니다. 따라서 반란에 준하는 상황이라 생각하고 대책을 세워야 합니다.”

왕순이 정색하며 말했다.

"김훈은 우리 군대가 삼수채에서 패했을 때 목숨을 걸고 거란군을 막았습니다. 또한 최질은 통주성이 거의 함락될 위기 상황에서 굳게 지켜냄으로써 영원히 남을 공훈을 세우지 않았습니까? 이들이 한때 죄를 지을지언정 어찌 반란까지 생각하겠습니까!"

최항이 말했다.

"성상께서 그들에게 관대해도 그들이 성상께 관대할 것이라는 보장은 없습니다. 오히려 그 반대일 수 있습니다. 더구나 개경의 실제적인 병권을 그들이 쥐고 있습니다. 그들이 무슨 요구를 할지 알 수 없습니다."

최사위가 말했다.

"서경으로 가면 어떻겠습니까? 서경의 병력을 움직이면 제압할 수 있을 것입니다."

왕순이 고개를 저으며 말했다.

"개경을 버리고 서경으로 가면 어쩌자는 말입니까! 나라를 두 동강 내자는 말입니까! 그들과 만나서 대화를 나누면 사태가 수습될 것입니다."

왕순과 재추들 사이에 미묘한 온도 차이가 있었다. 왕순이 김훈과 최질을 보는 시각은 왕으로서의 입장이었다. 그들이 죄를 지었을지언정 여전히 자신에게 충성하는 신하들이라고 믿고 있었다. 그래서 제어할 수 있다고 생각했다.

재추들 입장에서 그들은 재추인 중추사를 매질한 인간들이었다. 이들은 향후 재추들의 권위를 무시할 것이 자명했고 장차 무슨 짓을 할지 알 수 없었다. 제어할 수 없을지도 몰랐다.

최항이 신중히 말했다.

"굳이 만나시려면 김훈과 최질만 들여보내소서."

왕순이 고개를 끄덕이는데 최사위가 말했다.

"좋은 생각이기는 한데, 그러면 그들이 들어오겠습니까?"

최항이 말했다.

"그들이 들어오려고 하지 않는다면 반드시 다른 생각이 있는 것입니다. 그때는 반란이라고 생각하고 대책을 세워야 합니다."

김맹이 왕순에게 말했다.

"제가 그들에게 말하겠나이다."

김맹이 부리나케 건덕전을 나갔다.

유진이 다시 말했다.

"그들이 합문을 통하려고 한다는 것은 아직 제정신이 있다는 뜻입니다. 그러나 언제까지 제정신을 유지할지는 알 수 없습니다. 지금 시간이 있을 때 피신하시는 것이 만전지책입니다."

"…."

왕순은 아무 말도 하지 않았다.

잠시 후, 김맹이 다시 뛰어 들어와서 손에 들려 있는 돌돌 말려 있는 가죽 주머니를 펴서 안에 있는 문서를 꺼내 읽었다.

"상장군 김훈, 최질을 비롯하여 이섬, 박성, 이협 등 열여덟 명이 면담을 요청하고 있습니다."

왕순이 물었다.

"그 열여덟 명이 모두 궁궐에 들어오겠다는 것이오?"

김맹이 심각한 표정으로 말했다.

"대표자만 적은 것입니다. 모여 있는 군사들 모두가 들어오겠다고 합니다."

"몇 명이나 모여 있소?"

"삼백 명은 족히 될 듯합니다."

재추들이 말했다.

"이렇게 하는 것은 반역입니다!"

"지금이라도 피해야 합니다."

"급히 서경으로 간다면 수습이 가능할 것입니다."

왕순이 재추들의 말을 물리치고 굳은 얼굴로 김맹에게 말했다.

"그들을 건덕전 뜰로 인도해 오시오."

지채문이 왕순에게 말했다.

"저들이 역적으로 돌변하면 감당할 수 없습니다."

재추들이 다시 왕순에게 권했다.

"궁궐을 빠져나가야 합니다."

왕순이 짜증 섞인 목소리로 말했다.

"상장군 김훈과 최질은 고려를 구한 영웅들이오. 그들을 들어오라고 하시오."

재추들은 계속 피신을 종용했다.

왕순이 추상과 같은 말투로 말했다.

"이미 짐은 한 번 도성을 버렸었고 앞으로는 절대 버리지 않을 것이라고 백성들 앞에서 맹세했소. 그 맹세를 반드시 지킬 것이오!"

왕순이 소매를 떨치며 일어나서 김맹에게 말했다.

"그들을 인도해서 건덕전 뜰로 데리고 오시오."

명을 받고 김맹이 나가자, 지채문이 왕순에게 말했다.

"만에 하나 그들이 불온한 움직임을 보이면, 신이 그들을 막을 테니 성상께서는 뒷문으로 빠져나가소서."

왕순이 미미하게 고개를 살짝 끄덕이며 말했다.

"그래도 그럴 일은 없을 것이요."

왕순은 이렇게 말했지만 문득 사 년 전(1010년)의 기억이 떠올랐다. 위기의 순간이 되자 대부분의 신하가 자신을 떠났고 백성들은 어가를 공격했었다. 마음속에 일말의 불안감이 고개를 들었다.

김맹이 곧 김훈과 최질 등을 인도하여 건덕전 뜰에 도착했다. 왕순이 그들의 앞에 섰다.

"만세! 만세! 만세!"

군사들이 왕순을 보고 만세를 불렀다. 왕순은 손을 들어 화답한 후에, 김훈과 최질에게 물었다.

"상장군들은 어인 일로 짐을 보자고 했소?"

김훈이 말했다.

"신 등은 다만 성상께 억울함을 하소연하러 온 것입니다."

김훈은 이렇게 말하며 가지고 온 상소문을 전달했다. 왕순이 받아 들고 읽어 보니, 내용은 다음과 같았다.

"장연우와 황보유의가 중앙군의 영업전을 빼앗은 것은 실로 자신들의 이익을 모색한 것이지 공공의 이익을 위한 것은 아닙니다. 만일 신발이 작다고 해서, 발을 잘라 신발에 맞추면 몸이 어찌 되겠습니까! 모든 군사가 분함과 원망함을 이기지 못하고 있나이다. 장연우와 황보유의는 나라의 해악이니 이들을 제거하여 모두의 마음을 시원하게 해주십시오."

왕순이 상소문을 읽고 김훈과 최질 등에게 좋은 말로 타이르면서 말했다.

"거란군의 대규모 침공이 다시 시작되어 모두 매우 힘들다오. 경들의 불만을 익히 알았으니 다시 검토해보겠소."

최질이 말했다.

"저희는 변방에서 목숨을 걸고 나라를 지켰습니다. 이런 대접은 터

무니없습니다.”

“알고 있소. 짐은 경들의 공적을 늘 마음에 두고 있소. 이번 일은 다시 검토해보겠소.”

“정책 결정에 우리 무관들의 의견은 반영되지 않고 있습니다.”

“최대한 의견을 듣도록 하겠소.”

“상장군이면 상서*(尙書)와 같은 정삼품인데 실질적으로는 아무런 권한도 없습니다. 문관을 겸직하게 해주십시오.”

“관직 임명에는 오랜 법도가 있어 그것을 바꾸려면 충분한 시간을 가지고 논의해야 하오. 지금은 적을 방어하는 것이 중요하니, 적이 물러간 후에 긍정적인 방향으로 생각해봅시다.”

왕순은 시종일관 부드러운 태도로 김훈과 최질을 대했다. 예상대로 김훈과 최질은 반란을 일으킬 생각은 없었다. 그저 욱하여 일을 저지른 것뿐이었다.

김훈과 최질이 재추들을 매질했으니 이들을 처벌해야 한다. 처벌하지 않으면 조정의 기강이 서지 않을 것이다. 그런데 지금 이들을 처벌할 수단은 없었다. 왕순은 매우 골치 아픈 문제라고 생각했으나, 일단 천천히 생각하기로 했다. 김훈과 최질은 한참 불만을 쏟아낸 뒤 돌아갔다.

김훈과 최질이 건덕전을 나가는데 밖에는 최구가 서 있었다.

최구가 김훈과 최질에게 물었다.

“어찌 되었습니까?”

“성상께서 다시 검토하신다고 하셨소.”

최구가 놀라며 물었.

---

*　상서(尙書): 고려시대 상서 6부(조선의 6조)에 설치된 장관.

"아무 약조도 듣지 못하셨다는 말입니까?"

"…."

"장연우와 황보유의는 어떻게 하기로 했습니까?"

"…."

"역시 아무 확답도 듣지 못했다는 말씀들이오?"

"…."

최구가 큰일 났다는 표정으로 말했다.

"장군들은 지금 호랑이 등에 올라탄 형국이니, 매우 위험한 상황입니다. 만일 장연우와 황보유의를 그대로 두면 장군들을 제거하려고 할 것입니다."

김훈과 최질이 매우 당황한 표정을 지었다.

최구가 말을 이어나갔다.

"지금 당장은 장군들이 개경의 병권을 쥐고 있으니 어쩌지 못할 것이오. 그런데 거란과의 전쟁이 다시 시작되었습니다. 장연우와 황보유의가 왕명을 받아 장군들을 전방으로 보내면 어찌할 것이오? 장군들을 전방에 흩어지게 한 다음 죄를 물을 것입니다. 아마 그 죄는 반역의 죄가 되겠지요."

최구가 반역이라는 말을 하자, 김훈과 최질의 안색이 확 변했다.

"우리가 그럼 어떻게 해야 하겠소?"

최구는 아무 대답도 하지 않았다. 최구가 잠자코 있자, 김훈과 최질이 급한 마음에 최구의 옷깃을 잡으며 물었다.

"우리가 살려면 무슨 방도가 있겠소?"

"휴우-."

최구가 심호흡을 하고 말했다.

"일단 장연우와 황보유의를 처형하는 것이 가장 좋습니다. 그것이 무리라면 최소한 유배라도 보내야 합니다. 그리고 장군들은 요직을 차지해야 합니다. 강조를 생각해보십시오."

최구가 강조를 생각해보라고 하자, 김훈과 최질은 깨닫는 바가 있었다. 강조는 정변을 일으킨 후에, 정부 기구를 재편하여 권력을 독점했다.

김훈과 최질이 군사들을 거느리고 다시 건덕전으로 갔다. 건덕전의 정문에 이르렀는데 문을 지키는 군사들이 막아섰다.

김훈이 군사들에게 호통을 쳤다.

"비켜라!"

군사 하나가 말했다.

"합문을 통하지 않으면 성상폐하께서 계신 곳에 들어갈 수 없습니다."

"나는 금오위 상장군 김훈이다. 썩 비켜라!"

문을 지키는 군사가 우물쭈물하자 최질이 나서서 말했다.

"비키지 못할까!"

최질이 그를 밀쳐버리고 안으로 들어가니 모든 군사가 우르르 그 뒤를 따랐다.

이섬은 지금 최질이 문을 지키는 군사를 밀어버리고 강제로 궁으로 들어가는 모습을 보면서 오싹한 한기를 느꼈다. 이섬은 구주군 출신으로 왕에 대한 충성심이 대단했다. 이렇듯이 힘으로 궁궐에 난입하는 것은 상상도 못 해본 일이었다.

왕순은 건덕전에서 재추들과 논의 중이었다. 일단 문제를 확대하지 않기로 결정했다. 거란군의 침공이 시작되었기 때문에 거기에 집중해야 하는 것이다. 장연우와 황보유의에게는 휴가를 주어 일단 쉬게 하고 거란군이 물러간 후 일을 처리하기로 했다.

건덕전에 군사들이 다시 들이닥치자, 왕순을 비롯한 재추들은 심히 놀랐다. 이것은 왕권에 대한 심각한 도전이고 반란이었다. 이들이 건덕전 안에까지 들어오려고 하자, 지채문과 문연이 앞을 막아서며 말했다.

"합문을 통하지 않으면 마음대로 출입할 수 없소."

지채문은 자신의 철창을 움켜쥐었다. 그리고 문연과 자색 전복을 입은 천우위 군사 백여 명이 활을 들어 김훈과 최질 등을 겨누었다. 그러자 김훈과 최질이 칼을 뽑아 들었고 그들을 따르던 군사들도 역시 자신의 병장기를 꺼내 들었다. 일촉즉발의 순간이었다.

그때 건덕전 뜰로 채충순이 들어오며 말했다.

"모두 무기를 내려놓으시오. 성상께서 계신 곳에서 이게 무슨 행동들이오!"

채충순은 이렇게 말하며 두 집단 사이로 들어가며 김훈과 최질에게 물었다.

"상장군들은 무슨 일입니까?"

최질이 소리쳤다.

"장연우와 황보유의를 처형하기를 원하오!"

채충순이 고개를 끄덕이며 말했다.

"그들의 죄를 재추회의에서 논의해볼 것이니, 인제 그만 물러가도록 하십시오."

최질이 채충순을 보며 윽박지르듯이 말했다.

"어찌 그대의 말만 듣고 돌아갈 수 있겠소! 우리는 그들을 처형하라는 조서가 내려지기 전까지 이곳에서 한 발짝도 움직이지 않을 것이오."

이제 시각은 신시 초(15시)를 지나고 있었고 반 시진째 대치가 계속되었다. 오래 서 있자, 몸무게가 많이 나가는 최질은 무릎과 다리가 아팠다. 최질이 아픈 무릎 때문에 자세를 계속 바꾸자, 김훈이 귓속말을 했다.

"이렇게 계속 있어봤자 무슨 소용이 있겠소. 군사들도 지치고 있소."

최질이 뒤를 돌아보니, 군사들 역시 지쳐 보였다. 체력적으로도 그렇지만 심리적으로는 더욱 그렇다. 지금 왕과 맞서고 있는 것이었고 이것은 매우 위험한 일이었다. 최질은 머리를 굴려보았으나 이 상황을 타개할 묘책이 떠오르지 않았다. 그러다가 문득 생각이 들어서 뒤에 있던 이섬을 보고 말했다.

"이 장군! 무슨 수를 써서라도 장작주부를 데리고 오게."

이섬은 장작감으로 가서 최구를 찾았다. 최구는 최질이 자신을 찾는다는 말을 듣고 바로 일어서지 않고 뜸을 들였다. 김훈과 최질의 행동에 실제로 엮이고 싶지는 않은 것이었다. 지금 건덕전으로 가면 완전히 그들의 편이 된다. 상속받은 영업전을 반납하고 싶지 않은 것이지, 그 이상 더 나가고 싶은 마음은 전혀 없었다. 최구가 어떻게든 시간을 끌려고 하는데, 이섬이 허리에 찬 칼을 만지며 말했다.

"억지로라도 모시고 오라는 명령을 받았습니다."

이섬의 말을 듣자, 최구의 머릿속에 이런 생각이 들었다.

'나도 어차피 호랑이 등에 올라탄 격이로구나!'

얼마 후, 최구는 건덕전 뜰로 들어와 김훈과 최질에게 귓속말을 했다.

"계속 대치만 해서는 우리 쪽이 빨리 지칠 것입니다. 특단의 행동을 해야 합니다."

특단의 행동이라는 말에, 김훈과 최질의 안색이 굳어졌다. 이들의 굳은 얼굴을 보고 최구가 힘주어 말했다.

"아까도 말했다시피 호랑이 등에 올라탄 형국이요, 못할 일이 없는 상태입니다.”

최구의 말을 듣고 김훈과 최질은 건덕전 쪽을 보았다. 그들의 얼굴에는 당혹해하는 빛이 역력했다. 최구가 조용히 말했다.

“먼저 할 일은 장연우와 황보유의를 처형하는 것입니다.”

김훈과 최질은 서로를 바라보았다. 최구가 건덕전으로 밀고 들어가 왕을 확보하자는 말을 하리라 예상했다. 물론 장연우와 황보유의를 처형하자는 것도 대단히 과격한 행동이었다. 그래도 왕에 대한 직접적인 행동은 아니었기 때문에 이들에게 안도하는 마음이 들었다.

최질이 최구에게 물었다.

“그들을 무슨 죄로 처형한다는 말이오? 더구나 그들은 재추의 반열에 있는데 성상의 허가 없이 어떻게 사형을 시킬 수가 있소?”

최구가 조용히 말했다.

“그들은 경술년(1010년)에 군법을 위반했습니다.”

경술년 당시 장연우는 부도통이었고 황보유의는 병마판관으로 참전하여 패전하여 전장에서 도망쳤었다. 이것은 고려의 군법에 의하면 참수형에 해당하는 죄였다.

최질이 다시 말했다.

“그 건에 대해서는 이미 성상의 명으로 모두에게 사면령이 내려졌소.”

최구가 차분히 말했다.

“앞으로 공을 세우기로 하고 용서받은 것입니다. 그런데 이번 전쟁 중에 다시 군심을 어지럽혔으니 그래서 참형에 처하는 것이지요.”

김훈이 고개를 끄덕이며 말했다.

“일리 있는 말이오. 그런데 그들을 처형한 다음 어떻게 하지?”

“그들을 처형한다고 하면 분명히 성상께서 가만있지 않을 것입니다.

그들을 구하려고 애를 쓸 것입니다. 그때 우리의 조건을 성상에게 말하여 허락을 받아낼 수 있습니다.”

다시금 김훈과 최질 등은 우르르 건덕전을 나갔다. 이들의 행동은 점차 법도가 없어지고 있었다. 감옥에 가두어 두었던 장연우와 황보유의를 끌고 나오게 하여 구정에 형틀을 마련하고 유시 중간(18시)에 형을 집행할 것을 건덕전에 알렸다.

왕순과 신하들은 매우 놀랐다. 어쨌든 가서 말려야 했다. 왕순이 놀라서 직접 달려가려고 하자 채충순이 말렸다.

“지존은 섣불리 움직이는 것이 아니니, 소신이 가서 왕명을 전달하겠습니다.”

“아니오, 짐이 직접 가리다.”

왕순은 장연우와 황보유의가 해를 당할까 봐 두려웠다.

채충순 등이 재차 간하며 말렸다.

“저들은 장연우와 황보유의를 처형하려는 것이 아닙니다. 인질로 잡고 자신들의 요구를 관철시키고 싶을 뿐입니다. 지존이 움직이시면 저들은 더욱 기고만장할 것입니다.”

왕순이 한숨을 쉬며 어좌에 앉으며 말했다.

“무슨 수를 써서라도 살리도록 하시오.”

그때 건덕전으로 자색 관복을 입은 체격이 웅위한 사람이 들어왔다. 우복야 안소광이었다.

안소광이 왕순에게 사죄했다.

“늙고 주책없이 가벼운 병을 얻어 지금에서야 나왔습니다.”

앞서 채충순은 직접 상서성으로 가서 안소광을 만나 논의하려고 했다, 그런데 안소광이 몸이 좋지 않아 조퇴를 했던 것이다. 채충순은 사람을 안소광의 자택에 보내 불러오게 했다.

왕순이 안소광을 반갑게 맞으며 말했다.

"잘 오시었소."

안소광이 말했다.

"제가 가서 말리겠나이다."

안소광이 구정에 당도하자 군사들이 장연우와 황보유의를 형틀에 묶고 있었다. 안소광이 호통을 쳤다.

"멈추거라!"

안소광이 등장하자, 군사들은 안소광에게 군례를 했다. 무관 중에 재상급 문관을 겸직하고 있는 최고위 인물이었다.

안소광이 김훈과 최질을 보며 말했다.

"이게 무슨 해괴한 짓인가?"

김훈과 최질은 아무 대답도 하지 못했다.

안소광이 다시 말했다.

"중추사와 일직을 어서 풀어주게!"

김훈과 최질이 아무 소리 못 하고 있자, 옆에서 보고 있던 최구가 말했다.

"그냥 풀어줄 수는 없습니다."

안소광이 최구를 노려보자, 최구가 다시 말했다.

"장연우와 황보유의를 유배형에 처한다면 살려줄 수노 있습니나."

안소광이 다시 김훈과 최질을 보며 호통을 치려다가, 이들이 그냥 풀어줄 마음이 없는 것을 알았다. 안소광이 말했다.

"내가 가서 성상께 보고할 것이니, 이들에게 절대 해를 끼치지 말게."

최구가 말했다.

"반 시진 내이어야 합니다."

결국 왕순은 장연우와 황보유의를 유배형에 처한다는 조서를 내렸다.

재추들은 건덕전을 나가 퇴근했다. 왕순 역시 침전인 만령전으로 향했다. 혹시 밤늦게까지 의논하는 모습을 보이면 김훈과 최질이 의심을 일으킬까 봐 서둘러 퇴근한 것이다. 왕순은 시간을 좀 두어 김훈과 최질의 흥분을 가라앉히면 이 일을 바로잡을 수 있다고 생각했다.

그런데 다음 날, 김훈과 최질, 최구 등은 다시 알현을 요청하고 다음 세 가지 사항을 요구했다.

첫째, 상참관(常參官, 정6품) 이상 무관은 모두 문관을 겸직하도록 할 것.

둘째, 어사대(御史臺)를 폐지하고 금오대(金吾臺)를 설치할 것.

셋째, 삼사(三司)를 폐지하고 도정서(都正署)를 설치할 것.

무관은 낭장(정6품)부터 상참관이었다. 그런데 중앙군에서 낭장 이상의 무관은 삼백 명이 넘었다. 결국 모든 관직을 무관들이 차지하겠다는 것이었다. 말도 안 되는 요구사항이었다.

어사대는 관리들의 비리를 감찰하는 기관이다. 그 권한은 매우 막강한 것이다. 그런데 어사대 관리들을 일일이 해임하기에는 매우 번거로우니, 어사대를 통째로 없애버리겠다는 것이다. 어사대를 없애버리고 금오대라는 같은 기능을 하는 관청을 만들어 요직을 차지하려는 것이었다.

삼사는 창고를 관할하는 관청이었다. 삼사를 통해서 국가재정이 분배되므로 삼사는 중요한 실무 기구였다. 여기를 장악하여 실제 재정권을 장악하겠다는 것이다.

이것은 모두 최구의 머릿속에서 나온 생각으로 나라를 완전히 거머쥐려는 것이다.

이들의 요구사항을 본 재추들이 하늘을 보며 탄식했다. 너무나 과한 요구라 어떻게 조율할지도 알 수 없었다. 왕순 역시 머리가 아파왔다. 이로써 이들은 결국 반란을 일으킨 것이었다.

왕순은 일단 시간을 벌어볼 요량으로 김훈과 최질에게 말했다.

"이것은 매우 중차대한 문제이니, 논의할 시간이 필요하오."

최질이 말했다.

"오늘 오전 중으로 재가해주십시오."

김훈과 최질은 폭주하고 있었다. 왕순이 거부한다고 하더라도 강제로라도 할 기세였다. 왕순은 이들이 내민 법안에 서명하고 옥새를 찍었다.

다음 날, 김훈은 참지정사(종2품), 최질은 중추사(종2품)에 임명되었고 다른 육품 이상의 무관들도 문관에 임명되어 모든 권력을 장악했다. 최구는 병부낭중(정5품)에 임명되어서 병권의 실무를 책임지게 했다.

곧 개경의 백성들도 이 사실을 알게 되었고, 저잣거리에서는 여러 사원의 승려들이 반란을 진압하기 위하여 개경으로 쳐들어온다는 소문이 돌았다. 김훈과 최질은 몹시 놀라서 개경 시내에 계엄령을 내리고 오고 가는 인원을 통제했다.

김훈과 최질은 점점 안하무인으로 행동했다. 자신의 친족들을 요직에 배치하고 뇌물을 받고 관직을 팔아 자기 일당을 요소요소에 심었다. 이들은 폭압적으로 왕의 권력을 빼앗아 행사하고 있었다.

41
배다리

개태 사년(1015년) 새해 첫날 새벽, 소허열은 얼어붙은 압록강을 건너고 있었다. 새벽 찬바람에 코끝이 시렸다. 조상이 회골(위구르) 출신이었기 때문에 소허열의 눈두덩이는 깊었고 코가 우뚝하니 컸다. 그래서 겨울이면 코끝이 늘 빨개지고 시렸다.

앞을 바라보니 압록강 건너에 얕은 야산이 덩그러니 자리 잡고 있었다. 이 야산은 작년 말부터 아군이 점거 중이었는데 고려인들은 이곳을 용만(龍灣: 평안북도 의주)이라고 불렀다. 소허열이 지내다 보니 용만이라고 부르는 이유를 알 것 같았다. 이곳의 압록강 물은 몇 갈래로 흩어지고 있었고 물이 빠르게 흐를 때는 마치 용들이 요동치는 것 같았다.

소허열은 잠시 후 이 야산의 정상에 올랐다. 여기에는 망루터가 있는데 고구려와 당나라가 압록강에서 싸울 때 고구려 장수가 이곳에서 지휘했다고 한다. 정상에 오르니 남쪽 십 리 밖까지 시야가 탁 트였다. 높고 낮은 산들이 삐죽삐죽 엇갈려 서 있었는데, 날씨가 티끌 하나 없이 청명하여 아주 선명히 눈에 들어왔다. 그런데 이 풍경이 소허열의 마음에 비장함을 끌어 일으켰다. 마치 수만 명의 고려군이 줄지어 진을 치고 있는 것처럼 보였기 때문이었다.

고려군의 매복에 걸려 죽음의 문턱까지 갔던 기억이 먼저 떠올랐고 형 소류의 죽음이 생각났다. 큰형 소류를 아버지처럼 따른 소허열에게는 불구대천의 땅이었다.

"음, 산들이 엇갈리게 서 있는 것이 요동과 이곳의 지세는 거의 같군
요."

사십 대 중반의 나이에 눈·코·입의 선이 굵은 사람이 말했다. 국구
상온*(國舅詳穩) 소적렬이었다. 소적렬은 오 년 전에는 전쟁에 반대했었
으나 이번에는 전쟁에 참여했다. 전쟁을 그치게 할 수 없다면 이기는
수밖에 없다고 생각했기 때문이다.

소적렬이 보니 아군 일부가 용만 남산 쪽으로 움직이고 있었고 다른
두 부대도 동·서로 진군 중이었다. 부채살처럼 퍼져 나가며 용만 주위
를 에워쌌다.

아군이 세 방향으로 진군하는 것을 본 소적렬이 소허열에게 말했다.

"이제 시작할 시간입니다. 계획한 대로 최대한 빨리해야 합니다."

소허열이 고개를 끄덕이며 주위에 명했다.

"신호를 보내라!"

소허열의 명령에 황색 깃발이 오르더니 사방으로 춤을 추었다. 곧 수
많은 사람과 수레들이 내원성에서 밖으로 쏟아져 나왔다.

"투걱, 투걱, 투걱….."

목사는 수레를 끌고 있었다. 그런데 말의 발굽 쪽을 계속 유심히 살
폈다, 얼음 위에서 미끄러지는 것을 방지하기 위해 두터운 가죽으로 감
쌌는데 그것이 잘 붙어 있는지 확인하는 것이었다. 그런 이유로 말발굽
소리가 둔탁하게 울렸다.

---

*   국구상온(國舅詳穩): 여기에서 국구는 군주의 외척을 뜻하며, 국구상온은 외척들
    을 관리하는 관직이다.

주변을 둘러보았다. 말이 끄는 수많은 수레가 있었고 그 수레들 위에
는 공사 자재들이 수북이 쌓여 있었다. 그리고 그 수레들 사이로 백 척
은 되어 보이는 밑바닥이 평평한 배들을 소들이 끌고 있었다.

배들은 배다리를 만들기 위한 것이었다. 강이 얼었을 때 만드는 것이
흐르는 강물에서 만드는 것보다 훨씬 용이하기에 지금 건설하려는 것
이다.

십오 척(尺) 길이의 배들이 차례로 위치를 잡았고 일꾼들은 부지런히
움직였다. 고려군의 공격을 염두에 두고 최대한 신속히 배다리를 완성
시켜야 했기 때문이다.

목사가 동생 목개에게 조용히 말했다.

"만일 고려군이 습격해 오면 너는 무조건 내원성 쪽으로 뛰어가라."

"그래도 수레는 챙겨 가야지."

"수레를 챙겨 뭐 하니! 목숨부터 챙겨야지. 나는 멍에를 벗겨서 수레
는 두고 말을 몰고 갈 것이니, 너는 재빨리 도망가."

"어떻게 나만 도망가나!"

목사의 생활은 점점 팍팍해져 가고 있었다. 거란과 고려 간에 사신이
정기적으로 오가며 무역이 이루어져야 그들의 짐을 나르며 수익을 내
는데, 전쟁 기운이 무르익자 이제 그런 것이 거의 없기 때문이었다. 게
다가 어쩌다가 오고 가는 사신들도 지니고 가는 물품이 극히 적었다.
그러니 따로 수레를 고용하지 않았다. 이제 농사와 사냥 등으로 먹고
사는 수밖에 없었다.

그런데 수레를 가지고 있어서 이런 노역이 있으면 항상 동원되었다.
거기에 작년 시월부터 동원령이 내려져 벌써 석 달간이나 노역 중이었
다. 비록 겨울이 농한기라고는 하지만 사냥하고 물고기를 잡아서 비축
해야 먹거리를 풍족하게 마련할 수 있다. 그것을 못 하니 항상 부족할

수밖에 없었다.

오랜 노역은 굉장한 고역이었고 수익을 내지 못하는 수레는 이제는 짐일 뿐이었다. 그런데 마음대로 없앨 수도 없었다. 관청에 등록되어 있어서 임의로 없애면 벌을 받는다. 울며 겨자 먹기로 가지고 있는 것이었다.

목사는 이곳으로 이주한 것을 몹시 후회했다. 거란과 고려의 전쟁이 얼마나 지속될지 모른다. 아마 최소 몇 년은 더 이어질 것이다. 듣자 하니, 거란 황제가 고려와의 전쟁을 고집한다고 한다. 목사는 노역이 힘들 때마다 속으로 욕을 했다.

'망할 거란 황제 놈! 벼락 맞아 죽어라!'

목사가 내원성 앞으로 가서 쌓아져 있는 자재들을 수레에 싣는데, 얼굴이 세모꼴인 목사 또래의 사람이 옆으로 오더니 작은 목소리로 투덜 거리며 말했다.

"노예도 이런 노예가 어디 있나!"

목사의 친구인 개신(揩信)이었다. 같은 부족인 개신은 목사보다 두 살이 많으나 친구로 지내고 있었다.

목사가 개신에게 나지막이 말했다.

"말조심!"

"뚜웅~~~~~~~~~."

그런데 갑자기 남쪽에서 뿔나팔 소리와 북소리 등이 났고 곧이어 함성 소리가 은은하게 들려왔다. 남쪽 어딘가에서 거란군과 고려군이 교전을 벌이는 듯했다. 불안한 마음에 목사는 하던 일을 멈추고 그쪽을 바라보았다. 목사뿐만이 아니라 수레를 몰던 대부분의 사람도 마찬가지였다.

"쫙!"

그런데 어디에선가 채찍 소리가 들렸고 곧이어 목개의 비명 소리가 울려 퍼졌다.

"악!"

감독관 중 하나가 채찍으로 목개를 내려친 것이었다.

"멈추지 말고 움직여라! 오늘 반드시 공사를 끝내야 한다."

목사는 목개를 보았다. 등을 웅크리며 아파하고 있었다. 다행히 겨울이라 두꺼운 가죽옷을 입어서 심하게 고통스럽지는 않은 것 같았다. 목사는 감독관을 슬쩍 째려본 후에 다시 움직였다. 사람들 역시 움직이기 시작했다. 그렇지만 모든 신경은 남쪽으로 쏠려 있었다. 고려군이 나타나면 재빨리 도망가야 하는 것이다.

다행히 어느 순간, 더 이상 교전 소리는 들리지 않았다. 고려군은 물러간 듯했다.

해가 질 무렵, 압록강의 얼음 위로 배다리의 틀이 완성되었다. 백 척의 나룻배를 쇠사슬로 연결하여 강을 가로지르게 한 뒤, 그 위에 나무 판자를 대어서 말이나 수레 등이 지나다닐 수 있도록 평평하게 만들었다. 목사는 만들어진 배다리의 위용에 감탄했다.

새해(1015년) 첫날, 야율융서는 의무려산에 가서 현릉*과 건릉**에 참배했다. 참배 후, 동경으로 이동하는 중에 소허열로부터 보고를 받았다.

"압록강 위에 배다리를 건설했고 또한 강을 건너 두 곳에 성을 쌓고

---

* 현릉(顯陵): 야율융서의 증조할아버지 의종(義宗)과 할아버지 세종((世宗: 제3대 황제, 재위 947~951)의 합장 묘.
** 건릉(乾陵): 야율융서의 아버지 경종(景宗: 제5대 황제, 재위 969~982)과 어머니 승천황태후의 합장 묘

있나이다.”

일월 이십일, 동경에 도착한 야율융서는 금빛 갑옷을 입고 그 위에 자흑색 갖옷을 덧입었다.

“동쪽을 정벌한다! 출정하라!”

야율융서는 고려를 직접 정벌할 참이었다. 오 년 전 고려에서 당한 분을 시원하게 풀 생각이었다.

그런데 그때 다시 소허열로부터 보고가 올라왔다.

“군대를 거느리고 길을 나누어 토벌에 나섰나이다.”

이미 군대가 움직였고 또한 대신들이 다시 말리자, 야율융서는 마지못해 직접 고려로 가는 것은 포기하고 대신 명령을 보냈다.

“짐은 반역을 일삼는 고려에 반드시 벌을 내릴 것이다. 서쪽 정벌을 마치는 대로 도통을 임명한 대군으로 고려를 칠 것이니, 지금은 고려의 국경지대를 황폐화시키라!”

그리고 새로 쌓은 압록강 동쪽의 성에 보주(保州)라는 명칭을 내렸다. ‘반드시 지키라’는 뜻이었다. 이 성을 가지고 있으면 이제 압록강은 더 이상 고려와의 국경이 아니었다. 저번 전쟁에서 압록강을 건너 퇴각하다가 손실이 컸는데 같은 실수를 반복하지 않을 것이었다.

이십일일, 소적렬이 이끄는 거란군은 흥화진을 포위하고 그 주변에 불을 놓아 초토화시켰다.

이십이일, 소허열이 이끄는 거란군은 다시 내륙 길로 통주로 가서 역시 그 주변을 초토화시켰다.

삼월에는 고려의 용주(龍州: 평안북도 용천군)로 침입해 역시 초토화 작전을 실시했다.

42
운몽(雲夢)으로의 행차

을묘년(1015년) 일월 어느 날, 강감찬은 동북면 화주(和州: 함경남도 금
야군)에 있었는데 얼굴에 수심이 가득했다. 옆에 있던 강민첨에게 물
었다.

"지금 소집된 병력이 정확히 몇 명이라고 했지?"

"삼천이백구십칠 명입니다."

강감찬이 말없이 고개를 끄덕였다. 거란군의 침공이 시작되었기 때
문에 동북면의 병력들을 소집해 놓은 것이었다. 명령이 떨어지면 서북
면으로 구원을 간다. 그런데 이번에 거란군의 침공은 도통을 임명한 침
공이 아니라고 한다. 그렇다면 거란군이 깊게 들어올 가능성은 거의 없
었다. 동북면의 군사들이 출동할 일은 없을 것이다.

강감찬의 얼굴에 수심이 가득한 가장 큰 이유는 거란군의 침공 때문
이 아니라, 개경에서 일어난 반란 때문이었다. 강감찬이 물었다.

"지금 소집된 병력으로 개경을 구원하러 간다면…?"

강민첨이 단호히 말했다.

"우리는 역적이 됩니다."

"역적이 되더라도 지금 상황을 바로잡는 것이 더 중요하지 않나!"

강민첨이 목소리를 낮춰 말했다.

"우리가 군대를 개경 쪽으로 움직이면 김훈과 최질은 금방 알아차릴

것입니다. 그럼 각지에 왕명을 내려 우리를 토벌하라고 할 것인데, 어쩌면 안주에 소집된 중앙군들도 움직이게 할지 모릅니다. 우리가 아군들과의 전투에서 모두 승리해서 개경에 입성하여 바로잡는다고 한들, 그 과정에서 너무나 많은 출혈이 있어서 결국 거란을 방어하기 힘들 것입니다. 더구나 성상의 안위도 보장할 수 없습니다."

강민첨의 말은 구구절절 옳았다. 사실 강감찬도 같은 생각이었는데 혹시나 하는 기대감에 물어본 것이었다.

강민첨이 목소리를 더욱 낮추며 말을 이어갔다.

"우리가 움직이는 것은 안 되지만, 지존은 가능합니다."

강감찬이 강민첨을 응시하며 물었다.

"그것이 무슨 뜻인가?"

"지존이 서경으로만 간다면 간단히 바로잡을 수 있습니다."

"음, 그렇지. 그것이 가능하지. 그렇게 하려면 구체적으로 어떤 방법이 있을까? 나를 교체해달라고 해서 개경으로 복귀한 다음, 일을 도모할 수도 있겠군."

"그건 자연스럽지 않습니다. 따라서 김훈과 최질은 각하의 복귀 자체를 허락하지 않을 가능성이 높습니다. 설령 복귀한다고 해도 각하와 성상 사이를 차단할 것입니다."

"무슨 좋은 방법이 없을까?"

강민첨이 잠시 생각한 뒤에 말했다.

"화주방어사 이자림은 담대하고 강직한 사람입니다. 그리고 마침 임기가 다 찼습니다."

강감찬이 고개를 끄덕이며 힘주어 말했다.

"추진해보게."

잠시 후, 강민첨은 이자림을 불러 자세한 사정을 설명한 뒤에 물었다.

"해보시겠습니까?"

이자림이 결연한 표정으로 답했다.

"나라를 위한 일인데, 이 한목숨 내놔야 하지 않겠습니까!"

그로부터 며칠 뒤, 얼굴이 넓적하고 거무튀튀한 중년의 남자가 방 안에 누워 천장을 뚫어지게 보고 있었다.

"휴우-."

그러다가 일어나서 한숨 쉬기를 반복했다. 얼굴에는 근심이 가득해 보였는데 한숨을 쉴 때마다 오른쪽 덧니가 보였다.

올해(1015년) 마흔여덟 살이 된 청주 사람 이자림이었다. 이자림은 성종 십사년(995년)에 장원급제하여 첫 관직으로 서경장서기를 했었다.

그런데 목종 때에 정치에 대하여 간하는 상소를 올렸다가 천추태후와 김치양의 눈 밖에 나서 좌천당했다. 그래서 변방의 애수진장 등을 역임하다가 안의진의 진장이 되었는데, 그때 강조의 정변이 일어나고 곧 경술년(1010년)의 전쟁이 터졌던 것이다.

전쟁 후에는 화주방어사로 임명되었고 삼 년의 임기는 벌써 모두 채웠다. 사실 거란군의 침공이 시작되었으므로 임기는 의미 없었고 특별한 사정이 없으면 모두 유임되고 있었다. 그런데 임기를 채웠다는 핑계로 개경으로 온 것이었다.

예상대로 고려 조정에서는 이자림에 대해서 아무 관심도 갖지 않았다. 다른 보직을 주어야 했으나 아예 존재 자체를 잊은 듯했다. 이자림은 집에 칩거하여 며칠째 이렇게 방 안에 누워만 있었다.

누군가 문밖에서 이자림을 불렀다.

"아버지!"

이제 열한 살이 된 이자림의 첫째 딸 이하연이었다. 이자림이 창밖을 보자, 어느덧 어두워지고 있었다. 문을 열고 첫째 딸이 작은 소반을 들고 방 안으로 들어왔다. 이자림의 저녁 식사였다.

첫째 딸이 타박하듯이 말했다.

"아버지, 왜 매일 누워만 있어요?"

이자림은 딸을 바라보았다. 첫째 딸 이하연은 이자림과 생김새가 판박이였다. 넓적하고 거무튀튀한 얼굴에 뭉툭한 코와 거기에 더해 덧니까지…. 어떻게 그렇게 빼다 박았는지 삼신할멈이 일을 매우 면밀히 한다는 것을 새삼 느낄 수 있었다. 이런 것은 시시콜콜하지 않아도 될 법한데도 말이다. 씨도둑이 생길까 봐 아주 정교하게 일하는 듯했다. 그렇지만 이자림은 첫째 딸을 볼 때마다 신기하고 귀여웠다. 아무 말 없이 딸을 보며 미소를 지었다.

이하연이 자신을 보고 있는 아버지에게 다짜고짜 말했다.

"제가 성상이라면 서경으로 가겠어요."

이자림이 깜짝 놀라며 말했다.

"그게 무슨 말이냐?"

"그들을 그냥 놔두어서는 안 되는데, 개경에서는 어떻게 할 수가 없어요."

"그들이라니?"

"서경으로 가시면 마치 '누운 소 타기' 마냥 쉬운 일입니다."

이하연은 자세한 설명 없이 요지만 말하고 있었다. 이자림이 잠시 생각을 정리한 후, 말뜻을 알아채고 놀란 눈으로 물었다.

"누가 너에게 그런 말을 해줬느냐?"

이하연이 심드렁한 어조로 말했다.

"그 정도도 모르겠어요. 당연하잖아요."

이자림은 딸을 다시 바라보았다. 혼인 후 몇 년간 아이가 생기지 않다가 낳은 딸이었다. 늘 애지중지하고 귀엽게만 생각했는데 이제 세상을 보는 눈은 어른이 다 되어 있었다.

이자림이 낮은 목소리로 말했다.

"절대 입 밖에 내지 말거라. 큰일 난다."

"알고 있어요."

이자림은 누차로 딸에게 당부했다.

"목숨이 달린 일이다. 한 개인이 아니라 우리 집안, 나아가 나라 전체의 안위가 달린 일이야."

이하연이 약간 짜증 내며 말했다.

"저도 그 정도는 다 알고 있다고요."

문제는 역시 국왕의 의지였다. 국왕은 김훈과 최질의 말을 다 들어주고 있다고 한다. 그들을 제거할 의지와 용기가 있는지조차 알 길이 없었다. 여기서 섣불리 어떤 견해를 국왕에게 넌지시 비쳤다가 몹시 위험해질 수 있다. 이자림은 방법을 몰라서 고민한 것이 아니라 국왕의 의지를 몰라서 고민하고 있었던 것이었다. 그런데 국왕의 의지는 아무리 혼자 생각해도 알 수가 없는 것이었다.

이자림은 첫째 딸의 말을 듣고 드디어 결심했다. 그다음 날 궁궐에 들어가서 먼저 김훈을 찾아가서 말했다.

"다음 보직을 맡는 데 힘을 좀 써주십시오. 서북면에는 늘 사람이 부족하니 그쪽도 좋습니다."

이렇게 말하며 은병을 뇌물로 건넸다. 김훈이 만족스러운 미소를 지으며 말했다.

"알겠소."

그다음은 최질과 최구를 찾아가서 역시 뇌물을 건네며 관직을 부탁했다.

그리고 궁궐을 나가는 길에 잠시 합문에 들렀다. 합문사 김맹을 만나

기 위해서였다. 이자림과 김맹은 같은 해 과거에 합격한 동년 간이었
다. 이자림이 외직을 전전했으므로 친분을 많이 쌓지는 못했지만 그래
도 같은 동년으로서 끈끈한 마음을 공유하고 있었다.

이자림이 합문으로 찾아가자 김맹이 매우 반갑게 맞이하며 말했다.

"정말 오랜만입니다."

"잘 지내셨소? 마침 궁에 들어왔다가 차나 한잔하려고 들렀소."

두 사람은 차를 마시며 한담을 나누었다. 잠시 후, 이자림이 자리에
서 일어서며 말했다.

"퇴청한 뒤에, 간만에 우리 집에서 한잔하시는 것이 어떻소?"

같은 동년의 제안이라 별일 없으면 당연히 응해야겠으나, 지금은 매
우 조심스러운 때였다. 김맹이 선뜻 대답을 못 하는데, 이자림이 다시
말했다.

"오랜만에 만났는데, 회포 좀 풀어야지요."

그러면서 눈을 찡긋하는데, 뭔가 뜻이 있다는 것이었다. 김맹이 조용
히 답했다.

"퇴청하면 가리다."

그날 저녁 김맹이 이자림의 집에 방문했다. 이자림의 처가 먼저 차를
내왔고 곧 주안상이 들어왔다.

몇 잔의 술이 돈 뒤에 이윽고 이자림이 말했다.

"지금 나는 새로운 보직을 받지 못하고 있소. 중앙에 마땅한 직이 없
다면 외직도 좋으니 직을 맡을 수 있게끔 힘 좀 써주시오. 외직이면 서
경이 좋겠구려. 김훈과 최질 각하 등에도 약간의 선물을 주고 부탁해놓
았소."

김맹은 이자림의 말을 듣고 심히 당황스러웠다. 김훈과 최질에게 '각
하'라는 호칭을 쓰고 거기에 뇌물까지 주었다는 말에 김맹의 안색이 변

하며 몸을 뒤로 뺐다. 혐오의 몸짓이었다.

그런 김맹을 보고 드디어 이자림은 본론을 말할 수 있다고 판단했다. 몸을 김맹 쪽으로 기울이며 나직한 말투로 입을 열었다.

"한고조(漢高祖)는 운몽현(雲夢縣)으로 행차했소."

한고조는 한나라를 세운 유방(劉邦)이다. 한고조 유방은 운몽현을 돌아본다는 핑계로 제후들을 소집하여 반란을 꾀하던 초나라 왕 한신을 체포했었다.

이자림이 김맹의 표정을 살피며 다시 말했다.

"아시다시피 나는 서경장서기로 근무했었기 때문에 서경을 잘 압니다. 서경에서 보직을 받으면 제가 미리 준비할 수 있습니다."

잠시 후, 이자림의 말을 알아들은 김맹이 드디어 고개를 살짝 끄덕였다. 둘은 다른 이야기를 하다가 술자리를 파했다.

김맹은 집에 돌아가서 생각했다. 섣불리 추진하다가 김훈과 최질의 의심을 살 수 있었다. 그러면 오히려 이쪽이 당하기 십상이다. 한참을 생각하던 김맹은 얼마 전 국자감 학생들이 올린 상소문을 기억해냈다. '거란군의 침략에 맞서, 군사들의 사기를 올리기 위해 성종대왕을 본받아 성상폐하가 서경에 행차해야 한다'는 내용이었다.

그다음 날 자신의 측근을 시켜 비슷한 내용의 상소를 올리게 했다. 그리고 기회를 보아 중추사 채충순에게 넌지시 말했다.

"얼마 전에 국자감 학생들이 군사들의 사기를 위해 '성상께서 서경으로 행차하셔야 한다'는 상소문을 올리지 않았습니까."

"그렇습니다."

김맹이 힘주어 말했다.

"그런데 같은 내용의 상소가 또 올라왔습니다."

채충순은 김맹을 잠시 바라보았다. 연후에 고개를 천천히 끄덕였다.

채충순은 상소문을 들고 재추회의에 가서 안건으로 삼았다.

"거란의 침공이 계속되고 있습니다. 성종대왕의 예에 따라서 군사들의 사기를 높이자는 상소가 올라왔는데 매우 일리 있는 말입니다."

최사위 역시 찬성하며 말했다.

"계묘년(993년)에 성종대왕을 호종하여 북방에 갔을 때를 똑똑히 기억합니다. 우리 군사들의 사기는 높아졌고 그래서 소손녕을 막아낼 수 있었습니다. 이제 거란의 침공이 시작되었으니 성상께서 서경에 행차하시면 군사들의 사기가 오를 것입니다."

유진과 최항 역시 찬성했다. 김훈과 최질은 그저 멀뚱히 있었다. 서로 몇 마디 의논의 말이 더 오간 후, 유진이 말했다.

"이 안건에 반대가 없으니, 성상께 재가를 받도록 합시다."

중추사 최질이 말했다.

"그 문제는 좀 더 생각해봅시다."

최질은 당장 어떤 생각이 있어서라기보다, 일단 의심이 들어서 이렇게 말한 것이었다. 김훈이 거들먹거리며 말했다.

"중추사 말씀대로 급한 문제가 아니니 생각을 좀 더 해봅시다."

이렇게 말하며 자리에서 일어나 회의실을 나갔다. 재추회의의 최상급자는 문하시중 유진이지만 이들은 안하무인으로 행동했다.

재추회의가 파하고 채충순은 이 건을 왕순에게 보고하기 위하여 건덕전으로 가려 했다. 그런 채충순에게 최질이 물었다.

"어디를 가려 하오?"

"이 건을 성상께 보고드리려 합니다."

"그럼 나도 같이 갑시다."

채충순과 최질이 와서 보고하자, 왕순이 말했다.

"짐이 서경으로 가는 것은 재추회의에서 결정되면 그리하리다."

조금 전에 왕순은 김맹으로부터 '운몽으로의 행차'에 관한 것을 은밀히 보고 받았었다. 본인이 적극적으로 서경에 가겠다고 하면 최질의 의심을 살까 봐 이렇게 재추회의에 미룬 것이었다.

김훈과 최질은 이 건에 대하여 측근들을 불러놓고 의논했다. 대부분 서경으로 가는 것을 탐탁지 않게 생각했다. 최구가 말했다.

"서경으로 가면 무슨 일이 생길지 장담할 수 없습니다. 가지 않는 것이 가장 좋습니다."

결국 김훈과 최질은 서경 행차에 반대했다. 그런데 거란군의 침공을 알리는 보고가 서북면에서 빗발쳤고 거기에 부응해 서경으로 행차해야 한다는 상소가 날마다 쏟아졌다.

국자감 학생들이 먼저 상소를 올렸고, 관리들이 그 뒤를 따랐다.

"성상께서 서경에 행차하시어 이 국난을 극복해야 합니다."

김훈과 최질은 여전히 반대하는 입장이었으나, 워낙 상소가 거세게 올라오고 있었고 무관들 중에서도 서경에 가는 것이 일리 있다는 의견이 형성되고 있었다. 계속 반대할 명분이 부족했다. 최구를 불러 의논하는데 최구가 말했다.

"그렇다면 서경에 가되 성상을 호위하는 병력은 우리 측 군사들이어야 합니다. 우리도 늘 성상 곁에 있고요. 지채문을 비롯한 천우위 병력과 개경 관리들은 한 명도 가지 않아야 합니다. 그러면 문제가 없을 것입니다."

최질이 고개를 끄덕이며 말했다.

"왕후들이 개경에 있으니 그들을 인질로 잡아두면 더욱 안전하겠군."

김훈과, 최질, 최구를 비롯한 반란 주도 세력 열아홉 명과 그들 휘하 군사 백 명이 서경으로 가는 왕순을 호위하기로 했다. 또한 왕후들의 거처를 지키는 감문위 장교들과 군사들을 자신들 측 사람들로 교체시켰다.

왕순은 이 사실을 보고받았다. 왕후들을 인질로 잡겠다고 공언하는 것과 같았다. 아무런 내색을 하지는 않았지만 김훈과 최질은 인간적으로도 악인이 되어가고 있다는 생각이 들었다.

왕순의 곁에서 시립하고 있던 지채문이 틈을 보아 은밀히 왕순에게 말했다.

"왕후전하들은 저와 문 장군이 지킬 것이니 염려하지 마소서."

왕순이 고개를 끄덕였다.

이월 십일, 통주를 침공했던 거란군이 물러갔다는 장계가 도착했다. 그러나 거란은 압록강에 배다리를 설치하고 용만(의주)에 성을 쌓았다. 언제든지 다시 침입할 수 있었다. 한시도 마음 놓을 수가 없는 것이다.

그때 서북면도통 유방이 보낸 장계가 도착했다.

"성상폐하의 성스런 덕에 힘입어 북적들이 물러갔나이다. 북적들은 물러갔으나 흥화진과 통주성 밖은 폐허가 되었습니다. 올해 농사를 어떻게 지어야 할지 모르겠습니다. 때에 맞춰 곡식과 종자를 내려 구휼해 주소서."

그리고 서경의 관리들과 학생들이 보낸 상소도 도착했다.

"군사들과 백성들을 위하여 서경으로 행차하여 성상폐하의 성은을 나누어 주십시오."

왕순은 이자림을 서경판관으로 임명하여 서경으로 먼저 가서 왕의 행차에 필요한 준비를 하도록 했다.

삼월 삼일, 왕순은 서경으로 출발했다. 김훈과 최질 등 열아홉 명이 수행했으며 그들 휘하 군사 백 명이 호위했다. 그리고 왕순의 측근 중에는 김맹만 수행했다.

43
서경 행차

왕순은 행차에 앞서 다음과 같은 조서를 내렸다.

"짐은 왕위에 오른 이후에, 좋은 정치를 펼치려고 노력했다. 그런데 북적들이 침략하여 백성들이 도탄에 빠지고 말았다. 이 역시 짐의 부덕의 소치로 더욱 삼가는 마음으로 정치를 하려고 한다. 이번 행차는 국방의 상황과 더불어 백성들의 형편을 알아보는 것이 목적이다. 따라서 검소하게 치를 것이니, 통과하는 길에 있는 지방관들은 짐을 접대하기 위하여 잠시라도 자신의 근무지를 떠나는 일이 없도록 하라."

진시 초(7시)가 되자 왕순은 위봉문을 나와 구정에서 말에 올랐다. 왕이 순행할 때 따르는 의장대의 법식은 정해져 있다. 기본 의장대가 천 명가량이고 따르는 일행 또한 많았다. 그러나 때가 때인 만큼 십분의 일로 줄였다. 그러나 그 화려함만은 잃지 않으려고 했다.

광화문을 나오자 길에 오가는 사람들이 있었는데 왕의 행차를 보고 옆으로 몸을 피했다. 환호하는 개경 사람들은 아무도 없었다. 김훈과 최질 등이 사실상 반란을 일으켜 국정을 좌지우지하고 있다는 것을 잘 알고 있기 때문이었다. 개경 사람들 입장에서는 조정을 신뢰할 수 없었고 불안과 실망감을 느끼고 있었다. 더구나 거란군의 침공이 시작되었는데 조정의 기강이 엉망인 상태에서 제대로 대처할 수 있을지 몹시 염려스러웠다.

왕순은 왕위에 오른 뒤, 두 번째로 개경 밖으로 나가는 것이었다. 오년 전(1010년) 몽진, 그리고 이번 서경 행차. 지금은 오 년 전과는 완전히 달랐다. 그때는 거란군에 쫓겨 갔지만, 지금은 거란군에 맞서기 위해서 앞으로 움직이고 있었다. 그렇지만 저번에는 외부의 압력에 대항해서, 지금은 내부의 압력을 해결하기 위한 것이기 때문에 사실 같은 측면도 있었다.

어가는 광화문을 나와 서쪽으로 시가지를 행차하다가 북쪽으로 이동했다. 평주(平州: 황해북도 평산군), 동주(洞州: 황해북도 서흥군)를 거치는데, 개경과는 다르게 백성들이 다투어 나와 술과 고기를 바쳤다. 왕순이 그들에게 말했다.

"난리를 겪은 지 얼마 되지 않아서 모두 힘들 것이오. 물품을 일절 받지 않고 고마운 마음만 받겠소."

닷새 동안 이동해서 자비령 남쪽의 미륵원(彌勒院)에 이르렀다. 미륵원은 자비령을 넘는 사람들에게 편의를 제공하는 사찰이었다. 어가는 미륵원에서 하루를 묵고 그다음 날 일찍 자비령에 올랐다.

왕순은 자비령을 처음 올랐다. 자비령 정상에 올라 북쪽을 바라보니, 구름 같은 산봉우리들이 줄지어 있었고 길은 구불구불하기 이를 데 없었다. 정말 이곳은 장검 한 자루 들고 지키면 일만 군사를 막을 수 있는 지형이었다. 소손녕의 침공 때, 성종이 이곳으로 방어선을 후퇴시키려 했던 이유를 알 것 같았다. 왕순이 주위를 돌아보며 말했다.

"자비령은 과연 천혜의 험지로군."

김맹이 말했다.

"천혜의 험지이나 경술년에는 이곳에서 거란군을 막아서려고 했다가 실패하고 말았습니다. 군사들의 사기가 낮으면 할 수 있는 것이 없습니다."

덩치 큰 사람이 말했다.

"소신은 천 명의 군사만 있으면 이곳에서 백 만의 군사도 막을 수 있습니다."

중추사 최질이었다. 왕순이 미소 지으며 말했다.

"중추사는 통주성에서도 거란군을 막아냈으니, 자비령에서는 더욱 쉬울 것이요."

어가는 자비령을 넘어 황주(黃州: 황해북도 황주군)를 거쳐 이틀 후에는 대동강 남쪽 운봉역에 도착했다.

왕순은 지나는 군·현에서 가벼운 죄를 지은 죄수들을 모두 사면하여 옥에서 내보냈고, 여든 살 이상 되는 사람들과 중환자들에게는 베 세 필과 벼 두 석씩을 내려주었다.

조원은 운봉역에 나와 있었다. 안주에 있다가 명령을 받고 며칠 전에 서경으로 군사 천 명을 이끌고 돌아왔다. 성상의 순행에 대비한 경호를 위해서라고 했는데, 아직 거란군의 침략이 끝나지 않은 상황이라 처음에는 이유를 잘 알 수 없었다.

의아해하는 조원에게 유방이 말했다.

"자네는 서경에서 해야 할 중요한 일이 있네. 서경으로 가면 알게 될 걸세."

서경에 와서 서경판관으로 임명된 이자림을 만나서야 이유를 알 수 있었다. 서경에서는 유수 김심언에게만 보고했다고 한다. 입 밖으로 새 나가면 안 되는 것이다.

조원이 운봉역으로 다가오는 어가를 보는데, 규모를 줄였더라도 화려하기 이를 데 없었다.

어가의 선두에는 선배대(先排隊)의 군사들이 자주색 옷을 입고 있었으며, 그 뒤로 오방기를 든 신기군(神旗軍)들은 머리에는 매 형상의 가죽 두건을 쓰고 붉은색 옷을 입고 있었다. 또 그 뒤로 번쩍이는 은빛 갑옷을 입은 백갑대 등이 뒤를 따랐다. 곧이어 왕이 타는 마차인 어련(御輦)이 모습을 드러냈다. 왕은 어련을 타지 않고 말을 타고 있었다. 말의 안장은 수놓아진 붉은 비단으로 장식되어 있었고 금과 옥으로 꾸며져 있었다. 안장만 봐도 왕이 탄 말인지 바로 알 수 있었다.

왕순이 멈추어 서자, 모든 신하와 군인들이 만세를 불렀다.

"만세, 만세, 만세!"

합문사 김맹이 우렁차게 외쳤다.

"서경의 백관들은 두 번 절하시오!"

조원은 절을 하며 왕순 주위를 살폈다. 경술년(1010년)에 통군녹사로 복무했었기 때문에 김훈과 최질 등 주요 무장들의 얼굴을 잘 알고 있었다. 김훈과 최질 등은 왕의 바로 곁에서 수행하고 있었다. 호종하는 군사들도 모두 이들의 측근일 것이다. 이 상태에서 손쓸 방법은 없었다.

왕순이 운봉역의 객사에 들자, 서경유수 김심언, 부유수 이주헌을 비롯한 서경의 관료 십여 명은 안으로 들어가 왕순을 알현했다.

김심언이 말했다.

"여기까지 행차하시느라 고생 많으셨습니다."

왕순이 고개를 저으며 말했다.

"북적들을 방비하는 장졸들에 비하면 짐이 고생하는 것이 뭐 있겠습니까."

"성상께서 오신다는 소식에 군사들의 사기가 백배는 높아졌습니다."

덕담들이 오갔고 왕순과 조원 역시 몇 마디 대화를 나눴다. 대화를 나누면서도 조원의 신경은 오직 김훈과 최질 등에게 가 있었다.

알현이 끝나고 조원은 김훈에게 다가가 말했다.

"운봉역에서의 숙소는 무신년(1008년)의 예에 따라서 배정해 놓았습니다."

무신년에 목종이 서경에 방문했었다. 따라서 그때 예에 따라서 만든 자세한 사항이 적힌 문서를 내놓았다. 김훈은 조원이 건넨 문서를 보지도 않고 거들먹거리며 말했다.

"음, 알겠네. 성상의 경호는 이쪽에서 알아서 할 테니, 서경군들은 운봉역 외곽의 경비만 책임지면 되네. 서경에 들어가서도 마찬가지이니 서경군들은 장락궁 밖에서 경비를 서주게나."

접근을 아예 차단하겠다는 뜻이었다. 예상한 일이었다. 조원이 시원하게 대답했다.

"네, 알겠습니다."

조원은 밖으로 나와 경비 상태를 점검하며 자세히 살폈다. 개경의 군사들이 객사 주위를 완전히 감싸고 있어서 틈이 없었다. 서경군으로 운봉역을 포위하여 무력으로 이들을 제압할 수는 있으나 왕이 위태로워질 수가 있다.

운봉역 안과 밖을 돌아다니다가 이섬과 마주쳤다. 조원은 경술년 전쟁 전에 구주에서 이섬을 만났었고 그 이후에도 두어 번 더 보았었다. 둘은 같은 전장에 있었기 때문에 만나면 한참 이야기를 나누고는 했다. 주로 구주군과 김숙흥에 대한 이야기였다.

조원이 먼저 이섬에게 읍하며 말했다.

"안녕하셨습니까?"

이섬 역시 조원을 보고 반가운 표정을 지으며 인사했다.

"이게 얼마 만입니까?"

몇 마디 안부 인사를 나눈 후에 조원이 말했다.

"우간의대부*(右諫議大夫)가 되신 것을 늦었지만 축하드립니다."

조원의 축하 말에 이섬은 표정을 어둡게 바꾸며 말했다.

"사실…, 나는 불안해 죽겠소."

조원은 이섬의 불안감이 무엇인지 알 수 있었다. 이들은 홧김에 반란을 일으키고 왕을 끼고 호령하고 있으나 그 호령은 제한적이었다. 거란의 침공에 맞서 서북면을 유방이 지휘하고 있었다. 나라의 실제 군권은 유방이 잡고 있는 것이다. 유방이 군사를 이끌고 개경으로 남하해서 이들을 제거하는 것은 어렵지 않은 일이었다. 그렇게 하지 않는 이유는 거란군과 전쟁 중이었고 왕의 안위를 염려했기 때문이었다.

김훈과 최질의 상황은 왕을 끼고 유방의 눈치를 보는 형국이었던 것이다.

조원은 이섬에게 어떤 조언을 해주고 싶었으나 지금은 입단속을 해야 할 때였다. 조원이 말했다.

"여독이 쌓이셨나 봅니다. 저녁 식사 중에 대동강에서 잡은 숭어로 만든 국이 나갈 겁니다. 기력 회복에는 숭어국만 한 것이 없습니다. 한 그릇 드시면 거뜬하실 겁니다."

조원은 이런 식으로 화제를 전환했다. 반란을 일으킨 열아홉 명 중 이섬이 있다는 사실에 마음이 찜찜했지만 어쩔 수 없었다.

다음 날 어가는 운봉역에서 나와 대동강 변에 도착했다. 왕순은 비단으로 장식된 배를 타고 대동강을 건너 대동문을 거쳐 서경으로 들어갔다. 서경의 주민들은 성벽 위와 길가에서 어가를 보고 숨을 죽이고 지켜보고 있었다. 왕순은 미소 지은 채로 손을 흔들었다.

---

*　우간의대부(右諫議大夫): 내사문하성에 속한 정4품 문관. 왕의 명령, 법령, 정책을 검토하고 왕에게 충고하고 왕권을 견제하는 역할을 한 핵심 관직.

"와! 만세! 성상폐하 만세!"

서경 주민들은 열렬한 환호성을 질렀다. 왕순은 계속 손을 흔들었고 서경 주민들의 열화와 같은 환호성은 계속 이어졌다.

왕순이 서경 시가지를 행차하다가 말했다.

"잠시 멈추거라!"

어가가 멈추고 왕순은 말에서 내려 도보로 걸어갔다. 호위 군사들이 군중들을 통제하려고 하자, 왕순은 오른손을 들어 제지시켰다.

왕순이 다가가자 당황한 군중들은 황급히 무릎을 꿇었다. 그런데 한 여인이 어정쩡하게 서 있었다. 왕순이 급히 손을 내저으며 그녀에게 말했다.

"그대는 무릎을 꿇지 말라!"

이 여인은 아이를 둘이나 안고 있었기 때문에 빠르게 무릎을 꿇을 수 없었던 것이다.

왕순이 여인에게 몇 가지를 물어본 뒤에, 옆에 있던 시종에게 말했다.

"유밀과를 가져와다오."

시종이 바랑에서 유밀과를 꺼내 왕순에게 건네자, 왕순이 직접 두 아이의 손에 쥐어주었다. 왕순은 사람들을 한 번 둘러본 후 다시 말에 올랐다. 사람들은 몸을 일으키고 더욱 환호성을 질렀다.

왕순이 먼저 찾은 곳은 을밀대였다. 서경의 관리 중에는 오직 조원과 피위종, 고열만이 왕순을 시종했고 그 주위에 김훈과 최질을 비롯한 개경의 병력들이 밀착 경호했다.

왕순이 을밀대에서 서경 성곽을 내려다보며 감탄하여 말했다.

"을밀상춘(乙密賞春)이라고 하더니 과연 아름다운 풍광이군요!"

을밀상춘은 을밀대에서 바라보는 아름다운 봄 경치를 지칭하는 말이었다. 조원이 말했다.

"아무래도 서경은 대동강을 끼고 있어서, 큰 강이 없는 개경과는 풍광이 사뭇 다르긴 하옵니다."

왕순이 물었다.

"여기가 고구려 을지문덕 장군과 관련된 곳이라고 하던데, 과연 그렇소?"

"고구려가 멸망하고 근 이백 년간 서경은 방치 상태였습니다. 태조께서 비로소 서경을 다시 세우신 터라, 그 이전의 역사는 알 길이 없습니다. 다만 전설로는 그렇게 전해지고 있습니다."

왕순이 성벽을 둘러보며 물었다.

"경술년(1010년)에 거란군들이 보통문 쪽 성벽을 집중적으로 공격했다고 들었소. 당시 상황을 자세히 설명해줄 수 있겠소?"

조원이 피위종을 슬쩍 보며 왕순에게 말했다.

"당시 사정에 대해서는 피 사록*이 설명드릴 것입니다."

조원은 피위종에게 왕과 대화할 기회를 주려고 한 것이었다. 왕순이 피위종을 보았다. 그런데 피위종은 얼굴을 붉힌 채, 꿀 먹은 벙어리마냥 입을 못 떼고 있었다. 조원이 눈짓으로 재촉하는데도 피위종은 계속 '어어' 하는 소리만 냈다.

조원이 왕순에게 머리를 조아리며 말했다.

"피 사록이 성상 앞이라 얼어서 말문이 트이질 않나 봅니다. 소신이 말씀드리겠습니다."

조원의 말에 왕순이 미소 지으며 피위종을 보았다. 피위종은 왕이

자신을 보며 미소 짓자, 마음속의 긴장감이 한층 누그러지는 것을 느꼈다.

조원이 보통문을 가리키며 설명하려고 하는데, 왕순이 손을 들어 제지하며 말했다.

"급하게 말을 시키면 누구나 긴장하기 마련이지요. 천천히 피 사록의 설명을 듣는 것이 어떻겠습니까?"

왕순은 조원에게 이렇게 말한 다음, 피위종을 보며 말했다.

"피 사록은 용감하게 거란군과 맞섰지요. 짐은 그 이야기를 듣고 매우 감복했었습니다."

왕순은 오른손으로 보통문 쪽을 가리키며 피위종에게 물었다.

"거란군이 보통문과 경창문 사이의 성벽을 기습적으로 올랐다고 들었소. 저곳이 맞습니까?"

피위종이 드디어 입을 열었다.

"네네, 맞습니다. 거란군은 어둠을 틈타 성벽을 넘어왔고 우리는 성벽 안쪽에 함정을 파놓고 그들을 유인했습니다. 그리고…."

왕순은 피위종의 이야기를 들으며 연신 감탄했다. 그러고는 의문이 드는 것에 대해 질문했다.

"거란군에게 성이 함락당하면 북성에서 최후의 항전을 하려고 했지요?"

"넵. 거란군이 성벽을 넘어오면 시가지에 불을 질러 화공을 시도하고, 이곳 을밀대가 있는 북성에서 끝까지 항전하려고 했습니다."

긴장이 완전히 풀린 피위종은 손짓 발짓을 섞어가며 열심히 설명했다.

왕순은 을밀대를 시찰한 후 동명왕신사를 찾았다. 서경 방어에 가호를 내려준 동명왕에게 참배하기 위해서였으나, 참배보다는 신녀를 만나보고 싶었다.

경술년(1010년)에 고려는 거의 멸망할 지경에 이르렀었다. 그 위기를 벗어날 수 있었던 것은 양규의 활약과 서경을 방어해낸 덕분이었다.

서경 방어의 성공은 최악의 상황에서 이뤄낸 일이었다. 최악의 상황이 아니었다면 중하급 관리들인 조원과 강민첨이 전면에 나설 일은 없었을 것이다. 최악이기 때문에 이들이 등장했고 최악을 최선으로 바꾸어 놓았다. 조원은 자신들이 전사하면 이 이야기가 팔관회 때 연희로 공연될 것이라고 좋아했다고 한다. 왕순이 보기에 이들의 이야기는 그야말로 연희에 가까웠다. 거기에 신녀까지 등장하니 완벽했다.

왕순이 동명왕의 신사에 행차하여 문으로 들어서니, 신녀를 비롯한 신사의 무녀들이 뜰에 나와 도열해 있었다.

무녀들은 청남색의 옷을, 신녀는 흰색 옷을 입고 있어서 대번에 신녀를 알아볼 수 있었다. 신녀는 듣던 대로 키가 오 척 칠 치는 되어 보였고 얼굴이 약간 긴 편이었는데 미녀까지는 아니더라도 꽤 호감 가는 인상이었다. 신녀는 이제 서른을 넘겼다고 한다.

"그대가 그 유명한 신녀로군요!"

신녀가 머리를 조아리며 말했다.

"성상폐하께서 이 누추한 곳까지 방문해주시니 황송하기 이를 데 없습니다."

신녀의 응대에는 노련함이 묻어 있었다. 왕순은 동명왕신에게 참배하고 신녀와 더불어 차를 마셨다. 왠지 모르게 신녀가 자신의 누이처럼 느껴졌다.

그다음 날 왕순은 서경 관아를 둘러보며 수서원(修書院)을 방문했다. 수서원은 성종이 설치한 서적을 전문적으로 관리하는 곳이었다. 학문과 지식을 숭상했던 성종은 수만 권에 이르는 책을 필사하여 개경과 서경에 나누어 보관하고 관리하게 했다.

이 조치는 앞을 내다본 신의 한 수였다. 거란군의 침입으로 개경의 서적은 모두 불탔으나 서경의 서적만은 남게 된 것이다. 경술년 전쟁 이후, 수서원의 책을 필사하여 개경으로 옮기는 일을 지속적으로 하고 있었다. 왕순은 수서원에 들러 책을 필사하는 관리와 유생들을 위로하고 격려했다.

왕순이 수서원을 둘러보고 장락궁 내전에서 쉬고 있는데 서경판관 이자림이 들어와 보고했다.

"장락전에 연회가 준비되어 있습니다."

44
장락궁 안 장락전

조원은 장락전으로 갔다. 벌써 해가 저물어 어둠이 밀려오고 있었다. 장락궁의 정전(正殿)인 장락전 안에는 수많은 촛불이 밝은 빛을 내뿜고 있었고 어좌 앞으로 탁자와 의자가 줄지어 놓여 있었다. 탁자 위에는 흰 종이를 덮어 정결함을 취했고 의자에는 붉은색 비단 방석을 깔았다.

탁자의 흰 종이 위에는 금과 은, 청자로 된 각종 그릇이 있었는데, 그릇 안에는 돼지고기구이, 꿩고기 볶음, 숭어찜, 꽃게찜 등의 요리와 말린 음식으로 육포, 어포, 전복 등이 담겨 있었다. 소고기는 전쟁 중이므로 왕명에 의하여 생략되었다.

장락전의 뜰에도 상이 차려졌는데 하급 관리들을 위한 것이었다. 여기는 평상을 늘여 놓고, 그 위에 일 인용 네모난 쟁반들이 평상 위에 쭉 놓여 있었다. 쟁반 위에는 음식이 담긴 유기그릇들이 있었다.

뜰 가운데에는 거대한 화롯불이 타오르고 있었고 그 곁에 푯말을 하나 세워서 시각을 표시했다. 매시 정각에 시간을 담당하는 관리가 '몇 시'라고 알린 뒤에 푯말을 바꿔놓았다.

곧 서경의 관리들이 장락전으로 들어와 자리를 채웠다. 잠시 후 왕순이 연회장으로 들어왔는데, 김훈과 최질 등 열아홉 명과 군사 백 명이 밀착해서 움직이고 있었다. 김훈과 최질 등은 왕순 근처에 자리했고 백 명의 개경 군사들은 장락전 뜰을 에워쌌다. 왕순이 어좌에 앉자 관리들이 만세를 세 번 외쳤다.

"만세! 만세! 만세!"

왕순이 손을 들어 화답한 후에 말했다.

"오늘은 예의를 차리지 말고 실컷 먹고 마시도록 하시오."

곧 주방에서 유기 대접을 사람들 앞에 하나씩 내놓았는데, 그 안에는 냉면이 있었다. 시원한 동치미 국물에 메밀국수가 말아져 있었고 그 위에는 삶은 돼지고기 몇 점과 으깬 잣가루가 뿌려져 있었다.

왕순이 냉면 국물을 들이켰다. 시원하기가 이를 데 없었다. 냉면을 다 먹고, 왕순이 김훈과 최질 등에게 말했다.

"지난 전쟁에서 경들 덕에 위기를 넘길 수 있었소. 그리고 앞으로도 짐은 오직 경들만 믿소."

이렇게 말하고 어좌에서 내려와 먼저 김훈에게 직접 술을 건네며 은근히 말했다.

"참지정사가 완항령에서 적들을 막지 않았으면 우리 고려군은 회복하지 못할 타격을 입었을 것이요."

이번에는 최질에게 술을 따라 주며 말했다.

"중추사가 통주성을 지켰기 때문에 거란군이 물러간 것이요."

차례로 술을 따라 주다가 이섬의 차례가 되었다.

"우간의대부의 구주군이 활약하지 않았다면 어찌 나라를 보존할 수 있었겠소!"

이섬은, 왕순의 칭찬을 들으며 술을 받는데, 마음은 기쁘지 않고 오히려 불안했다. 그래서 술을 받고도 바로 입으로 가져가지 않았다. 왕순이 이섬이 술잔을 비우기를 기다리자 최질이 말했다.

"어서 마시지 않고 뭐 하나!"

왕순은 이렇게 열아홉 명에게 술을 따라 준 뒤에 다시 어좌로 돌아갔다. 조원은 이 모습을 예리하게 보고 있었다.

왕순이 어좌에 앉은 뒤 말했다.

"앞으로도 모두 나라를 위해 힘써주기 바라오."

김훈과 최질은, 왕이 서경 관리들 앞에서 자신들의 관직명을 언급하며 손수 술을 따라 주자, 마음이 뿌듯해졌다.

서경유수 김심언이 김훈에게 술을 권하며 말했다.

"공이 이제 재상의 반열에 올랐으니, 앞으로 잘 협력해서 이 위기를 극복해봅시다."

김훈은, 김심언이 자신을 재상으로 인정하는 말을 하자, 기분이 정말 좋아졌다. 김심언을 비롯한 서경 관리들은 김훈과 최질 등에게 연신 술을 권했다.

김훈과 최질은 이번 서경 행차에 상당히 긴장하여 왕을 이중삼중으로 감쌌다. 그런데 별다른 낌새가 전혀 없고, 왕뿐만이 아니라 김심언 등 서경의 관리들까지 자신들을 추켜세우는 통에 긴장이 많이 풀렸다.

술자리가 무르익자 광대들의 공연이 이어졌다. 익살스러운 장면에 왕순을 비롯한 좌중은 폭소했다.

"하, 하, 하."

김훈과 최질 등은 연신 술을 마시고 따라 주며 호탕하게 웃어댔다. 잔치는 무르익고 대부분 술에 취해갔다. 흥에 겨운 최질이 일어나서 노래를 부르며 춤을 추기 시작했다.

바람과 볕이 따듯해지며,

계절은 봄으로 가고 있다네.

대보름날에 빛나는 연회를 베푸니,

해는 지고 등불이 밝게 타오르네.

궁궐의 물시계는 시간을 재촉하는데,

꽃은 꽃병에 가득 차고, 술은 술잔에 가득 차네.

밤은 깊어 가고 닭이 새벽을 알리지만,

임금과 신하가 태평세월에 함께 취하네.

〈야심사(夜深詞)〉라는 노래인데 궁중의 연회에서 술자리가 무르익으면 자주 불리는 노래였다. 최질은 생긴 것답지 않게 의외로 노래를 구성지게 잘 불렀다. 술자리는 계속 이어졌고 결국 김훈과 최질 등은 모두 만취했다.

조원이 보고 있다가 시기가 무르익었다고 판단하고 장락전 밖으로 나와 고열, 광휴, 양일 등을 불렀다. 이들에게 작전을 설명하자 처음에는 놀라는 눈치였으나 왕명이라는 말에 모두 마음을 다잡았다.

조원이 다시 장락전으로 들어가 왕순에게 말했다.

"서경의 장교들이 성상폐하의 용안을 뵙기를 고대하고 있었습니다. 그들에게 술을 한잔씩 내려주셔서 성스러운 은총을 입게 해주소서."

왕순이 화답했다.

"서경 군사들의 노고를 짐이 어찌 한시도 잊을 수 있겠소. 서경군의 용맹과 충의에 짐은 매우 감복하고 있소. 연회에 그들을 들이도록 하시오. 짐이 약소하지만 술과 안주를 대접하겠소."

김훈과 최질 등은 매우 취해 있었기 때문에 왕순과 조원의 대화에 별다른 반응을 보이지 않았다. 대취한 최질은 혀 꼬부라진 목소리로 오히려 이렇게 말했다.

"옳거니, 통주와 서경이 없었다면 고려가 존재할 수 있었겠나!"

곧 육십 명의 대정(종9품) 이상 장교들이 장락전에 들어왔다. 조원이 왕순 곁에서 그들의 이름을 하나하나 알려줬다. 왕순이 계급순으로 한 명, 한 명의 이름을 부르며 술을 몸소 따라줬다. 술이 모두 돌아간 후, 조원이 왕순에게 읍하며 말했다.

"이들은 성상폐하의 성스런 은총을 영원히 기억할 것입니다."

조원은 이렇게 말한 후 술잔을 던졌다. 서경의 장교들은 곧바로 흩어져 김훈과 최질 등 열아홉 명을 눈 깜짝할 사이에 포박했다. 술에 덜 취해 있던 이섬이 깜짝 놀라서 칼을 빼어 들려고 했으나 그보다 서경 장교들의 움직임이 더 빨랐다. 장락전 뜰에 있던 개경의 군사들이 안으로 들어오려고 하자, 고열이 칼을 빼어 들고 문을 막아섰다.

그때 조원이 뿔나팔을 불었다.

"뚜웅~~~~~~~~~."

뿔나팔 소리와 함께 장락전 뜰로 천여 명의 서경군이 쏟아져 들어왔다. 개경의 군사들이 어쩔 줄 모르고 서 있는데, 왕순의 목소리가 우렁차게 울렸다.

"개경의 군사들은 그 자리에서 대기하라!"

왕의 명령에 개경의 군사들은 그 자리에서 움직이지 않았고 사태는 순식간에 마무리되었다.

조원이 왕순에게 보고했다.

"역적들을 모두 붙잡았나이다."

김훈이 이제야 뭔가 잘못된 것을 알았는지 술에 취한 목소리로 외쳐댔다.

"난 참지정사다! 어찌 이리 무례한가!"

조원은 왕순을 보았다. 지금 성상은 법을 매우 관대하게 집행한다. 한때 승려 생활을 해서인지 살생 자체를 싫어했다. 몽진 중에 어가를 공격한 사람들의 삼족을 멸해도 시원치 않을 판에, 불문에 부치고 기껏해야 관직을 삭탈하는 정도에 그쳤다. 성상의 성향상, 이들의 목숨을 살려줄 가능성이 높았다.

그런데 조원의 생각에는 반드시 사형시켜야 한다. 이들은 왕을 위협해서 권력의 맛을 본 자들이었다. 단호하게 처리해야 나라의 법도가 설 것이었다. 그리고 지금 당장 집행해야 한다. 이들을 따르는 많은 군사가 있었다. 옥에 가두면 어떤 사달이 날지 모른다.

조원이 왕순에게 말했다.

"지금 당장 저들을 모두 참수해야 합니다!"

조원의 말을 듣고 왕순이 가벼운 한숨을 쉬었다.

"음-."

누군가 악을 쓰며 큰 소리로 외쳤다.

"서경군들이 반란을 일으켰다! 개경의 군사들은 어서 반란을 진압하라!"

조원이 돌아보니 최질이었다. 최질은 계속해서 소리를 질렀다.

"개경 군사들은 반란군을 제압하라!"

조원과 최질의 눈이 마주치자, 최질이 성을 내며 외쳤다.

"야이, 조씨 후레자식 놈아! 니놈이 역적이다!"

조원이 최질을 잡고 있는 수하들에게 손짓했다. 천으로 최질의 입을 틀어막았다. 김훈 등 대다수는 술에 너무 취해서 상황을 제대로 인지하지 못하고 있는 것 같았고 알아듣기 힘든 소리로 구시렁대는 자들도 있었다. 술을 덜 마셔서 정신을 잃지 않은 이섬은 고개를 떨어뜨린 채로 아무 말도 하지 않고 있었다.

왕순이 서경유수 김심언에게 물었다.

"어떻게 생각하시오?"

"이들이 사람을 죽인 것은 아니지만, 사실상 반란을 일으킨 자들입니다. 옥에 가두었다가 반란죄에 의거하여 처벌해야 합니다."

이번에는 서경부유수 이주헌에게 물었다. 이주헌이 답했다.

"저들은 무장으로 변방에서 큰 공을 세웠습니다. 여기서 갑자기 목을 베면 군대의 사기에 좋지 않은 영향을 끼칠까 우려됩니다. 최전선으로 보내 죄를 씻게 하는 것도 방법이라고 생각됩니다."

조원이 보니, 왕순은 김심언과 이주헌의 말에 고개를 끄덕이고 있었다. 조원이 다시 왕순에게 말을 하려는데, 이자림이 먼저 말했다.

"저들을 그냥 두는 것은 너무 위험합니다. 더구나….."

왕순이 손을 들어 이자림의 말을 제지했다. 잠시 침묵이 흘렀다. 조원은 애가 탔다. 강력한 결단이 필요한 때였다.

왕순이 이윽고 조용한 목소리로 말했다.

"이들은 전쟁 중에 반란을 일으켰소. 나라가 큰 어려움에 처했을 때 사사로운 이익을 탐했으니 그 죄를 용서할 수 없소. 군법에 의해 즉시 참하도록 하시오."

조원은 자신의 귀를 의심했으나 왕명이 떨어진 것이었다. 이자림이 열아홉 명의 이름을 호명했다.

"김훈, 최질, 최구, 이섬 등 열아홉 명은 반란죄로 참형에 처한다!"

조원은 즉시 이들의 목을 베게 했다. 최질 등 몇은 거세게 저항했으나 돌아오는 것은 매질 뿐이었다. 조원이 이섬을 보니 아무 저항 없이 그저 눈물만 흘리고 있을 뿐이었다. 마음이 짠했다.

곧 열아홉 명의 목이 모두 떨어졌다. 그리고 개경으로 조서를 보내 이들의 일가친척들을 체포하게 하고, 김훈과 최질을 따랐던 군사들에게는 죄를 인정하면 사면령을 내리게 했다. 그리고 전국에 조서를 내려, 김훈과 최질이 주도해서 내린 명령을 모두 취소하고 원래대로 돌리게 했다. 왕순은 이러한 조치를 하며 서경에 머물며 민심을 다독였다.

삼월 이십이일, 유방으로부터 장계가 왔다.

"기해일(19일)에 거란이 용주(龍州: 평안북도 용천)로 침입하여 성 밖을 모조리 불 지르고 물러갔나이다."

봄 파종을 방해하여 농사를 짓지 못하게 하려는 수작이었다.

며칠 후 그나마 반가운 소식이 도착했다.

"서북면도통 유방이 아룁니다. 거란군이 군대를 해산했다고 하옵니다."

거란군은 압록강에 배다리를 설치하고 용만에 성을 쌓아서 전진기지를 만들었다. 이제 압록강은 방어선이 될 수 없어서 매우 부담스러운 상황이 된 것이다. 그렇지만 어쨌든 이번 침공은 일단락되었다. 왕순 역시 군대 해산 명령을 내렸다.

왕순이 개경으로 돌아가려는데, 동북면병마사 강감찬이 보낸 장계가 도착했다.

"여진 해적선 이십 척이 구두포(狗頭浦)로 침입해 왔는데, 진명도도부서*(鎭溟道都部署)의 전함을 출동시켜 모두 격퇴했나이다."

구두포는 화주(和州: 함경남도 금야군)에서 북쪽으로 백 리 떨어진 바닷가에 있었다. 이곳은 원래 여진족들이 사는 곳이지만 강감찬은 여기까지 영향력을 확대한 것이었다.

왕순은 공을 세운 진명도도부서의 장졸들에게 포상할 것을 지시했다. 그리고 강감찬에게 비밀리에 편지를 보냈다.

"경이 힘을 써준 결과, 모든 난이 진압되었구려. 먼 곳에 있으면서도 항상 짐의 안위를 생각해줘서 정말 감사하는 바이오."

사월, 왕순은 개경으로 돌아왔다. 제일 먼저 한 일은 군사제도를 정비하는 일이었다.

---

*   진명도도부서: 지금의 강원도 원산시에 있던 수군기지.

김훈과 최질은 목숨을 걸고 고려를 지켜낸 전쟁 영웅들이었다. 왕순은 그들의 충성심과 용맹을 높게 사고 있어서 그들을 매우 믿었다. 만일 경술년(1010년)처럼 거란군이 개경까지 몰려오면 김훈과 최질은 목숨을 바쳐 개경을 사수할 것이라고 생각했다.

그러나 그 믿음은 처참히 배반당하고 말았다. 그들에게는 겨우 영업전이 나라의 안위보다 훨씬 중요했던 것이다. 목숨을 걸고 거란군과 싸울 용기는 있었으나 영업전을 나라에 바칠 용기는 없었다. 그들은 이익 앞에서 무너졌고 권력을 쥐자 폭주했다.

과연 무엇을 믿어야 할 것인가!

왕순은 결국 군대에 대한 통제권을 확실히 확보해야 한다는 결론을 내렸고 그렇게 하려면 이중삼중의 안전장치가 필요하다고 생각했다. 그래서 재추들뿐만이 아니라 모든 관리들에게 군제 개혁에 대한 구상안을 내놓도록 요구했다. 재추회의에서 심도 있게 계속 논의했고 그 논의에 왕순도 늘 참석했다. 그로부터 한 달 후, 드디어 개혁안이 도출되었다.

첫째. 기존 육위에 더하여 두 개의 군단을 더 창설한다. 부대 명칭은 '응양군(鷹揚軍)'과 '용호군(龍虎軍)'이다. 이들의 임무는 국왕의 호위이고 이들에 대한 직접적인 지휘권은 오직 국왕만이 갖는다.

둘째. 응양군의 인원은 천 명, 즉 하나의 령(領)으로 구성된다. 용호군의 인원은 이천 명, 두 개의 령(領)으로 구성된다.

셋째. 응양군의 장교는 무예를 할 줄 아는 문관이 겸직한다. 응양군 군사들은 귀족의 자제 중에 선발한다.

넷째. 용호군의 인원은 전국의 군사 중에서 우수한 자를 선발한다.

다섯째. 각 군의 상장군의 명칭을 상호군으로 바꾼다.

왕순은 응양군과 용호군이라는 친위부대를 창설하여 신변의 안전을 확보하도록 했다. 그리하여 고려의 중앙군은 이군육위(2군6위) 체제가 되었다.

그리고 각 군의 최고 상급자인 '상장군'의 명칭을 '상호군(上護軍)'으로 바꾸었다. 지금까지 상장군에는 무관만을 임명할 수 있었다. 상호군으로 명칭을 바꿈으로써 문·무관을 가리지 않고 임명할 수 있게 하여, 가장 충성스러운 최측근을 상호군으로 임명했다. 그리하여 자신의 친위부대인 응양군 상호군에는 김은부를 임명했고 용호군 상호군에는 지채문을 임명했다.

이로써 왕순은 군대에 대한 확실한 통제권을 확보했다.

야율자충은 왕순이 개경으로 돌아오자마자 또 왔다. 역시 윤징고가 관반사가 되어 야율자충을 접대했다. 벌써 고려에 네 번이나 오는 것이었다.

야율자충이 강경한 어조로 말했다.

"강동육주를 반환하기 전까지는 이곳 영은관(迎恩館)에서 한 발짝도 움직이지 않을 것이오!"

윤징고가 난색을 표시하며 말했다.

"왜 이렇게 극단적입니까? 공께서는 거란 조정의 의견을 우리에게 전달하면 그만 아니겠소."

야율자충이 버럭 화를 내며 말했다.

"그게 무슨 말이요! 어찌 나라의 녹을 먹는 관리가 그런 말을 하오! 나랏일은 자신의 모든 것을 던져서 하는 것이요."

야율자충은 계속 밀어붙이면 고려 조정이 강동육주를 돌려줄 것이라 믿는 것 같았다. 윤징고가 보기에 야율자충은 정상이 아니었다. 늦은 나이에 등용되었다고 하더니, 다 이유가 있었다. 좋은 말로 달래도 계속 막무가내였다.

며칠 후에는 단식을 하겠다고 했다. 윤징고는 너무 어이가 없었지만 어찌 되었든 왕순에게 가서 보고했다.

"거란 사신 야율자충이 강동육주를 돌려주지 않으면 가지 않겠다고 하며 단식을 시작한다고 합니다."

왕순이 듣기에도 황당했다.

"참, 이걸 어떻게 해야겠소?"

왕순은 재추회의에서 논의하게 했다. 결박한 다음에 강제로 보내자는 의견도 있었으나, 결박한 상태로 거란 쪽에 넘겨야 하는데 아무래도 모양새가 이상했다.

결국 나머지 거란 사신단은 돌려보내고 야율자충을 억류하기로 결정했다. 억류 장소는 공신각이 있는 미륵사로 정했다. 야율자충을 영은관에서 퇴거시키려고 하니, 자리에 주저앉아 버텼다. 군사들을 시켜 결박한 다음 미륵사로 보내자, 고래고래 소리를 질렀다.

"이게 무슨 짓인가!"

미륵사에 안치되고 며칠 후, 윤징고가 야율자충을 찾아갔다. 야율자충은 미륵사의 정원을 거닐고 있었다. 야율자충이 윤징고를 쏘아보며 말했다.

"그대들이 내 말을 듣지 않아 환난이 오고 있다. 우리 거란이 멸망시키지 못한 나라는 없다. 이제 고려는 멸망할 것이니, 어찌 막아내겠는가!"

윤징고가 묵묵히 듣고 있자, 야율자충이 소리쳤다.

"강동육주를 내놓으면 무사하리라!"

윤징고가 야율자충을 물끄러미 보다가 말했다.

"미륵사에는 서정(西亭)이라는 경치 좋은 정자가 있습니다. 이곳에서 몇 날 경치를 감상하면 많이 차분해질 겁니다."

그 후 야율자충은 고향을 그리워하며 그 절절한 심정을 담은 시와 산문을 지었다. 그리고 그것을 모은 문집의 이름을 『서정집(西亭集)』이라고 했다.

제 6 장

야율세량의 침공

45
엄중한 군법

사월 오일, 아침햇살이 따사로이 초원에 내리쬐고 있었다. 드넓은 초원에는 형형색색의 꽃들이 피어 있었고 띄엄띄엄 있는 버드나무는 푸르름을 뽐냈다. 춥지도 덥지도 않은 초원의 초여름 날씨는 상쾌하기 이를 데 없었다.

야율융서는 보고서를 읽으며 청색 유리잔으로 차를 마시고 있었다. 유리잔에는 금색으로 어떤 식물이 조각되어 있었는데 대식국*의 식물이라고 한다. 야율융서의 표정은 아주 만족스러워 보였다. 옆에 있던 소합탁이 말했다.

"추밀사가 조복, 오고, 적렬을 모조리 정벌했으니, 이제 본격적으로 고려 정벌을 준비할 수 있겠사옵니다."

추밀사 야율세량이 서북로의 정벌을 끝마쳐 가고 있었던 것이다.

그때 소허열과 소적렬이 막사로 들어왔다. 야율융서가 반갑게 맞으며 말했다.

"어서들 오시오."

소허열이 말했다.

"폐하께서 지도해주신 대로 압록강에 배다리를 놓고 다리 양쪽으로

성을 쌓았습니다. 또한 흥화진, 용주, 통주까지 들어가 민가와 논밭, 숲에 불을 질러 생활할 수 있는 근거지를 없애서 곡식을 심거나 가축을 기르지 못하게 했나이다."

야율융서가 고개를 끄덕이며 말했다.

"배다리를 설치하고 전진기지도 확보했으니, 이제 계절에 관계없이 고려를 정벌할 수 있겠군."

소적렬이 말했다.

"고려는 우리 군대를 상시 대비해야 하니, 국력이 급격히 고갈될 것입니다."

야율융서가 매우 만족한 듯 고개를 크게 끄덕였다. 소적렬이 말을 이어나갔다.

"그런데 신이 이번에 경험해 보니, 고려를 정벌하는 것이 진실로 쉽지 않습니다. 동경에서 고려로 가는 길은 매우 좁아, 움직이는 데 시간이 오래 걸립니다. 따라서 보주에 도착할 때면, 이미 가지고 간 식량의 절반 이상을 사용하게 되고 정벌이 끝날 때는 모든 식량을 소모하게 됩니다. 또한 고려 땅에는 말먹이 풀이 부족하기 때문에 말들은 빠르게 야웁니다. 정벌이 끝나 군대를 해산하면 군사들은 식량을 구입하여 고향으로 돌아가야 합니다. 그런데 시장에 나와 있는 곡식은 적고 구입하려는 사람은 많으니, 곡식값이 평소보다 열 배는 뛰어 보주 근처에서는 구할 수가 없습니다. 주린 배를 움켜쥐고 동경까지 와도 평소의 가격보다 배로 주어야 곡식을 구매할 수 있습니다. 폐하께서 고려 정벌을 계속 추진하시려면 먼저 보주에 충분한 곡식을 비축하여 군사들이 평소의 가격으로 곡식을 구입할 수 있게 해야 합니다. 아니면 군사들은 계속 곤궁해져서 오랜 원정을 감당할 수 없을 것입니다."

야율융서가 묵묵히 듣고 있다가 무표정한 얼굴로 말했다.

“역시 국구상온의 식견은 탁월합니다.”

소합탁이 야율융서의 눈치를 보며 말했다.

“이제 배다리를 놓는 데 성공했으니, 강동육주를 점령할 수 있을 것입니다.”

야율융서가 말했다.

“추밀사가 돌아오면 본격적인 고려 정벌을 시작해봅시다.”

오월 이일, 드디어 북원추밀사 야율세량이 서북로의 정벌을 끝내고 돌아왔다. 이제 본격적으로 고려 정벌에 나설 순간이었다. 그런데 야율융서가 엉뚱한 말을 했다.

“고려 정벌이 매우 중요한 만큼, 전통에 따라서 원로대신을 도통에 임명하는 것이 좋겠소.”

도통은 꼭 북원추밀사가 임명되는 자리는 아니었다. 군사적 능력이 월등한 사람이 임명되었다. 따라서 경술년(1010년) 전쟁에서도 북부재상 소배압이 도통으로 임명되었었다. 그런데 지금은 의외였다. 야율세량의 군사적 능력은 이미 증명되었음에도 도통을 다른 사람으로 임명하려는 것이다. 야율세량뿐만이 아니라 모두 의아해하다가 한 사람에게 눈길이 모였는데 소합탁이었다. 사람들은 소합탁이 어떤 농간을 부렸을 것으로 생각했다. 야율세량은 일단 아무 내색도 하지 않았다.

사실 소합탁은 야율융서와 둘만이 있던 자리에서 한마디 했을 뿐이었다.

“추밀사가 서북로를 빠르게 안정시켜서 모두 그 공을 칭송하며, 혹자는 태조의 재림이라고도 하고 있습니다.”

결국 참지정사 유신행이 도통이 되기로 하고, 야율세량은 부도통, 도감은 소허열이 맡기로 했다.

이제 예순을 바라보는 나이의 유신행은 단아하고 재능 있는 관료였으나 대군을 지휘해본 경험이 없는 사람이었다. 따라서 실제 지휘는 야율세량이 하게 될 것이었다. 단지 원정에 성공하면 그 으뜸가는 공은 유신행에게 돌아간다. 야율세량은 이런 조치에 아무런 이의도 제기하지 않았다. 일만 성사시킬 수 있다면 공이 유신행에게 돌아가는 것 따위는 상관없었다.

한 달 후인 유월 일일, 야율세량은 동경에 있었다. 동경은 원래 고구려의 요동성으로 태조 야율아보기가 점령하여 영토로 삼았다. 동경이 동쪽의 수도인 만큼 외성과 궁성이 갖추어져 있었으며 궁성의 북쪽에는 현 황제의 증조부인 양국황제*(讓國皇帝)의 초상이 걸려 있었다. 군대를 움직이기 전에 양국황제의 초상화 앞에서 참배하고 출발하는 것이 관례였다.

사당 앞에서는 야율세량, 소허열, 소적렬 그리고 동경유수 야율팔가가 모여 대화를 나누고 있었다.

야율세량이 소허열에게 물었다.

"고려의 주력군은 어디에 있었소?"

"고려인 포로들에 의하면 안주에 있다고 합니다. 우리가 흥화진이나 통주 등을 공격해도 지원군을 보내지 않았습니다."

아율세랑이 나시 물었다.

"우리가 안주까지 남하하면 그들이 출격할까요?"

소허열이 답했다.

"안주를 지나쳐 서경으로 향하면 나오지 않을 수 없을 것입니다. 만

---

*　양국황제(讓國皇帝): 태조 야율아보기의 장남으로 이름은 야율배(耶律倍)이다. 그러나 동생 야율덕광(耶律德光)에게 밀려 황제가 되지 못했다. 양국황제라는 호칭은 사망한 후에 추존된 것이다.

일 적들이 아예 성 밖으로 나오지 않는다면 개경까지 진군하여 모조리 초토화시키면 됩니다."

소허열의 말에 모두 침묵했다. 경술년(1010년)에 개경까지 갔다가 큰 곤란에 빠졌었다. 대다수의 제장들은 당시에 지형을 잘 모르는 상태에서 깊게 들어간 것을 무모했다고 판단하고 있었다. 그러나 소허열은 개경까지 간 것 자체는 잘못되지 않았으나 큰비가 내리는 등 운이 없었다는 생각이었다. 자신의 큰아버지 소배압의 선택을 무조건 지지하는 것이다.

소적렬이 말했다.

"올해도 작년처럼 추수기에 침공하여 논과 밭을 불사르면 저들은 매우 굶주릴 것입니다. 아무리 남쪽에서 군량을 수송한다고 하여도 한계가 있을 것이고 이렇게 삼 년만 하면 적들은 피폐해질 것입니다."

야율세량이 고개를 끄덕이며 말했다.

"고려를 단기간에 굴복시킬 수는 없습니다. 일단 청천강 이북을 완전히 초토화하고 만일 고려의 주력군이 안주성 밖으로 나온다면 그들을 제압하면 고려의 힘은 서서히 빠질 것입니다."

야율세량이 동경유수 야율팔가에게 물었다.

"병력과 군수품의 이동은 어떻습니까?"

모든 병력과 군수품은 동경을 거쳐 압록강 남쪽의 보주에 집결하는 만큼, 동경유수인 야율팔가는 이것을 관리 감독하는 역할을 맡고 있었다.

야율팔가가 말했다.

"이상 없이 집결 중입니다. 그런데 내일이 장수들의 집합 기한인데 도통이 아직 오시지 않고 있습니다."

야율세량이 말했다.

“군법의 지엄함을 잘 아실 테니, 기한 내에 오실 것입니다.”

그러나 그다음 날에도 유신행은 결국 오지 않았다. 야율세량은 상관하지 않고 원래 계획대로 보주로 향했다. 이제는 압록강 남쪽의 보주가 고려 정벌의 전초기지였다.

예전에는 배를 타고 압록강을 건너야 했지만 지금은 배다리가 놓여 있어 사뭇 편리하게 강을 건널 수 있었다. 야율세량이 말에서 내려서 배다리의 이곳저곳을 살펴보았다. 만듦새가 매우 튼튼했다. 소허열과 소적렬을 보며 말했다.

“매우 잘 만들었군요. 아주 수고하셨습니다.”

소적렬이 고개를 숙이며 겸손히 말했다.

“군사들의 수고가 많았습니다.”

소허열이 뿌듯한 표정으로 말했다.

“이 배다리 덕에 고려 정벌이 한층 편해졌습니다.”

야율세량이 보니 배다리 끝에는 성이 양쪽으로 쌓여 있었다. 이곳이 바로 보주였다. 보주 절도사 야율포고가 나와서 이들을 맞이했다.

보주는 강을 낀 평야에 솟은 구릉 지대였다. 보주에서 전망이 가장 좋은 곳에 대장대를 만들었다고 한다. 대장대에 올라 남쪽을 보니 시원한 평야와 더불어 멀리 삐죽삐죽 솟은 산들이 보였다. 야율세량은 감회가 새로웠다. 사 년 전(1011년), 이곳에서 죽을 고생을 했었다. 이제는 보주라는 든든한 발판이 생겨서 그때와 같은 고생을 하지 않을 것이었다. 압록강을 건너 쌓은 보주 덕에 고려 정벌은 한층 수월해졌고 반대로 고려는 심한 압박을 느낄 것이다.

도통 유신행은 삼 일 뒤에야 왔다. 도통이 보주에 도착하자, 제장들이 나와서 맞이했다.

야율세량이 유신행에게 물었다.

"어째서 삼 일이나 늦으셨습니까?"

유신행이 쑥스러운 표정으로 말했다.

"가족들과 같이 이동하느라 조금 늦었습니다."

야율세량이 어이없는 표정을 지으며 말했다.

"지금 그걸 변명이라고 하십니까?"

야율세량이 소허열에게 물었다.

"집합 시간을 어기면 군법에 따라 어떻게 됩니까?"

소허열이 약간 머뭇대며 말했다.

"참, 참수형입니다."

야율세량이 즉시 군사들에게 명했다.

"이 자를 포박하라!"

유신행이 야율세량의 말을 듣고 안색이 확 변했다. 소허열이 황급히 나서며 말했다.

"도통의 관직은 참지정사로 재상입니다. 폐하의 명이 없다면 재상의 죄를 물을 수 없습니다."

야율세량이 말했다.

"그것은 일반법에 따른 것이고 지금은 군법에 따라야 합니다. 군법을 엄히 하지 않으면 명령이 서지 못할 것이오."

소적렬 역시 야율세량을 말렸다.

"아직 본격적인 정벌을 시작한 것도 아니니, 참수형이 아니라 좀 더 가벼운 처벌을 적용하는 것이 좋겠습니다."

야율세량은 군법을 집행하려고 했고, 다른 사람들은 어떻게든 유신행을 구원하려고 했다.

소적렬이 가만히 헤아려보니, 야율세량의 성격상 여기서 유신행을 구할 방법은 없었다. 그러나 목숨을 부지시킬 수는 있을 듯했다. 소적렬이 말했다.

"도통의 죄는 명백합니다. 그러나 그는 재상의 직에 있는바, 포박하여 폐하께 보내 처리하는 것이 법에 합당합니다."

소적렬의 말을 듣고 야율세량이 잠시 생각하자, 모두를 소적렬의 방안에 찬성하고 나섰다. 결국 유신행을 황제의 처결에 맡기기로 했다.

유신행이 죄수가 타는 마차에 오르며 사람들에게 말했다.

"내가 도통의 중책을 지니고 죄를 범했으니 어리석기 그지없소. 그대들은 부디 공을 이루기 빌겠소."

유신행은 야율세량이 참수형에 처하라고 할 때는 기겁을 했으나, 이렇게 되자 오히려 홀가분했다. 황제가 자신을 죽이지 않으리라는 것은 기정사실이었고, 사실 자신은 군대를 지휘하는 일에 익숙하지 않았다. 그런데 황제가 도통을 맡겨서 의아했고 게다가 고려를 정벌하는 것이어서 너무나 부담이 되었는데, 오히려 그 부담을 덜어내니 홀가분했다.

팔월이 되니 병력들이 속속 보주에 도착했고 야율세량은 시일이 무르익기를 기다리며 정찰을 강화했다.

야율세량이 소허열에게 물었다.

"작년에 통주에서 포위를 풀고 후퇴하다가 고려군의 기습을 받아 인명피해가 있었다고 들었습니다."

소허열이 약간 얼굴을 붉히며 말했다.

"통주 주변에 불 지르고 후퇴하는데 통주에서 나온 적들이 갑자기 공격해 와서 약간의 피해가 있었습니다."

야율세량이 고개를 끄덕였다. 그리고 고려군 정찰병이 있을 만한 곳으로 원탐난자군을 계속 보냈다. 소규모의 국지적인 전투가 계속 벌어졌다.

구월 일일, 해가 지자 야율세량은 드디어 군대를 출발시켰다. 추수기를 노린 군사행동이었다. 거란군이 어둠을 틈타 움직였지만, 고려군 역시 만만치 않았다. 거란군이 출발하고 한 시진 후, 고려군의 봉화신호가 사방으로 달리기 시작했다.

열흘 후, 거란군이 모습을 드러낸 곳은 통주성 남쪽 삼수채였다. 내륙 길을 통해 흥화진을 거치지 않고 바로 통주 남쪽까지 온 것이었다.

야율세량이 보니 주변에 개미 한 마리 보이지 않았다. 들판의 농작물은 모조리 거두어들여 아무것도 남아 있지 않았다. 벼가 아직 덜 익었는데도 거두어들인 것이다. 통주성의 고려군은 잠잠했고 움직임은 전혀 없었다. 단지 흥화진에서 일단의 병력이 출격했다는 보고가 들어왔다.

소허열이 말했다.

"작년과 같은 움직임입니다."

그다음 날 아침, 야율세량이 명령을 내렸다.

"통주 주변에 불을 지르고 남쪽으로 이동한다."

정신용은 통주성의 동쪽 성벽에서 거란군을 보고 있었다. 공성장비가 없는 거란군이 통주를 공격하지 않으리라는 것은 당연히 예상할 수 있었다. 그렇다면 어느 순간 이동할 것이다. 거란군이 통주 주변에 불을 지르자, 그 매캐한 연기 속에서 거란군이 이동하기 시작했음을 직감할 수 있었다.

거란군의 대열이 길어질 때까지 기다리다가 두 시진 후, 정신용은 금오위 기군을 거느리고 통주성 동소문을 통해 출격했다. 연기를 뚫고 삼수채 쪽까지 나가자 행군하는 거란군의 후미가 보였다. 정신용은 창을 빼어 들고 거란군을 향해 사납게 짓쳐 들어가며 외쳤다.

"금오위!"

금오위 기군들이 뒤이어 외쳤다.

"황도의 태평을 위하여!"

야율세량은 삼수채에서 남쪽으로 이동하여 작은 고개를 넘었다. 그러자 냇물이 흐르는 긴 평야가 펼쳐져 있었다. 그 평야의 남쪽에 있는 야산에 올라서 통주성 쪽을 보았다. 아군의 후미를 쫓아 고려군이 고개를 넘어오는 모습이 보였다. 고려군이 평야 지대에 모두 들어서자, 야율세량은 기고군*(旗鼓軍)으로 하여금 뿔나팔을 불고 북을 치게 했다.

곧 아군들이 통주성에서 나온 고려군을 완전히 포위했다. 전투가 금방 끝나리라 예상했는데 생각보다 시간이 더 걸렸다. 고려군들의 저항이 완강했던 것이다. 한 시진 후, 전령이 달려와서 보고했다.

"성을 나온 고려군들을 모두 전멸시켰습니다."

야율세량은 즉시 명했다.

"곽주로 이동한다."

십구일(9월 19일), 안주의 백상루에는 수많은 깃발이 모여 있었고 특히 중앙에는 엷은 담황색 바탕에 오색으로 채색된 한 마리의 황룡이 구름 위를 힘차게 뛰어노는 대장기(大將旗)가 우뚝 서 있었다. 대장기와 같은 황룡이 수놓아신 전포(戰袍)를 입고 있는 사람이 성 밖을 바라보고 있었다. 도통 유방이었다.

거란군이 곽주를 지나서 계속 남하하고 있다는 소식이 안주에 전해졌다. 이 소식에 유방을 위시한 제장들이 백상루에 모인 것이었다.

부도통 장영이 유방에게 말했다.

---

*   기고군(旗鼓軍): 깃발과 북 등을 담당하는 군사들.

"이번에는 거란군의 움직임이 심상치 않습니다."

중군병마사 박충숙이 말했다.

"도통을 임명한 침략이니 작년과는 매우 다를 것입니다."

좌군병마사 최현민이 말했다.

"어찌 되었든 거란군은 압록강과 청천강 사이를 황폐화하는 것을 기본 목표로 삼았을 것입니다."

우군병마사 이방이 말했다.

"적들이 이처럼 매년 서북면을 황폐화시키면 우리에게도 타격이 큽니다. 적당한 시기에 나가서 싸워야 합니다."

유방이 말했다.

"아직 강물이 얼지 않았기 때문에 대군이 이동하기에는 불편합니다. 따라서 거란군이 안주까지 오면 상당히 지칠 것입니다. 그때 상황을 보아 기동할 것이니, 그때까지 다들 훈련에 매진해주시오. 상대가 아무리 부산하게 움직이더라도 우리는 고요히 기다릴 것입니다."

조원은 서경군을 이끌고 안주에 와 있었다. 유방의 지휘는 신중하고 위엄이 있었다. 볼 때마다 총사령관답다는 생각이 들었다.

밤이 되자 청천강 북안에 수많은 횃불이 나타났다. 거란군이 도착한 것이었다. 밤사이에 북과 징 소리가 울리는 등 매우 소란스러웠다. 마치 거란군이 금방이라도 청천강을 건너올 것만 같았다.

그다음 날 새벽, 동이 틀 무렵인데도 사위는 거짓말처럼 조용했다. 청천강 북안에는 아무것도 보이지 않았다. 거란군이 물러간 것이다. 유방은 추격 명령을 하달했다.

"적들을 추격한다!"

곧 고려군들이 배와 뗏목을 이용해 청천강을 건너기 시작했다. 조원 역시 떨리고 흥분된 마음으로 서경군을 이끌고 나갔다. 그런데 얼마 못

가서 대열이 멈췄다. 반나절 가까이 대기하다가 다시 안주로 들어가라는 명령이 떨어졌다.

안주에 들어와서 그 이유를 알게 되었다. 선봉에 섰던 신호위 대장군 고적여(高積餘)와 장군 소충현(蘇忠玄) 등이 거란군의 매복에 걸려 전사한 것이었다. 선봉대가 패하자, 유방은 무리하게 추격하지 말고 다시 안주에서 대기하기로 결정한 것이었다.

야율세량은 작년(1014년)에 통주까지 침공했으나 고려의 주력군을 만나지 못했다는 말을 듣고, 시험 삼아 안주까지 들어가본 것이다. 추격해 오는 고려군의 선봉대를 안주 북쪽 새비령이라는 고개에서 패배시킨 후, 계속 매복하고 있었다. 그런데 고려군들은 더 이상 추격해 오지 않았다. 얼마 후, 매복을 풀고 내륙 길을 이용하여 보주로 이동했다.

야율세량은 보주로 퇴각한 다음, 보주와 흥화진 사이에 고려군이 점거하고 있던 창살고개를 기습적으로 공격하여 점령하고 선화진(宣化鎭)이라는 성을 쌓았다. 그리고 그 서쪽에는 정원진(定遠鎭)을 쌓았다. 그리고 주변에 고려군의 봉화대 역시 모조리 점령했다. 이제 흥화진의 고려군은 보주의 거란군의 움직임을 초기에 파악하기 힘들게 되었다.

그리고 이 사실을 야율융서에게 보고했다. 야율융서는 유신행의 일로 매우 언짢아하고 있었다. 유신행이 죄를 지은 것은 사실이지만, 황제가 임명한 도통을 야율세량이 마음대로 처리했다는 것이 마음에 들지 않았다. 또한 야율세량이 자신의 의도를 알아채고 그랬다는 생각도 들어서 더 기분이 좋지 않았다. 당연히 유신행을 가볍게 책망하는 수준에서 끝냈다.

그렇지만 이번에 야율세량의 보고를 받고, 역시 야율세량이라는 생각이 들었고 언짢음이 확 가셨다. 오히려 이제 고려 정벌을 성공시킬 수 있겠다는 생각에 몹시 고취되어 대신들을 소집해서 가용병력을 최대한 동원할 것을 지시했다. 대신들이 난색을 표하며 말했다.

"서북로와 서남로가 아직 완전히 안정된 것은 아니어서 더 이상 병력을 빼낼 곳이 없습니다."

그렇지만 야율융서의 닦달에 결국 각 궁궐을 지키는 궁위기군(宮衛騎軍)을 모두 동원하기로 했다. 그 결과 궁궐을 지키는 군사가 부족해지자, 어린아이들까지 동원해 궁을 지키게 했다. 그러고는 확보한 인원에게 조서를 내렸다.

"여러 궁을 지키고 있는 정예병 오만 오천 명은 고려 정벌에 대비토록 하라."

야율융서는 그래도 더 동원할 군사가 없는지 눈에 불을 켜고 찾았다. 그때 소합탁이 건의했다.

"고려군에는 승려로 조직된 항마군이라는 군대가 있습니다. 우리도 승려를 동원해서 군대를 만드소서."

야율융서가 아주 기뻐하며 말했다.

"그거 정말 좋은 생각이구려."

야율융서는 일단 동경의 승려들을 상대로 조서를 내렸다.

"동경의 승려 중에서 자질이 부족한 자들을 추려내어 군대에 편입시키도록 하라."

46
평화의 조건

광대뼈가 튀어나온 예순 살가량의 관리가 문서를 들여다보며 열심히 일하고 있었다. 중추사 겸 호부상서 장연우였다.

호부는 국가의 재정을 책임지는 관청이었다. 그 수장인 호부상서이니 세금을 걷고 예산을 집행해야 한다. 그런데 거란군들이 추수기에 침략하여 서북면의 수확량이 절반밖에 되지 않았다. 따라서 서북면에 곡식을 수송해서 보급해야 한다. 그리고 전쟁이 얼마나 계속될지 알 수 없으니, 다른 곳의 예산을 최대한 줄여서 군비에 확충해야 하는 것이다.

장연우는 평소보다 더 바쁘게 움직였는데 며칠 후에 송나라로 가기 때문에 최대한 많은 일을 해두려는 것이었다. 작년(1014년)에 윤징고에 이어 이번에는 장연우가 사신으로 가는 것이다. 장연우는 한어를 할 줄 알아서 자주 사신단의 일원으로 송나라에 갔었고 송나라 사신이 오면 접대했었다. 한어를 잘하는 이유는, 그의 아버지 장유(張儒)가 신라 말의 혼란을 피해 오월*(吳越)로 가서 살다가 광종 때 돌아왔기 때문이었다. 장연우는 고려의 상질현(尙質縣: 전라북도 고창군 흥덕면)에서 태어났지

---

* 　오월(吳越, 907년~978년): 중국 5대10국 시대에 10국 중 하나로, 저장성(浙江省) 일대를 지배했던 나라.

만, 아버지에게 배워서 한어를 구사할 줄 알았다.

장연우는 오월이 송나라에 합병되기 전에 사신으로 간 적이 있었다. 그때 오월의 궁궐에서 쓰이는 비파(현악기) 중에 신라에서 만든 것이 있었고 비파 밑바닥에 시가 한 수 적혀 있었다. 그런데 오월인들은 그 시를 해독할 수 없었다. 신라의 향찰로 써 있었기 때문이었다. 장연우가 시의 내용을 한자로 풀어서 알려주었다.

한송정 달 밝은 밤에 月白寒松夜
경포대 물결이 잔잔한데 波安鏡浦秋
슬피 울며 오고 가는 것은 哀鳴來又去
신의 있는 한 마리 갈매기라네 有信一沙鷗

그런데 한참 일을 하던 장연우가 갑자기 쓰러졌다. 그다음 날 채충순이 왕순에게 보고했다.

"호부상서 장연우가 갑자기 사망했습니다."

"음⋯."

김훈과 최질 등에게 당한 장독*(杖毒) 때문인지, 본인의 수명이 다 된 것인지 갑자기 사망한 것이다. 장연우는 관리로서 재간이 있고 충성스런 사람이었다. 그래서 몽진 중에 선주(경상북도 구미시 선산읍)로 가는 현덕왕후의 호종을 맡겼던 것이다. 왕순은 매우 안타깝게 생각했다.

"묘소는 어디로 할 것이라고 합니까?"

"상질현으로 미리 정해두었다고 합니다."

왕순은 장연우가 송나라에 사신으로 가기로 했다는 것이 떠올랐다.

---

*   장독(杖毒): 매질을 심하게 당하여 생긴 후유증.

"송나라로 가는 사신은 어떻게 해야 할까요?"

채충순이 잠시 생각하더니 말했다.

"곽원이 부사로 가기로 했으니, 곽원을 정사로 올려보내면 될 듯합니다."

"재추회의에서 논의해 그렇게 하십시오."

윤징고와 곽원, 서눌은 송나라와의 외교를 의욕적으로 추진하고 있었다.

왕순이 이들에게 물어보았었다.

"송나라가 우리를 도와 군사행동을 하겠소?"

이들이 이구동성으로 대답했다.

"아마 하지 않을 것입니다."

왕순이 고개를 갸우뚱하며 다시 물었다.

"그러면 사신을 계속 보내는 것이 무슨 의미가 있겠소?"

"첫 번째로, 만에 하나 모르는 것입니다. 송나라는 거란에 세폐를 바치고 있고 그것을 한스럽게 생각하고 있습니다. 기회가 된다면 거란을 공격할 생각이 있습니다. 두 번째로, 우리가 사신을 보낸 것을 거란은 당연히 알게 될 것이고 그러면 송나라를 의심할 것입니다. 거란의 칼끝이 분산될 가능성이 있습니다. 세 번째로, 비록 송나라가 우리를 위해 원군을 보내지 않더라도 지속적으로 통교해야 합니다. 송나라를 통해서 거란에 대한 정보뿐만이 아니라 다양한 정세를 파악할 수 있습니다."

왕순이 다시 물었다.

"송나라 황제는 거란에 강경한 태도를 갖고 있는 재상 구준을 조정

에서 내보내고, 봉선*과 토목공사로 재정을 낭비하고 있다는데 우릴
도울 여력이 있겠소?"

"구준은 다시 복귀할 수도 있습니다."

십일월 이십삼일, 곽원은 벽란도**에서 배에 올랐다. 오 일 후 송나라
등주(登州: 중국 산동 반도 북쪽)에 도착했고 곧 개봉으로 와서 황제를 알현
하라는 조서를 받았다. 개봉에 도착해서 표문을 송나라 조정에 건넸다.

"거란이 해마다 우리나라를 침략하고 있지만, 폐하의 성스러운 위세
에 힘입어 그들을 모두 격퇴하고 있습니다. 그렇지만 백성들의 고생이
이만저만이 아닙니다. 폐하께서 슬기로운 책략을 내려주신다면, 거란
의 위협에서 벗어날 수 있을 것입니다."

송나라 황제 조항(趙恒)은 고려에서 보낸 표문을 읽고 고민에 빠졌다.
고려 사신과 같이 온 여진족 또한 거란이 전쟁을 일으켰기 때문에 여러
해 동안 오지 못했음을 호소하고 있었다. 조항은 거란과 문제를 만들고
싶지 않았기 때문에 답변하기가 어려웠다.

표문에 대해 답변하는 조서를 내리면, 조서는 공식 문서이기 때문에
이 내용을 거란이 알 수밖에 없었다. 거란을 자극하지 않으면서 고려도
달래는 그런 내용이어야 한다. 조항은 결국 신하들 여럿에게 알맞은 내
용의 조서를 써오라고 지시했다.

그중 한림학사 전유연(錢惟演)이 기초한 조서의 내용은 이랬다.

"짐은 백성을 다스리면서 오직 그들을 편안하게 하는 데 뜻이 있으
며, 비록 멀리 떨어져 있더라도 정성스럽게 생각하는 마음은 차이가 없
다. 경의 나라를 생각하면 진실로 마음속 깊이 걱정되나, 그대의 이웃

---

*   봉선: 황제가 하늘과 땅에 제사지내는 것.
**   벽란도: 예성강 하구에 위치한 고려의 국제 무역항.

나라(거란)를 돌아보건대 또한 오래도록 맹약을 따르고 있다. 하여 짐은 두 나라가 서로 화목하여 백성들을 편안하게 하기를 기대한다.”

조항이 이 조서를 보고 기뻐하며 말했다.

“이 내용이면 거란이 보더라도 무방할 것이다.”

조항은 곽원을 만나서 조서를 내려주었다. 그런데 만나보니 곽원의 말과 용모가 공손하고 단정하였으며, 연회(宴會)를 베풀면 그때마다 반드시 감사의 표문을 지어 올렸는데, 문장 실력이 매우 뛰어났다. 조항은 곽원을 훌륭한 선비라고 칭찬하며 후하게 대우했다.

어느 날 조항이 곽원에게 고려의 풍속에 대해서 묻자, 곽원이 답했다.

“고려의 국토는 남북의 거리가 천오백 리이며, 동서는 이천 리입니다. 북방의 국경에는 군사와 백성들이 섞여 거주하고, 군사에 편입된 자에 대하여 얼굴에 먹물로 죄명을 적지는 않습니다. 기후는 추운 기간이 짧고 더운 날이 조금 긴 편입니다. 토양은 메벼가 적합하며 양, 낙타, 물소 등의 가축은 없습니다. 풍속은 중국과 비슷하나 승려는 있지만 도사(道士)는 없습니다. 시장은 한낮에 열며, 돈은 사용하지 않고 베나 쌀로만 거래합니다. 백성의 그릇은 주로 구리로 만듭니다. 매년 정월 초하룻날에는 조상(祖上)에 제사를 지내고, 칠일에는 집집마다 서왕모(西王母)의 조상화를 섭니다. 이월 보름날에는 연등회를 하고, 단오(端午)에는 그네 뛰는 놀이도 있습니다. 남자와 여자의 옷은 흰 것을 숭상합니다.”

조항이 추밀사 왕흠약을 불러 의논했다.

“고려는 우리의 도움을 바라고 있소. 그런데 우리가 실질적으로 지원할 방법은 없소.”

“이번처럼 적당히 둘러대면 되지 않겠습니까?”

"그래도 고려가 지원을 요청하는 표문을 계속 보낸다면, 거란은 분명히 우리를 의심하게 될 것이오. 고려 사신에게 우리의 사정을 은근하게 전달하는 것이 좋겠소."

개봉에는 개보사(開寶寺)라는 큰 절이 있었고 이 안에는 개보사탑이 있다. 개보사탑은 송나라 태종 칠년(982년)에 건립된 팔각형 목탑으로, 십삼 층에 높이가 무려 사십 장(丈)으로 오월국 출신 장인 유호(喩浩)가 설계했다. 그런데 세워진 탑은 북서쪽으로 심하게 기울어 있었다. 사람들은 유호가 실수했다며 쑤군거렸다.

그 말을 듣고 유호가 주변 지형을 가리키며 말했다.

"개봉의 땅은 평평하고 산이 없고 북서풍이 강하게 분다. 따라서 탑을 곧바르게 세우면 백 년도 가지 못할 것이다."

탑은 삼십삼 년이나 지났지만 유호의 말대로 튼튼히 서 있었다. 송나라 황제 조항은 원외랑(員外郎) 장사덕(張師德)을 시켜 곽원에게 개보사탑을 구경시키게 했다.

개보사탑의 꼭대기에 오르자 개봉 시가지가 한눈에 들어왔다. 장사덕이 조용히 곽원에게 말했다.

"지금 개봉의 높고 큰 건물들은 모두 군영이오. 폐하께서 군사를 기르고 날마다 전투를 익히게 하는 것은 오직 북방의 침략에 대비하는 것입니다. 그대 나라 역시 거란과 국경이 맞닿아 있으니 전쟁 대비에 소홀할 수 없을 것이오. 그래도 우리는 거란과 화평의 맹약을 맺어 그 위협을 상당히 제거할 수 있었습니다. 고려 또한 그렇게 하여 백성을 휴식시키는 것이 장구한 계책입니다."

곽원이 한숨을 쉬며 답했다.

"우리도 여러 번 시도했으나, 거란이 국경의 땅을 요구하고 있어서 맹약이 쉽지 않소이다."

장사덕이 고개를 저으며 말했다.

"우리 영토인 연운십육주를 거란이 점령하고 있으나, 결국 화평의 맹약을 맺었고 지금까지 평화를 이어오고 있소. 고려도 작은 것을 아끼지 말아야 할 것입니다."

장사덕의 말은 거란이 원하는 것을 주라는 것이었다. 곽원은 아무 말도 하지 않았다.

47

두 번째 회전*(會戰)

십이월 십일(1015년 12월 10일), 거란군 오만 오천 명이 증원 병력으로 압록강 변 보주(의주)에 도착했다. 군사들과 잡다한 일꾼들까지 합쳐, 총 삼십만이나 되는 거대한 인원이 보주 주위에서 바글거렸다. 여기에 더해 수십만 마리의 말, 낙타, 소, 양, 염소까지 모여 있으니, 사방 십 리가 넘는 지역에 온통 사람과 가축으로 그득했다.

야율세량은 군사들을 삼 일간 휴식시키며 마음껏 먹고 마시고 놀게 했다. 곳곳에서 양과 염소를 굽고 찌는 연기가 끊이지 않았다.

삼 일 후 십삼일 새벽, 야율세량이 드디어 명령을 내렸다.

"세 곳의 길로 나누어서 남하한다! 집결지는 안주 북쪽이다."

거란군들은 길을 나눠서 흥화진, 통주, 곽주, 구주 등을 지나쳐 남하했다. 모든 강이 얼어 있어서 기동하는 데 수월했고, 이제는 고려의 지리에 익숙해졌기 때문에 성곽들을 우회하는 것은 손쉬운 일이 되었다. 남하하는 와중에 고려군으로부터의 저항은 없었다. 올해 구월에 성곽을 나와 공격하는 고려군들을 두 번이나 패배시켰기 때문인 듯했다.

병력들은 이십일 오후 늦게, 청천강과 대령강 사이에 집결했다. 여기서 안주까지는 겨우 이십 리 남짓한 거리였다.

---

* 회전(會戰): 대규모 병력이 집결하여 벌이는 규모가 큰 전투.

고려군 도통 유방은 제장들과 더불어 안주 백상루에서 밖을 보고 있었다. 이십일 해시(21시~23시) 경이었다. 한밤중이었으나 보름달과 하현달 사이라 그리 어둡지 않았다.

유방은 예순에 가까운 나이였으나 군살이 거의 없는 체형을 유지하고 있었다. 선천적인 것도 있었지만 본인이 평소 무예 연마를 꾸준히 한 덕분이었다.

이 시간에 유방이 백상루에 있는 이유는, 방금 거란 기병들이 안주성 서문에 접근하여 화살을 퍼부었기 때문이었다. 성벽 위의 아군들이 신속히 대응 사격을 하여 거란군은 금세 물러갔다.

보주의 거란군이 움직였다는 첩보는 봉수 신호로 알고 있었고, 전령과 척후병이 지속적으로 와서 보고하는 중이었다. 작년과 올가을의 군사행동은 추수를 못 하게 하려는 것으로 예비적인 성격이었다면 이번에는 본격적인 침공이었다.

유방이 제장들에게 말했다.

"만일 거란군의 주력이 홈고개를 넘는다면 성을 나가 적과 싸울 것입니다. 모두 차질 없이 준비해주시오."

홈고개는 홈이 파인 것 같이 생겨서 붙은 이름으로, 안주에서 북쪽으로 십 리 되는 지점에 있었다.

모두 신상한 기색늘이 역력했다. 오 년 전 통주 근처에서 벌어진 삼수채 회전(會戰)에서 거란군에게 패했었다. 다시금 거란의 대군과 회전하려는 것이고 지금의 제장들 중 대부분이 그 당시 삼수채 회전에 직·간접적으로 참여했었다.

유방이 주위를 둘러보며 다시 말했다.

"경술년(1010년)에는 적을 너무 가볍게 봤소. 그러나 이번에는 신중하게 움직여서 적을 격퇴시킬 것이니, 모두 최선을 다해주기를 바랍니다.”

거란군 병사가 안주까지 오려면, 최소한 천 리에서 많게는 수천 리를 이동해야 한다. 그만큼 피로도가 클 수밖에 없었다. 특히 식량을 자비로 챙겨 와야 하는데 매년 이렇게 원정을 하면 그 비용은 눈덩이처럼 누적된다.

따라서 유방은 거란군을 한 번에 섬멸시키지 못하더라도 지속적으로 막아내기만 하면 결국 거란을 격퇴할 수 있다고 생각했다.

칠십여 년 전(946년경) 거란은 후진*(後晉)을 세 차례 정벌했다. 정벌 기간에 후진뿐 아니라 거란의 피해도 누적되고 있었다. 마지막 정벌은 거란에서도 최후의 힘을 짜낸 것이었다. 만일 후진의 정치 상태가 좋았다면 충분히 막아냈을 것이었다.

송나라는 여러 차례 거란의 침입을 받았으나 결국 막아냈다. 송나라 정치 상태가 괜찮았기 때문이었다. 비록 ‘전연의 맹약(1004년)’을 맺어 매년 비단 이십만 필과 은 십만 냥을 바치지만, 송나라의 재정 상태로 보았을 때 평화의 대가로 비싼 편은 아니었다.

결국 나라의 정치가 잘 이루어지고 있다면 충분히 막아낼 수 있는 것이다. 그런데 지금의 성상은 너그러운 관용의 정신을 가졌고, 정치의 요체를 아는 사람이었다. 성상을 중심으로 정치가 잘 이루어지고 있다. 그렇다면 충분히 해볼 만하다.

제장들은 유방을 무척 신뢰하고 있었다. 유방은 유금필**의 손자인데다가 계묘년(993년) 소손녕의 침공 때 거란군을 안융진에서 막아낸 인물이었다. 후광효과에 실력까지 겸비한 것이다. 또한 안정감이 있는

사람이었고 작전계획 역시 무리하지 않았다. 필승의 전략이 아니라 지지 않는 전략을 추구하고 있었다.

중군병마사 박충숙이 맞장구치며 말했다.

"옳지, 반드시 그 말씀대로 될 것입니다."

누군가 유방을 보았다. 입술이 두껍고 눈썹과 수염이 짙은 사십 대의 관리였다. 유방이 그 사람에게 고개를 끄덕였다. 병마판관 서눌이었다. 서눌이 제장들을 보며 말했다.

"작전계획을 다시 설명하겠습니다."

서눌은 서희의 아들이다. 고려 사람들이 서희에게 갖는 존경과 신뢰는 절대적이었다. 지금의 고위 제장들은 거의 모두 서희 밑에서 종군했었다. 더욱이 서눌 역시 서희처럼 병법에 조예가 깊은 인재로 인정받고 있었다. 서눌의 관직은 병마판관이지만 그의 말은 관직을 훨씬 상회하는 무게감이 있었다. 제장들은 서눌의 말을 경청했다.

유방은 군대를 중군, 좌군, 우군의 삼군으로 나누고 기병들은 따로 두 부대로 나눴다. 두 부대로 나눈 기병들은 신호위 상장군 이원과 좌우위 상장군 김계부가 나누어 지휘했다.

서눌이 작전계획에 대한 설명을 끝내자, 유방은 지도를 가리키며 포진에 대해서 제장들에게 물어보며 확인했다. 이미 수십 번 반복하여 모두 완벽히 숙지하고 있었지만 다시 한번 확인하려는 것이었다.

작전회의가 거의 끝나가며 몇 가지 소소한 논의를 하고 있는데, 제장들 중에 누군가 유방을 향해 손을 들었다. 유방은 탁자 위에 놓인 지도를 보고 있어서 미처 보지 못했다. 그 사람은 일어서서 유방을 불렀다.

"저, 도통 각하! 도통 각하!"

제장들이 그 사람을 보았다. 그 사람은 눈을 크게 뜨고 목을 앞으로 빼고 있었는데, '西(서)' 자가 쓰인 흑색 전포를 입고 있는 서경판관 조원이었다. 조원은 서경군들과 동일한 전포를 입고 다녀서 얼핏 보면 서경군사들과 구별되지 않았다. 단지 명찰이 없다는 것이 다를 뿐이었다.

중군병마사 박충숙이 조원에게 말했다.

"조 판관은 무슨 할 말이 있는 모양이지? 있으면 해보게."

조원이 머리를 긁적이며 말했다.

"일전에 말씀드렸다시피 만일 거란군이 안주를 우회하여 청천강을 넘어 남하하려고 하면, 저는 서경행군을 이끌고 거란군보다 앞서 서경으로 가겠습니다."

유방이 고개를 끄덕이며 말했다.

"알겠네."

박충숙이 조원에게 물었다.

"경술년에 자네의 회오리바람은 대단했네. 이 중군병마사도 매우 감탄했지. 이번에 만일 거란군이 서경 근처로 간다면 얼마나 쓸어버릴 수 있겠나?"

조원이 가만히 생각하더니 말했다.

"서경 병력만으로 야전에서 작전을 펼친다면 일만 정도는 상대할 수 있습니다. 만일 성을 방어한다면 십만도 막아낼 수 있습니다."

조원의 말에 제장들 사이의 분위기가 경직되었다. 아직 만 단위의 거란군과 야전에서 정면으로 싸워서 이긴 적이 없었다. 그래서 유방도 매우 조심하고 있는 것이었다. 이런 이유로 조원의 강한 자신감은 유방을 비롯한 최고위 장수들을 무시하는 말로도 들렸기 때문이었다.

경직된 분위기 속에서, 박충숙이 호탕하게 웃으며 말했다.

"조 판관 같은 젊은 관료가 있으니 심히 든든하기 이를 데 없군."

박충숙은 경직된 분위기를 웃음으로 풀어내려 했다.

유방은 신해년(1011년)에 개경에서 퇴각하는 거란군을 추격했었다.

그때 서경이 온전히 지켜지고 있는 것을 보았고, 서경으로 들어가니 군민들의 사기가 생각보다 높았다. 조원과 강민첨이 지휘를 하고 있었는데 그들은 제대로 된 지휘력을 발휘하고 있었다.

유방은 거란군이 물러간 뒤에 서북면병마사가 되자 조원을 서북면병마판관으로 임명하여 서북면 병마부에 배속시켰다.

조원은 과감한 기동 작전을 주장했다. 그러나 경술년(1010년)에 그런 기동 작전이 모두 실패했었다. 따라서 거란군과 기동전을 벌이기보다는 안주에 주력군을 두고 적이 지치기를 기다리자는 것이 중론이었다. 유방 역시 마찬가지였다.

조원은 자신의 의견이 받아들여질 기미가 없자 작전회의에서도 별다른 의견을 내지 않았다. 얼마 후 유방을 찾아가서 면직을 요구했다. 뜻이 다르니 자신이 할 일이 없다는 것이었다. 당돌한 요구였으나 유방은 그것을 들어줬다. 조원은 다시 서경판관이 되어 서경에서 근무했다. 유방은 비록 의견이 서로 다르지만 조원을 좋은 장수라고 생각하고 있었다.

다음 날, 거란군이 홈고개 북쪽에 집결하고 있다는 척후의 보고가 있었다. 그런데 곧이어 안주 서쪽 십 리 지점과 동쪽 십 리 지점에서도 거란군이 얼어붙은 강을 건너고 있다는 첩보가 들어왔다. 안주를 우회하려는 듯한 움직임이었다.

박충숙이 심각하게 말했다.

"저들이 설마 안주를 우회할까요?"

고려군 지휘부는 거란군들이 압록강과 청천강 사이에서만 군사행동을 하리라 예측하고 있었다. 경술년(1010년) 때, 거란군은 고려군 주력군을 제압했음에도 청천강을 넘어 남하했다가 심대한 타격을 입었었다.

거란군이 안주를 우회하여 남하하려는 듯한 움직임을 보이자 유방이 제장들을 모아 놓고 말했다.

"우리의 주력군과 방어선이 건재한 상황에서, 거란군이 깊게 들어오면 올수록 그들은 깊은 함정에 빠지게 될 것이오. 원정의 피로 때문에 그들의 공세는 무뎌질 것입니다. 우리는 거란군의 움직임이 정확히 파악되면 그때 움직일 것이오."

우려되는 지점은, 적들이 개경만을 바라보고 남하하는 것인데, 개경에는 송악성을 증축하여 방어력을 높여 놓았고 삼천의 수비 병력을 남겨 놓았다. 삼천의 수비 병력과 개경 주민들이 송악성에서 농성을 하면 수십만의 거란군이 공격하더라도 며칠은 버틸 수 있다. 그리고 주력군으로 거란군의 뒤를 압박할 것이므로 거란군은 곤란한 상황에 처하게 된다. 이 사실을 거란군도 충분히 알고 있을 것이기 때문에 개경까지 남하할 가능성은 희박했다.

왕순은 삼천의 병력을 개경에 묵혀두는 것은 좋지 않으니, 백 명만 남기고 모두 데려가라고 했으나 유방은 안정적인 전략을 추구했다. 위험 요소를 두지 않으려는 것이다.

그렇지만 만에 하나, 거란군이 안주를 우회할지도 모르니, 거기에 따른 작전을 제장들에게 다시금 숙지하게 했다. 제장들이 분주히 자기 역할을 확인하고 있었고 조원은 품에서 기름먹인 종이를 꺼내 보고 있었다.

중군병마사 박충숙이 조원을 불렀다.

"어이, 조 판관!"

조원이 고개를 들어 박충숙을 보았다.

"조 판관은 무엇을 보고 있나?"

"서경 지도를 보고 있습니다."

"거란군들이 안주를 우회하여 남하하면 서경행군들을 이끌고 거란군보다 빨리 서경에 들어갈 수 있겠나?"

조원이 담담히 말했다.

"적들의 남하가 확인된 후에는 따라잡을 방법이 없습니다. 저는 지금 서경행군들을 이끌고 안주를 나가 서경 쪽으로 천천히 이동하겠습니다. 만일 거란군이 남하하지 않으면 다시 안주로 오겠습니다."

박충숙이 유방을 바라보았다. 유방이 고개를 끄덕이며 조원에게 말했다.

"자네만 믿겠네."

조원은 서경행군 이천 명을 이끌고 안주성 남문을 나와서 남쪽으로 삼십 리가량 떨어져 있는 마두산으로 이동했다. 마두산 정상에서 모든 상황을 관찰할 수 있다. 여기에 대기하다가 거란군이 남하하는 움직임을 보이면 전속력으로 서경으로 달릴 것이다.

거란군 기병들이 이틀간 남북으로 횡행했으나 유방은 일절 대응하지 않게 했다.

이제는 해가 바뀌어 을묘년(1015년)에서 병진년(1016년)이 되었다. 안주를 우회하려는 듯 보였던 거란군의 움직임은 결국 기만 행동이었다.

일월 이일 묘시(5~7시), 거란의 대군은 아침 햇살을 받으며 드디어 홈고개를 넘어와 청천강 북안에 진을 치기 시작했다.

그 모습은 본 유방이 제장들에게 명했다.

"우리도 안주성을 나가 진을 친다! 성을 나가는 순서와 위치는 지금까지 수없이 연습했다. 한 치의 오차도 있어서는 안 될 것이다."

고려군은 안주성 북문 앞 얼어붙은 청천강 위에 검차 팔백 대를 이용한 사각형의 방진을 쳤다. 기병 이만 기 중에 만 기는 김계부의 지휘 아래 검차진 안에 있었고 나머지 만 기는 이원의 지휘 아래 안주성 안에서 대기했다.

거란군 기병들은 부대 단위로 늘어서 있었는데 말을 타고 있지 않았다. 말의 체력을 아끼려는 것이었다. 거란의 진영은 폭이 십 리가 넘는 대단한 위용이었고 보는 것만으로도 심장이 떨릴 정도였다. 그리고 형형색색의 수많은 깃발이 바람에 펄럭였다.

이천 보 정도의 거리에서, 반 시진 가까이 서로 움직이지 않고 대치 상태가 이어졌다.

서눌이 긴장된 목소리로 유방에게 말했다.

"적들이 앞으로 나올 생각이 없는 듯합니다."

"적장이 병법을 안다면 움직이지 않겠지."

고려군 진영이 안주성과 바짝 붙어 있으므로 거란 기병의 기동력을 이용한 포위 공격이 용이하지 않은 것이다.

반 시진이 더 지나도록 거란군의 움직임이 없자, 유방은 드디어 검차진을 전진시켰다.

"오백 보 전진한다!"

유방의 명령에 북소리가 울려 퍼지며 검차진이 천천히 거란군 쪽으로 이동하기 시작했다. 잠시 후, 검차진은 얼어붙은 청천강 위를 이동하여 칠불도(七佛島)라는 섬에 위치하게 되었다.

고려의 진영이 접근해 오자 거란 진영도 서서히 움직이기 시작했다. 유방은 뒤를 보았다. 안주성의 성벽까지는 칠백 보 남짓이었다. 여기서 전투가 벌어진다면 더할 나위 없을 것이다.

고려군이 칠불도 위에 멈추자, 거란 진영 역시 멈추어 섰다. 다시 대치 상태가 이어졌다. 유방이 보니, 거란 진영까지는 팔백 보 정도 되는 거리였다.

48
추격

유방은 다시 명령을 내렸다.

"전진하여 적을 압박한다!"

곧 북소리가 울려 퍼지며 검차진이 천천히 움직이기 시작했다.

"둥, 둥, 둥, 둥, 둥….."

"덜컹, 덜컹, 덜컹….."

검차의 바퀴들에서 '덜컹'거리는 소리가 났다. 칠불도에서 다시 청천강으로 내려서며 나는 소리였다. 칠불도 기슭과 청천강의 얼어붙은 물은 약간의 높이 차이가 있었다.

검차진의 삼분의 일가량이 강으로 내려섰을 때, 갑자기 무수한 소리가 급하게 울리기 시작했다.

"다그닥다그닥, 다그닥다그닥, 다그닥다그닥….."

수만 마리의 말들이 내는 거친 말발굽 소리였다. 검차진이 청천강과 칠불도 기슭에 걸쳐지자, 거란 기병들이 검차진의 좌우로 전속력으로 돌격해 오고 있었다. 땅과 강물의 높이 차 때문에 검차진에 약간의 균열이 생겼고 그 균열을 기회로 삼은 것이었다. 거란 좌·우익과의 거리는 천 보 정도였고 거란 기병이 전속력으로 달리면 몇십 초면 닿을 거리였다.

수만 마리의 말들이 순식간에 움직이는 모습은 장대한 광경이었다.

지축은 세차게 요동쳤고 온 천지를 울리며 사람의 심장도 격렬하게 떨리게 하고 있었다. 거란군 진영은 마치 거대한 검은 새가 좌우의 날개를 오므리듯이 움직였다. 그 거대한 날개로 고려의 검차진을 강하게 때려댈 것이었다.

유방은 무표정한 얼굴로 그 모습을 지켜보고 있었다. 거란 기병들이 백 보 정도의 거리에 들어오면 수질노로 사격을 시작할 것이다. 유방이 거리를 재며 보고 있는데 거란 기병들은 돌진해 오다가 백 오십 보 정도의 거리에서 순식간에 멈췄다. 거란 기병들은 수질노의 사정거리를 잘 알고 있었고 그 밖에 머물고자 했다.

유방은 검차진을 동쪽으로 움직이게 했다. 동쪽의 거란 기병들은 검차진이 움직인 만큼 물러났다. 그 대신 서쪽의 기병들이 그만큼 더 다가왔다. 서쪽으로 움직여도 마찬가지였다. 마치 거대한 검은 새가 큰 날개를 펴고 자신의 알을 품고 있는 모양새였다. 너무 꽉 안지도, 너무 느슨하지도 않고 적당히 잘 품고 있었다.

검차진은 막강한 공격력과 수비력을 가지고 있었지만, 이렇게 넓은 지형에서 기병들이 재빠르게 움직인다면 그들을 따라잡을 방법은 없었다.

혁연은 좌우위 소속 보인*으로 검차진의 우측면에서 검차를 미는 역할을 맡고 있었다. 경술년(1010년) 전쟁 때 양규에게 구조되었던 혁연은 전쟁이 끝난 후 보승에 임명될 수도 있었다. 그러나 전쟁에서 받은 정신적 상처를 치유하지 못하여 무기를 두려워했고 사람을 겨냥해서 화

살을 쏘거나 병장기를 사용하지 못했다. 혁연은 같은 동네에 사는 세 살 어린 이증(李曾)과 다른 동료 두 명과 더불어 있었다. 검차는 앞줄에 두 명, 뒷줄에 두 명이 밀었는데, 혁연과 이증은 앞줄에 있었다.

검차를 민다는 것은 최전선에 서서 적과 가장 가까이에서 대면하는 것이다. 굉장히 두려운 일일 수 있으나 시선을 아래로 하고 신호에 맞춰 검차를 밀면 적을 보지 않을 수도 있었다. 혁연은 오들오들 떨며 계속 시선을 아래로 떨구었다. 그러다가 옆에 있던 이증과 눈이 마주쳤다. 이제 스물한 살인 이증의 얼굴이 새하얗게 질려 있었다. 혁연 역시 겁을 먹고 있었으나 이증에게 떨리는 목소리로 말했다.

"우리는 검차 뒤에 있으니 안전할 거야."

이증이 고개를 끄덕였다. 이증은 평소 혁연을 겁이 많은 사람이라고 생각하고 있었다. 그렇지만 어쨌든 혁연은 전쟁에 참여한 적이 있었고 살아 돌아왔다. 막 전투를 치를 때가 되자, 이증은 평소와는 다르게 오히려 혁연이 믿음직스러운 사람으로 생각되었다.

거란군들은 곧 검차진 주위에 통나무와 흙포대를 쌓아댔다. 이것들을 이용하여 거대한 장벽을 만들어서 검차진의 움직임을 방해하고 포위하려는 것이다. 거란군의 전술은 경술년(1010년) 삼수채에서와 같았다. 거란군의 의도를 알아챈 유방은 곧 명령을 내렸다.

"검차진! 동쪽으로 이동한다!"

검차진이 동쪽으로 이동하자 거란군들은 곧 물러났다. 거란 기병들을 물러나게 하고 쌓고 있던 방해물을 허물었다. 그러나 거란군들은 검차진이 동쪽으로 움직이면 서쪽에서 다가왔고 서쪽으로 움직이면 동쪽에서 다가왔다. 검차진과 일정 거리를 두고 움직이며 계속 흙포대 등을 쌓고 늘여 놨다. 검차진의 이동은 점차 제한되고 있었다.

서눌이 유방에게 말했다.

"적들이 우리가 예상한 대로 움직이고 있습니다."

유방이 주위의 제장들에게 말했다.

"이제 진형을 변화시킬 때가 되었소."

유방은 허리를 꼿꼿이 세우고 우렁차게 명령을 내렸다.

"진형을 변화시켜 적을 동·서로 가른다!"

야율세량은 청천강 북쪽의 언덕 위에서 고려군들을 보고 있었다. 고려군은 여전히 검차를 이용해 진을 치고 있는데 경술년(1010년)과는 조금 달랐다. 그때는 작은 방진이 여러 개였는데 지금은 하나의 커다란 방진을 치고 있었다.

검차진의 장단점은 잘 알고 있다. 검차는 대단한 공격력과 방어력을 가지고 있어서 정면으로 맞붙어 싸우면 승산을 장담할 수 없다. 그러나 기동성이 많이 떨어진다. 기병들이 거리를 두고 에워싸며 진퇴를 반복하면 검차진이 할 수 있는 것은 없다. 더구나 흙포대 등을 늘여 놓아서 더욱 검차의 이동을 제한했다. 마치 사냥할 때 커다란 맹수를 둘러싸고 힘을 빼는 것과 같았다. 맹수는 결국 지칠 것이다.

소허열이 야율세량에게 말했다.

"적들이 움직임이 너무 아둔합니다."

야율세량이 무슨 대답을 하려는데, 고려 진영에서 긴 뿔나팔 소리와 더불어 깃발이 어지럽게 움직이며 검차진의 모양이 변하기 시작했다. 그 모습을 보고 소허열이 혀를 내밀며 말했다.

"아둔한 것만은 아니군요."

고려군의 방진이 분열하여 세 개로 나눠지며 남북으로 길게 늘어서고 있었다. 마치 청천강을 가로지르는 둑을 만들어 청천강의 강물을 막는 것과 같은 모양새였다. 청천강을 가르듯이 거란군을 역시 동·서로 갈라놓고 있었다.

야율세량이 보기에 고려군 진형의 변화는 매우 인상적이었으나 위협적이지는 않았다. 검차진이 어떻게 변화하든지 간에 기병을 따라잡아 공격할 수는 없었다. 또한 얼어붙은 청천강과 그 주변의 평야 지형은 넓이가 수십 리에 달했으므로 검차진의 움직임에 대처할 공간은 충분했다.

유방은 거란 기병들의 움직임을 유심히 보고 있었다. 거란 기병들이 방진을 공격하지 않고 계속 주위만 맴돈다면 방법이 없었다. 일단 진형을 변화시켜 거란군의 반응을 보고, 계속 같은 움직임을 보인다면 안주성으로 후퇴할 생각이었다. 거란과의 전쟁은 장기전이 될 것이고 그렇다면 안정적으로 군대를 운영하는 것이 가장 중요하다. 큰 틀에서 보았을 때, 지지만 않는다면 결국 이길 것이다. 지속적으로 원정을 오는 거란이 먼저 지칠 것이기 때문이었다.

강감찬이 이끄는 동북면군은 어젯밤 늦게 안수진(安水鎭: 평안남도 개천시)에 도착했다. 안수진은 안주에서 청천강 강변을 따라 동쪽으로 오십 리 정도 떨어진 곳에 있었다.

이른 새벽 동이 트기 선에 안수진을 나와 청천강 남안을 따라 서쪽에 있는 안주로 향했다. 두 시진쯤 움직였을 때, 척후가 돌아와 보고했다.

"아군과 적이 칠불도 근처에서 대치 중입니다!"

잠시 후, 거란 기병들이 보이기 시작했고 안주성에서 십 리 떨어진 곳까지 가자, 일단의 거란 기병들이 길을 막아섰다. 안주성으로 들어가는 것을 차단하려는 것이었다. 강감찬이 강민첨에게 말했다.

"부병마사가 지휘하게!"

강민첨이 급히 강감찬에게 말했다.

"가장 안전한 계책은, 거란군을 피해 남쪽 길로 움직인 후에, 우회하여 안주 남쪽으로 가는 것입니다."

강감찬이 고개를 저으며 말했다.

"우리가 전장에 머물러야 아군에 도움이 되지 않겠나!"

강감찬의 말을 듣고 강민첨의 등에 식은땀이 흘렀다. 이것은 매우 위험한 방법이었다. 갑자기 거란 대군이 달려들면 큰 위기를 겪을 것이 분명했다. 강민첨은 강감찬을 응시했다. 이 노인네의 표정에는 미동도 없었다. 결국 명령을 따를 수밖에 없다.

강민첨은 동북면군을 계속 전진시켰다. 고려군이 계속 전진해 오자 길을 막고 있던 거란 기병들이 기동하며 동북면군 행렬의 오른쪽 측면을 치려고 했다. 칠백 명 정도 되는 거란 기병들이 기세 좋게 달려들었다. 행렬의 측면은 가장 약한 부분인데 고려군이 쉽게 그 측면을 내주는 것처럼 보였기 때문이다.

강민첨이 명령했다.

"수질노를 준비하라!"

거란 기병이 이백 보까지 다가오자, 다시 명령했다.

"수질노 일 대(隊), 발사하라!"

수질노 화살 이십여 발이 날아갔다. 그런데 수질노의 유효 사거리는 백 보였다. 이백 보까지도 날아가긴 하지만 살상력을 갖지 못한다. 화살은 거란 기병들을 맞추고 튕겨 나왔다. 고려군들이 어이없는 모습을 보이자, 더욱 기세가 오른 거란 기병들은 순식간에 돌진해 왔다. 백 보까지 다가오자, 강민첨이 다시 명령했다.

"수질노 모두 발사하라!"

육백 발에 달하는 수질노 화살들이 덮치자, 선두에 선 백 기 이상의 거란 기병들이 순식간에 쓰러졌다. 그리고 그 뒤의 기병들이 이미 쓰러진 기병들과 엉기며 거란군의 돌격력은 사라지고 말았다.

그 모습을 확인한 강민첨이 다시 명령했다.

"동북기군 출격하라!"

곧 김종현이 기병으로 이루어진 동북기군을 이끌고 출격하자, 살아남은 거란 기병은 청천강을 넘어 북쪽으로 도망쳤다.

강민첨은 즉시 징을 쳐서 동북기군들을 불러들이고 다시 안주 쪽으로 행군을 재촉했다. 잠시 후, 이제 안주성 동문까지는 오 리 정도의 거리였다.

그런데 조금 전과 비교되지도 않는 엄청난 수의 거란 기병들이 다가오고 있었다. 수많은 거란 기병이 지축을 울리며 뛰어다니자, 발굽에 챈 얼어붙은 눈들이 조각나 반짝이며 사방으로 흩어졌다. 만일 땅에 눈이 덮여 있지 않았다면 먼지가 무수히 일었을 것이고 시야가 상당히 제한되었을 터였다.

강민첨이 즉시 명했다.

"방진으로!"

거란군이 돌격해 오자 강민첨의 심장이 요동쳤다. 그러다 문득, 뒤에 있는 강감찬을 슬쩍 보았다. 역시 미동도 없이 거란군을 뚫어지게 보고 있었다. 강민첨은 고개를 흔들고 다시 앞을 봤다. 그런데 이상하게도 심장의 요동이 가라앉는 것이 느껴졌다.

동북면 군사들은 혁차(革車)를 이용해 방진을 쳤다. 혁차는 기존 운반용 수레를 개량한 것으로 수레 양옆에 단단한 벽을 세워 방어력을 강화한 것이었다. 이 혁차를 연결하여 방진을 치면 마치 성곽과도 같게 된다. 이 혁차 역시 강민첨이 의뢰하여 박원작이 만든 것이었다. 혁차 방진 안에 방패병, 장창병, 도리깨병, 수질노병, 석투군 등의 각종 병과가 질서에 맞게 도열했다. 그리고 방진 중앙에는 김종현이 이끄는 동북기군이 있었다.

거란 기병들은 혁차 방진을 보자 말에서 내려 방패를 앞세우고 전진해 왔다. 이들이 혁차에 거의 붙자, 강민첨이 명령을 내렸다.

"무릿매!"

곧 석투군들이 머리통만 한 돌을 날리는 것을 시작으로, 화살이 거란군의 머리를 향해 날았고, 장창과 도리깨가 춤을 추었다. 거란군들은 끝도 없이 몰려왔고 전투는 점점 치열해졌다.

"둥, 둥, 둥, 둥, 둥…."

강민첨이 실제 지휘를 하는 동안, 강감찬은 직접 북을 치며 군사들을 독려했다.

어느 순간 고려군의 혁차 진영 안에서 불붙은 짚단 더미 등이 거란군에게 던져지기 시작했다.

유방은 동북면군이 청천강 남단의 길을 따라 안주성으로 접근하고 있다는 보고를 받고 너무나 의아했다. 거란군 수만이 있는데 그 길로 접근하는 것은 위험천만한 일이었다. 남쪽으로 움직여 전장을 이탈한 다음, 우회하여 안주성 남문으로 오는 것이 순리에 맞았다. 유방은 강감찬의 얼굴을 떠올렸다. 그는 군대 경험이 거의 없는 사람이었다.

유방이 동북면군의 전투를 먼발치에서 보며 고민하고 있는데, 갑자기 불길이 크게 이는 것이 보였다. 멀리서는 어떤 상황인지 정확히 알 수 없었다. 그런데 커다란 함성이 안주성벽 위에서 터져 나왔다.

"와아-!"

안주성의 군민들이 열렬한 환호성을 지르고 있는 것이었다. 유방은 곧 깨달을 수 있었다. 동북면군이 거란군에게 화공을 가한 것이었고 그

것이 크게 성공을 거둔 것이었다. 유방은 이것이 하나의 기회가 될 수 있다고 생각해서 즉시 명령을 내렸다.

"검차진! 두 번째 분열을 실시한다!"

유방의 명에 세 개로 나뉘었던 검차진이 다시 여섯 개로 나뉘기 시작했다. 그중 세 개의 진이 동쪽으로 빠르게 움직였다. 동북면군과 전투를 벌이고 있는 동쪽의 거란군을 압박하기 위해서였다. 그리고 다음 명령을 내렸다.

"모든 기병 동쪽으로 출격한다!"

유방은 이 기회를 놓치지 않고 승부수를 던졌다. 동북면군이 전장의 균형을 깨면서 아군에게 유리한 절묘한 순간이 찾아왔기 때문이다.

곧 고려군의 검차진 안에서 기병들이 출격하여 동쪽의 거란군에게 다가가기 시작했다. 그에 맞추어 안주성에서도 기병들이 출격했다.

야율세량은 동쪽에서 예상치 못한 병력들이 나타나서 전황이 불리하게 흐르자, 즉시 두 번째 작전계획을 발동했다.

"전군 퇴각한다!"

야율세량의 명령에 기고군들이 깃발을 휘두르고 징을 쳐댔다.

거란 기병들이 급히 북쪽으로 퇴각하자, 강민첨은 즉시 동북기군들을 출격시켰다.

"지금이다! 동북기군 적을 추격하라!"

하늘색 전복을 입은 김종현을 필두로 한 동북기군들이 달려 나가자, 강민첨은 동북면군의 방진을 풀고 그 뒤를 따르게 했다.

그러나 잠깐의 추격 후, 강민첨은 징을 쳐서 동북기군들을 불러들였다.

강민첨이 강감찬에게 말했다.

"저들의 후퇴는 일사불란합니다. 그렇다면 후퇴하다가 어딘가에서 반격할 게 틀림없습니다. 지금 우리는 일단 진영을 정비하고 약간의 휴식을 취해야 합니다."

강감찬이 고개를 끄덕였다.

야율세량이 보니 약간의 피해가 있었으나 계획된 대로 잘 후퇴하고 있었다. 안주에서 홈고개를 남쪽에서 북쪽으로 넘으면 대령강이 나오고 여기에 다시 강물을 품은 넓은 지형이 나온다.

고려군들이 벌써 십 리 이상 추격해 오고 있었다. 무질서하게 추격해 와서 충분히 대열이 어지러워진다면 여기서 한 번 반격할 수도 있다.

거란군들이 퇴각하자, 유방은 대열의 선두에 서서 앞으로 나아갔다. 거란군은 어느 시점에 반드시 돌아서서 반격하려고 할 것이다. 그 징후를 눈치채고 잘 대처해야 한다. 자신이 최대한 앞에 있어야 돌발적인 상황에 잘 대처할 수 있을 것이다. 그리고 절대 무리해서는 안 된다. 장기전에서는 이기는 것보다 지지 않는 것이 더욱 중요하다.

야율세량은 대령강 서쪽 야산에 올라 관찰했다. 추격해 오던 고려군들은 넓은 곳이 나오자 멈춰 서서 다시금 질서정연하게 검차진을 치기 시작했다. 고려군은 매우 신중하게 움직이고 있었다. 그 모습을 본 야율세량은 다시 후퇴 명령을 내렸다.

"퇴각 신호하라!"

거란군이 퇴각하자 유방은 다시 추격을 명했고 고려군들은 세 길로 나뉘어 나아갔다.

49
대잔치

거란군이 안주 북쪽에서 결진하기 시작하자 조원은 마두산에서 나와 전속력으로 움직여 다시 안주성 안으로 들어와서는 서경행군 이천 명과 더불어 안주성 내에 대기했다.

조원은 성벽 위에 올라 전황을 유심히 살피고 있었다. 그런데 동쪽에서 일단의 아군들이 접근해 오고 있었다. 깃발들로 보아 동북면군이라는 것을 알 수 있었다. 강민첨이 생각나 무척 반가웠으나, 조원 역시 동북면군이 접근해 올 때 정말 의아했다. 너무나 위험한 움직임이었기 때문이다.

얼마 후, 동북면군이 전투를 수행하며 오다가 수많은 거란군에 둘러싸여 위태로워 보였다. 조원은 당황하여 즉시 서경행군들에게 출격 명령을 내리고, 안주 부사 정성에게 달려가 출격 허가를 받으려고 했다.

그 순간, 동북면군이 화공으로 거란군을 물리치고 있었다. 그제야 조원은 사태의 추이를 깨닫고 혼잣말을 했다.

"역시 늙은 학생이군!"

옆에 있던 피위종이 미소 지으며 말했다.

"늙은 학생이 있는데, 우리가 괜히 호들갑을 떨었군요."

서경행군들도 강민첨의 등장에 환호했다.

"와아-, 부병마사 각하께서 오셨다!"

서경 군사들은 강민첨에 대해 절대적인 신뢰를 가지고 있었다. 또한 그를 사랑했다. 강민첨이 서경에 있을 때 군사들 하나하나를 성심으로 대했기 때문이었다.

동북면군이 승전하자, 유방은 검차진을 분열시키며 기병들도 출격시켰다. 곧 거란 기병들이 북쪽으로 퇴각하는 것이 보였다. 조원은 유방의 깃발을 바라보았다. 자신과 의견은 다르지만, 유방은 역시 기회를 살릴 줄 아는 능력 있는 총사령관이었다.

고려군은 거란군을 추격하기 시작했다. 안주에 있던 군사들도 최소한의 인원만을 남기고 성을 나가 추격에 나섰다.

그러나 조원은 서경행군을 바로 출격시키지 않고 동북면군의 움직임을 주시했다. 동북면군은 한동안 대기하다가 추격 행렬의 맨 후미에서 움직이기 시작했다. 조원은 드디어 서경행군을 이끌고 그 뒤로 따라붙었다. 그리고 석충을 시켜 서경행군들에게 명령을 전하게 했다.

"만에 하나 우리 서경행군의 지휘체계가 붕괴되면 동북면군에 합류하라."

석충이 물었다.

"동북면군도 붕괴되면 어떻게 하죠?"

"그때는 우리 고려군이 아예 패한 것이니, 스스로 살길을 찾아야겠지."

"넵, 그렇게 알리겠습니다!"

조원이 약간 짜증스런 목소리로 말했다.

"석충아! 동북면군에 합류하라는 것만 알려라. 살길 찾으라는 것은 알리지 말고!"

"넵, 만에 하나 우리 서경군의 지휘체계가 붕괴되면 동북면군에 합류하라!"

석충이 서경행군 사이를 오가며 조원의 명령을 전했다. 서경행군은 홈고개를 넘어 대령강으로 움직였다. 안주에서 북서쪽으로 육십 리 거리에 있는 가주(嘉州: 평안북도 운전군) 근처에 도착했을 때는 이미 해가 진 뒤였다.

행군 속도가 매우 빨라서 군사들이 몹시 지쳐 있었지만 앞선 고려군들이 계속 움직이니 꾸역꾸역 나갈 수밖에 없었다. 조원은 약간 불안했다. 언제 전투가 벌어질지 모를 시점에 이렇게 지칠 때까지 행군하는 것은 피해야 할 행동이었다.

다행히 가주 남쪽의 새비령을 넘자 동북면군이 멈추어 섰다. 조원은 서경행군에게 휴식을 명했다.

"진을 치고 휴식한다."

서경행군들은 적의 매복 공격에 대비하여 혁차로 방진을 치고 그 안쪽에 천막을 쳤다. 혁차가 있으니 천막 치기가 한결 편했다. 매서운 추위는 한풀 꺾였으나 아직 한겨울이었다. 조원은 땅을 파고 모닥불을 피워 몸을 녹이게 했다. 땅을 파고 불을 피워야 밖으로 불빛이 노출되지 않는다.

그때 서쪽 멀리서 수천 마리의 말 울음소리가 크게 들렸다. 피위종이 긴장된 표정으로 조원에게 말했다.

"아군의 소리일까요, 적군의 소리일까요? 혹시 적이 이쪽에 나타나는 것이 아닐까요?"

조원 역시 심각한 표정으로 귀를 기울이더니 말했다.

"제가 들어보니 말들이 고려어로 울부짖고 있습니다. 그러니 아군일 것입니다."

피위종이 심드렁한 표정을 지으며 말했다.

"재미없습니다."

조원이 옆에 있던 석충에게 물었다.

"석충아! 너도 재미없니?"

"저는…, 잘 모릅니다."

"쉬도록 해라! 앞으로 최소한 며칠은 더 힘들 것이니…."

피위종이 조원에게 물었다.

"적을 어디에서 조우하게 될까요?"

"어디서 조우하게 될지는 알 수 없으나, 하여간 체력을 잘 비축해야 합니다."

이튿날 인시 초(3시)에 기상하여 말린 어포를 씹으며 다시 행군을 시작했다. 새비령 서쪽의 얼어붙은 장수탄강(長水灘江, 평안북도 정주시 부근)을 건너 섶고개를 넘어 계속 서쪽으로 행군했다. 시간은 이제 막 오시(11~13시)로 접어들고 있었다.

이제 십 리를 가면 곽주 동쪽의 달천강(獤川江)이었다. 달천강 변은 폭이 오 리 이상 되었고 또한 몇 개의 지천이 모이는 곳이라 지형이 꽤 넓었다. 따라서 이쯤에서 거란군이 반격할 수 있었다. 그런데 앞서 행군하는 부대들에게 아무 일이 없는 것으로 보아 달천강에는 거란군이 없는 듯했다.

미시 말(15시)에 전령이 와서 유방의 명령을 전달했다.

"적 후미가 곽주 북쪽의 당아령을 넘고 있다고 합니다. 그래서 달천강을 건너서 숙영하라는 명령입니다."

서경행군은 해가 막 진 후에 달천강에 도착했다. 이제 삼십 리 정도 가면 곽주였다. 동북면군이 진을 치고 있는데 이곳은 남쪽과 북쪽이 모두 산으로 둘러싸인 곳이었다. 따라서 여기서 적의 공격이 있더라도 서쪽만 방어하면 된다. 진을 치기에 좋은 곳이었다. 조원은 서경행군으로 하여금 동북면군의 동쪽에 진을 치게 했다.

군사들은 매우 피곤해 보였다. 그리고 긴장한 기색들이 역력했다. 조원이 군사들 사이를 돌아다니며 말했다.

"긴장할 필요 없다. 평소 연습한 대로 하면 된다. 끝내고 서경으로 돌아가서 대동강 숭어국을 안주 삼아 회식하자!"

군사 하나가 조원을 불렀다.

"저기 판관님!"

"그래, 말해보게."

"저, 서경에 돌아가 회식할 때, 냉면 먹고 싶은 사람은 냉면 먹어도 될까요?"

냉면이라는 말에 조원이 입맛을 다시며 말했다.

"냉면 좋지! 좋아, 냉면도 같이 먹자구."

피위종이 말했다.

"이왕 냉면 먹을 거면 닭 육수에 말아야 제대로인데요."

냉면은 동치미 국물에 그냥 말아 먹기도 하지만, 때로는 닭이나 꿩 육수를 동치미 국물에 섞어서 말아먹는다.

"그렇지, 냉면 육수 만들 때 닭고기를 넣으면 맛이 좋으니…, 그렇게 합시다."

고열이 조심히 말했다.

"이번에는 다른 때보다 더 특별하니, 돼지 몇 마리 잡아서 돼지뭇국을 해 먹으면 어떨까요?"

돼지를 잡자는 말에 조원이 잠시 생각하는 듯 가만히 있었다. 조원이 잠자코 있자, 군사들이 조원을 향해 이구동성으로 외쳤다.

"돼지뭇국을 먹읍시다!"

"돼지뭇국! 돼지뭇국!"

군사들이 이구동성으로 외치는 소리가 너무 커지자 조원은 손을 들어 자제시켰다. 그리고 군사들을 훑어본 후 물었다.

"돼지뭇국을 먹고 싶은가?"

군사들이 외쳤다.

"먹고 싶습니다!"

조원이 호쾌한 말투로 말했다.

"좋아. 이번에는 화통하게 돼지뭇국도 먹자!"

조원이 긍정하자, 군사들이 다른 음식 이름들도 쏟아내기 시작했다.

"설기떡도 해먹죠?"

"이왕이면 부추전도 먹는 것이 어떨까요?"

"옳지, 정구지전을 생각하니 입맛이 확 사네."

누군가 핀잔을 주듯이 말했다.

"삼월은 되어야지 솔이 있지. 지금 솔이 어디 있나?"

서경을 개척하여 남쪽에서 백성들을 이주시킨 지, 거의 백여 년이 지났다. 초반에는 서로 각 지방의 말을 써서 말투가 사뭇 달랐었다. 그런데 한 세대 정도가 지나자 신기하게도 점점 비슷해져 갔고 지금은 차이가 거의 없었다. 그런데 몇 가지 단어는 집집마다 여전히 다르게 쓰이고 있었다. 부추 같은 단어가 그랬다. 부추, 정구지, 솔 등으로 다양하게 불렸다.

"만두도 먹읍시다!"

군사들의 음식에 대한 소리는 그칠 줄 모르고 계속되었다. 눈빛은 초롱초롱했고 행군에 지친 기색이라고는 찾아볼 수 없었다.

잠시 후 조원이 고개를 끄덕이며 말했다.

"좋아, 관아의 창고를 털어서 먹고 싶은 것은 다 먹어보도록 하자."

“와!”

군사들이 환호성을 질렀다. 누군가 큰 목소리로 물었다.

“강정도 먹어도 되나요?”

석충이었다. 아직 나이가 어린 석충은 달달한 강정을 특히 좋아했다. 없어서 못 먹을 뿐, 마음대로 먹게 놔두면 한 말 이상을 앉은 자리에서 먹어 치울 정도였다.

조원이 석충을 보며 심각한 표정으로 말했다.

“야! 너 또 강정을 얼마나 먹으려고! 너 강정 먹이느라 군량이 바닥 날 지경이야.”

석충이 고개를 푹 숙이며 기죽은 모습을 보였다. 조원이 그 모습을 보고 손을 저으며 말했다.

“석충아, 농담한 것으로 기죽지 말라고 했잖아. 고개 들어, 고개 들어.”

석충이 고개를 들자, 조원이 미소 띤 표정으로 말했다.

“강정 먹어도 되지. 먹어, 먹어. 너는 아직 뼈가 굳지 않았으니 많이 먹어야지.”

석충이 천진난만하게 또 물었다.

“와, 그럼 거진 잔치하는 건가요?”

조원이 웃으며 말했다.

“그래 잔치다, 잔치!”

조원이 긍정하자 석충이 환한 표정으로 신나 하며 주변을 돌아보며 큰 목소리로 말했다.

“와, 이왕이면 큰 잔치였으면 좋겠다. 큰 잔치면 돼지구이를 배불리 먹을 수 있을 텐데….”

석충은 목소리도 컸다. 석충의 목소리를 주변의 많은 군사들이 직접

들을 수 있었다. 군사들 몇몇이 '돼지구이'라는 단어를 웅얼댔다. 그러다가 점차 부대 전체에서 웅성대기 시작했다. 순간, 갑자기 정적이 감돌았다. 모두 긴장된 표정으로 조원을 보고 있는 것이었다.

돼지는 어쩌다 한번 먹는 귀한 고기였다. 따라서 주로 국을 끓여 먹었다. 돼지고기를 구워서 배불리 먹는 것은 일 년에 한 번 있기도 힘든 일이었다.

조원이 난처한 기색으로 말했다.

"우리가 돼지를 하도 잡아먹어서 관아에 남아 있는 돼지는 씨돼지밖에 없어."

서경군은 회식을 자주했고 조원은 필요한 비축 물자 외에는 먹을 수 있는 것은 다 먹게 했다.

누가 말했다.

"이번에는 군사들이 각자 추렴하면 됩니다."

"그렇지, 추렴합시다!"

조원이 군사들에게 물었다.

"어때, 추렴하는 데 동의들 하는가?"

군사들이 다투어 손을 들며 말했다.

"동의합니다! 찬성이요!"

조원이 고개를 끄덕이며 말했다.

"좋다. 이번에는 좀 더 고생했으니 특별하게 먹어보자!"

석충이 조심히 조원에게 물었다.

"그럼 이번에 돼지구이 먹는 건가요?"

조원이 두 팔을 높이 들며 말했다.

"좋아, 이렇게 된 바에 대잔치다. 한번 쌔빠지게 먹어보자!"

조원의 말에 군사들이 환호성을 질렀다.

"와, 대잔치다!"

"실컷 먹어보자!"

조원이 군사들에게 큰 소리로 말했다.

"어서 끝내고 서경 가서 대잔치를 벌이자!"

조원은 음식 이야기로 흥분해 있는 군사들을 휴식시키고 동북면군이 진을 친 곳으로 가서 강감찬, 강민첨, 김종현 등을 만났다.

그다음 날 새벽 동북면군과 서경군은 다시 움직였다. 이제 곽주까지는 삼십 리 길이었다. 한 시진 정도를 가자, 곽주 북쪽 당아령 초입에 당도했다.

50
혼전(混戰)

조원이 서경행군을 이끌고 당아령을 넘는데 고열이 주변을 돌아보며 말했다.

"이곳에서 전투가 있었습니다."

나무에 화살 자국이 있는 것이 과연 전투의 흔적이 있었다. 화살이 날아온 방향으로 보아서 길 왼편에서 사격한 것이었다. 조원이 주의 깊게 보며 지나는데, 오십 보 정도 떨어진 숲속에서 고려군 하나가 모습을 드러냈다. 그가 가까이 다가와서 조원을 보며 말했다.

"곽주 교위 승개입니다."

조원이 승개를 알아보고 말했다.

"오 반갑네. 벌써 교위로 진급했군."

승개는 매복해 있다가 서경행군의 기치로 조원을 알아보고 몸을 드러낸 참이었다. 승개가 군례를 하며 말했다.

"판관님 안녕하셨습니까?"

경술년(1010년) 전쟁 후, 왕순은 곽주 탈환에 선봉에 섰던 사람들을 개경으로 불러 위로하고 승진을 시켰었다. 그때 승개는 곽주에서 개경으로 가는 길이었는데, 마침 서경에서 조원을 만났다. 조원은 승개를 잘 대우해주고 곽주 탈환 작전에 대해서 자세히 들었었다. 승개 역시 서경을 지켜낸 조원을 대단하다고 생각하고 있었다.

조원이 화살 자국을 가리키며 물었다.

"여기서 거란군과 교전했는가?"

"네, 저희가 거란군 후미를 기습해서 백여 명을 사살했습니다."

"오, 대단하군! 거란군이 이리로 얼마나 지나갔는가?"

"적어도 수만 기의 기병들이 당아령을 넘었고 북쪽의 주씨넘이고개로도 상당수가 이동했습니다."

"뚜웅~~~~~~~~~."

그때 서쪽 멀리서 뿔나팔 소리가 은은하게 울려 퍼졌다. 조원은 급히 석충에게 무엇을 지시했다. 승개도 재빨리 곽주 쪽으로 달려갔다.

석충은 신속히 앞쪽으로 나아갔다. 앞서 있던 동북면군의 깃발이 눈에 들어오자, 외쳤다.

"서경군 전령입니다!"

군사들이 길을 터주었고 석충이 강감찬 앞으로 가서 말했다.

"서경 전령 석충입니다. 서경 판관 조원이 말하기를, 전투가 시작되면 서경군은 동북면군에 호응해서 움직이겠다고 했습니다."

강감찬이 석충의 말을 듣고 고개를 끄덕였다. 석충이 군례를 하고 돌아서서 가려고 하자, 강감찬 옆에 있던 강민첨이 말했다.

"석충아! 많이 컸구나. 닭들도 잘 크고 있느냐?"

석충이 놀라서 강민첨을 보았다. 석충은 당연히 강민첨을 잘 알고 있었으나 강민첨이 자신을 기억하지 못할 것이라 생각했다. 그렇지만 강민첨은 석충을 기억하고 있었다. 경술년 서경공방전에서 석충의 아버지가 전사하자, 위로 차 석충의 집에 방문했었다. 그때 석충은 닭장을 고치고 있었다.

"네, 네."

석충이 황급히 머리를 조아리며 답하자, 강민첨이 가벼운 미소를 지으며 말했다.

"전투가 시작된 듯하니 몸조심하게."

조원은 서경행군들을 이끌고 동북면군의 뒤를 따라 움직였다. 당아령을 지나 십 리 정도 가면, 곽주 서쪽을 흐르며 황해로 흘러드는 사송강이 있었다.

혁연은 이증과 함께 사송강 변에서 검차를 밀고 있었다. 갑자기 나타난 거란군들이 수레를 사용해 앞을 막았기 때문에 서로 맞붙어서 치열하게 밀어댔다. 마치 밖에서 볼 때는 차전놀이를 하는 것과 같았다. 그러나 차전놀이는 마을 잔치 때 하는 즐거운 놀이었고, 지금은 목숨을 걸어야 하는 극한의 전투였다.

이제 해가 져서 어둠이 내려앉고 있었다. 혁연은 한동안 검차를 밀어대니 무척 허기졌다. 전포 주머니에서 말린 민어포를 꺼내어 잘근잘근 씹었다. 혁연이 민어포를 씹어대자, 이증도 주머니에서 숭어로 만든 포를 꺼냈다.

그런데 누군가 외치는 소리가 들렸다.

"적의 화살이다!"

혁연과 이증은 재빨리 몸을 숙였다. 어둠 속에서도 더욱 어둠이 느껴졌다. 화살이 메뚜기 떼처럼 날아와서 그나마 있는 초승달의 희미한 빛마저 가리고 있었기 때문이었다.

혁연은 검차의 손잡이를 꼭 쥐고 두려움에 몸을 떨며 검차 뒤로 몸을 밀착했다.

"딱! 딱! 딱!…."

화살이 여기저기 때려대는 소리가 끊이지 않고 들렸다. 검차의 전면을 때려댔고 혹은 검차 너머로 날아오는 화살도 있었다.

화살 나는 소리에, 혁연은 육 년 전(1010년) 삼수채 전투 당시의 기억과 함께 서숭과 노제의 얼굴이 생생히 떠올랐다. 잊기 위해 노력했으나 절대 잊히지 않는 기억이었다. 혁연의 심장이 사납게 날뛰었고 눈물이 나올 것 같았다. 자신은 그때도 몸을 숨긴 채 두려움에 떨었는데, 오 년이 더 지난 지금 역시도 큰 두려움에 떨고 있었다. 자신이 세상에서 가장 무력한 존재로 느껴졌다.

그런데 어떤 손이 자신의 오른팔을 잡는 것이 느껴졌다. 눈을 돌려 보니, 그 손의 주인은 이증이었다.

이증이 혁연의 팔을 흔들면서 떨리는 목소리로 물었다.

"혁연, 혁연, 이제 어떻게 해야 해?"

혁연은 처음에는 아무 말도 하지 못했다. 이증이 울상 어린 목소리로 재차 묻자, 그제야 정신을 차리고 말했다.

"검차에…, 검차에 몸을 딱 붙이고 있어!"

혁연은 자신의 머리 위에 그림자가 지는 것이 느껴졌다. 그와 동시에 뒤에서 외치는 소리가 들렸다.

"거란군이다!"

혁연은 고개를 들어 위를 보았다. 자신이 몰고 있는 검차 위에 검은색 그림자가 보였고 그가 팔을 높이 드는 것이 무언가로 내려치려 한다는 것을 알 수 있었다. 혁연은 재빨리 오른손을 내밀어 이증의 투구 위를 누르며 말했다.

"자세를 낮춰!"

"으악!"

거란군이 비명을 지르며 뒤로 넘어가는 것이 보였다. 뒤쪽에서 아군이 쏜 화살을 맞은 것이었다.

"와! 와! 와!"

앞쪽에서 거란군이 함성을 지르고 있었고 곧 수많은 사다리가 검차 위로 걸쳐졌다. 거란군이 검차를 넘어 검차진 안으로 들어오려고 하고 있었다. 서로 간의 치열한 공방전이 벌어졌고 거란군은 끊임없이 몰려왔으며 고려군은 있는 힘을 다해 방어했다. 병장기 부딪치는 소리와 비명이 수없이 들려왔다.

혁연은 몸에 떨림을 느꼈다. 그런데 그 떨림이 자신의 것이 아님을 곧 알 수 있었다. 떨림은 자신과 몸을 맞대고 있는 이증으로부터 오는 것이었다. 이증은 떨면서 몸을 잔뜩 숙이고 손으로 귀를 막고 있었다. 혁연은 이증의 등에 손을 올리고 토닥이며 작은 목소리로 물었다.

"괜찮아?"

혁연의 목소리는 본인이 의아할 정도로 차분했다.

강민첨은 어둠 속을 도보로 이동하고 있었다. 하늘에는 초승달이 떠 있었으나 길을 편하게 갈 수 있을 만큼 빛을 내뿜고 있지는 못했다. 그러나 왼편으로 오 리 정도 떨어진 곳에 곽주의 성벽이 보였고 성벽 위는 불빛이 환했다. 길을 찾아가는 데엔 어려움이 없었다.

당아령을 지나 이제 꽤 넓은 곳이 나왔고 이제 곧 사송강이라는 것을 알 수 있었다. 그리고 바람결에 들리는 함성과 각종 소리로 보건대, 고려군과 거란군이 전투를 치르고 있었다.

강민첨은 다리에 힘을 주었다. 무릎이 약간 시큰거렸다. 이제 오십대 중반이 되어서 관절을 급히 움직이면 이런 통증이 항상 찾아왔다.

어느 정도 이동하자 어둠 속에서 어스름하게 움직이는 물체들이 느껴졌다. 그러나 피아를 식별할 수 없었다.

강민첨은 걸음을 멈추고 즉시 신호하여 방진을 치게 했다. 동북면군은 어둠 속에서도 일사분란하고 신속했다. 곧 진영이 펼쳐지자, 강민첨은 시위에 불화살을 걸었다. 옆에 있던 군사가 품에서 부시와 부싯돌, 부싯깃을 꺼냈다.

"탁! 탁! 탁! 탁!"

부시와 부싯돌이 부딪치며 부싯깃에 불이 붙었고, 그 불은 화살촉에 묶인 심지에 옮겨붙었다. 강민첨이 불화살을 쏘아 올렸다. 불화살이 큰 호를 그리며 날다가 지면에 떨어지는 순간, 불화살의 불빛에 그 주위에 있는 사람들의 뒷모습이 순간 눈에 들어왔다. 강민첨이 급히 명령을 내렸다.

"수질노 발사하라!"

불빛에 비친 군복은 거란군이었다. 사람과 말의 비명이 울려 퍼졌다. 강민첨은 불화살을 연이어 쏘게 하여 그 불빛을 의지하며 계속 수질노를 쏘게 했다. 잠시 후 거란군들이 물러가는 것이 보였다. 그리고 한 외침이 들렸다.

"나는 좌군병마사 최현민이오!"

그 목소리에 강감찬이 소리쳤다.

"동북면병마사 강감찬이오. 이쪽으로 오시오!"

최현민이 천여 명의 군사들을 이끌고 진 안으로 들어왔다. 강감찬이 최현민에게 상황을 물어보려는데, 그때 다시 거란 기병들이 다가와 공격해 왔다.

강민첨은 즉시 수질노와 활을 쏘게 했다. 거란군들은 고려군이 혁차로 방진을 친 것을 보자, 말에서 내려서 방패를 들고 방진을 포위했다. 어둠 속에서 치열한 전투가 벌어졌다. 거란군들이 혁차에 붙자, 고려군들은 불붙은 횃대와 짚단, 기름병을 던져서 주위를 불바다로 만들었다. 사방이 환해지자 강민첨은 거란군들의 모습을 똑똑히 볼 수 있었다. 방진 주위를 새까맣게 포위하고 매섭게 달려들고 있었다.

"으악!"

거란군들의 비명이 연이어 이어지고 있었으나 그들은 포기하지 않고 계속 밀려왔다. 그런데 어느 순간 어둠 속에서 소리가 들렸다.

"선풍!"*

"홀기!"

조원이 이끄는 서경행군이었다. 서경행군이 맹공을 가하자, 동북면군과 서경행군 사이에 끼인 거란군들이 도망치기 시작했다. 그러더니 어느 순간 거란군들이 모두 우르르 서쪽으로 후퇴했다.

거란군이 후퇴하자, 강민첨은 방진을 동남쪽으로 오백 보 이동시켰다. 이곳은 동쪽과 서쪽에 산맥이 있는 계곡 지형으로 남쪽으로 오 리 정도 가면 곽주성의 북암문이 나온다. 계곡 지형이라 적을 방어하기 쉽고 여차하면 곽주로 갈 수도 있다.

동북면군이 자리 잡자, 서경행군들도 그 오른편에 진을 쳤다.

강민첨이 강감찬에게 말했다.

"지금 어둠 속이라 전황을 전혀 알 수 없습니다. 이쪽에서 대기하면서 상황을 살펴야 합니다."

강감찬이 좌군병마사 최현민에게 물었다.

"어찌 된 것입니까?"

최현민이 침통해하며 말했다.

"행군 중에 갑자기 적이 들이닥쳐서 그저 싸웠습니다. 저도 상황을 정확히 알지 못합니다."

도통 유방이 이런 상황을 통제해야 하는데, 뭔가 문제가 생긴 것이

---

* '선풍(旋風)'은 '회오리바람'이고 '홀기(忽起)'는 '갑자기 불었다'는 뜻이다. 경술년 (1010년) 전쟁 후에 서경군은 이 구호를 쓰고 있다.

분명했다. 강감찬이 가만히 생각하는데 최현민이 다시 말했다.

"중군은 아직 사송강에서 적과 싸우고 있을 것입니다. 가서 중군을 도와야 합니다."

강감찬이 사송강 쪽을 잠시 보았다. 그런 후 고개를 미미하게 저으며 말했다.

"지금 우리 명령체계는 제대로 작동하지 않고 있고, 거란군에 기습을 당한 상황입니다. 이때는 안정적으로 움직이는 것이 상책입니다."

옆에서 대화를 듣고 있던 강민첨은 무척이나 안도했다. 혹시 강감찬이 사송강으로 가자고 할까 봐 몹시 긴장했던 것이다.

최현민이 분연히 말했다.

"나라를 위해 한 몸 바치기로 맹세했거늘 어찌 위험을 회피하겠습니까!"

강감찬이 여전히 거절하자, 최현민이 말했다.

"그럼 화살과 무기를 나눠주시면 우리 병력만이라도 가겠소."

강감찬은 화살과 무기를 나누어 주는 것도 거절했다.

최현민이 분통을 터트리며 말했다.

"그럼 도대체 어떻게 하자는 것입니까?"

강민첨이 나서서 말했다.

"곽주 성벽 위에서 사송강에서 벌어진 전투를 모두 보았을 것입니다. 곽주로 사람을 보내 상황을 알아보고 움직여야 합니다."

옆에서 듣고 있던 김종현이 말했다.

"제가 곽주로 가서 전황에 대해서 알아보고 오겠습니다."

51
위험에 처한 아군

곽주방어사 노전은 곽주성 북장대에 있었는데, 이제 시간은 해시 중간(22시)을 넘기고 있었다.

여기서 서쪽으로 오 리 지점에 사송강이 서해로 흘러들며 꽤 널찍한 평야를 만든다. 지금은 겨울이라 물이 얼고 땅이 굳어 이동하기 편하지만, 날이 풀리면 강 주위의 대부분이 뻘밭으로 변하는 곳이었다.

노전은 굉장히 초조했다. 사송강을 지나 서북쪽으로 이동했던 거란군이 신시 초(15시) 갑자기 다시 나타나 고려군을 덮쳤기 때문이다. 그런데 고려군의 대응이 너무 늦었다. 서로 유기적으로 움직여야 하는데 따로 놀고 있었다.

노전이 보니, 거란군은 먼저 우군을 공격했고 중군과 좌군은 견제만 했다. 우군을 패배시키고 그다음 목표물은 좌군이었다. 좌군 역시 붕괴되었다. 고려군은 각개로 무너지고 있었다. 거란군이 중군을 공격할 즈음에는 해가 져서 자세한 상황을 파악할 수는 없었다. 북소리와 갖가지 함성 등으로 전투가 계속되고 있다는 것을 알 수 있을 뿐이었다.

정찰병을 보내 봤지만 밤인 데다가 워낙 상황이 혼란하여 정확한 사정을 알 수 없었다. 지금은 단지 곽주의 방어 태세를 단단히 하는 것이 최선이었다.

그런데 북암문 쪽에서 보고가 올라왔다.

"동북면 판관 김종현라고 신분을 밝힌 사람이 북암문 앞에 와 있습니다."

노전은 신속히 북암문으로 이동했다. 횃불을 아래로 던져 얼굴을 확인하니, 과연 김종현이었다. 혹시나 있을 위험에 대비하기 위하여 줄을 내려 김종현을 올라오게 했다. 노전이 김종현에게 먼저 물었다.

"동북면군은 어떻게 되었소?"

"곽주 북암문에서 북쪽으로 오 리 떨어진 계곡에 진을 치고 있습니다. 서경행군도 같이 있고요."

"동북면군과 서경행군은 문제가 없군요."

김종현이 고개를 끄덕이며 물었다.

"지금 전황이 어떻습니까?"

"정오쯤 도통 각하께서 선봉에 서서 거란군을 쫓아 사송강을 지나가셨는데, 신시 초(15시)에 갑자기 거란군이 길을 되짚어 쏟아져 들어왔습니다. 중군을 묶어두고 먼저 우군을 치고 그다음 좌군을 쳤습니다. 우군과 좌군이 패한 다음에 중군이 포위되는 것을 마지막으로 보았습니다. 지금은 어두워서 정확한 사정을 알 수 없습니다."

김종현은 다시 북암문으로 나가 동북면군의 진영으로 돌아가서 강감찬에게 보고했다.

강민첨이 강감찬에게 냉정한 목소리로 말했다.

"이제 후일을 기약해야 합니다."

강감찬이 잠시 생각한 뒤에 말했다.

"그럼, 지금 어둠을 틈타 안주로 가는 것이 어떻겠나?"

강감찬의 말에 동북면군의 참모들은 모두 동의했다. 주력군이 무너진 상황에서 안주를 지켜내는 것이 가장 중요했기 때문이었다. 경술년(1010년) 전쟁에서도 안주만 지켜냈으면 거란군이 개경까지 오지 못했을 것이었다.

그러나 좌군병마사 최현민이 고개를 저으며 말했다.

"나는 좌군병마사입니다. 도통이 전장에 남아 있는 마당에 떠날 수는 없습니다."

결국 최현민은 곽주로 들어갔고, 동북면군은 진을 풀고 안주로 움직일 채비를 했다.

김종현이 말했다.

"동북기군이 뒤를 맡겠습니다."

후퇴 작전이니 후방을 지키는 것이 가장 어려운 임무였다.

혁연은 중군의 우측면에 있었다. 한참 검차를 밀며 버티다가 이상함을 느꼈다. 거란군이 방금과 다르게 검차 위로 넘어오거나 아래로 기어 들어 오려고 시도하지 않고 있다는 점이었다.

"악!"

혁연은 비명을 질렀다. 갑자기 몸이 앞으로 딸려 나가며 충격을 받아 넘어졌다. 검차를 밀던 인원들 모두가 꼬꾸라졌다. 검차는 저 멀리 혼자 나가다 쓰러졌다. 옆에 군사들이 다급히 외치는 소리가 들렸다.

"검차가 앞으로 딸려 간다!"

"적들이 밧줄을 검차에 걸고 있다!"

혁연은 넘어져서 아픈 와중에도 무슨 일이 발생하고 있는지 순식간에 알 수 있었다. 그 순간 사방에서 고성이 터졌다.

"거란군이 난입했다!"

"막아라!"

육 년 전과 같은 상황이 발생한 것이다. 혁연은 가슴이 철렁했지만 재빨리 몸을 일으켜 이증부터 살폈다.

이증은 넘어진 채로 사시나무처럼 몸을 부들부들 떨고 있었다. 각종 병장기 부딪치는 소리와 비명이 귓전을 때리는 와중에, 머리를 싸매 쥐고 있었는데 이 지옥 같은 현실을 외면하려는 듯했다.

"옴 마니 반 메훔, 옴 마니 반 메훔…."

이증은 손목에 두른 염주를 만지며 '옴 마니 반 메훔'을 연신 읊조리고 있었다. 혁연은 이증을 잡아 일으키며 말했다.

"도망쳐야 해!"

이증이 움직일 생각 없이 계속 불경만을 외우자, 혁연은 몸을 낮춰 손으로 이증의 얼굴을 강하게 감쌌다. 그리고 이증의 눈을 뚫어지게 보면서 낮은 목소리로, 그러나 힘주어 말했다.

"살고 싶으면, 정신을 차려!"

혁연의 말에 이증이 겨우 고개를 끄덕였다. 곧 거란군이 여기저기서 난입하자 고려군들은 검차를 포기하고 난입한 거란군과 싸우기 시작했다. 혁연이 이증을 보고 말했다.

"나를 따라와."

혁연은 혼란한 와중에 기어서 오른편으로 움직였다. 이증이 그 뒤를 따랐다. 얼마를 기었는지 알 수 없었다.

어느 순간 혁연은 몸을 일으키고 무조건 곽주 성벽 쪽으로 달렸다. 한참을 달리고 있는데 문득 허전한 느낌이 들었고 이증이 곁에 없다는 것을 알아챘다. 혁연은 깜짝 놀라서 이증을 찾으러 다시 뒤로 돌아갔다.

병마판관 서눌은 진영의 우측면이 위태하다는 보고를 받고 즉시 달려갔다.

"병마판관 서눌이다. 위치를 지켜라!"

서눌은 계속 소리치며 자신의 골타를 빼어 들고 사태를 수습하려고
했다. 온통 혼란한 와중에 갑자기 서눌은 푹 고꾸라졌다. 곧 일어서려
고 했으나 오른쪽 정강이에 극심한 통증을 느끼며 다시 주저앉았다. 무
엇인가가 강하게 때린 것 같은데 그게 뭔지는 창졸간에 알 수 없었다.
그런데 왼쪽에서 어떤 사람이 다가와 서눌과 부딪쳤다.

혁연은 이증을 찾고 있었다. 그 와중에 검차진의 우측면은 계속 붕괴
되고 있는 듯했고 어둠 속에서의 혈전이 이어지고 있었다. 누군가 울음
섞인 목소리를 내고 있었다.
“혁연! 혁연! 혁연!….”
이증이 혁연을 애타게 부르고 있는 것이었다. 그 소리를 듣고 혁연이
간신히 이증을 찾은 뒤에 말했다.
“나를 놓치면 곽주의 불빛을 보고 무조건 뛰어!”
혁연과 이증은 곽주 쪽으로 움직였다. 그런데 몇 보 가지 않아서 무
엇에 왼쪽 다리가 걸리면서 몸이 반 바퀴를 돌며 넘어졌다. 혁연은 무
척 아팠으나 벌떡 몸을 일으켰다. 자신에게 부딪친 것은 앉아 있는 어
떤 사람이었다.
혁연은 자신과 부딪친 존재를 지나가던 눈길로 본 후에, 다시 일어나
한두 발짝을 움직였다. 그런데 알 수 없는 힘에 이끌려서 몸을 돌려 다
시 그를 보았다. 혁연은 소스라치게 놀라 발걸음을 멈췄다.
“사재승…, 사재승 나리!”
혁연은 급히 그에게 다가갔다.

서눌은 자신과 부딪쳤던 자가 갑자기 ‘사재승’이라고 부르며 다가오
는 것을 보았다. 영문을 몰라 하고 있는데 그가 자신을 둘러업으려고

했다. 뭐라고 말할 틈도 없이 얼떨결에 그에게 업혔다.

그런데 옆에 있던 다른 군사 하나가 말했다.

"혁연, 뭐 하는 거야?"

"나는 사재승 나리를 모시고 갈 테니, 너 먼저 곽주로 가!"

"나 혼자 어떻게 가!"

서눌은 혁연이라는 군사가 자신을 다른 사람으로 오인하고 있다는 것을 알아챘다. 그런데 혁연이라는 이름이 매우 낯익었다.

혁연은 서눌을 업고 달렸다. 그런데 발걸음이 점점 느려질 수밖에 없었다. 마음이 급해진 이증이 번갈아 업을 것을 제안했지만 혁연은 거부했다. 이 무게는 자신의 것이었고 이증이 위험에 빠지는 것을 바라지 않았던 것이다. 혁연이 약간 짜증 섞인 목소리로 이증에게 말했다.

"너, 먼저 빨리 가라니까!"

사송강변을 겨우 벗어나 구릉지대에 이르렀는데, 뒤를 따르는 누군가들이 있었다. 이증이 뒤를 힐끗 보고서 낮고 떨리는 목소리로 혁연을 불렀다.

"혁연! 혁연!"

혁연과 서눌이 동시에 고개를 돌려 뒤를 보았다. 어둠 속에서도 고려군이 아님을 알 수 있었다.

서눌이 다급히 혁연에게 말했다.

"나를 두고 가게!"

혁연이 이를 악물고 말했다.

"이번에는 저만 가지 않겠습니다."

그러나 이렇게 움직여서는 얼마 안 가 결국 거란군에 잡힐 터였다. 혁연이 뛰면서 보니 오른편에 나무가 무성한 야산이 있었다. 본능적으로 그리로 들어가서 나무 사이에 몸을 숨겼다. 어둠과 나무가 몸을 가려주기를 바랐던 것이다.

그러나 그렇게 되지 않았다. 거란군은 이들이 숨어 있는 곳으로 천천히 다가왔다. 혁연은 허리춤에 있던 칼을 뽑아 들고 달려 나가며 큰 목소리로 외쳤다.

"나는 좌우위 군사 혁연이다!"

혁연은 자신을 드러내서 서눌과 이증이 있는 곳으로부터 거란군을 멀리 유인하려고 했다. 열 발짝 정도 몸을 움직였을까, 벌써 거란군들이 혁연을 공격해 왔다. 용맹하게 거란군과 맞섰으나 중과부적이었다.

"윽!"

거란군이 휘두른 골타에 머리를 얻어맞고 휘청대다가 무릎을 꿇고 말았다. 거란군들의 병장기가 혁연의 몸에 떨어지려는 찰나, 이증이 소리치며 뛰쳐나갔다.

"야, 이 씨!"

이증이 칼을 사납게 휘둘러 잠시 시간을 벌 수 있었다. 그러나 곧 이증도 거란군 골타에 왼쪽 어깨를 얻어맞았다. 혁연과 이증은 거란군에게 완전히 포위되었고 골타 등 거란군 병장기가 이들의 몸을 덮치고 있었다. 이증이 칼을 마구 휘두르며 악에 받쳐서 소리쳤다.

"덤벼! 이 개새끼들아!"

그때 어떤 목소리가 어둠을 뚫고 날아와 귓전을 때렸다.

"몸을 낮춰!"

"피잉! 피잉! 피잉!⋯."

그와 동시에 시위 소리가 울리기 시작했다. 혁연과 이증은 서로를 부여잡고 배를 땅에 대고 엎드렸다. 거란군 몇이 화살에 맞아 쓰러졌고, 곧 일단의 군사들이 나타나서 남아 있는 거란군들을 처리했다. 혁연은 그들의 전포를 보고 서경의 군사들이라는 것을 알 수 있었다.

야율세량은 사송강 서쪽 야산에 있었다. 함성과 비명, 병장기 부딪치는 소리가 가득했다. 곧 고려군 중군의 검차진이 붕괴되고 있다는 보고를 받았다. 소허열이 상기된 목소리로 말했다.

"적들이 곧 패주할 것입니다."

야율세량이 침착한 표정으로 말했다.

"우리 군사들이 잘해주고 있군요."

"고려의 주력군을 깼으니 이제 더 남하하여 고려를 접수해야 합니다."

야율세량이 잠시 생각한 뒤에 말했다.

"이곳이 정리되면 곧장 안주로 남하합시다. 우리가 빠르게 진군하면 적들은 매우 혼란에 빠질 것입니다. 그때 안주를 취할 수 있을 것이오. 안주를 취하면 서경 역시 어렵지 않을 것입니다."

소허열이 손뼉을 치며 말했다.

"이번에는 고려를 멸할 수 있겠습니다!"

야율세량이 고개를 저으며 말했다.

"고려는 당태종도 어쩌지 못했던 저력 있는 나라입니다. 급하게 마음먹지 말고 차분히 정벌해야 합니다."

소허열이 물었다.

"그렇다면 이번에는 어디까지 공략하실 생각입니까?"

야율세량이 자신감 있는 목소리로 말했다.

"정해둘 필요 있겠습니까! 작년에는 고려의 성곽에서 출격한 부대들을 모두 패퇴시켰고, 올해는 고려의 주력군을 잡았습니다. 고려의 국력이 상당히 꺾였으니 가능한 곳까지 들어가보지요."

소허열이 고개를 크게 끄덕였다. 그때 마침 소적렬이 방금 전투에서 잡은 고려군 포로를 데리고 왔다. 야율세량은 포로를 심문하기 위해서 횃불을 밝히게 했다. 지금까지 은폐를 유지했으나 이제 전투가 거의 끝나간다고 생각하여 불을 밝힌 것이었다.

곽주방어사 노전과 부방어사 유종은 북장대에서 초조히 밖을 지켜보고 있었다. 그런데 어둠 속에서 사송강을 건너 작은 불빛들이 일었다. 노전이 대강 거리를 재보니 오 리 정도 떨어진 곳에 있는 작은 야산 위로 보였다. 노전은 퍼뜩 저곳에 거란의 지휘부가 있을지도 모른다는 생각이 들었다.

옆에 있던 유종이 불빛을 가리키며 말했다.

"제가 거란군 도통이라면 저곳에서 지휘할 것 같습니다."

노전이 고개를 끄덕이며 말했다.

"저도 지금 그렇게 생각하고 있었습니다."

노전과 유종의 눈이 마주쳤다. 잠시 서로를 응시하다가 유종이 밖으로 눈길을 돌리며 말했다.

"우리도 뭘 해봐야지 않겠습니까?"

유종의 말에 노전이 잠자코 있는데, 옆에 있던 곽주 도령중랑장 진명(秦明)이 말했다.

"근처까지 가면 수질노로 쏠 수는 있을 텐데, 후퇴가 쉽지 않을 것입니다."

노전이 제장들을 보다가 교위 승개와 눈이 마주쳤다. 그는 뭔가 할 말이 있는 듯했다. 노전과 승개는 오 년 전 곽주탈환작전의 선봉에 섰었고 노전은 승개를 부하라기보다는 막냇동생처럼 대하고 있었다. 노전이 승개에게 말했다.

"승 교위, 의견이 있으면 말해보게."

승개가 밖의 지형을 가리키며 말했다.

"제가 수질노를 들고 군사 몇과 함께 저격해보겠습니다. 저격한 다음에 동북쪽의 지령산 쪽으로 움직이면 혹시 거란군이 추격해 오더라도 따돌리기 어렵지 않을 것입니다."

유종이 눈을 반짝이며 노전에게 말했다.

"한 번 해보지요. 제가 군사들을 이끌겠습니다."

노전이 잠시 생각한 뒤, 북암문 밖을 바라보며 말했다.

"북암문 밖에 동북면군과 서경군이 있습니다. 그들을 이용하면 일이 좀 더 수월할 수 있습니다."

유종과 승개는 군사 열 명과 더불어 북암문으로 나갔다.

동북면군과 서경군은 패주해 오는 고려군들을 수습하느라 바로 안주로 가지 못하고 계속 간헐적 전투를 벌이고 있었다. 그런데 그때 유종과 승개 등이 왔다.

유종이 작전계획을 설명하자, 강감찬이 흔쾌히 승낙하며 말했다.

"우리가 전진하여 적의 주의를 끌겠소."

유종과 승개를 비롯한 곽주군이 진을 나가자, 강감찬은 직접 북채를 잡고 북을 쳤다.

"둥, 둥, 둥, 둥, 둥…."

동북면군의 방진은 사송강 쪽으로 천천히 이동하기 시작했다. 방어하기 좋은 좁은 지형에서 벗어나 방어하기 어려운 개활지로 움직이는 것이었다. 거기에 북을 치며 떠들썩하니 거란군들이 동북면군 쪽으로 모여들었다.

조원은 동북면군이 북을 치면서 사송강 쪽으로 이동하는 것을 알았다. 이러한 움직임은 스스로를 위험에 처하게 하는 것으로 좋지 않은 일이었다. 그러나 서경행군들 역시 동북면군을 따라 이동시켰다. 동북면군에는 강민첨이 있으니, 어떤 이유가 있을 것으로 생각했다.

동북면군과 서경행군 쪽으로 거란군이 계속 몰려왔다. 어느 정도 시간이 흐르자 거란군의 주의를 충분히 끌었다고 판단하여 강감찬은 스스로 징을 쳤다.

"징, 징, 징, 징, 징….."

그리고 다시 후퇴하여 원래 자리로 돌아갔다. 거란군들이 계속 공격해 왔으나 서경행군과 서로 호응하며 잘 방어해냈다. 또한 지속적으로 곽주 북암문 쪽으로 움직였다. 북암문은 곽주성이 자리 잡은 능한산의 북쪽 정상 부분에 있었다. 그쪽으로 갈수록 지대가 높아지며 좁은 계곡이 펼쳐진다. 더 좋은 위치에서 방어할 수 있는 것이다. 거란군의 공세는 점점 약해졌고 동이 트자 거란군은 물러갔다.

강감찬은 군사들을 이끌고 북암문을 통해 곽주로 들어갔다. 북장대로 가자 방어사 노전이 밖을 살피고 있었다. 그런데 사송강가에는 중군이 거란군에 포위되어, 비록 쪼그라들고 찌그러진 방진을 치고 있었으나, 아직 버티고 있었다.

그 모습을 본 강감찬이 즉시 강민첨에게 물었다.

"저들을 구할 수 있겠나?"

"아, 그게…."

강민첨이 잠시 생각하는데, 김종현이 말했다.

"혁차를 앞세워 느슨한 대형으로 전진하다가, 거란군이 혁차를 저지하려고 하면, 동북기군이 혁차 사이로 나아가 충격하면 거란군의 포위를 뚫을 수 있을 것입니다."

강감찬이 고개를 끄덕이며 말했다.

"좋은 작전이네. 바로 시행하세!"

강민첨이 깜짝 놀라며 말했다.

　　　　　　　　　　고려거란전쟁 - 구주대첩(하)

"중군과 합류는 가능하겠으나, 그다음은 어떻게 하자는 말씀입니까?"

강감찬이 뭐라고 대답하려는 그때 조원이 북장대로 왔다. 강감찬이 조원을 보며 말했다.

"동북면군은 지금 곽주성을 나가 중군을 구할 걸세. 서경행군들은 뒤를 받쳐주게."

강감찬은 이어서 노전에게 말했다.

"곽주성 안에 병력들을 출격시킬 수 있겠소?"

동북면병마사 강감찬이 서북면 소속 곽주방어사에게 명령을 내릴 권한은 없었기에 부탁조로 말한 것이다. 노전은 당황하여 아무 말도 하지 못했다. 지금 거란의 대군이 지척에 있는 상황에서 출격하는 것은 극도로 위험했다. 단지 곽주를 지키는 것이 최선이었다.

노전이 머뭇대자, 강감찬은 대답을 듣지도 않고 몸을 돌려 북장대를 내려가려고 했다. 노전이 뒤돌아 나가는 강감찬의 뒷모습을 멍하니 보고 있다가, 시선을 돌려 밖을 보았다. 사송강가에는 중군이 적에게 포위되어 있었다. 무언가를 느낀 노전이 강감찬의 등 뒤에 대고 말했다.

"출격시키겠습니다!"

오 년 전 서북면도순검사 양규 각하가 그랬던 것처럼, 무슨 수를 써서라도 적에게 포위된 아군을 구해야 하는 것이었다. 노전에게 곽주탈환 작전의 선봉에 섰을 때의 느낌과 감정이 강렬하게 몰려왔다. 떠오른 기억을 생각하던 노전이 갑자기 강감찬 쪽으로 뛰어가며 말했다.

"부방어사가 성 밖을 나간 다음에, 적 지휘부로 추정되는 곳의 불빛이 갑자기 사라졌습니다. 적어도 화살을 날리는 것에는 성공한 듯합니다."

강감찬이 고개를 돌려 끄덕인 후, 강민첨에게 말했다.

"지휘를 하도록 하게."

조원이 상황을 정확히 파악하지 못한 채 얼떨결에 따라 내려가며 김종현에게 물었다.

"김 동년, 지금 무슨 상황인가?"

조원과 김종현은 과거급제 동기간이었다.

"중군을 구할 걸세."

"그건 들었는데, 무슨 작전이냐는 것이지?"

김종현이 서둘러 발걸음을 옮기며 말했다.

"돌격!"

"그게 다인가? 허, 참."

조원이 허탈한 표정을 지으며 뒤를 따랐다.

동북면군과 서경행군은 곽주성 서문으로 나아가 중군을 포위하고 있는 거란군에 다가갔다. 강민첨은 몹시 긴장한 상태에서 적의 동태를 살폈다. 적의 움직임을 잘 파악하여 동북기군의 돌격 시기를 정해야 하는 것이다. 잔뜩 초조한 마음으로 오백 보 안까지 접근했다. 그런데 거란군은 움직이지 않고 있었다. 백오십 보까지 접근하여 화살을 날리고 동북기군을 돌격시키려고 하는데 거란군은 포위를 풀더니 그냥 물러갔다.

그대로 중군의 진영으로 들어가니 도통 유방이 머리에 붕대를 감고 누워 있었다. 그 옆에는 부도통 장영과 중군병마사 박충숙 등이 있었다. 박충숙이 침통한 표정으로 말했다.

"도통 각하께서 부상을 당하셨습니다."

강감찬은 유방의 부상에 별 관심을 보이지 않으며 말했다.

"서둘러 곽주로 후퇴해야 합니다. 동북면군과 서경행군이 뒤를 맡을 테니 속히 이동해주십시오."

곽주에 들어간 후, 비로소 강감찬은 유방의 상태에 대해서 박충숙에게 물었다.

"도통의 부상 정도가 어떠하오?"

"투구에 화살을 맞고 정신을 잃으셨습니다. 아직 의식이 회복되지 않아 걱정입니다."

강감찬이 부도통 장영을 보며 말했다.

"그럼 명령권자는 부도통이군요. 사태를 어서 수습해야 합니다."

척후를 서북쪽으로 보내 거란군의 위치를 탐지하게 하고, 전령을 주위로 보내, 패주한 고려군들을 안주에 다시 집결하도록 했다. 대강의 조처가 끝난 후, 강감찬은 전투 상황에 대해서 파악했다.

사정은 이러했다. 유방은 사송강을 넘어 나가다가 매복한 거란군이 쏜 화살에 투구를 맞고 정신을 잃었다. 유방은 혹시 이런 일이 있을 때를 대비하여, 적당한 지점까지는 아무 일 없는 척하며 앞으로 나아가라고 미리 지시해 놓았었다. 그런데 몹시 당황한 부도통 장영이 그만 후퇴를 결정하고 말았다. 그때 고려군 쪽에 문제가 생겼음을 알아챈 거란군이 총공격해 왔던 것이다.

우군과 좌군이 연이어 패하고 중군 역시 우측의 검차 열이 허물어져서 진영이 붕괴될 뻔했다. 그때 중군과 같이 움직이던 안주군이 준비한 마름쇠를 뿌리고 거마창으로 막아 가며 겨우 다시 진영을 메웠다고 한다. 안주군은 안북부부사 유소가 이끌고 있었다. 강감찬은 유소를 불러 상황에 대해서 물어보았다. 유소는 안주 도령중랑장 홍협과 중랑장 방휴와 같이 왔다.

"거란군의 공세는 어땠소?"

"저희는 우측 진영에서 사투를 벌이고 있었습니다. 거란군이 계속 공격해 왔다면 진영을 유지하기 쉽지 않았을 것입니다. 그런데 어느 순간 거란군의 공세가 매우 약화되었습니다. 그 바람에 버틸 수 있었습니다."

강감찬은 유소에게 여러 가지 사항에 대해서 묻고 의견을 나누었다. 그때 척후들이 돌아와 보고했다.

"거란군이 퇴각 중입니다!"

곧 제장들이 북장대에 모였다. 강감찬이 말했다.

"바로 추격해야 합니다. 이렇게 급히 물러간 것을 보면 무슨 문제가 생긴 것이 틀림없습니다."

부도통 장영은 강감찬의 주장을 받아들이지 않았다. 그 대신 거란군이 퇴각했다는 사실이 명확해지자, 사송강 근처 아군들의 시신을 수습하게 했다.

그다음 날, 유종과 승개 등이 곽주성으로 돌아왔다.

"적 지휘관으로 보이는 자를 저격하고 산속에 은신해 있다가 돌아오는 길입니다."

장영이 물었다.

"적 지휘관은 어떻게 되었나?"

"적장으로 보이는 자를 향해 화살을 날렸으나, 어둠 때문에 명중했는지는 확실하지 않습니다."

강감찬이 장영에게 말했다.

"적 지휘관에 문제가 생긴 것이 분명합니다. 추격하여 적들에게 타격을 줘야 합니다."

장영이 반대했다.

"상황이 아직 명확하지 않습니다. 군대를 쓰는 것에 모험이 있어서는 안 됩니다."

강감찬이 말했다.

　　　　　　　　　　　고려거란전쟁 – 구주대첩(하)

"군대를 쓰는 것은 위험이 따르는 일입니다. 위험을 감수하지 않으면 아무것도 할 수가 없습니다."

"우리는 방금 패했고 도통 역시 큰 부상을 입었습니다. 군사들의 사기는 바닥에 떨어졌습니다. 지금은 신중할 때입니다."

"그러니 더욱 적극적으로 움직여야 합니다. 가만히 있으면 군사들의 사기는 더욱 떨어질 것입니다. 거란군을 공격하여 군사들의 사기를 끌어 올려야 합니다."

장영이 손을 저으며 말했다.

"쓸모없는 논쟁을 할 시간은 없으니 이것으로 끝냅시다."

강감찬이 얼굴을 붉히며 말했다.

"쓸모없다니 그게 무슨 소리요? 경술년에 양 상서(양규)는 적을 추격하여 막대한 피해를 입혔소. 이번에도 그렇게 해야 하오."

장영이 대꾸하지 않고 장수들에게 말했다.

"정찰을 철저히 하고 각 부대를 수습하도록 하라."

장영의 명령에 강감찬이 발끈하며 말했다.

"지금 뭐 하자는 것이요?"

장영 역시 언성을 높이며 말했다.

"내가 지휘권자이니, 더 이상 왈가불가하지 마시오."

강감찬이 굳은 표정으로 서 있다가 한 마디 던졌다.

"겁을 내니 패한 것 아니오!"

장영이 어이없는 표정으로 잠시 있다가 강감찬을 보며 말했다.

"꽉 막힌 자가 무엇을 알겠소! 그리고 명령이오."

강감찬은 정찰한다는 명목으로 동북면군을 이끌고 곽주를 나와 거란군을 추격했다.

52
책임의 끝

을묘년(1015년) 십이월 십삼일 초저녁 무렵, 송악산 봉수대에서 세 줄기 연기가 올라왔다. 거란군이 다시 침입해 온 것이다. 홍화진에서 시작된 봉수 신호가 송악산에 다다르려면 한나절이 걸린다. 거란군은 오늘 새벽에 움직였을 것이다. 왕순은 피어오르는 연기를 보면서 시름에 젖었다.

석 달 전, 안주까지 침입했던 거란군은 대장군 정신용, 고적여 등을 전사시켰다. 정신용과 고적여는 경술년(1010년) 곽주를 탈환할 때 선봉에 설 만큼 국가에 대한 충성심이 강한 사람들이었고 또한 뛰어난 무장들이었다. 소중한 인재들을 또 잃은 것이었다.

십일월에는 거란군에게 홍화진 북쪽에 있는 선화진(宣化鎭)과 정원진(定遠鎭)을 빼앗겼다. 올 구월부터 시작된 거란의 침공은 벌써 석 달 가까이 계속되고 있었다. 거란의 압박은 점점 강도를 더해갔다.

거란의 대군이 다시 남하한다는 소식에 개경에는 계엄이 선포되었다. 곧 북쪽에서 보낸 전령들이 빗발치기 시작했다.

"적들이 남하하기 시작했습니다!"

"통주까지 남하했습니다!"

"곽주를 지나고 있습니다!"

해가 바뀌어 병진년(1016년) 일월 초, 거란군이 안주에 이르렀다는 소식이 전해지자, 개경 사람들은 맡은 지역의 성벽 위로 올라가서 방어 훈련을 실시했다.

얼마 후, 다시 전령의 보고가 있었다.

"적들과 칠불도 인근에서 전투를 벌였으며 적들은 퇴각하고 있습니다."

거란군이 퇴각하고 있다는 소식에 건덕전 안의 신료들은 모두 안도의 숨을 내쉬었다. 왕순이 기대에 찬 목소리로 전령에게 물었다.

"적들을 패퇴시켰는가?"

"적들과 대치 중에, 동북면군이 동쪽으로부터 전장에 접근하며 거란 군과 전투를 했습니다. 동북면군은 거란군을 물리쳤고 그 모습을 본 도통이 총공격을 명했습니다. 거란군은 그대로 퇴각했고 아군은 뒤를 추격 중입니다."

왕순은 동북면군이 와서 거란군과 전투를 벌였다는 보고에, 사정을 자세히 묻고는 눈을 동그랗게 뜨며 말했다.

"동북면군이 매우 과감했군요."

채충순이 고개를 갸웃하며 말했다.

"동북면병마사는 예측할 수 없는 사람입니다."

최사위가 고개를 흔들며 말했다.

"신은 그의 행동을 볼 때마다 불안불안합니다."

유진이 말했다.

"여하간 지금까지는 계획대로 되고 있습니다."

오 일 후, 다시 전령이 도착했다.

"곽주 서쪽에서 거란의 주력군과 만났는데, 결국 패하고 말았습니다."

전령이 연이어 도착하여 삼만가량의 아군이 전사했음을 알렸다. 왕순은 정신이 멍해져서 아무 말도 할 수 없었다. 재추들 역시 마찬가지였다.

경술년(1010년) 삼수채에서 패배 이후 두 번째 대패였다. 커다란 슬픔과 함께 허탈감이 밀려왔다. 자신이 사열해서 보낸 많은 군사가 사망한 것이다. 무기력감에 맥이 탁 풀렸다. 그나마 다행인 점은 거란군이 물러갔다는 것이었다.

유진이 말했다.

"도통의 부상이 심각하다면 군대를 누가 지휘할지 결정해야 합니다."

최사위가 말했다.

"그 문제는 급하지 않습니다. 일단 거란군이 물러났고 부도통 장영도 있잖습니까. 오히려 민심이 문제입니다."

최항이 말했다.

"장졸들이 돌아오기 전까지 함구하는 것이 어떻겠습니까?"

왕순이 말했다.

"어차피 알려질 일입니다. 함구하면 백성들은 조정을 믿지 못할 것입니다."

채충순이 잠시 생각한 뒤에 말했다.

"'적들과 싸워서 물리쳤으나, 우리도 인명피해가 상당히 있다.'고 발표하는 것이 어떻겠습니까?"

왕순이 말했다.

"그게 좋겠소."

채충순이 다시 말했다.

"그리고 구체적인 조치는 장수들이 돌아온 다음에 하면 될 듯합니다."

이날 밤, 왕순은 이런저런 생각에 잠을 이룰 수 없었다. 특히 거란의 침략은 계속될 것인데, 가장 신임했던 유방이 패하고 더구나 부상까지 당했다. 누구에게 군대를 맡겨야 할 것인가?

그런데 그다음 날 장계가 한 통 도착했다. 동북면병마사 강감찬이 보낸 것이었다. 장계 내용은 본인을 서북면병마사로 임명해 달라는 것이었다. 왕순은 재추들을 소집해서 이 일을 논의하게 했다.

최사위가 강하게 반대했다.

"그건 있을 수 없는 일입니다. 강감찬은 노년에 잠시 작은 단위의 군대를 지휘해 보았을 뿐입니다. 전군을 운용할 능력이 있을 리 없습니다. 그리고 승부는 병가지상사입니다. 한 번 패했다고 유방을 물러나게 하면 안 됩니다."

재추들 역시 모두 반대했다. 어쩌면 너무나 당연한 일이었다.

그때 흥화진에서 온 장계가 도착했다. 거란의 사신단 열 명이 입국을 원한다는 것이었다.

최사위가 말했다.

"지금 우리의 사정을 거란에 노출시키면 안 됩니다."

유진이 반대하며 말했다.

"전쟁 중에도 사신은 오가는 법입니다. 그들의 말을 들어봐야 합니다."

재추들의 의견은 비등비등했다. 왕순은 일단 거란 사신들을 대기시키고 입국 목적을 알아보라고 지시했다.

그리고 수창궁으로 거처를 옮기며 조서를 발표했다.

"짐이 덕을 쌓지 못해 나라에 재난이 닥치니, 당분간 수창궁에 기거하며 근신할 것이다."

또한 이번 전쟁에서 공을 세우고 전사한 정신용 등을 포상했다. 특히 정신용의 아들 정균백(鄭均伯)을 응양군 낭장에 임명해서 자신을 지근 거리에서 호위하게 했다.

그리고 육품 이상의 신하들에게 현 시국을 타개할 방법을 담은 상소를 올릴 것을 지시했다.

윤징고가 이렇게 상소했다.

"첫째, 거란의 사신을 받아들이지 마십시오. 거란주는 우리를 멸할 생각뿐, 평화롭게 해결할 마음이 없습니다. 따라서 그들과의 대화는 불필요한 일입니다. 오히려 거란 사신에게 우리의 정보만 노출될 뿐입니다.

둘째, 거란의 연호 사용을 중지해야 합니다. 이제 고려인들은 누구나 거란을 원수로 여기고 있습니다. 따라서 공식 문서에 그들의 연호를 사용하는 것을 매우 치욕스럽게 생각합니다.

셋째, 지금 삼각산(三角山: 현재 북한산)의 향림사에 있는 태조의 관을 다시 개경으로 옮겨와야 합니다. 그러면 민심이 안정될 것입니다."

왕순은 윤징고를 불러 의논한 후, 그대로 시행하기로 결정하고 거란에 관계된 사항에 대해 조서를 내렸다.

"거란은 무도한 나라로 우리의 백성을 해쳤다. 생명을 살리기 좋아하기보다는 죽임을 좋아하는 이 짐승 같은 나라와는 그 어떠한 대화도 할 수 없다. 따라서 거란의 사신을 우리나라에 들이지 않겠다. 또한 거란의 연호 사용 역시 중단한다."

다음에는 태조에 관한 것이었다.

"어젯밤 태조께서 짐의 꿈속에 나타나셔서 말씀하셨다. '내가 비록 열반에 들었지만 백성을 사랑하는 마음은 여전하다. 내 관을 다시 개경으로 옮겨라! 백성들과 고락을 함께하며 개경을 지키겠다.' 따라서 태조의 관을 다시 개경으로 모실 것이다."

며칠 후 유방을 비롯한 장수들이 개경에 도착했다. 왕순은 이들을 수창궁 관인전에서 접견했다. 유방은 머리에 부상을 당했다고 들었는데 지금은 많이 회복된 듯 보였다.

유방이 고개를 숙인 채 말했다.

"패전의 모든 책임은 도통인 저에게 있습니다. 저에게 패전의 죄를 물어주십시오."

왕순이 말했다.

"모든 책임의 끝은 짐에게 있습니다. 군대를 조직하라고 한 것도 짐이요, 군대를 지휘하여 적과 싸우라고 한 것도 짐입니다. 그러니 그 패배의 책임도 짐이 지는 것입니다."

왕순은 이렇게 말한 후, 유방 등을 위로했다.

"전장에서 군을 지휘하느라 고생이 많았습니다. 이제 몸과 마음을 추스르도록 하십시오."

그런데 어사대에서 유방 등을 처벌해야 한다는 상소를 올렸다.

"도통 유방은 총사령관임에도 몸가짐을 무겁게 갖지 않고 앞장서서 적을 추격하여 부상을 당해 전군이 궁지에 빠지는 죄를 저질렀고, 부도통 장영은 명령을 어기고 급히 퇴각하는 죄를 저질러서 결국 패전하게 되었습니다. 군대의 호령이 엄숙하지 않았고 대오가 정연하지 않아 결국 국가를 욕되게 했으니 모두 처벌해야 합니다."

왕순은 상소를 반려하며 이런 조서를 내렸다.

"이번 전쟁에서 장수와 군사들은 최선을 다했다. 그럼에도 잘못이 있다면 모두 짐의 탓이다. 짐의 반찬 숫자를 줄이고 모든 비용을 절반으로 줄이도록 하라. 절약한 비용을 전사자들의 가족에 나누어줄 것

이다. 또한 매일 아침 백팔 배를 하며 잘못을 반성하고 또한 고칠 것이
다."

　그리고 왕순은 전사자의 명복을 비는 법회를 개경의 보제사와 전국
주요 사찰에서 열라고 지시했다. 왕순 역시 보제사로 행차했다. 전사자
의 가족들이 모여서 눈물을 흘리며 법회에 참석하고 있었다. 왕순 역시
함께 눈물을 흘렸다.

　일월 이십칠일, 태조의 관이 개경에 도착하여 개경 시가지를 행차했
다. 수만의 개경 사람들이 관을 따라서 걸었다. 그리고 다시 현릉(顯陵:
개성 서쪽 태조 왕건의 능)에 안치했다.

제7장

새로운 시작

53
서서히 이길 방법

병진년(1016년) 이월 오일 아침, 왕순은 수창궁 관인전에 있었다. 이제 겨울이 지나가고 초봄으로 접어들고 있어서 미미하게 부는 바람이 제법 따듯했다. 관인전으로 키가 작은 관료가 들어오고 있었다. 왕순이 그를 보며 말했다.

"동북면 군사들의 활약이 대단했다던데 수고 많으셨습니다."

강감찬이 고개를 떨구며 말했다.

"아군이 패했으니 칭찬을 듣기 민망합니다."

왕순의 표정이 무거워졌다.

강감찬이 그런 왕순을 보며 물었다.

"경술년(1010년)에 거란군이 개경으로 다가올 때, 제가 드린 말씀을 기억하십니까?"

왕순의 얼굴에 미소가 스쳤다.

"내 어찌 잃어버리겠습니까! '서서히 이길 방법'을 찾자고 하시지 않으셨소!"

강감찬의 얼굴에도 역시 그때를 떠올리듯이 미소가 스쳐 지나갔다.

"성상께서는 온갖 어려움을 견뎌내고 나라를 보존하셨습니다. 성상께서 역할을 해냈듯이, 신은 신의 역할을 해내기 위하여 '이길 방법'을 찾고자 노력해 왔습니다."

왕순의 눈에 이슬이 맺혔다. 그 모습을 보고 강감찬이 이어서 말했다.

"저는 이제 준비가 되었습니다."

왕순이 눈을 크게 뜨고 물었다.

"'이길 방법'을 찾으셨습니까?"

강감찬이 고개를 천천히 끄덕이며 답했다.

"네, 찾았습니다. 정확히 말하자면 그 방법은 스스로를 드러냈습니다."

"그것이 무엇입니까?"

강감찬이 왕순을 잠시 응시하더니 말했다.

"바로 성상이십니다."

강감찬의 말에 왕순이 눈을 동그랗게 뜨더니 고개를 갸웃했다. 그러더니 얼굴에 살짝 미소가 비치며 말했다.

"그렇군요. 그렇다면 짐이 찾은 '이길 방법'은 바로 경이구려."

강감찬이 고개를 가로저으며 말했다.

"성상께서는 그간 '좋은 정치'를 펼치시려고 노력하셨습니다. 그 '좋은 정치'가 성상께서 찾으신 '이길 방법'입니다. 신이 찾은 '이길 방법'은 '좋은 정치를 펼치고 있는 성상'이시구요."

잠시 침묵이 이어진 후, 왕순이 물었다.

"휘하의 참모들은 생각해놓은 사람들이 있습니까?"

"네, 모두 있습니다. 그리고 제 후임인 동북면병마사에는 안북부부사 유소를 임명해주십시오."

왕순은 결국 강감찬을 중추사·서경유수·서북면병마사로 임명하여 서북면의 방어체계에 관한 모든 것을 통괄하게 했다. 또한 거란군의 침공이 있을 때, 강감찬을 도통으로 임명하기로 했다. 그리고 이부상서 역시 겸직하게 했다. 이부는 관리들의 인사권을 행사하는 관청으로, 강감찬으로 하여금 필요한 사람을 마음대로 뽑아 쓰게 한 것이었다.

최사위 등 재추들이 강력히 반대했다. 강감찬에게 너무 큰 권한을 몰아주고 있었기 때문이었다. 그러나 왕순은 자신의 뜻을 굽히지 않았다.

강감찬은 곧 필요한 사람들을 필요한 자리에 임명했다. 강민첨을 내사사인*(內史舍人, 종4품)에 임명하여 자신들이 만든 군사정책을 왕에게 직접 보고할 수 있게 했다.

조원은 병부시랑(兵部侍郎, 정4품), 유참은 병부낭중(兵部郎中, 정5품), 김종현은 병부원외랑(兵部員外郎, 정6품)에 임명해서 군사들의 관리, 훈련을 책임지게 했다.

박종검을 호부낭중에 임명했는데 호부는 국가의 재정을 관리하는 관청이다. 보급을 책임지게 한 것이었다.

강감찬은 즉시 중추원으로 참모진을 소집했다. 그리고 한 명을 더 불렀는데 군기감 주부 박원작이었다. 이들은 모여서 방어계획을 수립했다.

회의를 마치고 나와, 조원이 강민첨에게 위로하듯이 말했다.

"몇 년간 노친네한테 끌려다니느라 고생이 많습니다."

강민첨이 고개를 절레절레 흔들며 말했다.

"난 아마 제명에 못 죽을 걸세."

"안주에서는 정말 깜짝 놀랐습니다. 당연히 거란군을 피해 남쪽으로 이동해야 하는데, 그대로 거란군을 뚫고 올지는 꿈에도 몰랐습니다."

강민첨이 한숨을 쉬며 말했다.

---

*   내사사인(內史舍人): 내사사인은 나라의 중추적인 기구인 내사문하성의 종4품의 관직이었다. 내사사인의 역할은 왕에게 간언하며 왕의 명령이 부당하면 그것의 집행을 거부할 수 있는 자리였다. 즉 왕을 보좌하여 나라를 통치하는 요직이었다.

“진짜 등골에 식은땀이 나더군.”

조원이 고개를 갸우뚱하며 말했다.

“그런데 희한하게도 성공했습니다.”

“그게 이상한 점이야. 막무가내로 밀어붙이는 것 같은데, 막상 해보면 된단 말이지.”

조원이 잠시 뭔가를 생각하더니 말했다.

“역시 외모와 달리 그 속은 ‘늙은 여우’였습니다.”

강민첨이 고개를 끄덕이며 말했다.

“확실히 어떤 요기*(妖氣)가 있어.”

조원이 물었다.

“김종현은 어떻습니까?”

“그 인간은 흔들리지 않아. 이유를 알 수 없이 굳건해.”

조원이 고개를 끄덕이며 말했다.

“우리는 군사들의 사기를 높이기 위해서 과장된 말을 하면, 그게 과장된 말임을 스스로 알고 있기에 마음속에 흔들림이 생깁니다. 그런데 김종현은 그렇지 않습니다.”

강민첨이 맞장구치며 말했다.

“맞네. 김종현은 자신의 말과 행동을 스스로 믿더군.”

“스스로 믿으니 마음에 떨림이 없습니다.”

며칠 후 강감찬은 강민첨, 조원과 더불어 서북면으로 향했다. 서경을 거쳐 안주, 곽주, 통주를 지나 어느 지점에 멈춰 섰다. 여기서 북쪽으로 오십 리를 더 가면 흥화진이었다.

주위를 둘러보면서 강감찬이 조원에게 물었다.

---

*   요기(妖氣): 요사스러운 기운.

"이곳인가?"

"네, 고구려 때 장령현(長寧縣)이라고 불렸던 곳입니다."

강감찬이 지세를 살피며 말했다.

"마치 자연이 만든 방진과 같군."

이곳은 낮은 산맥들이 둘러싸고 있는 분지 지형이었다. 조원이 말했다.

"산 능선을 이용해서 성을 쌓으면 방어하기 용이할 것입니다."

강감찬이 주위를 가리키며 말했다.

"그런데 여기는 사실상 평지와 다름이 없는데 거란의 대군이 공격해 오면 막아낼 수 있을까?"

강민첨이 답했다.

"이곳은 지형이 흥화진과 통주처럼 험하지 않기 때문에, 여기에 주둔시킨 군사만으로는 거란의 대군을 오래 방어할 수 없습니다."

일행은 흥화진으로 들어갔다. 조원이 '만세봉 장대'에서 북쪽을 가리키며 말했다.

"저기 보이는 산이 백마산입니다. 저 산에는 고구려 때 쌓았던 우마성(牛馬城)이 있습니다. 둘레가 오백 보 정도 되는 작은 규모입니다."

그다음 날 강감찬 등은 백마산으로 향했다. 도중에 거란의 정찰부대를 만났는데 그들은 고려군을 보자 바로 후퇴했다. 백마산 정상에는 조원의 말대로 성곽이 있었고 거의 무너진 상태였다. 백마산 정상이 이 근방에서 가장 높은 곳이어서 사방을 한눈에 관찰할 수 있었다. 조원이 북쪽에 있는 압록강을 가리키며 말했다.

"저곳이 용만(의주)입니다."

고려의 '용만'에 거란에서 성을 쌓고 '보주'라고 칭하고 있었다.

강민첨이 강감찬에게 말했다.

“장령현에 먼저 쌓고 그다음으로 이곳에 성을 쌓을 계획입니다.”

바로 장령현에 성을 쌓는 일에 착수했다. 그리고 왕순에게 이름을 내려줄 것을 요청했다. 왕순은 ‘쇠처럼 단단하라’는 뜻에서 ‘철주(鐵州)’라는 명칭을 내렸다.

강감찬은 구주를 순시하며 김숙흥의 모친, 이신애를 만났다. 이신애는 강감찬을 보았다. 역시 듣던 대로 작고 못생겼고 볼품없는 늙은 사람으로 결코 대신의 풍모가 아니었다. 그런데 경술년에 끝까지 항전할 것을 주장한 사실과 영일만 해전, 한 달 전 곽주 근처에서의 전투에 대해서 들어서 알고 있었다.

이신애가 강감찬에게 말했다.

“각하에 대한 명성은 익히 들었습니다.”

강감찬이 고개를 숙이며 말했다.

“명성이라니 과분합니다.”

“외람되오나, 각하께서 늘 성과를 내는 비결이 궁금합니다.”

강감찬이 머리를 긁적이며 말했다.

“글쎄요. 그저 잘하는 사람들에게 맡기고 있을 뿐입니다.”

이신애는 강감찬의 대답에 싱긋 웃었다. 유방은 그 풍모 자체만으로도 신뢰를 주는 사람이었지만 강감찬은 전혀 그렇지 못했다. 그럼에도 불구하고 강감찬이 뭔가 해낼 것 같은 느낌이 들었다.

강감찬은 구주를 떠나 태주, 연주, 안주 등을 순시하고 서경을 거쳐 다시 개경으로 돌아왔다.

개경으로 돌아오니 김종현이 소집된 흥위위 군사 천여 명을 구정에서 훈련시키고 있었다. 그런데 각각 한 자 남짓한 크기의 작은 창을 들고 있었다.

강감찬이 김종현에게 물었다.

"잘 되고 있는가?"

김종현이 신호하자, 흥위위 군사들은 방패로 몸을 가리고 방진을 쳤다. 적막감이 감도는 가운데, 짚단으로 만든 말 모양의 인형 대여섯 개가 방진 앞으로 접근해 왔다.

"뚜웅~."

십 보 거리에 이르자 뿔나팔 소리가 한번 짧게 울렸다. 곧 방진 안에 있던 군사들이 가지고 있던 단창을 어지러이 던져댔다. 짚단으로 만든 말 인형이 수많은 단창을 맞아 누더기처럼 변했다.

"둥, 둥, 둥….."

그때 북소리가 울렸고, 군사들이 함성을 지르며 돌격했다.

"와아!"

단창을 던져 적 기병을 저지하는 훈련이었다. 이것은 동북면의 사냥꾼들이 호랑이나 멧돼지 등이 돌진해 올 때 작은 창을 던지는 것을 보고 생각해낸 것이었다. 지근거리에서는 단창이 커다란 동물을 막는데 화살보다 훨씬 효과적이다. 단창은 사거리는 짧지만 화살보다 훨씬 무거워서 둔중한 타격력을 갖추고 있기 때문이었다. 여러 개를 던지면 수백 근의 무게가 나가는 말도 저지할 수 있었다. 또한 근접전에서 단병기로 사용할 수도 있다.

강감찬이 호부낭중 박종검을 불러 물었다.

"거란군이 압록강에 배다리를 놓고 전진기지를 확보했으니 수시로 침공할 수 있네. 전군에 단창을 언제까지 보급할 수 있겠나?"

"수요는 얼마나 생각하십니까?"

"일단 진영의 선두에 서는 보승군들에 보급할 사천사백 자루가 우선이고, 각종 보병에게 보급하려면 최소 일만오천 자루가 필요하네."

박종검이 장부를 펴들고 말했다.

"개경에는 이천 근의 정철이 비축되어 있습니다. 서경에는 오천 근입니다. 그 밖에 파악이 가능한 지방 창고에 있는 정철까지 모두 합하면 일만이천 근 정도 됩니다. 이 수량으로 모두 일만 오천 자루 정도의 단창을 만들 수 있습니다. 이 일은 서두르면 두 달 안에 끝마칠 수 있습니다."

강감찬은 만족스런 표정으로 고개를 끄덕인 후에 군기감*(軍器監)으로 향했다. 군기감에는 박원작이 장인들과 더불어 혁차를 만드느라 여념이 없었다. 강감찬이 물었다.

"잘 돼가는가?"

박원작이 고개를 절레절레 흔들며 답했다.

"총 필요한 수량이 팔백팔십 대인데, 군기감에서 아무리 작업에 박차를 가해도 한 달에 삼십 대 만드는 것도 벅찹니다. 그래서 설계도를 각 지방에 내려보내 작업하게 하고 있습니다. 한 달에 백여 대 정도 생산 가능하니, 여덟 달 정도는 있어야 합니다."

"거란군의 침공이 언제 있을지 모르니, 최대한 빨리 만들어 주게나."

강감찬이 중추원에서 거란군의 동향에 대해서 보고를 받는데, 조원이 와서 문서 하나를 건네면서 말했다.

"성상께 올릴 신기군과 신보군에 대한 상소문의 초안입니다."

상소문에는 이렇게 쓰여 있었다.

"군역을 지고 있지 않은 사람 중에, 말을 소유하고 있는 사람들은 신기군(神騎軍)에 소속시키고, 말이 없는 사람들은 신보군(神步軍)에 소속시킵니다. 또한 몸이 건강한 모든 승려와 수원승도들을 항마군(降魔軍)에 편성합니다. 이 항마군에는 죄수들도 포함시킵니다."

---

* 군기감(軍器監): 무기 등을 만드는 관청.

이 상소가 올라가자 반대 여론이 빗발쳤다. 왕순은 재추회의를 소집하여 의견을 물었다.

유진이 말했다.

"대부분의 장정들은 국가적 위기 상황이 오면 신분에 따라 군대에 편성됩니다. 군이 새로운 제도를 만들 필요는 없습니다."

재추들이 반대하는 주요 이유는, 신분이 다른 사람들을 하나의 군대로 편성하는 것에 대한 불만이었다.

그러자 왕순이 말했다.

"지금은 국가의 존립이 위태로운 상황입니다. 모두가 평등하게 그 책임을 나누어야 할 것입니다. 나라가 멸망하면 신분이 무슨 소용이 있겠습니까!"

왕순은 결국 관철시켰다. 이들을 새롭게 편성하니, 신기군이 이천, 신보군이 삼천, 항마군이 오천이었다. 그리고 모두를 통틀어 신군(神軍)이라는 명칭으로 부르기로 했다. 병부낭중 유참이 이들의 명부를 만들어 왕순에게 바쳤다.

김종현이 강감찬에게 말했다.

"제가 신군을 맡아 훈련시키겠습니다."

강감찬이 물었다.

"어떻게 훈련시킬 작정인가?"

"이들은 정규 편제의 군사들이 아니니, 유격대로 움직이는 것이 가장 좋을 것입니다. 전투력과 더불어 기동력을 최대한 끌어올리겠습니다."

김종현은 신군들을 개경으로 주기적으로 소집해 훈련시켰다. 그런데 가장 먼저 실시한 훈련이 개경에서 흥화진까지 행군하는 천리행군이었다. 실제 전쟁 상황과 같이 모든 무기와 식량을 휴대해야 했으며

칠 일 동안 해내야 했다. 낙오한 자가 절반이 넘었으며 낙오한 사람은 성공할 때까지 하게 했다.

이 일로 불만들이 속출했다. 이런 속도로 천리행군을 하게 되면 몸에 많은 무리가 와서 일상생활로 복귀하는 데 시일이 상당히 걸린다. 거기에 낙오한 자들을 성공할 때까지 계속 시키니, 생업에 상당히 지장을 끼칠 정도였다.

강감찬이 김종현에게 넌지시 말했다.

"천리행군에 대해서 너무 힘들다는 하소연들이 있네."

김종현이 짧게 답했다.

"빠르게 움직이는 거란군을 상대하려면 기동력이 필수입니다."

강감찬은 이 말을 왕순에게 전달했다. 왕순은 힘들다고 하소연하는 군사들을 불러 좋은 말로 달랬고, 낙오자들이 천리행군을 다시 실시할 때는 직접 가서 격려하기도 했다. 그래도 힘들다는 말이 계속 나오자 왕순은 김종현을 불러 당부했다.

"훈련은 군사들의 체력을 키우는 것이 목적이니, 강도 있는 훈련을 하되 충분한 휴식을 보장해주시오."

"명을 받드옵니다."

어느 날 회의를 하는데 이상하게도 김종현의 표정이 너무나 밝았다. 강감찬이 김종현에게 물었다.

"뭐, 좋은 일이 있는가?"

김종현이 매우 자신 있는 몸짓으로 책을 한 권 탁자 위에 내려놓았다. 책 표지에는『성혜방(聖惠方)』이라고 쓰여 있었다.『성혜방』은 작년에 송나라에 사신으로 갔던 곽원이 가지고 온 책으로, 송나라 조정에서 발행한 최신 의학 서적이었다.

김종현이 눈에 힘을 주며 말했다.

"방법을 찾았습니다!"

그러더니 『성혜방』을 펼쳐 한 부분을 읽었다.

"잣의 껍데기를 까고 으깨서 달걀 크기로 빚는다. 그것을 좋은 술과 함께 하루 세 번 먹는다. 백 일 동안 먹으면 몸이 가벼워지고, 삼백 일이 지나면 하루에 오백 리를 걸을 수 있다. 오래 먹으면 신선이 된다."

그러더니 박종검에게 물었다.

"창고에 잣이 얼마나 있소?"

"개경에 있는 창고에는 삼백 근 정도가 있을 것입니다."

"그것을 모두 주시오. 신군들에게 보급해야겠습니다."

박종검이 당황하며 말했다.

"잣은 군수품이 아니라 왕실과 궁궐에서 쓰이는 것이라 한꺼번에 반출할 수는 없습니다."

잣은 고소한 맛을 내기 위하여 음식에 소량으로 첨부되는 용도로 쓰인다. 그렇기에 많은 양을 비축해 두지는 않았다. 김종현에게 모두 주게 되면 궁궐에서 만드는 음식에 쓸 것이 없게 된다. 일반 음식이야 그렇다 쳐도, 제사 음식에는 격식을 갖춰야 하기에 잣이 반드시 필요했다.

김종현이 막무가내로 잣을 달라고 하자 박종검이 곤욕스러워하는데, 강감찬이 박종검에게 말했다.

"『성혜방』의 내용이니 사실이겠지. 개경 창고의 잣을 모두 김종현에게 지급하도록 하고 잣의 비축량을 늘리도록 하게."

조원이 어이없는 표정으로 일동을 둘러보다가 강민첨에게 시선을 고정시키고 말했다.

"설마 사실일 리가…."

강민첨의 표정에는 아무 변화가 없었다.

강감찬은 이것을 왕순에게 보고했고 당분간 궁궐의 모든 음식에는 잣이 빠지게 되었다.

최사위가 잣이 빠진 음식을 보며 투덜대며 말했다.

"이제 궁궐에서는 잣도 못 먹게 되었구만."

왕순은 강감찬과 그의 휘하 참모들이 요구하는 것을 무엇이든지 들어주었다. 그래서 세상 사람들은 강민첨, 조원, 김종현, 유참, 박종검을 강문(姜門) 오걸(五傑)이라고 불렀다. 강감찬 휘하의 다섯 호걸이라는 뜻이었다. 왕의 대단한 총애를 받는 데 대한 부러움과 비아냥이 섞인 호칭이었다.

거란의 재침에 대비해서 바쁘게 움직이고 있는데, 긍정적인 일들이 생겼다.

이월 칠일. 보주를 지키던 거란 군사 왕미(王美)와 연상(延相) 등 일곱 명이 흥화진으로 투항해 왔다. 이들을 통해서 이번 침공에서 거란군을 총지휘했던 북원추밀사 야율세량이 전쟁 중에 사망했다는 것을 알게 되었다. 그래서 거란군이 곽주 서쪽에서 승리를 거두었음에도 물러간 것이었다.

이십구일, 이번에는 선화진을 지키던 거란 군사 조은(曹恩)과 고홀(高忽) 등 여섯 명이 투항해 왔다.

거란군의 투항은 계속되었는데, 이들을 통해 상당수 거란군이 계속되는 원정에 드는 비용 때문에 삶의 기반을 영유하기 힘들 만큼 어려운 상태라는 것을 알게 되었다.

이 상태의 거란군이라면 더 이상 침공해 오지 않을 가능성도 있었다.

오월 삼일, 진정으로 기쁜 소식이 있었다. 왕순은 정말 뛸 듯이 기뻐했다.

"응애~, 응애~."

연경원주(김은부의 첫째 딸)가 아들을 낳은 것이다. 드디어 자신을 이을 후계자가 탄생한 것이었다. 왕순은 첫아들을 안아 들고 아이의 얼굴을 한참을 바라보았다.

"아이가 나를 빼다 박은 것 같구려."

그리고 이름을 '공경할 흠(欽)' 자를 써서 왕흠(王欽)이라고 지었다.

54
생명을 소중히 여기는 마음

병진년(1016년) 일월 이십오일, 야율융서는 의무려산* 북쪽 끝에 있었다. 이곳은 삼면이 산으로 둘러싸인 분지 지역으로 겨울바람을 피할 수 있었고 땅이 비옥해서 농사짓기에 적당했다. 야율융서는 이곳을 셋째 공주의 영지로 하사할 생각이었다.

겨울 날발**은 상경에서 남쪽으로 삼백 리 떨어진 광평정에서 보통 하지만, 이번에는 칠백 리나 떨어진 의무려산에 와 있었다. 야율세량이 이끄는 대군이 고려를 정벌하고 있어서 좀 더 빠른 보고를 받기 위해 더 남쪽으로 와 있는 참이었다. 여기서 동경(지금의 랴오양(遼陽))까지는 동남쪽으로 삼백 리였다.

아직 일월 말이라 의무려산을 비롯한 주변에는 눈이 쌓여 있었다. 그래도 날씨는 점점 따뜻해지고 있었고 오늘은 미지근한 남풍이 약하게 불었다.

야율융서는 장막 안에서 차를 마시고 있었다. 유리잔 안에 들어 있는 어린 찻잎이 물을 머금고 피어나는 것이 보였다. 가까이 대고 차의 향을 맡자, 그윽한 향이 가득한데 마치 난초와 같았다.

---

*   의무려산: 랴오닝성(辽宁省) 베이진시(北镇市)에 있다. 요동과 요서를 나누는 기준이 되기도 하였다.

**   날발: 거란 황제가 계절마다 하는 순행(巡幸).

"음, 역시 '서호의 용정차'이군."

야율융서가 마시고 있는 용정차는 송나라 항주(杭州) 서호(西湖) 근처에서 생산된 녹차였다. 야율융서는 풍광이 아름답기로 유명한 서호에 한 번도 가본 적이 없으나 용정차를 마실 때면 마치 서호에 와 있는 듯한 느낌이 들었다.

곧 '황후께서 드십니다'라는 소리가 들렸다. 어머니 승천황태후는 황후 시절부터 정치에 참여했었다. 처음에는 경종*(景宗)에게 조언하는 정도의 역할만 했었는데 나중에는 결국 황제를 제치고 실권자가 되었다. 야율융서는 자신의 황후를 정치에 참여시키지 않았다. 황후에게는 내전(內殿)의 일만 맡겨서 승천황태후처럼 될 가능성을 애초에 차단했다.

장막의 문이 열리고 붉은 비단에 둥근 꽃무늬가 수놓아져 있는 옷을 입은 황후가 시녀들과 들어오고 있었다. 황후는 추운 겨울에도 밖에 오래 있을 때가 아니면 갖옷을 잘 입지 않았다. 의복의 알록달록한 색감을 드러내기 좋아했기 때문이었다.

야율융서가 황후에게 미소 지으며 물었다.

"밖이 춥지 않소?"

황후가 커다란 눈으로 반달 같은 미소를 지으며 말했다.

"오늘은 굉장히 따뜻합니다. 호호호."

황후는 이제 서른네 살이 되었다. 중년에 접어든 나이여서 눈가에 주름이 졌지만 아직도 눈웃음은 앳되어 보였다.

"어서 와서 차 좀 드시오."

황후가 방석 위에 앉아서 손을 호호 불었다. 야율융서가 황후의 손을 잡으니 얼음장처럼 차가웠다.

"갖옷을 입고 다니라 했건만…."

야율융서는 황후의 손을 정성스럽게 주물러주었다. 황후는 손을 맡긴 채 다소곳한 표정으로 가만히 있었다.

잠시 후 황후가 입을 열었다.

"진진국왕(秦晉國王)의 왕비가 사망한 지 벌써 한 달이 넘었습니다."

진진국왕(秦晉國王)은 야율융서의 바로 아래 동생인 야율융경(耶律隆慶)이었다. 야율융경의 비(妃)는 작년 십이월에 사망했다.

"그렇군."

"새로운 비(妃)를 맞아들여야지 않을까요?"

"아직 상중(喪中)이기는 한데, 미리 정해 놓는 것도 좋겠지."

"마침 설하(偰河)가 십칠 세이옵니다."

소설하는 소배압의 둘째 딸이었다.

"그래? 벌써 그렇게 되었군. 말이 나온 김에 바로 추진합시다."

야율융서는 서남면초토사로 나가 있는 소배압에게 서신을 보냈다.

"올가을에 소설하와 진진국왕을 혼인시킵시다."

진진국왕 야율융경의 나이는 사십사 세였고 소설하는 십칠 세였다. 둘은 스물일곱 살의 나이 차이가 났고 외삼촌과 조카의 관계였다.

소배압은 이 혼인을 무척 기뻐했다. 황가에서의 혼인은 단순히 남녀 간의 결합이 아니었다. 신분과 부의 영속성을 보장받는 행위였다. 소배압은 즉시 감사의 답장을 보냈다.

"황은에 감사드리옵니다."

야율융서가 차를 마시며 황후와 한담을 나누고 있는데 누군가 장막 안으로 들어오는 것이 보였다. 북원추밀부사 소합탁이었다. 소합탁의 몸은 점점 비대해지고 있었는데, 발걸음이 가벼운 것이 뭔가 좋은 소식을 가지고 왔다는 것을 알 수 있었다. 야율융서는 고개를 숙여 차의 향취를 맡았다.

"승전보입니다!"

소합탁의 기쁨을 담은 목소리가 들렸다. 야율융서는 다시 한번 차의 향취를 깊이 들여 마시며 음미했다. 자신도 모르게 얼굴에서 옅은 미소가 번졌다. 야율융서가 여유 있는 말투로 소합탁에게 말했다.

"자세히 말해보시오."

"폐하께서 증원하신 궁위기군 오만오천이 보주에 도착한 후에, 안주를 향해 총진군했다고 합니다. 안주에 도착해서 적과 교전을 벌인 후, 짐짓 퇴각하는 척하자 고려군들이 추격을 해 왔다고 합니다. 곽주 서쪽까지 퇴각하다가 적들이 빈틈을 보인 때를 놓치지 않고 공격하여 고려군 수만을 전사시키고 셀 수 없는 전리품을 얻었다고 합니다."

야율융서가 흡족한 미소를 지으며 말했다.

"수만 명의 고려군을 전사시켰다면 이제 강동육주를 취하기란 '고삐 잡힌 말 타기'처럼 쉽겠군."

"폐하의 명령대로 일을 추진하니 척척 진행되고 있습니다. 조만간 고려는 폐하의 발아래 무릎을 꿇을 것입니다."

야율융서가 옅은 미소를 지으며 말했다.

"양고기는 쪄서 바로 먹어야 되는데…."

일을 할 때, 중간에 머뭇거리지 말고 끝까지 계속하라는 뜻으로 거란인들 사이에서 자주 쓰이는 표현이었다.

소합탁이 말했다.

"추밀사의 군략이 워낙 과감하니, 고려 남쪽으로 진격할 것이옵니다."

야율융서는 미미하게 고개를 끄덕였지만, 마음은 미미하지 않았다. 가슴속에 단단히 응어리져 있던 무언가가 풀리면서 맑고 시원해지는 것이, 마치 의무려산 정상에서 천하를 굽어보는 것 같았다. 상쾌한 기분을 즐기다가 오년 전 기억을 떠올렸다.

생전 해본 적이 없는 죽을 고생을 고려에서 했었다. 자신은 그나마 무사히 빠져나왔지만, 뒤따라 퇴각하던 아군들은 고려군의 공격에 무수히 전사했고 말과 낙타, 잃어버린 물자는 셀 수도 없었다. 국력이 거란이나 송나라보다 작다고 평가받는 고려에 크게 당한 것이었다. 신하들은 고려의 개경을 함락시켰으니 승전한 것이라고 말했으나, 그렇지 않다는 것을 야율융서 스스로도 잘 알고 있었다. 송나라도 자신에게 세폐를 바치며 평화를 구걸하고 있는데, 겨우 고려 따위가 굴욕을 안겨준 것이다. 겨우 고려 따위가….

그런데 지금 야율세량이 고려군 수만을 전사시켰다고 한다. 이 승전보가 그동안 쌓아두었던 치욕감을 시원하게 날려버렸다.

여러 대신이 역시 승전을 축하했다.

"승전을 감축드리옵니다."

야율융서가 입을 삐죽 내밀며 말했다.

"고려를 아직 손에 넣지 못했는데 무슨 축하입니까!"

야율융서의 입은 삐죽 했으나 눈매는 미소 짓고 있었다. 그 모습을 보면서 대신들이 말했다.

"우리 군대가 수만의 고려군을 몰살시키고 대승을 거두었으니 곧 고려를 손에 넣으실 것이옵니다."

"이제 고려는 곧 망할 것입니다."

"고려와 같은 소국은 더 이상 버티지 못할 것입니다."

야율융서의 얼굴이 벌겋게 달아올랐다.

이틀 후, 다시금 전령이 당도했다. 야율융서는 전령이 가지고 온 상주문을 읽었다. 소허열이 작성한 것이었다.

"고려군을 격파하고 많은 물자를 노획했으나 추밀사가 큰 병에 걸려서 일단 보주에 머물고 있습니다. 노획물은 수레에 실어 보냈으니 며칠 내에 도착할 것입니다."

"흠-."

야율융서는 한숨을 쉬었다. 소합탁이 위로하듯이 말했다.

"노획한 물품이 산더미 같다고 하옵니다."

다시 이틀 후 소합탁이 보고했다.

"추밀사 야율세량이 군영에서 사망했습니다."

야율융서가 놀라서 물었다.

"어떻게 사망했는가?"

"급작스러운 복통이 원인이라고 합니다."

야율세량은 지난 몇 년간 원정을 계속 다녔다. 건강하고 정력적인 사십 대의 남자였다. 그런데 갑작스런 병으로 사망했다니 잘 믿기지 않았다. 야율융서는 어떤 의심이 들었으나 그 의심을 입 밖으로 드러내지는 않았다.

이 고려와의 전쟁은 이상했다. 뭔가 시원하게 되는 일이 없었다. 될 듯 될 듯, 되지 않았다. 이십삼 년 전(993년), 승천황태후가 소손녕에게 고려와 화친을 맺을 것을 지시하며 했던 말이 떠올랐다.

"수양제와 당태종도 막아낸 고려이니, 이쯤에서 화친하는 것이 좋을 것이다."

야율융서는 갑자기 승천황태후의 말이 생각났다. 가슴 안에서 뭔가가 짓누르는 것 같았다. 그 짓누름을 완화시킬 생각에 심호흡을 몇 번 했다.

소합탁이 야율융서의 모습을 조심히 살피며 말했다.

"고려군 수만을 전사시켰으니, 그들이 곧 항복한다는 사신을 보낼 것입니다."

야율융서가 약간 짜증 내면서 말했다.

"말뿐인 항복이 무슨 소용이 있겠소!"

이월 십일, 수십 대의 수레에 물품이 가득 담겨서 도착했다. 모두 고려군에게서 노획한 전리품이었다. 야율융서는 신하들을 불러 모아 전리품을 구경하며 살펴보다가 갑옷을 한 벌 집어 들고서 말했다.

"갑옷이 대부분 위아래가 붙어 있군."

노획품 중에는 청자로 만든 수통도 있었다. 들어 보니 매우 가벼웠고, 두들겨 보니 '쟁쟁' 하는 맑은소리가 난다.

"고려청자를 만드는 기술이 점점 발전하는가 보군. 색이 투명하고 아름다운 것이…."

소합탁이 말했다.

"우리의 삼채도기(三彩陶器)보다는 못하지만, 단순 소박한 것이 그런대로 아취가 있습니다. 아마 어떤 장교의 수통인 듯합니다."

야율융서는 산더미와 같이 노획한 전리품을 보면서도 마냥 기뻐할 수만은 없었다.

이월 이십 일, 소허열이 의무려산 근처에 도착했다. 야율융서를 만나러 가면서 한 달 전 야율세량이 사망하면서 한 말들을 떠올렸다.

"폐하께 전해주시오. 이번에 고려군을 패배시켰으니 시원한 복수를 한 것입니다. 따라서 고려 정벌은 이제 중지하고, 서쪽과 남쪽을 공략하는 것을 우선해야 합니다. 먼저 서쪽을 정벌하여 조복 등을 안정시키며, 남쪽 송나라의 상황을 봅니다. 송나라의 황제는 허약하므로 조만간 나라에 혼란이 올 것입니다. 그때 송나라를 정벌하면 천하를 모두 차지할 수 있소. 고려는 그다음에 정벌해도 충분합니다. 그리고 추밀사로는 소적렬(蕭敵烈)이나 소효목(蕭孝穆)이 가장 적당하다고 말씀드려주시오.”

야율세량은 이렇게 말하고 숨을 몰아쉬었다. 숨을 헐떡이던 야율세량이 다시 입을 열었다.

“남아! 세상에 태어나서 천하를 안정시키려고 했건만, 하늘이 수명을 허락하지 않는구나!”

야율융서는 야율세량의 유언에도 불구하고 소합탁을 북원추밀사에 임명하려고 했다. 많은 신하가 이 인사에 반대하는 입장이었고 특히 한제심과 왕계충은 직언했다.

한제심은 한덕양의 조카였다. 한제심이 말했다.

“소합탁은 식견이 작고 몸가짐이 가볍습니다.”

왕계충이 말했다.

“소합탁은 비록 문서를 작성하는 재주가 있으나 일의 큰 흐름에 어둡습니다.”

야율융서는 많은 반대에도 불구하고 결국 소합탁을 북원추밀사로 임명했다. 추밀부사는 야율팔가로 했다.

서쪽 진주에 나가 있던 소효목도 얼마 후 이 사실을 알게 되었다. 소효목이 탄식했다.

“소합탁은 나쁜 풍속을 좋게 만들 역량이 없고 작위만 탐하는 사람이니, 앞으로 나라가 어찌 될 것인가!”

고려에 억류되어 있던 야율자충도 이 사실을 알게 되자 탄식했다.

“이 시기에 소합탁이 추밀사에 임명되다니 이 어찌 된 일인가!”

야율융서가 의무려산을 떠나 상경으로 가는 길에, 소합탁이 조용히 어떤 사건을 보고했다.

"두개골이 깨진 여자의 시체가 발견되었습니다."

"어찌 된 것이오?"

"살해된 것인데, 둔기에 머리를 수십 대 맞아서 두개골이 남아나지 않은 정도였습니다."

"범인은 알아냈소?"

"에, 그게….'

소합탁이 난처한 기색을 드러냈다.

"왜 말을 못 하시오?"

"범인이 누군지는 알아냈습니다만, 말씀드리기 대단히 송구스럽습니다."

야율융서가 짚이는 바가 있어 물었다.

"황족 중 한 명인가 보구려. 누구요?"

소합탁이 머리를 크게 조아리며 답했다.

"금향공주이옵니다."

금향공주라는 말에 야율융서의 안색이 크게 변하며 깊은 한숨을 내뿜었다.

"흐음-."

금향공주는 야율융서와 발해인 이씨 사이의 공주였다. 금향공주의 남편은 소도옥으로 남편과 더불어 서북로에 있다가 새해를 축하하기 위하여 와 있었다.

금향공주는 성격이 포악한 편이었다. 혼인하기 몇 년 전에도 자신의 여종을 살해한 적이 있었는데 그때는 여종을 자신의 거처에서 살해한 것이라 목격자가 거의 없었다. 그래서 조용히 무마시킬 수 있었다. 그

대신 야율융서와 이씨는 엄히 꾸짖었었다. 그 뒤로 특별한 문제를 일으키지 않았는데 다시 사람을 죽인 것이었다.

야율융서가 물었다.

"어디서 죽였소? 목격자는 얼마나 되오?"

야율융서는 먼저 목격자부터 알고 싶었다. 목격자가 적다면 어떻게든 덮을 수 있을 것이다.

소합탁이 다시금 머리를 조아리며 말했다.

"금향공주는 남편 소도옥과 심하게 다툰 후, 막사를 나가 눈에 보이는 여종을 채찍으로 후려쳐 넘어뜨린 후에, 근처 군사가 가진 추추(무기용 망치)를 빼앗아 여종의 머리를 수십 차례 내려쳤다고 합니다."

야율융서가 인상을 크게 구기며 내뱉었다.

"이런!"

막사를 나가 사람을 죽였다면 적어도 수십 명의 사람들이 보았을 것이다.

소합탁이 다시 말했다.

"그런데 죽은 여종에게는 다섯 살짜리 아들이 있었습니다. 엄마와 같이 있다가 죽는 모습을 모조리 보고 말았습니다. 이 아이가 죽은 엄마의 손을 잡아서 일으키려고 하면서 통곡하는데, 보는 사람들이 모두 눈물을 흘렸다고 합니다."

야율융서는 격노했다.

"이런 망할 것 같으니라구, 아들이 보는 앞에서 죄 없는 어미를 죽이다니!"

야율융서의 분노에 소합탁은 손을 공손히 모은 채 머리를 깊이 숙이고 있었다. 야율융서가 다시 말했다.

"당장 금향공주를 옥에 가두도록 하시오. 내 친히 심문한 뒤에 태형을 가할 것이오. 무고한 사람을 이토록 잔인하게 죽이다니, 이런!"

야율융서는 사람을 함부로 죽이는 것을 싫어했다. 미천한 여종의 목숨도 소중히 여길 만큼, 지금까지 거란의 황제 중에 가장 자애로운 인품을 가지고 있었다.

야율융서가 태형을 가한다고 했지만 이씨의 간청으로 태형을 면하고 공주에서 현주(縣主)로 낮춰지고 남편 소도옥 역시 관직이 낮아졌다.

55
다섯 번째 침공

칠월, 야율융서는 몹시 화가 나 있었다.

고려와의 국경까지는 가는 길이 너무 멀어서 오고가는 비용이 매우 많이 든다. 따라서 군인 가족 자체를 이주시키는 정책을 쓰고 있었다. 그런데 이주시킨 사람들이 지속적으로 고려로 도망치고 있었다. 특히 이번에는 백여 명이 넘는 인원이 고려로 도망쳤다는 보고를 받았다. 반대로 거란으로 도망 오는 고려인은 없었다.

야율융서는 바로 고려를 침공하고 싶었으나, 군사들에게 휴식을 주어야 했고 또한 가을에 황실의 행사가 있었다. 자신의 동생 진진국왕(秦晉國王)과 자신의 외조카이자 소배압의 딸 소설하(蕭偰河)의 혼인식이 있는 것이었다.

구월, 남경(지금의 중국 북경)에 나가 있던 진진국왕이 상경으로 돌아왔고, 야율융서는 직접 마중을 나가서 같이 사냥을 즐겼다.

시월, 소설하가 소배압과 더불어 상경에 도착하여 곧 성대한 혼례식이 치러졌다.

십이월 십일, 진진국왕은 소설하와 같이 남경으로 떠났다. 이 석 달 간, 야율융서는 가까운 친척들과 더불어 모든 시름을 잊고 즐겁게 보냈다. 고려 정벌을 시작한 이후로 편안한 날이 거의 없었는데, 간만에 느껴보는 안락함이었다.

그런데 며칠 후, 갑작스럽게 좋지 않은 소식이 도착했다. 진진국왕이 남경으로 가는 도중에 사망했다는 것이었다. 야율융서는 심히 애통해했다. 자신과 우애가 깊었던 형제 둘이 이제 모두 사망한 것이었다. 칠일간 조회를 정지시키고 동생의 죽음을 애도했다. 야율융서는 의무려산 현릉과 건릉 근처에 진진국왕의 묘터를 정하라고 지시했다.

다음 해(1017년) 삼월, 야율융서는 의무려산으로 행차하여 진진국왕의 장례를 지냈다. 장례가 끝난 후 야율융서가 지시한 사항은 이것이었다.

"고려 정벌을 준비하도록 하라!"

왕순은 수창궁 관인전에서 신하들과 새해를 맞는 의식을 하고 있었다. 이제 해가 바뀌어 정사년(1017년)이 되었다. 병진년(1016년) 하반기에 거란이 재침할 것이라고 예상했었는데 다행히 그런 일은 발생하지 않았다. 지난 이 년간 쉴 새 없이 휘몰아치다가 잠시 소강 분위기였다. 적어도 올 상반기까지는 거란의 침공이 없을 것이었다.

그런데 며칠 후 참지정사 장영이 표문을 올려 퇴직을 청했다.

"참지정사 장영이 아룁니다. 엎드려 생각하건대, 신은 재주가 옹졸한데도 나라의 요직에 임명되어 한갓 녹봉만 허비하였으니 관직에서 물러나게 해주시기를 청원합니다. 재주는 없는데 지위만 차지하여 '어진 관리'를 방해함이 또한 오래되었나이다."

왕순은 일단 만류했다. 표문에서는 본인이 재주가 없어서 퇴직을 청원한다고 했으나, 표문 속에 나오는 '어진 관리'가 강감찬을 지칭한다는 것을 알 수 있었다. 강감찬에게 막대한 권한을 수여하자, 당연히 불만과 뒷말들이 많았다. 왕순은 그것들을 모두 무시하고 일을 밀어붙였다.

역설적이게도 만일 예상대로 작년 하반기에 거란군의 침공이 있었다면 내부적인 갈등은 부각되지 않았을 것이다. 오히려 거란의 침공이 없자 이 갈등이 불거지는 것이었다. 최사위와 장영 등은 강감찬과 마주쳐도 인사도 안한다고 한다. 그리고 사적인 자리에서 이런 말을 했다고 한다.

"국가의 중요한 일은 강감찬과 강문 오걸이 처리하고 있지 않는가! 우리 같은 무능한 재상이 무엇이 필요한가!"

이 문제로 왕순은 고민하다가 어느 날 채충순을 불러 물었다.

"무슨 방법이 없겠소?"

"저도 사실 생각 중이었습니다. 가장 좋은 방법은 강감찬의 권한을 줄이는 것입니다."

왕순이 고개를 저으며 말했다.

"지금 소강상태이기는 하나, 거란군이 언제 침공해도 이상하지 않소."

채충순이 잠시 생각하더니 말했다.

"그렇다면 재상들의 관심을 돌릴 수 있도록 일거리를 주면 어떻겠습니까?"

"일거리라면?"

"아무래도 안종의 관을 개경으로 옮겨 오는 것이 어떻겠습니까?"

아버지 안종 왕욱의 묘소는 아직 사주(泗州: 경상남도 사천시)에 있었다. 왕순이 고개를 갸웃하며 말했다.

"관을 옮기는 일은 겨우 두어 달이면 족할 텐데, 그걸로 관심을 돌릴 만한 일거리가 되겠소?"

채충순이 조용히 말을 첨부했다. 왕순이 듣고 고개를 끄덕였다.

사월, 평장사 최항과 중추부사 윤징고를 사주(泗州)로 보내 안종의 관을 옮겨오게 하면서, 개경에서 동북쪽으로 삼십 리 떨어진 곳에 있는 어머니 헌정왕후의 능인 원릉(元陵) 옆에 장사를 지내고 건릉(乾陵)이라고 했다. 그리고 부모를 위한 절을 창건하기로 했다.

왕순은 이 절을 짓는 책임자로 최사위를 임명하며 조서를 내렸다.

"절을 짓는 일은 대단히 어려워서 위엄과 덕망을 갖추지 않으면 제대로 마칠 수 없을 것이다. 따라서 문하시랑평장사 최사위를 절을 짓는 책임자인 별감사(別監使)로 삼는다. 재상 최사위는 청렴·공평하고 타고난 성품이 강직하여 이 사람이 아니고서는 막중한 책무를 수행할 수 없을 것이다."

최사위는 명령을 받고 건릉과 원릉 근처에 머물면서 절을 지을 자리를 물색했다. 결국 위치를 정하고 왕순에게 보고했다.

"능에서 가까운 영취산(靈鷲山) 자락은 여러 산봉우리가 감싸 안는 곳으로 개경 가까이에 있으면서 세상의 시끄러움이 들어오지 못하는 곳입니다. 이곳에 절을 세우면 거란군이 가까이 오더라도 능을 침범하는 경우는 없을 것입니다. 농사가 바쁘지 않은 때에 절을 창건하겠나이다."

왕순은 절 이름을 현화사(玄化寺)로 정했다. 절을 창건하기 위해 성조도감사(成造都監使)란 임시 관청을 만들고 여러 관리들을 배치했다. 그런데 그중에는 전(前) 전중소감(殿中少監) 유승건(柳僧虔)도 있었다. 육 년 전(1011년) 왕순이 몽진할 때 전중소감 유승건은 호종하다가 전주에서 도망쳤었다. 이번에 만회할 기회를 준 것이다.

오월 십오일, 이제 계절은 완연한 여름으로 오전부터 따가운 햇살이 내리쬐었다. 왕순은 관인전에서 뜰을 내려다보고 있었다. 뽕나무에 오디가 검붉게 익어 있는데 관인전으로 김은부의 셋째 딸이 들어왔다.

"아버님이 새벽에 돌아가셨습니다."

셋째의 눈은 퉁퉁 불어 있었다. 왕순이 큰 한숨을 쉬며 셋째를 위로했다. 김은부는 병으로 한 달째 휴가를 낸 상태였다. 며칠 전 김은부의 병세가 위중해지고 있다는 말에 김은부의 집으로 문병을 갔었다. 김은부는 부축을 받지 않고서는 몸을 일으키지 못할 정도로 쇠약해 있었다. 왕순이 김은부의 손을 잡으며 말했다.

"경이 육 년 전에 공주에서 환대해주지 않았다면 짐이 어찌 이 자리에 있겠소!"

김은부가 고개를 숙이며 말했다.

"성상께서는 고려를 위해 하늘이 내신 분입니다. 신이 과분한 총애를 받고도 행한 바가 없어 송구스럽습니다."

"어서 쾌차하도록 하십시오."

왕순은 마음이 허전했다. 김은부는 검소하고 소박했으며 부지런했다. 왕의 장인이 되었음에도 전혀 세도를 부리지 않았고 김은부의 딸들이 왕자와 공주를 낳았음에도 그 태도에는 변함없었다. 한 사람의 관료로서 성실하게 맡은 일을 수행할 뿐이었다.

왕순이 신하들에게 말했다.

"오늘 하루 조회를 중지시키도록 하시오."

왕순은 곧 흰 베옷으로 갈아입고 김은부의 집으로 갔다. 왕순이 온다는 소식에 김은부의 처부터 첫째 아들 김충찬, 연경원주와 안복원주, 막내아들 김난원이 모두 대문 밖에 나와 있었다. 왕순은 일일이 위로하고 안으로 들어갔다. 김은부의 시신은 홑이불로 덮여 있었고 얼굴에는 하얀 백포가 씌어져 있었다. 다가가서 백포를 살짝 들고 김은부의 얼굴을 보았다. 왕순은 눈물을 떨구었다.

한참 장례를 치르고 있는데 중추사 채충순이 급히 와서 보고했다.

"거란에서 군대 소집령을 내렸다고 합니다."

왕순은 즉시 궁으로 돌아왔다. 그리고 강감찬을 도통에 임명했다. 또한 서눌을 송나라에 보내 거란의 침공 사실을 알리게 하고 특히 동여진족들을 최대한 많이 데리고 가게 했다. 송나라 궁궐에서 마주치게 될 거란 사신에게 고려, 여진, 송나라가 연대해서 거란에 대항하는 모습을 보여주기 위해서였다.

오월 초하루, 소합탁이 야율융서에게 보고했다.

"각 군에 소집 명령을 내렸나이다."

야율융서가 물었다.

"누구를 도통에 임명하는 것이 좋겠소?"

소합탁이 머리를 조아리며 말했다.

"소신이 도통이 되어 군대를 지휘하겠나이다."

야율융서가 고개를 저으며 말했다.

"경은 짐의 곁에서 보필해야 하니, 다른 사람을 보냅시다."

"폐하께서 숙원하시는 일이니 소신이 앞장서서 모범을 보이겠나이다."

야율융서가 물끄러미 소합탁을 바라보았다. 그 시선을 느끼고 소합탁이 말했다.

"저는 군사에 대해서는 익숙하지 않습니다. 그렇지만 폐하의 명령으로 보주를 건설하니, 군대의 이동이 아주 편리해졌습니다. 송나라와는 다른 해법으로 고려를 대해서, 보주를 설치했듯이 국경부터 차분히 뺏어 들어가는 방법을 사용해봄 직합니다."

야율융서가 고개를 끄덕이며 동의했다.

"그렇지. 고려와 송나라는 지형 자체가 다르지."

소합탁이 야율융서의 표정을 면밀히 살피며 말했다.

"그런데 성을 공략하는 일은 왕계충의 특기이니, 그와 같이 가면 잘 해낼 것입니다."

야율융서가 물었다.

"왕계충과 경은 사이가 별로 좋지 않소. 그런데 같이 손발을 맞출 수 있겠소?"

"소신과 왕계충이 사이가 좋지 않은 것은 개인적인 문제입니다. 지금은 나랏일을 할 때입니다. 왕계충이 성을 공격하는 데는 최고의 전문가이니 그를 써야 합니다."

야율융서는 왕계충을 불러 의견을 물었다. 왕계충이 동의하며 말했다.

"고려의 성곽을 차근히 점령하는 것도 좋을 듯합니다."

야율융서가 뭔가를 떠올리며 왕계충에게 말했다.

"일전에 경이 위무제*(魏武帝)가 하비성(下邳城)을 공략할 때 수공을 썼다고 하지 않았소! 흥화진 앞에도 물이 많이 흐르니 거기에 쓸 수 있지 않을까요?"

왕계충이 동의하며 말했다.

"참으로 좋은 생각이십니다. 그렇게 준비하도록 하겠습니다."

야율융서가 대단히 흡족해하며 말했다.

"이번 원정에서 흥화진만 무너뜨려도 큰 성공이요."

야율융서는 소합탁을 도통으로, 왕계충을 부도통으로, 소허열을 도감으로 삼아 고려를 정벌토록 했다. 그러면서 소합탁에게 보석으로 장식된 검을 하사하며 말했다.

"이 전살검(專殺劍)을 받으시오. 황제와 같은 권한으로 독단으로 죄인

들을 처단할 수 있는 권한을 주겠소.”

소합탁은 고려 정벌이 쉽지 않다는 것을 잘 알고 있었다. 가능한 한 맡고 싶지 않은 일이었다. 그러나 황제가 야심 차게 추진하고 있으니 맡지 않을 수 없다.

칠 년 전(1010년) 황제가 친정하여 개경까지 입성했으나 막대한 피해를 입고 물러날 수밖에 없었다. 사실상 패전이었다. 작년에는 총사령관인 야율세량이 전사하고 말았다. 공식적으로는 병사라고 발표했지만….

황제를 만족시켜 총애를 계속 유지하면서도 자신의 안전도 지킬 방법을 찾아야 했다. 소합탁은 고민에 고민을 거듭한 결과, 방법을 찾아냈다.

고려 영토 깊숙이 들어가는 것은 매우 위험한 행동이다. 잘못하면 패전하거나 전사할 수도 있다. 가장 안전한 방법은 흥화진을 목표로 공격하다가 여의찮으면 물러나는 것이다. 이렇게 하는 그럴듯한 이유를 찾아서 황제를 납득시키면 되는데, 생각해보니 황제의 명으로 보주를 설치했다. 보주 설치가 아주 잘한 행동이라고 칭찬하여 황제를 만족시켜, 국경지대부터 차분히 영토를 뺏자고 하는 것이다.

만일 흥화진을 함락시킨다면 큰 전공을 세운 것이다. 문제는 흥화진을 함락시키는 것이 쉽지 않다는 것이다. 따라서 또 한 가지 안전판을 만든다. 자신과 정말 사이가 좋지 않은 왕계충을 데리고 가는 것이다. 자신이 북원추밀사로 임명되는 것에 왕계충은 적극 반대한 사람이었고 심지어 술자리에서 조롱하기도 했었다. 왕계충은 성을 공략하는 데 특기가 있었다. 성공하면 도통인 자신의 공인 것이고 실패하면 왕계충에게 뒤집어씌운다.

　소합탁에게는 정벌의 성패가 중요한 것이 아니라, 자신의 지위와 권력을 지키는 것이 가장 중요했다.

　목사와 목개는 말 한 마리가 모는 수레를 끌고 있었다. 전쟁 물자와 식량을 가득 실은 수레의 행렬이 거란의 동경에서 압록강 남쪽 보주로 이어지고 있었다.

　그런데 이들 옆으로 지나가던 거란군 하나가 목사의 수레를 빤히 쳐다보더니, 수레의 행렬이 휴식을 취하기 위해 멈추었을 때, 몇 명과 같이 다가왔다. 그러더니 수레에 연결된 말의 멍에를 벗기려고 했다. 목사는 놀라서 급히 다가가 그의 손을 잡았다.

　"뭐 하는 짓이요?"

　거란군은 목사를 밀쳐버리고 멍에를 벗겼다. 목사가 어찌할 바를 모르고 있는데, 이번에는 수레에 실린 식량을 빼내서 말 등에 싣기 시작했다. 목사가 소리쳤다.

　"이것은 군대의 물품이요. 훔치면 사형을 당하게 된단 말이오!"

　목사의 말에도 아랑곳하지 않고 거란군들은 계속 식량을 실었다. 목개가 참지 못하고 거란군과 실랑이를 벌였다.

　"쫙!"

　"악!"

　거란군이 채찍을 들어 내려쳤고 목개는 비명을 지르며 쓰러졌다.

　"쫙! 쫙! 쫙!…."

　그런데 목개가 쓰러졌는데도 계속 때렸다. 목사가 몸을 날려 목개의 몸 위를 덮었고 목사도 흠칫 두들겨 맞았다. 주위에 누구도 이들을 도와주지 못했다. 거란군들은 한참을 채찍질 한 후, 목사와 목개에게 침을 뱉고 사라졌다.

많이 맞아서 몸이 매우 아팠으나 어디가 부러지거나 심한 부상을 당하지는 않은 것 같았다. 황당한 일을 겪은 목사와 목개는 운송을 책임진 장교에게 가서 사정을 설명했다.

장교가 말했다.

"그자들의 소속을 아는가? 소속을 안다고 해도 우리가 뭘 어쩌겠나? 재수 없었다고 생각하게나. 식량이 없어진 것은 큰일이니, 사형을 당하고 싶지 않다면, 보주에 도착 전에 어떻게든 채워 넣게. 내가 그건 눈감아 줌세."

"엉, 엉, 엉…."

목개가 그 말을 듣고 분함과 억울함에 소리 내어 울었다. 거란 내부에서 고려로 가는 것이 대단히 위험하다는 인식이 퍼져서, 지위가 있거나 부자인 사람들은 돈을 주고 사람을 사서 징집을 피하고 있었다. 그러다 보니 질 떨어지는 사람들이 몰려들었다.

말을 빼앗긴 탓에 목사가 수레를 끌고 목개가 뒤에서 밀었다. 둘은 입으로는 연신 욕을 하며 땀을 뻘뻘 흘리면서 부지런히 움직였다. 시간에 늦지 않게 자신의 집에 들러서 식량을 채워 넣어야 하는 것이다. 이제 압록강 북안에 도착했고 강변을 따라 동쪽으로 십 리만 가면 집이었다.

집에 도착하자 보이는 풍경은 온통 엉망 그 자체였다. 지나가던 거란군들이 모두 다 훔쳐 간 것이다. 마을 자체가 초토화되어 있었고 저항하다가 얻어맞은 사람들도 꽤 있었다. 도둑질과 강도질을 당한 것이다.

목개가 씩씩대며 말했다.

"이 개 같은 새끼들!"

하여튼 지금 해결해야 할 일은 식량을 무조건 채워 넣는 것이었다. 목사와 목개는 여기저기 돌아다니며 부탁했으나 모두 거란군들이 가지고 가버려서 방법이 없었다.

해가 지고 있었다. 이제 보주로 가야 한다. 가지 않으면 탈영이고 탈영은 곧 사형이다. 그런데, 식량을 잃어버린 채 가도 사형이다. 목사와 목개는 잠시 의논한 뒤 보주로 향하는 척하다가 날이 어두워지자 수레를 버려두고 압록강을 헤엄쳐 건넜다.

며칠 후, 응양군 상장군 지채문은 관인전에서 왕순 옆에 시립하고 있었다. 그런데 여진족으로 보이는 사람 둘이 들어오고 있었는데, 그중 한 사람을 보고 매우 놀랐다. 그는 여진 사람 목사였다.

목사와 목개는 낮에는 숨고 밤에는 산길을 달려 고려의 흥화진에 도착하는 데 성공했다. 이때 서북면도통 강감찬을 비롯한 지휘부는 흥화진에 있었다.

조원이 목사와 목개를 알아보고 놀라움과 반가움을 담아 인사를 건넸다.

"여허, 목사와 목개! 이렇게 다시 보는군!"

강감찬이 목사와 지채문의 인연을 듣고 개경으로 보낸 것이었다.

왕순이 강감찬이 보낸 장계를 읽은 뒤에 말했다.

"이런 인연이 있나!"

그날 밤 지채문은 목사와 목개를 자기 집으로 데리고 가서 잘 대접해 주며 이런저런 대화를 나누었다.

지채문이 물었다.

"너의 어머니는 잘 계시는가?"

칠 년 전(1010년), 지채문이 목사를 살려준 이유는, 그 어머니가 살아 있다고 했기 때문이다. 목사가 머리를 긁적이며 말했다.

"어머니는 저희가 아주 어렸을 때 돌아가셨습니다."

목사와 목개는 다시 서북면으로 보내졌다. 가는 길에 서경 동쪽 나평에 들러서 어느 초가집 사립문 앞에 발걸음을 멈췄다. 목사의 심장이 쿵쾅댔다. 사립문을 열자 한 노파가 마루에 걸터앉아 쉬고 있는 것이 보였다. 노파가 목사를 물끄러미 보다가, 눈을 크게 뜨고 몸을 일으켜 빠른 걸음으로 다가왔다.

"아니, 이게 누군가!"

목사가 고개를 깊이 숙여 인사했다. 노파는 몹시 반가워하며 목사를 얼싸안고 물었다.

"아니 여기는 어떻게 왔는가?"

목사가 그간의 사정을 설명하자, 노파가 눈물을 글썽이며 말했다.

"이제 고려말을 아주 잘하는군! 우리가 이 생애 다시 볼 줄 어찌 알았겠노!"

목사가 노파에게 물었다.

"건강은 괜찮으십니까?"

"나야, 지 장군이 돌봐줘서 아주 잘 지내고 있지."

목사와 목개는 나평에서 하룻밤을 보낸 뒤, 다시 서북면으로 향했다. 서북면의 고려군들은 전쟁 준비에 한창이었다. 목사와 목개는 구주에 살게 되었고 역시 수레를 이용해 보급하는 역할을 맡게 되었다.

그런데 며칠을 지내고 보니 마음이 매우 불안했다. 부족민들은 갑자기 사라진 자신과 목개를 매우 걱정하고 있을 것이었다. 특히 가장 친했던 개신(揩信)에게조차 아무 말도 못 한 것이 마음에 몹시 걸렸다.

목사는 구주방어사 시거운(柴巨雲)을 찾아가 말했다.

"몰래 부족민들을 만나고 오겠습니다."

시거운은 목사를 홍화진에 있는 강감찬에게 보냈다. 강감찬은 정탐의 필요성이 있다고 판단하여 허락했다.

"부족민들을 만나고 거란의 상황도 염탐해 오게."

목사는 어둠을 틈타 압록강을 건넜다. 동이 트기 전에 부족민들이 사는 마을로 잠입하여 개신을 만날 수 있었다.

개신이 말했다.

"며칠 전부터 거란군이 주변의 노약자들을 동원하고 있어. 아마도 그들을 화살받이로 앞세우고 곧 고려를 공격할 것 같아."

목사는 개신의 집에 숨어 있다가 그날 밤에 개신과 함께 길을 나서려고 했다. 그런데 해가 지기 전에 승려 무리가 마을로 오더니 공터에서 모닥불을 피워 고기를 구우며 술판을 벌였다.

목사가 개신에게 물었다.

"저들이 누군지 알아?"

"동경의 승려들 같아. 승려들도 군대에 동원되었다고 하더라구."

밤이 깊어지자 술을 마시던 승려들은 하나둘 쓰러져 잠이 들었다. 목사와 개신이 마을 밖으로 나섰는데, 몸집이 작은 한 승려가 무리에 떨어져서 술에 만취해 쓰러져 자고 있는 것이 보였다. 목사가 조심스레 지나가려다가, 갑자기 어떤 생각이 들어 그를 흔들어보았다. 완전히 인사불성 상태였다. 목사는 갑자기 이 자를 둘러업었다. 개신이 몹시 놀라서 물었다.

"뭐 하자는 거야?"

목사는 대답하지 않고 서둘러 움직였다. 다행히 날이 밝을 때쯤에 백마산성에 도착할 수 있었다. 그리고 이즈음 목사가 업고 온 승려도 정신을 차렸다. 그는 소스라치게 놀란 모습이었다. 자신을 거란 동경에 있는 숭성사(崇聖寺)의 승려 도준(道遵)이라고 밝혔다. 도준을 통해서 거란군의 자세한 움직임을 알 수 있었다.

그리고 그다음 날(8월 28일), 거란군의 침공이 시작되었다.

56
서막

소합탁과 왕계충, 소허열은 흥화진에서 동쪽으로 천 보 떨어진 언덕 위에 있었다. 이 언덕은 칠 년 전(1010년)에 소배압이 주둔하며 흥화진에 대한 공격을 지휘하던 곳이었다.

팔월 이십팔일, 계절이 가을로 접어들면서 햇볕은 아직 따갑지만 습도가 낮아져서 꽤 쾌적한 날씨였다. 흥화진의 동·서·남쪽을 감싸며 흐르는 삼교천은 여름보다 수량이 줄어 있었다.

팔월에 침공하면 강물이 얼지 않아 기동하기가 매우 불편하다. 그러나 이번에는 그런 것을 고려할 필요가 없었다. 목표가 완전히 달랐기 때문이다. 그전에는 강물이 어는 시점을 중심으로 기동력으로 고려를 흔들었지만, 이번 목표는 흥화진 함락이었다.

소합탁과 왕계충은 껄끄러운 관계였다. 왕계충이 북원추밀사에 소합탁을 임명하는 것을 공개적으로 비판했기 때문이다. 그런데 이번에는 둘의 이해관계가 묘하게 일치했다.

소합탁은 고려 영토 깊숙이 들어가는 것을 두려워했다. 경술년(1010년)에는 개경까지 입성했으나 퇴각하는 길에 고려군의 공격을 받아 패전과 다름없는 큰 피해를 입었고, 작년(1016년)에 비록 고려군 주력을 패배시켰으나 총사령관인 야율세량이 전사하고 말았다.

따라서 소합탁은 절대 무리하고 싶지 않았으나 황제의 총애를 계속 받으려면 고려 정벌에서 성과를 내는 것도 필요했다.

왕계충은 정벌에 진심이었다. 성과를 내고 싶었다. 한족인 왕계충의 특기는 기병을 이용한 기동전이 아니라 공성전과 수성전이었다. 경술년(1010년) 때도 흥화진 공격을 왕계충이 주도했었다. 그런데 시간이 단 며칠밖에 주어지지 않았었다. 시간이 충분히 주어졌다면 흥화진을 함락시킬 수도 있었을 것이다.

이런 이유로 소합탁과 왕계충의 이해관계가 맞아떨어졌다. 또한 소합탁은 다른 속셈도 있었다. 만일 흥화진 공격에 실패하면 그 책임을 왕계충에게 돌리면 되는 것이다.

소허열은 흥화진을 공격하는 것보다는 기동전을 더욱 선호했으나, 도통과 부도통이 흥화진을 공략하려고 하고 황제가 동의했으니 따를 뿐이었다.

사방으로 정찰 나갔던 원탐난자군들이 와서 보고했다.

"흥화진 사방 이십 리 내에는 고려군이 없습니다."

소합탁이 고개를 끄덕이며 말했다.

"그렇다면 고려군 주력은 안주 정도에 있겠군."

왕계충이 기대에 찬 목소리로 말한다.

"마음 놓고 흥화진을 공격할 수 있겠군요."

고려에서 흥화진 남쪽에 용주와 철주를 설치해서 정찰이 그전보다 자유롭지는 않았다. 어쨌든 사방 이십 리 내에 고려의 주력군이 없는 것은 확실했다.

왕계충은 상당히 기대하고 있었다. 경술년(1010년)에는 며칠밖에 흥화진을 공격하지 못했고 또한 겨울이라 땅이 얼어서 쓸 방법도 제한적이었다. 이번에는 육 개월가량을 흥화진에 집중할 수 있어서 다양한 방법을 사용할 수 있는 것이다. 이번에는 자신의 장기를 확실히 보여줄

참이었다.

왕계충은 삼교천을 막았다가 터트리는 수공에 대해서 연구해보았다. 그런데 흥화진은 산성이라 물로 완전히 잠기게 할 수 없었다. 오히려 잘못했다가는 흥화진에 거대한 해자를 만들어주어 공격만 어렵게 할 가능성이 더 컸다. 그런데 황제가 원하는 것을 마냥 무시할 수는 없었다. 왕계충은 일단 자신의 방법대로 하다가 정 안 되면 맨 마지막에 시도해보려고 생각했다.

왕계충은 각종 비포(飛砲: 투석기) 백 대와 첨두목려*(尖頭木驢)와 전호차**(塡壕車) 이백 대, 운제(雲梯) 열 대를 만들게 했다. 이 장비들로 흥화진 동문 쪽을 집중적으로 공격할 것이다. 그리고 이번에는 동쪽뿐만이 아니라 남쪽과 북쪽 성벽도 공략할 것인데, 땅굴을 성벽 바로 아래까지 파서 성벽을 붕괴시킬 계획이었다.

강감찬은 군대를 일반적인 방식대로 중군, 좌군, 우군으로 나누었다. 중군은 자신이 지휘하고, 좌군은 강민첨, 우군은 조원이 맡게 했다. 흥화진 안에는 조원이 우군을 이끌고 대기하고 있었다. 우군에 속한 부대들은 모두 기치를 내리고 있었다. 적들이 흥화진 안의 병력 규모를 파악하지 못하게 하려는 것이었다.

조원이 밖을 보며 말했다.

"야, 정말 새카맣게 몰려왔군."

강감찬을 비롯한 나머지 고려군들은 흥화진 남쪽 철주성에 주둔했다. 척후병이 강감찬에게 보고했다.

---

* 　첨두목려: 수레에 삼각형의 지붕을 만들고 전체를 생 소가죽으로 감싼 수레.
** 　전호차: 앞에 커다란 방패를 단 수레.

"적들이 홍화진을 공격할 준비를 하고 있습니다."

그로부터 사흘 동안 거란군의 동태는 변함없었고 홍화진 주변에서 공성무기를 계속 만들고 있었다.

강감찬이 제장들에게 말했다.

"거란군들이 이번에는 홍화진을 제대로 공격해보려는 것 같은데…."

지금까지 거란군은 성곽을 오래 공격하지 않았었다. 강민첨이 지도 위의 삼교천을 한참 보다가 무엇을 말하자, 강감찬이 고개를 끄덕였다.

곧 통주도부서 유백부를 불러들였다. 통주도부서는 통주에 설치되어 있는 도부서로 배를 맡은 부서이고 평소 해운로를 통한 수송이 주업무였다. 강감찬이 유백부에게 물었다.

"배가 모두 몇 척이 있소?"

소허열은 도통소가 차려진 홍화진 동쪽 언덕에 있었다. 닷새 동안 홍화진을 공격할 준비를 했다.

비포 백 대가 위용을 뽐내며 대기 중이었고, 비포 앞에는 커다란 목만*을 앞세워 고려군의 공격에 대비하게 했다. 그 앞에는 첨두목려와 전호차 이 백 대가 있었고 운제 열 대 역시 대기 중이었다. 또한 삼교천과 홍화진 성벽 사이에 거점을 만들기 위한 수만 개의 흙포대가 쌓여 있었다.

경술년(1010년)보다 훨씬 장관이었다. 왕계충은 진정 그때 못다 한 한을 풀려고 하고 있었다. 그리고 이곳에서는 보이지 않지만 홍화진 남쪽과 북쪽 편에서는 땅굴을 뚫고 있었다. 이 작업은 벌써 닷새 전부터 시작했다. 소허열은 홍화진을 함락시킬 수도 있을 것 같다는 느낌이 들

었다.

진시 초(7시), 소합탁은 드디어 공격 명령을 내렸다. 동문 앞의 삼교천에 폭이 이십 척이나 되는 뗏목으로 만든 배다리 두 량이 금방 설치되었다. 첨두목려와 전호차가 앞장서서 삼교천을 건넜고 비포와 운제가 그 뒤를 따랐다.

비포가 배다리를 건너기 시작하자 드디어 고려군이 날린 돌이 날아왔다. 그러나 목만을 앞세워 전진시켰기 때문에 비포의 피해는 없었다. 백 대의 비포가 모두 건너가서 정렬하자 시간은 벌써 정오가 되었다.

이제 비포들이 구십 근(斤)짜리 포탄을 날려 성벽이 파괴되거나 약해지면 첨두목려와 전호차가 성벽에 붙어 공격할 것이다.

소합탁은 이 모습을 보고 매우 기뻤다. 계획대로 되고 있었다. 만족한 미소를 띠며 소허열에게 말했다.

"계획대로 되고 있군요."

"확실히 부도통께서 준비를 잘했습니다."

그런데 그때 서쪽에서 고려군의 뿔나팔 소리가 들렸다.

"뚜웅~~~~~~~~."

잠시 후 그 소리에 호응해서 남쪽에서도 뿔나팔 소리가 멀리서 미미하게 울리기 시작했다.

원탐난자군이 달려와 보고하기 시작했다.

"남쪽에서 고려의 대군이 접근 중입니다!"

소허열이 원탐난자군에게 물었다.

"어디까지 접근했나?"

"지금쯤 이십 리 지점까지 왔을 것입니다."

소허열이 소합탁에게 말했다.

"일단 방비를 단단히 해야 합니다."

그런데 소합탁은 안절부절하며 두서없는 소리를 해댔다.

"고려의 대군이 오다니 그럴 리가 없는데…."

한동안 소합탁의 입에서 제대로 된 명령이 나오지 않자, 할 수 없이 소허열이 대신해서 여러 명령을 내렸다. 곧 왕계충도 현장을 지휘하다가 도통소로 달려왔다.

소합탁이 남쪽을 보다가 다시 흥화진 쪽을 번갈아 보며 어쩔 줄 몰라 하다가 갑자기 흥화진 쪽을 가리키며 외쳤다.

"저것이 무엇인가?"

그때 흥화진 남쪽 삼교천에서 무언가가 나타났다. 그것은 물 위를 둥둥 떠서 오고 있는 배였다. 갑자기 나타난 이십여 척의 배들은 삼교천을 유유히 거슬러 올라와서 삼교천에 설치된 뗏목다리를 부수고 흥화진 동문 앞에 일렬로 멈추어 섰다.

삼교천을 건너 흥화진 동문 쪽에 주둔한 거란군들은, 자신들의 뒤쪽에 나타난 배로 인해 후방을 차단당했고 결과적으로 흥화진의 성벽과 배에 포위당한 모양새였다.

곧 배 위에서 불덩어리들이 거란군 비포를 향해 날아들었고 비포들이 불타오르기 시작했다. 앞뒤에서 적을 맞은 거란군은 적절히 대응하지 못한 채 우왕좌왕하고 있었다.

그 와중에 남쪽에서 고려의 대군이 계속 접근 중이라는 보고가 올라왔다.

소허열은 소합탁을 보았다. 역시 어쩔 줄 모르고 있었다. 그런데 왕계충도 마찬가지였다. 왕계충은 청렴하고 유능한 관리였으나 장수로서의 재질은 가지고 있지 않은 것 같았다.

"뚜웅~~~~~~~~~."

이번 나팔 소리는 동쪽에서 울렸다. 동쪽에서도 고려군이 나타난 것이다.

소허열이 소합탁에게 말했다.

"가만히 있어서는 안 됩니다. 어떻게든 대응해야 합니다."

소합탁이 텅 빈 눈빛으로 소허열을 보다가 말했다.

"모두 퇴각한다!"

소허열이 놀라서 물었다.

"그게 무슨 말입니까?"

"일단 보주까지 퇴각한 다음에 전열을 정비합시다."

소합탁은 퇴각 명령을 내리고 스스로 말을 타고 북쪽으로 달리기 시작했다. 소허열 역시 따를 수밖에 없었다. 뒤를 돌아보니, 갑작스러운 후퇴 명령에 아군들은 갈팡질팡 움직이고 있었다. 질서 있게 후퇴할 시간이 충분한데, 소합탁은 '자라 보고 놀란 가슴 솥뚜껑 보고 놀라는 것'마냥 헐레벌떡이고 있었다.

홍화진에 있던 조원은 거란군이 무질서하게 후퇴하자, 즉시 장군 견일(堅一)·홍광(洪光)·고의(高義)를 출격시켰고 이들은 많은 적군을 죽이거나 사로잡았다.

그로부터 한 달 후, 구월 이십삼일, 왕순은 관인전에서 군사들을 사열하며 강감찬 등 제장들을 치하했다. 왕순은 안도했으며 자신감이 밀려왔다. 경술년 이후에 이렇게 거란군을 가볍게 격퇴한 것은 처음이었다. 강감찬은 스스로 한 말을 확실히 지키고 있었다.

왕순은 수창궁에서 거처를 본궐로 옮겼다.

며칠 후, 최항이 건의했다.

"이번 승리는 조상의 영령들이 보우했기 때문입니다. 삼국의 능묘(陵廟)를 수리하는 것이 어떻겠습니까!"

왕순은 이렇게 발표했다.

"고구려·신라·백제 국왕의 능묘를 모두 해당 고을에서 수리하게 하고, 땔나무의 채취를 금하며, 그 앞을 지날 때는 말에서 내려 예를 표하도록 하라."

제 8 장

구주대첩

57
사랑

야율융서는 소합탁이 올린 표문을 보았다.

"흥화진을 포위해 공격하는데, 적들이 사방에서 나타나 일단 보주까지 후퇴했습니다. 다시 고려로 들어가려고 하는데 군대에 전염병이 돌아 어쩔 수 없이 퇴각했나이다."

보주에 대기하다가 군사들 몇이 배앓이를 하자 소합탁은 전염병이 돈다는 핑계로 그냥 퇴각해버렸다.

"흠-."

야율융서는 어금니를 꽉 깨물었다. 고려 정벌에서는 이상하게도 되는 일이 없었다. 훌륭한 성과를 내던 야율세량은 갑자기 전사했고, 소합탁은 고려에 조금의 생채기도 내지 못하고 그냥 돌아오고 말았다.

얼마 후 고려 정벌에서 돌아온 소합탁이 머리를 아래로 조아리며 말했다.

"북원추밀사에서 물러남을 윤허해주십시오."

야율융서가 물끄러미 보며 말했다.

"승패는 늘 있는 일인데, 한 번 패했다고 물러나게 하면 누가 관직에 있겠소!"

소합탁이 고개를 더욱 아래로 내려뜨리며 말했다.

"폐하의 뜻에 부합하지 못했으니 심히 송구스럽나이다."

야율융서가 손을 저으며 말했다.

"쓸데없는 소리할 필요 없소. 고려는 우리의 연이은 군사행동으로 사정이 많이 어려워졌을 것이요. 고려를 완전히 정벌할 계획을 세워 오도록 하시오."

"이번 일을 계기로 역시 겨울에 침공해야 한다는 것을 여실히 알게 되었습니다. 날씨가 따듯하다고 해서 흥화진을 공략하는 것이 쉬운 일도 아니었고 오히려 날씨 탓에 전염병마저 군중에 돌았나이다."

날씨가 좋은 가을에 침공한 것은 왕계충의 강력한 주장에 그렇게 한 것이었다. 소합탁은 돌려 말하며 책임을 왕계충에게 미룬 것이다. 야율융서가 고개를 끄덕였다.

소합탁이 물러간 뒤 이번에는 왕계충을 접견했다.

"고려에 갔다 오느라 수고하시었소."

왕계충이 머리를 조아리며 말했다.

"성과를 내지 못하여 송구하기 그지없나이다."

"경이 일전에 '소합탁은 크게 쓸 수 있는 인재가 아니다'라고 했었지."

왕계충은 야율융서가 갑자기 자신이 했던 소합탁의 평가를 얘기하자 약간 의아하고 당황스러웠다.

"네, 소신이 그리 말하였었습니다."

"이번 일을 보니, 경이 사람을 알아보는 데 밝다는 것을 확실히 알게 되었소."

왕계충은 약간 겸연쩍었다. 이번 침공에 기본 책임이 소합탁에게 있지만 부도통이었던 자신에게도 책임이 있는 것이었다. 야율융서가 이어서 말했다.

"경을 남원추밀사에 임명하겠소."

북원추밀사가 거란인에 관한 일을 처리하는 최고 요직이고, 남원추밀사는 한인에 관한 일을 처리하는 최고 요직이었다. 물론 실제 권력은 북원추밀사가 훨씬 우위에 있었다.

야율융서의 의도는 두 가지였는데, 첫째는 소합탁의 정적이라고 할 수 있는 왕계충으로 하여금 소합탁을 견제하게 하여 신하들의 권력을 분산하려는 것이었고, 둘째는 고려를 정벌하는 데 힘쓰면 실패하더라도 관직을 높인다는 것을 다른 신하들에게 보여주려는 것이었다.

이번에는 소허열을 접견했다. 소허열과는 앞의 두 사람과 다르게 전투 상황에 대해서 자세한 이야기를 나누었다. 한참 대화 후, 야율융서가 모두가 들을 수 있는 혼잣말을 했다.

"소합탁이나 왕계충이 장수로서의 재질은 그다지 좋지 않군."

그러더니 소허열을 보고 말했다.

"너는 고려를 여러 번 정벌했으니 가장 잘 아는 사람이다. 앞으로 고려 정벌을 일임하고자 한다."

소허열이 힘주어 말했다.

"중책을 맡겨주시니 반드시 신명을 바쳐 해내겠나이다."

거란에서 북원추밀사는 황제의 바로 아래에 위치하는 최고의 권력자였다. 따라서 황제를 보좌해 국가가 나아갈 큰 방향을 정하고, 그 정책을 입안하고 실현시키는 관직인 것이다.

그런데 소합탁은 귀족과 관리들에 대한 통제력을 강화하기 위하여 형법에 관한 소송 업무를 직접 처리하기 시작했다. 귀족과 관리들의 비리를 혁파한다는 명분이었는데 지금까지 북원추밀사가 이런 세세한 업무를 처리한 적은 없었다. 소합탁이 형법을 통해 권력을 구체적으로 행사하니 문지방이 닳도록 사람들이 찾아왔다. 귀족과 관리들 대부분이 그에게 붙었는데, 소합탁은 자신에게 줄 서는 사람들은 교묘히 봐주고 반하는 사람들은 탄압했다.

그리고 사람들이 선물이라는 명목으로 많은 뇌물을 바쳤지만 소합탁은 일절 받지 않았다. 황제의 총애를 받아 권력을 유지하려면 무엇보다 올바르고 강직하게 처신하는 것처럼 보여야 했다.

드디어 소합탁의 의도대로 되었다. 야율융서는 소합탁이 뇌물을 전혀 받지 않고 검소하게 생활하자 그가 청렴하다며 감탄했다. 또한 소합탁에게 붙은 주위 신하들이 소합탁을 칭찬하니, 소합탁을 북원추밀사에 임명한 자신의 결정이 옳다고 확신했다.

야율융서는 황족의 여인을 소합탁의 아들에게 시집보내 사돈 관계를 맺었다.

또한 소합탁과 '친구의 서약'을 맺었는데, 거란 문화에서 '친구의 서약'이라는 것은 평생에 걸쳐 '친구'가 되어 의리를 지킬 것을 맹세하는 강력한 약속이었다. 따라서 아주 특별한 경우가 아니라면 황제와 신하가 '친구의 서약'을 맺는 일은 없었다. 야율융서와 소합탁은 양쪽의 식구들을 모아 놓고 활, 화살, 말안장을 바꾸며 '친구의 서약'을 맺는 의식을 거행했다.

이제 황제와 친구가 된 소합탁의 권력은 단단한 반석에 오른 것이다. 대다수의 관리와 귀족들이 바쁘게 소합탁의 집으로 몰려들었다.

다음 해(1018년) 일월, 서남로초토사 소배압에게서 표문이 왔다.

"북쪽으로 도망갔던 당항족들을 토벌하여 오천칠백 명의 수급을 베었더니, 일만 호가 다시 귀순해 왔나이다."

소배압의 나이는 벌써 예순여섯이었다. 이런 연로한 나이에 초토사로 변방에 나가는 일은 거의 없었다. 중앙에서 명예직을 맡으며 한가로

이 여생을 보내는 것이 일반적이었다.

이제 당항족들의 반란도 거의 진압되었으니, 야율융서는 소배압을 중앙으로 복귀시킨다는 조서를 내렸다. 서남로초토사는 소배압의 조카인 소혜가 잇기로 했다.

그리고 이번 봄 날발을 상경에서 서남쪽으로 천 리가량 떨어진 난하(灤河) 상류*에서 하기로 했다. 야율융서가 이쪽으로 가는 이유는, 그리운 사람이 생각났기 때문이었다.

소배압은 서남면이 안정되었으므로 이제 서남면초토사에서 물러날 시점을 생각하고 있었다. 이런 변방의 일은 자신 같은 원로대신이 아니라 젊은 관료들이 해야 하고, 그래야 그들이 경험을 쌓아서 나라의 기둥이 될 것이었다. 이번에는 여러 곳에서 일이 터져서 어쩔 수 없이 자신이 자원했던 것이다.

마침 중앙으로 복귀시킨다는 조서를 받고 황제가 봄 날발을 하는 난하(灤河) 상류로 향했다. 난하 상류는 소배압에게 특별한 곳으로, 고향이었으며 또한 가문의 묘가 있었다.

소배압이 난하 상류에 도착했을 때, 야율융서는 검은색 두건을 쓰고 황색 도포를 입고 주변에서 가장 높은 언덕에 있었다. 그리고 기병들이 마치 적을 포위하듯이 강물을 품은 평야를 둘러싸고 있었다. 또 평야에는 진녹색 옷을 입은 군사들이 송곳과 쇠망치, 매 먹이 한 그릇을 들고 서로 예닐곱 발짝의 거리를 두고 줄지어 늘어서 있었다.

강에는 거대한 고니 떼가 한가로이 있는데, 평야에 있던 기병 하나가 깃발을 흔들며 준비가 끝났다는 신호를 했다. 그 모습을 본 야율융서가

---

* 　난하(灤河) 상류: 중국 네이멍구자치구(内蒙古自治区) 시린궈러맹(锡林郭勒盟) 둬룬현(多伦县) 부근.

명했다.

"북을 쳐라!"

"둥, 둥, 둥, 둥, 둥….".

북소리가 요란하게 울리자, 고니 떼가 놀라서 커다란 날개를 퍼덕이며 수면을 박차고는 순식간에 날아오르기 시작했다. 그러자 평야를 포위하고 있던 기병들이 모두 깃발을 흔들었다.

그 모습을 본 야율융서가 외쳤다.

"지금이다!"

곁에 있던 매사냥꾼들이 매 수십 마리를 공중으로 날렸다. 매들이 공기를 가르며 저마다 고니를 낚아채 땅으로 내려왔다.

그때 진녹색 옷을 입고 있는 군사들이 자신과 가까운 곳에 떨어진 고니의 머리를 송곳으로 찔러 죽였다. 그다음 망치로 고니의 머리를 때려서 뇌를 매에게 먹이고 그래도 매가 고니를 놓지 않으면 매 먹이로 유인한 후 고니를 회수했다.

한바탕 고니 사냥을 끝낸 뒤 야율융서가 호기롭게 명했다.

"오늘 사냥을 성공적으로 이끈 매사냥꾼들에게 은과 비단을 상으로 내리도록 하라!"

야율융서가 최초로 잡은 고니를 직접 제단에 올리자, 여러 신하가 각기 술과 과일을 바치고 악공들이 음악을 연주했다. 야율융서가 고니 털을 사방에 흩뜨렸다. 모든 만물의 근원인 땅으로 다시 돌아간다는 것을 의미하는 의식이었다.

곧 연회가 펼쳐지고 서로 술을 권하며 덕담을 나눴다. 술에 얼큰하게 취하자 사람들은 머리에 고니 깃털을 꽂고 즐겁게 춤을 추기 시작했다.

연회 중에 야율융서가 소배압에게 말했다.

"연로한 경을 수고롭게 해서 심히 민망합니다."

소배압이 머리를 조아리며 말했다.

"마땅히 신이 해야 할 일을 했을 뿐입니다."

"이제 중앙에 편히 계시면서 원로대신의 역할을 해주십시오."

"성은이 망극하옵니다."

야율융서는 큰 잔으로 소배압에게 술을 권했다. 연회가 한참을 이어지는데 피리 소리가 은은하게 들려왔다.

"필리리~, 필릴리~."

피리 소리가 들리자 소배압이 귀를 기울이다가, 야율융서에게 말했다.

"소찰랄(蕭札剌)이 왔나 봅니다."

야율융서가 웃으며 말했다.

"오랜만에 힐산(頡山) 노인(老人)을 보겠군요."

소찰랄은 소배압의 동생이자 소손녕의 형이었다. 그리고 소류, 소혜, 소허열의 아버지였다. 소찰랄은 관직에 뜻이 없어 고향에 있는 힐산(頡山)이라는 곳에 은거하며 담박하게 지내고 있었다. 그래서 '힐산 노인'이라는 별명이 붙었다.

어느새 나타난 소찰랄이 야율융서를 보고 길게 읍하자, 그 얼굴을 보고 야율융서가 감탄하며 말했다.

"경은 어째 날이 갈수록 더욱 젊어지는 것 같소."

소찰랄의 나이가 예순이 넘었는데, 마치 삼십 대처럼 피부가 맑았다.

"소박한 생활을 하니, 몸이 가벼워지고 피부가 좋아졌나이다."

야율융서가 고니 고기를 권하며 말했다.

"고니 고기를 드셔 보시오. 맛이 아주 그만이오."

소찰랄이 사양하며 말했다.

"피 냄새나는 육식을 끊은 지가 오래이옵니다."

“그럼, 경은 무엇을 드시오?”

“채소와 더불어 약간의 곡물을 먹습니다.”

“그것들만으로 건강을 지킬 수 있소?”

“오히려 병에 걸리지 않고 몸이 가벼워지니, 지금도 하루에 백 리 길을 거뜬히 갑니다.”

야율융서가 고개를 끄덕이다가 물었다.

“경은 밖에 있으니, 안에서 보는 시각과 사뭇 다를 것이요. 남달리 들은 말이 있소?”

소찰랄이 대답했다.

“신은 산에 은거한 사람이라, 먹을 수 있는 풀과 독성이 있는 풀은 잘 구별하지만 그 밖의 일은 알지 못합니다.”

야율융서가 미소 지으며 물었다.

“풀을 구별하는 비결이 있소?”

소찰랄이 먼 곳을 바라보며 말했다.

“독이 있는 풀은 주로 동쪽에 있나이다.”

이 지역의 군사들도 매년 고려 정벌에 동원되고 있었다. 여기서 고려까지는 동쪽으로 이천 리가 넘는 거리였고, 오가는 거리만 사천 리 이상이다. 그런데 고려에서 약탈해서 얻는 것이 없으니 그 비용을 모두 스스로 부담해야 한다. 매우 고통스러울 수밖에 없었다.

소찰랄의 말에, 야율융서는 아무 말도 하지 않았다. 소찰랄은 야율융서에게 절을 한 후 물러 나왔다.

소배압이 따라 나오며 물었다.

“어디를 급히 가는가?”

소찰랄이 대답 대신에 하늘을 보며 말했다.

“뭇 생령들이 죽어 나가고 있으니 누굴 탓할 것인가!”

그다음 날, 소배압은 동·서·북쪽 삼면이 산으로 둘러싸이고 남쪽에는 난하의 지류가 흐르고 있는 곳으로 갔다. 전형적인 배산임수의 지형이었다. 이 계곡에 한 묘소가 있었다.

소배압은 벽돌로 지어진 묘소 안으로 들어가 향을 사르고 묘소 안팎을 둘러보았다. 그런데 몇 명의 사람들이 묘소로 다가오는 것이 보였다. 소배압이 그 사람들을 보다가 곧 정체를 알아차리고 다가갔다. 그중 한 명이 말했다.

"경도 와 계셨군요."

평상복 차림의 야율융서였다. 야율융서가 묘소 곳곳을 둘러보더니 말했다.

"귀비의 묘지가 잘 관리되고 있으니 제 마음이 흐뭇합니다."

귀비(貴妃)는 야율융서의 첫 번째 아내였다. 그리고 소배압이 사별한 첫 번째 아내에게서 얻은 첫째 딸이기도 했다.

승천황태후는 경종을 대신해 정치를 하느라 매우 바빴다. 그래서 야율융서는 젖을 떼자마자 소배압의 집에 맡겨져서 양육되었다.

이때 소배압의 첫째 딸은 세 살로 야율융서보다 한 살이 많았다. 그런데 아직 걸음마도 제대로 못 뗀 야율융서가 집으로 오자, 자신에게 동생이 생겼다고 무척이나 기뻐하며 살뜰히 챙겼다.

야율융서는 성장할수록 어머니 승천황태후를 어려워했다. 승천황태후는 차기 황제가 될 첫째 아들을 아주 엄격하게 대했기 때문이었다. 야율융서는 어머니의 마음에 들지 못하면 내쳐질 수 있다는 불안감에 시달렸다. 가장 의지하고 믿어야 할 어머니란 존재에게 커다란 정신적 압박감을 받으며 자랐던 것이다.

소배압은 야율융서의 압박감을 알아보고 그 마음을 편하게 해주려고 노력했다. 야율융서는 소배압의 집에서 자라며 너그럽고 여유 있는 성격의 소배압을 무척 따랐다. 야율융서에게 승천황태후는 명목상 어머니일 뿐이었다. 심정적으로는 소배압 부부가 자신의 부모였고, 소배압의 집이 자신의 가정이었다.

야율융서가 열두 살의 나이로 황위에 오르자, 소배압의 첫째 딸은 궁에 따라 들어갔고 곧 귀비로 책봉되었다. 야율융서는 소귀비를 진정으로 사랑했다. 소귀비는 야율융서의 첫사랑이자 가장 친한 친구였으며 자애로운 어머니나 누이처럼 늘 자신을 보살펴주는 존재였다.

그런 소귀비가 딸 하나를 남기고 스물네 살이라는 이른 나이에 사망하고 말았다.

야율융서가 소귀비의 묘소를 쓰다듬으며 말했다.

"난 아직도 가끔 귀비가 꿈에 나옵니다."

야율융서의 눈에는 눈물이 촉촉이 맺혀 있었다. 소배압 역시 마찬가지였다. 소배압이 야율융서의 뒷모습을 지그시 바라보다가 말했다.

"신에게 고려 정벌을 맡겨주소서."

야율세량은 사망했고 소합탁은 지지부진했다. 고려를 정벌하는 일은 점점 어려워지고 있음에도, 야율융서는 계속 의지를 불태우고 있었다. 그럼에도 이 어려운 상황을 맡길 만한 그 누구도 없었다. 그렇다면 아들같이 키운 황제를 위해 자신이 나서야 하는 것이었다.

58

상원수

무오년(1018년) 이월 어느 날, 왕순은 건덕전에서 밖을 보았다. 뜰 곳곳에 눈이 쌓여 있었으나 매서운 추위는 이제 물러가고 있었다.

중추사 채충순이 들어와서 여러 장의 문서를 건넸다. 왕순은 꼼꼼히 검토했다. 이 문서는 지방제도의 개혁에 관한 내용으로 몇 년간 논의에 논의를 거듭하다가 이제야 확정하여 공표하려는 것이었다.

육 년 전(1012년 1월), 열두 지방에 파견하던 절도사를 폐지하고, 다섯 개의 도호부(都護府)와 칠십 오명의 안무사(安撫使)를 파견하는 것으로 지방제도를 개편했었다. 당시에 지방관을 많이 파견하는 데만 신경을 썼다면, 이번에는 보다 체계적인 제도를 시행하려는 참이었다.

왕순이 문서에서 눈을 떼며 채충순에게 말했다.

"이상 없군요. 이대로 공표하면 되겠습니다."

나라를 잘 다스리려면 세금과 군역, 부역이 공평하게 분담되어야 한다. 그러기 위해서는 지방제도를 정비하여 중앙의 명령이 지방 가장 하위 조직까지 정확히 전달될 수 있도록 하는 것이 무엇보다 중요했다.

곧 안무사(按撫使)를 폐지하고 전국에 새로운 지방제도를 시행한다는 법령이 공표되었다.

네 곳에 도호부*(都護府)를 설치하고, 여덟 곳에는 목**(牧)을, 목보다 작은 쉰여섯 고을에는 지주군사(知州郡事)를, 지주군사보다 작은 고을 스무 곳에는 현령(縣令)을, 군사적으로 중요한 요지 스물여덟 곳에는 진장(鎭將)을 파견한다.

도호부, 목, 지주군사, 현령과 진장으로 이어지는 체계적인 지방제도를 정비한 것이었다. 지방관이 파견되지 않은 마을들도 속현(屬縣)이라 칭하고 이 체계의 하부에 묶어 통합했다.

또한 지방관이 지켜야 할 직무상의 수칙 여섯 개 조항을 제정했다.
첫째, 백성들의 고통을 살필 것.
둘째, 백성들이 법을 위반하는지 살필 것.
셋째, 백성들이 효도·우애·청렴·결백을 지키는지 살필 것.
넷째, 향리들의 능력을 살필 것.
다섯째, 향리들이 국고를 탕진하는지 살필 것.
여섯째, 도적과 간악한 자들을 살필 것.

지방제도의 말단 하부조직인 향리에 대한 규칙도 새로 제정했다.

일천 정(丁) 이상의 인구가 있으면 호장(戶長) 여덟 명, 부호장 네 명을 둔다.
오백 정 이상이면 호장 일곱 명, 부호장 두 명을 둔다.

---

*　　도호부(都護府)는 전주, 해주, 등주(지금의 강원도 안변군), 안주 네 곳에 설치했다.
**　목(牧)은 광주(廣州)·충주(忠州)·청주(淸州)·진주(晉州)·상주(尙州)·전주(全州)·
　　나주(羅州)·황주(黃州) 여덟 곳에 설치했다.

삼백 정 이상이면 호장 다섯 명, 부호장 두 명을 둔다.

일백 정 이상이면 호장 네 명과 부호장 한 명을 둔다.

호장을 한 지역에 한 명을 두는 것이 아니라, 여러 명을 두어 권력의 독점을 막았다. 또한 각 지방관이 호장을 추천하면 중앙에서 임명하도록 했다. 지방관에게 호장을 제어할 수 있는 힘을 준 것이었다.

지방제도의 정비는 태조 때부터 숙원사업이었으나 기득권의 반발로 실현되지 못하다가, 성종이 열두 곳에 절도사를 파견하며 정비하기 시작했고, 왕순의 이번 조치로 지방제도의 뼈대를 완성한 것이다.

며칠 후, 서여진 사람 미알달(未閼達) 등 일곱 명이 와서 갑옷과 투구, 말을 바치며 울면서 하소연했다.

"저희는 비류수 유역에서 살고 있는데 거란이 계속 말과 물자를 징발해서 살 수 없나이다. 살길을 열어주소서."

압록강의 지류 중 하나인 비류수는 고구려가 발생한 곳이었다. 왕순은 이들을 구주에 살게 했다.

또 며칠 후, 서여진의 아주(阿主) 등 사십여 명이 와서 역시 거란이 자신들을 핍박하는 것을 하소연했다.

"거란에서 징발을 계속하고 있어서 모두 살길을 찾아 도망하고 있습니다."

서여진인들은 끊임없이 귀순해 왔다. 이들을 모두 구주에 살게 했는데 이제는 더 수용하기 힘든 상태였다. 그렇다면 다른 지역에 정착시켜야 하는데 풍속이 이질적인 이들을 어디에 살게 할지 고민되었다.

사월, 목사가 자신의 부족과 인근 부족까지 더 해 이백 호를 귀순시켰다.

그때 강감찬이 건의했다.

"동북면의 예에 따라서 여진인들을 위한 주(州)를 설치하는 것이 어떻겠습니까?"

왕순은 구주에서 북쪽으로 팔십 리 떨어진 지점에 삭주(朔州: 평안북도 삭주군)를 설치하고 귀순한 서여진인들을 이곳에 살게 했다.

거기에 거란인들의 투항도 계속되고 있었다. 여진인들과 다르게 이들을 개경 남쪽, 양주 삼각산 자락에 살게 했다. 아무래도 국경 지역에 거란인들을 두는 것은 불안했던 것이다.

이달에 개경 동쪽 교외에 있는 개국사(開國寺)의 탑을 수리하게 했다. 이 탑 안에는 부처님의 사리(舍利)가 모셔져 있었다. 탑을 수리하고 부처님의 사리를 다시 모시는 성스런 의식을 하며, 왕순은 직접 삼천 이백여 명의 승려에게 계(戒)를 주었다. 계를 준다는 것은 승려의 신분을 주는 것을 의미했다. 살아 있는 부처라고 여겨지는 왕에게 직접 계를 받은 이들은 왕에 대한 충성을 맹세했다. 그리고 이들 중에 상당수가 자발적으로 항마군이 되었다.

왕순은 병부상서 정충절과 김승위에게 이들의 명단을 작성하게 했다. 정충절과 김승위는 공동으로 병부상서를 맡고 있었는데, 둘 다 상장군인 무관이면서 문관 직인 병부상서를 겸직하는 것이었다.

왕순은 김훈과 최질의 난 이후에 무관 최고위직인 상장군들에게 문관 직을 겸할 기회를 늘려주었다. 무관들의 사기를 높이기 위해서였다.

어느 날, 왕순은 강감찬과 제위원(濟危院)을 둘러보고 있었다. 녹색 관복을 입은 의학(醫學)박사들이 열심히 일을 하고 있었다. 제위원은 광종 때 만들어진 의료기관으로, 병들고 의지할 곳 없는 사람들에게 치료와 더불어 필요한 약재를 주는 곳이었다. 올해 제위원 건물을 수리하고 크게 늘려 지었다.

왕순이 강감찬에게 물었다.

"필요한 약재가 잘 비축되고 있습니까?"

의학박사들은 약재를 정리하고 보관하는 작업을 하고 있었는데, 전쟁터에 나갈 구료군사*들에게 지급할 것들이었다.

"곧 충분한 양이 비축될 것이니, 이전보다 전쟁터에서 부상당한 군사들을 빠르게 치료할 수 있을 것입니다."

왕순이 강감찬과 한참 대화하고 있는데 태복감** 진함조가 와서 보고했다.

"지금 흰 기운이 해를 뚫고 있습니다!"

왕순은 제위원을 나가 눈을 찡그리며 해를 바라보았다. 과연 흰 기운이 해를 뚫고 있었다.

왕순이 진함조에게 물었다.

"이 현상은 무엇을 의미하는 것이오?"

"음….."

진함조가 선뜻 대답하지 못하고 뜸을 들였다. 왕순은 좋은 징조가 아님을 눈치챘으나 부드러운 말투로 말했다.

"사실대로 말하도록 하시오."

진함조가 헛기침을 하며 말했다.

"흠, 군주의 신상에 해로움이 생길 조짐이라고 합니다."

"액운이 생긴다는 것이로군요. 풀 방법이 있소?"

"하늘의 모든 신들에게 제사를 지내면 풀릴 것이옵니다."

왕순은 아무 말도 하지 않았다. 진함조는 『도선비기(道詵秘記)』*** 등

---

* 구료군사: 현대의 의무병 역할을 하던 병사.

** 태복감: 고려 시대에 천문·기상 관측을 맡아보던 관아.

*** 『도선비기(道詵秘記)』: 통일신라 후기의 유명 승려 도선(道詵, 827~898)이 지은

을 오래 연구해서 미래에 일어날 일을 종종 맞추고는 했다.

신라 말, 도선대사가 송악산 남쪽의 어느 집을 지나가다 그 집 부부에게 이런 말을 남겼었다.

"내년에는 반드시 귀한 아들을 낳을 것이니, 이름을 왕건(王建)이라 하시오."

그리고 서찰을 한 통 쓴 다음 홀연히 떠났는데, 그 겉봉에 이렇게 쓰여 있었다.

"삼가 백 번 절하며, 이 글을 삼한을 통합할 임금이 되실 분께 바치나이다."

과연 도선이 떠난 뒤 부부는 임신을 했고 그렇게 왕건이 태어났다. 도선대사는 왕건이 십칠 세가 되자 다시 찾아와서, '전쟁에 나가 진을 칠 때 유리한 지형과 적합한 시기를 선택하는 법'과 '제사를 통해 신과 소통하며 도움을 받는 법'을 알려주었다고 한다.

왕건이 도선대사를 매우 신봉했기 때문에 고려 왕실 전체 분위기가 이런 도참*(圖讖)을 믿는 경향이 강했다. 왕순 역시 마찬가지였다. 따라서 제사를 지내고 싶은 마음이 강하게 들었지만, 하늘의 모든 신들에게 제사를 지내려면 많은 비용이 들 것이다. 지금은 전쟁에 대비하는 중이어서 그것이 마음에 걸렸다.

왕순은 결정하지 못하고 재추들에게 이 건에 대해서 물었다.

평장사 최항이 반대하며 말했다.

풍수서인데 현재 원본은 전해지지 않고 있다. 도선비기는 고려의 정치·사회에 많은 영향을 주었다.

*   도참(圖讖): 사람의 운수와 미래에 대한 예언

"성종대왕께서는 제사의 비용은 모두 백성들의 피와 땀에서 나온다고 하시며 꼭 필요한 제사만 지내셨습니다."

참지정사 채충순이 말했다.

"항상 자신을 공손히 하고 백성들을 진심으로 돌본다면, 귀신이 주는 복보다 더 많은 복이 올 것입니다."

왕순은 문하시중 유진을 보았다. 유진이 입을 열었다.

"나라의 액운은 보통 형의 집행이 잘못되면 찾아옵니다. 그러니 옥에 갇혀 있는 죄수들을 살피시어, 잘못 갇혀 있는 자는 석방하고 관대하게 형을 집행하면 액운이 사라질 것입니다. 서울과 지방의 맡은 관원에게 명령을 내려 시행하게 하소서."

왕순은 결국 제사를 지내지 않기로 결정했다. 최항이 건덕전을 나오며 주위 사람들 모두가 들을 수 있는 큰 목소리로 말했다.

"진함조는 지금 시기에 그런 쓸데없는 제사를 권하다니, 어찌 그리 경박할 수 있는가!"

사월 오일, 화창한 봄날을 맞은 현덕궁 뜰 안에는 색색의 꽃들이 저마다 자태를 자랑하고 있었다.

"흑, 흑, 흑…."

왕순은 흐르는 눈물을 연신 소매로 닦으며 서럽게 울고 있었다. 왕순의 주위에는 대명왕후, 연경원주, 안복원주, 경애왕후가 엎드려서 역시 소리 내어 울고 있었다.

현덕왕후가 분홍색 이불을 덮고 누워 있었다. 전혀 미동이 없었다. 숨을 거둔 것이다.

대명왕후가 오열했다.

"언니! 왜 이렇게 빨리 간단 말이오!"

현덕왕후의 유언대로 장례를 간소하게 치렀고 개경 서쪽 만수산 남쪽 양지바른 곳에 능을 조성했다.

왕순은 왕위에 오르기 전 신혈사에 있을 때 암살의 위협에 시달렸다. 큰 위기감을 느낀 왕순은 목종에게 편지를 써 구원을 요청하려고 했다. 그런데 그 편지를 목종에게 비밀리에 전달할 방법이 막막했다.

그때 자신을 도와 줄 사람들이 생각났다. 바로 성종이 낳은 두 명의 공주였다. 정상적인 상황이었다면 두 공주는 목종 혹은 왕순과 혼인했을 것이었다. 왕순은 편지를 써서 두 공주에게 보냈다. 편지를 받은 공주들은 의논 후 목종의 침소로 찾아갔다. 목종의 침소를 지키고 있던 유행간이 막아섰으나, 성종의 딸이라는 강력한 신분으로 그대로 밀고 들어가서 목종을 만나 왕순의 편지를 전달했다.

그리고 두 공주는 이렇게 목종을 압박했다.

"아들이 없던 성종대왕께서 성상폐하를 태자로 책봉하여 후계문제를 해결했듯이, 대량원군을 태자로 책봉하는 것이 고려왕실을 지키는 것입니다!"

이 두 공주가 바로 현덕왕후와 대명왕후였다.

왕순은 커다란 슬픔에 빠졌지만, 그 슬픔조차도 온전히 누릴 수 없었다. 아직 거란군의 특이 동향은 없었지만, 보주의 거란 군사 사부(史夫)가 귀순해 와서 말했다.

"올해 고려 정벌이 있을 것이라는 소문이 돌고 있습니다."

왕순은 강감찬을 서경유수 겸 내사시랑평장사에 임명해서 전쟁 준비에 더욱 박차를 가하게 했다. 그리고 강감찬의 임명장에 손수 이렇게 썼다.

"경술년(1010년)에 북적들의 군대가 깊이 침입하여 한강까지 들어왔다. 그 당시에 강감찬의 계책을 쓰지 않았더라면 온 나라 사람이 모두 북적의 옷을 입게 되었을 것이다."

왕순은 강감찬에게 힘을 실어주기 위해서 직접 이런 내용을 쓴 것이었다.

또한 서북면 각 주진(州鎭)에 이런 조서도 내렸다.

"을묘년(1015) 거란의 침입 때, 각 주진의 장졸로 전공을 세운 자는 관직을 올려줄 것이며, 전사자 가족에게는 특별히 물품을 지급하라."

국경 지역 장졸들의 사기를 높이기 위한 조처였다.

칠월 십육일, 전쟁 대비로 바쁜 와중에 대단히 기쁜 소식도 있었다. 연경원주, 그러니까 김은부의 첫째 딸이 둘째 아들을 낳은 것이다. 재작년 오월에 태어난 첫째 아들 왕흠이 벌써 세 살이 되어 무럭무럭 자라고 있었고 또다시 아들이 태어난 것이다. 왕순은 마음이 몹시 든든해졌다. 이제 자신이 어떻게 되더라도 왕위를 이을 수 있는 왕자가 둘이나 있었다. 왕순은 둘째 아들에게 왕형*(王亨)이라는 이름을 내려주고 연경원을 연경궁(宮)으로 승격시켰으며 예물을 내려주었다.

거란군의 동향이 심상치 않다는 첩보가 계속 들어왔고 이제 전쟁이 일어나는 것은 기정사실이 되어가고 있었다.

구월, 왕순은 위봉루에서 군사들을 사열하고 무예를 시험하여 성적이 우수한 자들을 포상하고 승진시켰다. 아울러 육품 이하의 문관들과 문무 양반의 자제들의 무예도 시험하여 점수를 매겼다. 높은 점수를 받은 사람들은 승진하거나 관직을 얻는데 유리한 위치에 서게 했다.

---

*　왕형(王亨): 고려 10대 왕 정종(靖宗, 재위: 1034~1046년)

또한 대사면령을 내렸다.

"사형수는 형을 경감해 곤장을 쳐서 먼 곳으로 유배 보내고, 유배형 이하의 죄수는 사면하라."

사면된 죄수들을 군대에 충당했다.

시월 십일, 거란 조정에서 군대 소집 명령을 하달했다는 첩보를 입수했다.

십팔일, 구주 군사 서른네 명이 구주 북쪽 산악길에 매복하고 있다가 거란의 원탐난자군 일곱 명을 생포해 왔다. 왕순은 구주 군사들에게 비단 오백 필을 하사하여 공을 포상했는데 그중에는 목사(木史)도 있었다. 생포된 원탐난자군을 심문하여 거란군의 자세한 상황을 알 수 있었다.

십구일, 왕순은 드디어 강감찬을 서북면행영도통사(西北面行營都統使)로 임명하고 군대 소집 명령을 내렸다.

강감찬이 건의했다.

"신에게 동북면에 직접 명령을 내릴 권한을 주십시오."

도통이 왕권과 비견되는 비상권한이기 때문에 지역적 제한을 두어 서북면으로 한정했다. 그러다 보니 동북면에 직접 명령을 내릴 수는 없었다.

"그렇게 하도록 하십시오."

"그런데….'

강감찬이 말에 뜸을 들이자, 왕순이 잠시 기다리다가 말했다.

"편하게 말씀하세요."

강감찬이 시선을 약간 아래로 하며 말했다.

"관직의 모양새가 약간 어색한 부분이 있습니다."

왕순이 무슨 뜻인지 정확히 알 수 없어 물었다.

"어떤 부분이 그런지요?"

"서북면 도통의 권한은 서북면에 한정되는 것이기 때문에 법적으로 주어진 권한 이상을 부여하는 것에 어색한 부분이 있습니다."

왕순이 잠시 생각한 뒤에 고개를 끄덕이며 말했다.

"어떤 해결 방법이 있겠습니까?"

"총사령관의 명칭을 새롭게 했으면 합니다."

"도통 말고 어떤 명칭이 있을까요?"

"원수(元帥)가 있습니다."

왕순이 고개를 천천히 끄떡이며 말했다.

"그렇게 하십시오."

결국 상원수, 부원수라는 관직을 신설하기로 했다. 그러자 내사문하성의 간관*(諫官)들이 반대하며 왕명이 담긴 명령서에 서명하는 것을 거부했다. 십여 명의 간관 중 한 명이라도 서명을 거부하면 왕명은 시행될 수 없었다.

"그런 권력을 신하에게 주면 안 됩니다."

"기존 도통으로 충분합니다."

"도통이 막강한 권한이기 때문에 지역적 한정을 둔 것입니다. 만일 원수로 임명된 자가 다른 마음을 품는다면 막을 방법이 없습니다."

왕순은 재추들과 간관들을 불러 간곡히 설득했다.

"거란의 침공이 임박했으니, 왕명이 시행될 수 있게 서명해주시오. 거란군이 물러간 다음 다시 의논해 보고 그때는 무조건 경들의 의견에 따르겠소."

왕순의 설득에 재추들과 간관들은 법령에 서명했다. 왕순은 강감찬

---

*   간관(諫官): 내사문하성에 속한 관리 중에 재상 아래 3~6품 사이의 관리로 왕에 대한 간쟁(諫諍), 봉박(封駁: 왕의 명령을 거부할 수 있는 권한)을 담당했다.

을 상원수로, 강민첨을 부원수로 임명했다. 그리고 건덕전에서 강감찬에게 부월을 내려주었다. 부월이 내려지자 의장대 군사들이 두 팔을 높이 들었다.

"만세! 만세! 만세!"

그리고 왕순은 외적의 침입은 자신의 부덕의 소치라고 하여 수창궁으로 거처를 옮겨서 근신하는 태도를 취했다.

그리고 예빈소경(禮賓少卿) 원영(元永)을 거란에 보내 화의를 청하기로 했다. 사신을 보내는 것에 대해 갑론을박이 있었으나 원영이 스스로 자원했다.

59
집결

십일월 이십일, 소배압은 장수들과 함께 보주의 대장대에 있었다. 이제는 북쪽에서 불어오는 바람이 제법 냉랭했고 강물이 결빙하고 있었다. 보주의 동문과 남문 앞에는 수천 개의 막사가 그득히 있었다.

"푸르륵, 부르륵, 이히잉…."

"메에에에에에…."

말과 양을 비롯한 가축들의 울음소리가 연이어 울려 퍼졌다. 병력은 계속 집결하는 중이었다. 소배압이 야율융서에게 요구한 병력은 모두 십만이었다.

부도통 소허열이 남쪽으로 이십 리 거리에 있는 산을 가리키며 말했다.

"저 산이 백마산입니다."

백마산은 동서로 수십 리에 걸쳐서 뻗어 있어서 마치 고려를 지키는 거대한 장벽과 같았다.

소허열이 이어서 말했다.

"작년에 고려군이 산 정상부에 성을 쌓았습니다."

도감 야율팔가가 인상을 찡그리며 말했다.

"저곳에 성을 쌓았다면 매우 문제군요."

소배압이 매서운 눈빛으로 근처에 있던 보주절도사 야율포고에게 나무라는 말투로 물었다.

"왜 저기에 성을 쌓는 것을 허용했소?"

야율포고가 얼굴을 붉히며 말했다.

"고려군이 백마산에 있던 옛 고구려 성터를 점거하고 성을 쌓기 시작하니, 저희 병력으로는 어쩔 도리가 없었습니다."

야율팔가가 말했다.

"저 백마산성의 위치는 병법에서 흔히 말하는 쟁지(爭地)입니다."

소배압이 고개를 갸우뚱하면서 물었다.

"쟁지가 무엇인가?"

"쟁지는 얻으면 이득이 되는 땅입니다. 쟁지를 차지하면 소수로 다수를 이길 수 있고, 약한 군사들로 강한 적을 칠 수 있습니다. 저 위치면 우리의 움직임을 모두 파악할 수 있을 것입니다. 또한 일정 규모의 적 병력이 주둔하고 있다면 기회를 보아 우리를 습격하려고 할 것입니다. 조금만 방심해도 큰 피해를 볼 수 있습니다."

소허열이 말했다.

"적의 주력은 안주에 있을 가능성이 가장 큽니다. 강물이 완전히 얼면 고려의 성곽들을 우회하여 바로 안주로 진군하는 것이 어떻겠습니까? 먼저 고려의 주력군을 잡은 후에 저들의 약한 곳을 파고들면 됩니다."

소배압이 잠시 남쪽을 바라보다가 주위에 명했다.

"고려 사신을 불러오라."

잠시 후, 하관이 풍성하고 검은색 털가죽 옷을 입고 있는 사람이 대장대로 올라왔다. 원영이었다. 원영은 거란에 가지 못하고 보주에 억류되어 있었다.

소배압이 원영에게 말했다.

"고려 사신은 이제 개경으로 돌아가도록 하시오."

역관이 소배압의 말을 통역하자, 원영이 소배압에게 사례하며 말했다.

"배려에 감사드립니다."

소배압이 남쪽을 바라보며 말했다.

"강동육주를 우리에게 반환하거나, 고려국왕이 입조하면 전쟁은 더 이상 없을 것입니다. 개경으로 돌아가면 잘 말씀드려주시오."

원영이 소배압에게 고개 숙여 인사하며 말했다.

"뭇 백성들의 삶을 헤아려주시기 바랍니다."

소배압은 육십 대 중반이었지만 아직도 자세가 꼿꼿했다. 그렇지만 수염은 많이 희어져 있었다. 소배압은 원영의 말에 아무런 대꾸를 하지 않았다. 원영이 남쪽으로 떠나가자 소배압은 물끄러미 뒷모습을 바라보았다.

원영은 진시(7~9시)에 보주를 나와 해가 지기 전에 흥화진 동문 앞에 도착할 수 있었다. 고개를 들어 흥화진의 성벽을 보았다. 우뚝한 흥화진의 성벽은 근 십 년간 최전선에서 거란군의 공격을 막아냈다. 그리고 이제 다시 해내야 하는 것이었다. 원영은 듬직함을 느끼는 것과 동시에 애잔한 감정을 느꼈다. 지난 수년간 수만 명의 사람들이 전쟁 중에 사망했다. 그리고 이제 또다시 거란군의 대규모 침공이 시작될 것이다. 앞으로 얼마나 많은 사람이 죽어야만 하는가!

원영은 경술년(1010년)과 병진년(1016년)에 패전을 몸소 경험했다. 패전을 경험한다는 것은 참혹한 일이었다. 잊히지 않는 그 고통의 기억이 온몸과 정신에 새겨졌고 문득문득 영혼을 헤집어 놓았다.

"좋아! 잘하고 있어!"

원영이 동문으로 들어서는데, 누군가 크게 외치며 군사들을 지휘하고 있는 것이 보였다, 각종 깃발이 절도 있게 움직이고 있었고 군사들의 동작에는 힘이 있었다. 군사를 지휘하던 사람이 원영을 알아보고 말했다.

"원 소경! 돌아오셨군요!"

흑색 전포를 입고 있는 조원이었다. 조원이 이내 달려오더니 원영을 반갑게 맞으며 말했다.

"무사히 돌아오셔서 다행입니다."

원영 역시 화답하며 말했다.

"덕분에 무사할 수 있었소!"

원영이 조원과 인사를 나누고 있는데 왼쪽에서 사람과 말이 달려오는 소리가 들렸다. 보병들과 기병들이 섞여 있었는데, 기병들은 말을 타지 않고 말고삐를 잡고 뛰고 있었다. 군사들은 매우 지쳐 보였다. 대열의 왼편에는 연한 하늘색 전포를 입은 사람이 역시 말고삐를 잡고 달리며 군사들을 지휘했다.

"속도를 유지하라!"

그런데 그의 곁에 깃발이 하나 있었는데, 하늘색 바탕에 검은색 글씨로 '風(바람 풍)' 자가 쓰여 있었다.

군사들은 자기네들끼리 있을 때, 김종현을 '풍장군'이라고 불렀다. 평소 김종현의 행동과 말에 허풍과도 같은 과장이 섞여 있는 데다가 경술년(1010년) 감악산에서 거란군과 맞설 때, 때마침 바람이 불어온 것을 빗댄 것이었다. 조롱과 익살이 섞인 별칭이었는데, 김종현은 그것을 알게 되자 싫어하지 않고 오히려 아주 좋아했다. 그래서 '風(풍)' 자가 쓰인 하늘색 깃발을 만들어 자신의 것으로 삼았다.

조원이 김종현 쪽을 바라보며 원영에게 말했다.

"새벽부터 하루 종일 뛰었으니 아마 백오십 리는 뛰지 않았을까 합니다. 저렇게 무식하게 훈련하다니, 참.”

조원의 옆에 있던 석충이 고개를 갸웃하며 말했다.

“우리도 새벽부터 훈련했는데요.”

조원이 석충을 나무라며 말했다.

“우리는 군사들의 체력을 고려해서 쉬어가며 하지, 저렇게 무식하게 훈련하지는 않잖아!”

조원의 나무람에 석충이 잠자코 있는데 입술이 앞으로 삐죽하게 나온 것이 불만이 가득한 모양새였다.

조원이 그런 석충을 보며 말했다.

“할 말 있으면 해. 자유롭게 말을 할 수 있어야 좋은 생각들이 나오는 법이라고 내가 늘 말하잖아.”

석충이 삐죽한 입술을 움직여 말했다.

“우리 군사들이 힘들어 죽겠다면서, 시랑 각하가 벼락에 맞았으면 좋겠다고 하던데요.”

조원이 정색하며 무어라고 말하려는데, 김종현이 원영을 알아보고 다가왔다.

“무사히 돌아오셨군요!”

원영이 김종현에게 가볍게 답례하며 주위를 둘러보았다. 조원과 김종현이 거느린 군사는 얼추 각 만 명 정도는 되어 보였다. 각 만 명 정도라면 단지 흥화진을 지키기 위한 병력이 아니다. 여기서부터 적극적인 작전이 시작될 거라는 의미였다.

팔 년 전(1010년)의 일이 생각났다. 자신과 조원은 최사위를 따라서 통군부 판관과 녹사로서 무로대 공격작전에 참여했었다. 작전은 실패했고 아군은 큰 위기에 처했다. 그때 김숙흥이 이끄는 구주군이 등장하지 않았다면 무로대 공격군은 매우 큰 타격을 받았을 것이다. 거란군을 상대로 적극적인 작전을 쓰는 것은 매우 어렵고 위험한 일이었다.

대장대 쪽에서 황룡이 수놓아진 흰색 전포(戰袍)를 입은 키가 작은 사람이 내려왔다. 상원수 강감찬이었다.

강감찬이 원영을 반기며 말했다.

"거란에 다녀오느라 수고했소."

원영이 고개를 저으며 말했다.

"거란에 가지 못하고 보주에 억류되어 있었습니다."

조원이 물었다.

"거란군의 지휘관이 소배압 맞습니까?"

"맞소."

조원이 심각한 표정으로 말했다.

"소배압이 도통이라면 이번 전쟁은 치열할 것입니다."

김종현이 원영에게 물었다.

"거란군의 남하가 언제 시작될 것 같습니까?"

"벌써 수만의 군사들이 운집했습니다. 며칠 내로 남하할 수 있습니다."

강감찬이 원영에게 물었다.

"지금 집결한 거란군은 검은 군복이 많나, 푸른 군복이 많나?"

"검은 군복이 많습니다."

검은 군복은 주로 거란족을 비롯한 북방민족들이 입었고 푸른 군복은 한족들이 입었다. 검은 군복이 많다는 것은 정예 군사들이 많다는 뜻이었다.

강감찬은 즉시 대장대에서 작전회의를 소집하여 잠시 의논한 후, 조원과 김종현에게 말했다.

"군사들을 거느리고 정해진 위치로 이동할 준비를 하게."

그리고 유참과 박종검에게 말했다.

"보급에 차질 없이 준비하게."

강감찬은 북쪽을 바라보았다. 소배압은 과연 어떻게 움직일 것인가? 뺨에 차가운 북풍이 스쳤다.

강민첨은 흥화진에서 동쪽으로 삼십 리 떨어진 곳에서 흥위위 정용 사천과 일품군 일만을 통솔하고 있었다. 삼교천 상류의 계곡 깊숙한 곳이었다. 이곳에 막사를 치고 열흘 전부터 주둔하고 있었다. 거란에 사신으로 갔던 원영이 돌아왔음을 흥화진에서 알려왔다. 그리고 거란군의 남하가 곧 시작될 것이고 적장은 알려진 대로 소배압이었다. 강민첨이 혼잣말을 했다.

"소배압이라…, 이번에는 맹렬한 전쟁이 되겠군."

강민첨은 다음 날 아침에 왼편의 야산에 올랐다. 야산의 정상에는 키가 작고 약간 통통한 몸집을 가진 사람이 강 위를 가리키며 뭐라고 소리치고 있었다.

강민첨이 그 사람에게 말했다.

"군기승! 아침부터 열심이구려."

군기승 박원작이었다. 강민첨은 야산 정상에서 삼교천을 바라보았다. 삼교천에는 길이가 삼백 보, 높이가 이십 보에 달하는 거대한 둑이 강물을 막고 있었다. 둑의 상층부까지 물이 거의 차 있었고 위에는 결빙되어 있었다. 결빙된 얼음에는 군데군데 구멍이 뚫려 있었고 그 구멍 위로 샘솟듯이 물이 솟고 있었다. 군사들 몇이 얼음 위에서 조심히 움직이며 구멍을 계속 뚫고 있었다. 구멍을 뚫는 이유는, 압력을 낮추기 위해서였다. 결빙한 상태에서 압력을 낮추어주지 않으면 둑이 터져버릴 것이었다.

사흘 전, 삼교천의 강물이 결빙하기 시작하자 둑을 쌓았다. 강물이 결빙했으므로 물이 흐르지 않는다는 것을 거란군이 눈치채지 못할 것이기 때문이었다.

재작년 겨울부터 박원작의 주도로 강화도 내가천(內可川)에서 여러 차례 실험을 했었다. 둑을 두텁게 하면 단단하지만 허물 때 힘들고 너무 얇으면 터진다. 때문에 적당한 두께와 공법을 찾는 실험이 계속되었다.

그래서 개발해낸 것이 소가죽을 이용한 방법이었다. 겨울이라 소가죽에 물을 여러 번 뿌리면 딱딱한 돌처럼 언다. 밧줄로 꿰맨 소가죽을 길게 늘여 물을 여러 차례 뿌려 빙성(氷城)을 만들고 그 빙성 안에 흙과 나무를 채워 넣어 둑을 만들었다.

사실 둑을 만드는 것은 간단했다. 문제는 어떻게 한 번에 허물 것인가 하는 점이었다. 박원작은 이 문제에 대해서 골똘히 생각하던 중 어느 농부가 막아두었던 물꼬를 한 번에 허무는 것을 보고 영감을 얻었다.

물꼬는 논에 물이 들어오거나 나가게 하려고 만든 좁은 통로다. 이 통로는 경우에 따라서 막기도 하고 트기도 한다. 물꼬를 막을 때는 진흙을 쌓아 막는데 이때 중간에 긴 풀을 넣는다. 물꼬를 트려고 할 때는 이 긴 풀을 잡아당겨 빼낸다. 그러면 쉽게 허물어진다. 이것을 보고 방법을 찾게 된 것이었다.

그래서 둑을 만들 때, 긴 쐐기와 같은 나무 열 개를 박아 넣었다. 나중에 이 쐐기들을 빼어내면 둑이 무너지게 된다.

박원작은 일만 이천 마리의 말과 수레를 이용해 둑을 순식간에 만들었다.

강민첨이 둑을 바라보면서 감탄하며 말했다.

“정말 대단한 일을 해냈소.”

박원작이 고개를 가로저으며 말했다.

“아직은 모릅니다. 물이 예상보다 빠르게 차고 있습니다.”

강민첨이 초조하게 둑을 바라보았다. 그런 강민첨을 보며 박원작이 말했다.

“물이 예상보다 빠르게 차고 있으나 내가천에서 여러 번 실험하며 보완했습니다. 둑의 맨 윗부분에 수문을 설치했으니 만일 물이 많이 차게 되면 그리로 물을 내려보내면 됩니다. 적당한 시점까지는 버텨낼 것입니다.”

60
삼교천

십이월 구일, 소배압은 상온 이상 제장들을 보주 대장대에 모이게 했다.

"내일 새벽 남하할 것이니, 군사들을 모두 준비시키도록 하시오."

소배압의 명령에 제장들이 우렁차게 답했다.

"명을 받드옵니다."

"미리 세밀한 작전계획을 하달했으니 한 치의 오차도 있어서는 안 될 것이오."

소배압이 최종 명령을 하달하자, 모든 제장이 자신이 부대를 찾아서 움직였다.

남피실군 상온 야율아과달과 천운군 상온 야율해리는 보주성의 동문으로 향했다. 남피실군과 천운군은 동문 밖에 주둔하고 있었다.

어깨가 떡 벌어진 체형의 야율해리가 앞을 보며 말했다.

"백마산에 있는 적군들이 후방을 막을지 모릅니다."

야율아과달이 두툼한 코를 찡그리며 말했다.

"우리가 적보다 기동력이 좋으니, 별문제가 없을 것입니다."

야율아과달은 팔 년 전(1010년) 고려정벌을 떠올렸다. 당시 남피실군 부상온으로 참전했었다. 서경공방전 때, 서경의 성벽 위에서 떨어져서 왼쪽 다리의 대퇴부가 부러졌으며, 오른쪽 다리는 힘을 옆으로 받으며 힘줄이 늘어나버렸다. 야율아과달은 이 부상 때문에 몇 년을 고생했고, 아직도 때때로 욱신거렸다.

야율해리는 당시 숭덕궁 궁사로 참전했었다. 숭덕궁은 승하한 승천황태후를 모시는 궁이었다. 그때 고려군에 의해 숭덕궁 병력을 많이 잃었고 그것을 한으로 생각하고 있었다. 야율해리는 이번 정벌에는 천운군 상온이 되어서 참전하게 되었다. 이번에는 그 한을 풀고 꼭 공을 세우리라 다짐하고 있었다.

다음 날 십이월 십일 인시 초(3시), 남피실군은 흥화진 쪽으로 남하하기 시작했다.

거란군이 남하하고 있는 모습이 백마산성에서 관측되었다. 거란군의 정찰이 그 전날부터 비약적으로 활발해졌으므로 남하가 곧 시작되리라는 것을 예측할 수 있었다. 조원은 봉화 신호를 올리게 하고 즉시 흥화진에 전령을 보냈다. 백마산성에서 올린 봉화 신호는 남쪽과 동쪽으로 빠르게 퍼져 나갔다.

고열이 흥분된 어조로 조원에게 말했다.

“거란군이 흥화진을 공격하면 우리에게는 최고의 상태가 됩니다.”

조원이 고개를 끄덕이며 동의했다.

“그렇게 된다면 이번 전쟁을 쉽게 끝낼 수 있겠지.”

곧 삼교천 상류에 있던 강민첨도 거란군의 남하를 알게 되었다. 강민첨은 이곳에서 이십여 일 동안 대기했다. 그런데 대기하는 동안 십 년은 더 늙은 것 같았다. 둑에 물이 계속 차올라서 언제 터질지 몰라 노심초사했기 때문이었다.

박원작이 강민첨을 위로하며 말했다.

"이제 마음을 놓으셔도 되겠습니다."

거란군의 남하가 시작되었다면 이제 하루나 이틀 정도만 둑이 버텨 주면 된다.

강민첨이 안도하는 표정을 짓다가 다시 걱정하는 말을 했다.

"이제는 둑이 제대로 터질까 하는 걱정이 몰려오는군. 허허허."

박원작이 볼에 살이 두둑하게 오른 얼굴에 미소를 띠며 말했다.

"둑을 유지하는 것이 문제였지, 터트리는 것은 문제없습니다."

강민첨이 큰 귀를 펄럭이며 미소를 지었다.

야율아과달은 남피실군을 이끌고 흥화진으로 남하했다. 정군*(正軍) 삼천 오백과 타초곡기(打草谷騎)와 수영포가정(守營鋪家丁)까지 합하면 총 일만 명의 군사였다.

보주에서 나오면서 앞을 보았다. 앞에는 백마산이 수십 리에 걸쳐 동서로 뻗어 있었는데 마치 단단한 장벽이 자신들을 가로막고 있는 것 같았다. 더구나 백마산 위에는 고려군들이 쌓은 성이 있다. 자연적인 장벽만이 아니라 인공적인 장벽이기도 한 것이었다.

백마산 근처에 가면 언제 어디서 고려군들이 공격해 올지 알 수 없었다. 야율아과달은 정찰을 강화했다. 그런데 예상외로 백마산성의 고려군은 잠잠했다. 아마도 백마산성 안에 고려군의 수가 적을 수도 있겠다는 생각이 들었다.

흥화진이 보이는 삼교천에 당도했을 때는 오시 초(11시)였다. 삼교천은 단단히 얼어 있었고 이동에 제한이 없었다. 남서쪽으로 칠팔 리 떨

---

* 거란군의 기본 단위는 정군(正軍) 1명과 보급과 정찰을 담당하는 타초곡기(打草谷騎) 1명, 물품을 운반하고 영채를 세우고 수비하는 일을 맡는 수영포가정(守營鋪家丁) 1명으로 구성된 3명이다.

어진 곳에 홍화진의 성곽이 보였다. 멀리서도 성벽은 우뚝해 보였으며, 여러 번에 걸쳐 공략했음에도 함락시키지 못한 적국의 성이었다.

"여기에 진을 친다."

야율아과달은 홍화진 동문 앞에 진을 치지 않고, 이곳에 치게 했다. 백마산성이나 홍화진에서 고려군이 출격할 때를 대비해서 동쪽으로 쉽게 후퇴하기 위한 것이었다. 그리고 군사들로 하여금 공성 장비를 만들게 했다.

조원은 백마산성에서 거란군의 행렬을 지켜보았다. 인시 초(3시)부터 수많은 거란군이 꼬리에 꼬리를 물며 남쪽으로 내려갔다. 그런데 진시 초(7시)가 되자 더 이상 홍화진 쪽으로 남하하는 거란군은 없었다. 얼마 후 척후가 급히 와서 보고했다.

"적들이 학우령 쪽으로 향하고 있습니다!"

학우령(鶴羽嶺)은 백마산성에서 동쪽으로 삼십 리 정도 떨어진 곳에 있는 고개이다. 학우령을 넘으면 홍화진을 동쪽으로 우회하여 남쪽으로 갈 수 있다. 거란군의 움직임을 보았을 때 홍화진을 공격하려는 움직임이 아니라 길을 나누어 홍화진을 지나쳐 남하하려는 모습이었다.

미시 중간(14시)이 되자 거란군의 주력이 어디로 향했는지는 확연해졌다. 거란군 주력은 홍화진 쪽으로 오는 것이 아니라, 학우령을 넘어 그 어딘가로 향하고 있었다.

조원이 몹시 아쉬운 표정으로 말했다.

"역시 만만치 않아. 영악한 늙은 소*가 함정에 쉽게 걸리지 않는군!"

---

* 늙은 소: 거란의 건국 신화에 따르면, 흰말을 탄 하늘에서 내려온 남자와 푸른 소를 탄 여자가 만나서 거란족이 탄생했다고 한다. 조원은 소배압을 소의 후손이라고 칭하는 것이다.

조원은 즉시 흥화진으로 전령을 보내고 또한 연을 띄워 신호하게 했다. 학의 모양으로 생긴 꼬리가 긴 대형 연이었다. 적의 주력이 학우령으로 간다는 신호였다.

백마산성에서 연이 뜨자, 흥화진에 있던 강감찬은 거란군 본대가 흥화진 쪽으로 오지 않고 학우령을 넘어 다른 쪽으로 움직이고 있다는 것을 알게 되었다. 성 밖의 거란군을 보며 잠시 생각에 잠겼다.

유참이 물었다.

"어떻게 할까요?"

강감찬은 청색 연을 띄우게 했고 즉시 전군에 명령을 하달했다.

"사냥을 시작한다!"

강민첨은 백마산성 쪽에서 떠 오른 연을 보았다. 꼬리가 긴 학 모양의 연이었다. 적의 주력은 학우령 쪽으로 간 것이다.

"음…."

강민첨은 아쉬움의 신음을 내뱉으며 혼잣말을 했다.

"늙은 소가 역시 대단하군."

아직 거란군의 정확한 의도를 알 수는 없었다. 그런데 거란군의 총사령관은 소배압이다. 과감한 작전으로 명성을 떨친 사람이었다. 강민첨은 경술년(1010년) 서경에서 본 소배압의 모습을 떠올렸다. 비록 먼 거리였으나 소배압은 당당했으며 총사령관다운 기개가 넘쳐흘렀다. 소배압은 경술년처럼 개경으로 가려는 것일까? 아니면 중간에 방향을 틀어 우리의 허를 찌르려는 것일까? 아직은 알 수 없는 일이었다.

곧이어 흥화진에서 띄운 청색 연을 보았다.

강민첨이 박원작에게 급히 말했다.

"나는 지금 연평성(延平城)으로 갈 것이오. 반 시진 후 둑을 허물도록 하시오!"

박원작이 군례를 하며 말했다.

"몸조심하십시오."

강민첨이 박원작의 어깨를 두드리며 말했다.

"이번 전쟁이 끝나면 서경에서 한잔합시다."

박원작이 다시 길게 읍하며 말했다.

"팔 년 전(1010년) 서경에서 부원수 각하를 만나지 않았다면, 이 박원작은 쓸어기*로 인생을 살다가 거란군의 손에 도륙되었을 것입니다."

강민첨이 미소를 지으며 말했다.

"지금까지 그대 덕에 거란군을 막아낼 수 있었소."

강민첨은 남하하여 흥화진에서 동쪽으로 이십 리 정도 떨어진 연평성으로 향했다.

연평성은 성이라고 불렸지만 진짜 성곽은 아니었다. 군량과 무기를 비롯한 군수물자들을 비축·보관하기 위하여 지어진 창고 같은 곳이었다. 길에서 떨어진 산골짜기에 있어서 거란군에게 발각되기 힘든 곳이었다.

강민첨이 연평성에 도착하니 군사들은 출전 준비를 끝내놓고 있었다.

곧 강민첨이 제장들에게 명했다.

"사냥을 시작한다!"

김종현은 신군 일만을 거느리고 철주성에 있었다. 흥화진에서 띄운

청색 연을 보자 군사들에게 명했다.

"사냥이 시작되었다!"

김종현은 군사들을 이끌고 철주성을 나와 흥화진 쪽으로 움직였다.

조원은 흥화진에서 청색 연이 뜨는 것을 보고 명령을 내렸다.

"백마산성을 나가 사거리 서쪽에 진을 친다! 이제 우리가 사냥할 시간이다!"

이곳은 팔 년 전(1010년) 구주군이 진을 쳤던 곳으로 흥화진과 용만(보주)을 연결하는 주도로였다.

좌우위 보승 혁연은 삼교천 상류에 있었다. 재작년(1016년)에 서눌을 구한 공으로 보승으로 임명되었다. 혁연은 작년 겨울부터 강화도 내가천으로 소집되어 둑을 만드는 실험에 참여했었다.

혁연 옆에 있던 이증이 말했다.

"이 둑이 내가천 때처럼 터지면 정말 대단하겠는데."

"제대로 터지면 정말 큰 구경거리겠지."

박원작이 명령을 내리자 군사들이 말 엉덩이에 채찍질을 가했다. 나무쐐기 열 개가 둑에 사선으로 박혀 있었다. 나무쐐기를 둑의 한쪽에 박아 넣어 강기슭에서 잡아당길 수 있게 했다. 수백 필의 말들이 밧줄에 걸려 있는 나무쐐기를 잡아당겼다.

"이히이이이잉…."

말들이 높은 음색으로 울부짖으며 앞으로 나아가자 밧줄이 걸려 있는 십여 개의 나무쐐기들이 서서히 하나둘 뽑히기 시작했다. 그러다 어느 순간 둑이 순식간에 터졌고 물이 거대한 홍수처럼 쏟아지기 시작했다.

그 모습을 본 군사들이 서로 얼싸안으며 환호성을 질렀다.

"와, 터졌다!"

박원작 역시 두 팔을 높이 들며 환호했다. 그동안의 고생을 모두 보상받는 것 같은 결과였다. 다만 거란군의 주력이 흥화진으로 향하지 않은 것이 대단히 애석한 일이었다.

야율아과달이 이끄는 남피실군은 고려군의 주의를 끄는 것이 일차 목표이고, 일차 목표를 달성한 후에 동쪽으로 이동하여 본대에 합류하는 것이 이차 목표였다.

야율아과달은 타초곡기들을 흥화진 주변에 횡행하게 했다. 흥화진을 공격할 모양새를 꾸미기 위해서였다. 그런데 북쪽을 정찰하던 원탐난자군이 보고를 했다.

"백마산성에서 나온 고려군이 사거리 서북쪽에 자리를 잡았습니다."

"인원은 얼마나 되나?"

"적어도 수천은 되어 보입니다."

야율아과달은 판단했다. 후속지원군을 끊고 우리를 여기에 가두려는 속셈이었다. 그러나 동쪽은 열려 있다. 여기에서 남쪽이나 북쪽으로 움직이는 것에는 많은 제한이 있지만, 동쪽으로 움직이는 데엔 문제가 될 게 없었다. 따라서 고려군이 북쪽을 막는 행동은 별 의미가 없다. 첫 포석에서 우리는 우리의 의도대로 하고 있었고, 고려군은 필요 없는 수를 두고 있는 것이다. 역시 우리가 한 수 위에 있었다.

유시 초(17시)가 되었다. 원래는 이곳에서 하루 숙영할 생각이었지만, 고려군이 북쪽 길을 막자 야율아과달은 고려군의 허를 찌르고자 마음먹었다. 어둠을 틈타 동쪽으로 이동하는 것이었다.

야율아과달은 명령을 내렸다.

"타초곡기들이 선두에 서고 그 뒤로 수영포가정이 따르고 정군들이
가장 후방에 서서 동쪽으로 움직인다."

가장 후방에 배치된 최정예병들이 만일 고려군이 추격해 오면 그들
을 섬멸할 것이다.

"좌아-."

강물이 거세게 흐르고 있었다.

"와장창-."

둑이 무너지자 물이 아래로 폭포수처럼 떨어졌고 고여 있던 물 위의
얼음이 갈라지고 깨지며 역시 아래로 떨어졌다.

강물은 얼어붙은 강을 따라 물보라를 치며 세차게 나아갔다. 물은 오
리가량을 남서쪽으로 달려가다가 산에 가로막혔고 이내 남동쪽으로
방향을 틀었다. 그렇게 굽이굽이 이어진 물길을 미끄러지듯이 달렸다.
한 시진 가까이를 달려 유시 초(17시)가 되니 태양은 서쪽 하늘 끝에 걸
려 있었고 강물은 흥화진이 보이는 곳에 당도했다. 그리고 흥화진 북동
쪽에 거란군이 있었다.

강감찬은 산 위에 있던 정찰병을 통해 물이 곧 도착한다는 신호를 받
았다. 즉시 명령을 내렸다.

"뚜웅~~~~~~~~~."

"둥, 둥, 둥, 둥, 둥…."

뿔나팔이 울고 북소리가 울려 퍼졌다. 흥화진 북쪽 산골짜기에 매복
했던 기병 일만이천 기가 뛰어나가 거란군 진영으로 다가갔다.

고려군이 갑자기 나타나 다가오자, 야율아과달은 깜짝 놀랐다.

"고려군이 무엇을 하려는 것일까?"

곧 고려군에 대응하여 기병들을 출격시켰다. 그런데 서로 화살을 낼

거리가 되자 고려군들은 그대로 산지사방으로 후퇴해버렸다. 마치 거란군이 다가오자 그대로 붕괴되는 것 같았다.

야율아과달이 그 모습을 보고 있는데, 뒤쪽에서 누군가 소리쳤다.

"물이다!"

야율아과달은 전투 상황에 집중하고 있어서 처음에는 '물이다'라는 소리를 듣지 못했다.

"물이다! 물이다! 물이다!"

그런데 '물이다'라는 소리가 계속 나자 뒤를 돌아보았다. 뒤편에서 파도와 같은 거센 강물이 다가오고 있었다. 야율아과달은 그 모습을 보고 어안이 벙벙했다.

후방에 있던 군사들이 물을 피해 근처 언덕으로 황급히 움직였다. 그런데 군사들이 한꺼번에 움직이자 서로 엉겨서 이동이 원활하지 않았다. 그때 물이 덮쳤다.

"으악!"

물은 빠르게 차올랐다. 야율아과달은 순간 당황했으나 물은 자신이 있는 언덕 위까지 차오르지는 않았다. 주변 언덕에 오르지 못한 군사들 상당수가 물에 휩쓸려서 흥화진 쪽으로 밀려갔다. 특히 출격했던 기병들은 갑자기 차오른 물에 대다수가 휩쓸렸다.

야율아과달은 어찌할 바를 몰랐다. 간신히 근처 언덕에 오른 군사들도 물에 젖은 생쥐 꼴이었다. 그런데 사람들도 문제였지만 또 다른 문제도 있었다. 언덕 사이사이에 물이 차오르며 막사와 보급품도 모두 다 쓸려 떠내려갔던 것이다.

이 시기의 강폭은 넓은 곳이 삼십 보 정도인데 삽시간에 물이 불어 그 열 배인 삼백 보로 늘어나 있었다. 강물에 휩쓸려 빠져 죽은 사람이 얼마인지는 알 수 없지만, 물을 뒤집어쓰고 막사도 모두 잃어버렸으므로 겨울밤을 지내면 얼어 죽을 것이다.

그런데 남쪽으로 내려갈 수는 없고 북쪽 역시 고려군이 막고 있다. 그렇다면 갈 곳은 역시 동쪽밖에 없었다. 야율아과달은 말을 몰아 물로 뛰어들었다. 남피실군들은 지휘관이 동쪽으로 움직이자 따라서 움직이기 시작했다.

흥화진 북쪽 사거리에 있던 조원은 흥화진에서 뿔나팔이 불고 북이 울리자, 강물이 흥화진에 도착했음을 알 수 있었다. 물이 어디까지 차는지 유심히 관찰하다가 명령을 내렸다.

"남쪽으로 전진한다!"

조원은 물이 찬 지점까지 전진해서 거란군이 움직일 수 있는 공간을 더욱 좁혔다. 거란군의 주둔지까지는 오 리가 못 되었다.

흥화진 남쪽에 있던 김종현은 신군을 이끌고 북쪽으로 재빠르게 전진했다. 거란군을 압박하기 위해서였다.

강민첨은 흥화진에서 신호가 울리자 즉시 서북쪽으로 출발했다. 점차 어둠이 몰려왔지만, 그동안 지형을 익히기 위해 충분한 기동 훈련을 한 터라 문제없었다. 요소요소의 길을 막고 동쪽으로 도망쳐 올 거란군을 기다렸다. 유시 끝(19시)에 드디어 거란군들을 마주쳤다. 그들은 고려군을 만나자 다른 길로 도망쳤다. 강민첨은 그들에게 전투의지가 전혀 없다는 것을 알게 되었다. 그들을 급하게 쫓을 필요는 없었다. 물에 젖은 그들은 겨울밤에 천천히 얼어 죽을 것이었다.

동쪽으로 움직이던 야율아과달은 고려군이 길을 막아서자 고려군의 포위망에 완전히 걸렸다는 것을 알아차렸다. 야율아과달의 생각과 다르게 고려군은 허투루 움직이지 않았다. 한밤중에 고려군에 포위된 지금, 지휘관이 할 수 있는 일은 아무것도 없었다. 그저 스스로의 살길을 찾으려고 할 뿐이었다.

밤새도록 산발적인 교전이 이어졌다. 다음 날, 날이 밝아온 뒤 확인하니 곳곳에 거란군의 시체가 널려 있었다.

정오 무렵 고려군 전 병력이 흥화진에 모였다.

"우리가 이겼다!"

"와! 와! 와!"

군사들은 떠나갈 듯한 함성을 질렀다. 산 위에 봉수대에서는 잇따라 신호가 이어졌고 척후병들이 바삐 오갔다. 거란군 본대는 내륙 길에서 이동 중이었다.

거란군의 위치를 확인한 강감찬이 명령했다.

"오늘은 흥화진에서 대기한다."

강감찬이 강민첨 등을 격려하며 말했다.

"수고했네. 초전에 큰 승전을 거두었으니 첫 단추를 아주 잘 끼웠군."

강민첨이 아쉬운 목소리로 말했다.

"거란군의 주력이 흥화진 쪽으로 들어왔다면 그들은 반드시 패했을 것입니다. 소배압은 영리하게도 그것을 피했습니다."

조원이 작은 목소리로 혼잣말을 했다.

"늙은 소가 역시 대단해."

강감찬이 조원을 흘끔 본 뒤 말했다.

"적의 본대가 험한 길을 가며 체력을 소진할 것이니 그것만으로도 성공이네."

강감찬이 강민첨에게 물었다.

“적 포로는 얼마나 잡았나?”

“오백여 명의 포로를 잡았습니다. 적들은 남피실군인데, 심문해 봤더니 장교들도 자세한 작전계획은 모른다고 합니다.”

“소배압이 작전계획을 철저히 비밀에 부친 모양이군.”

강민첨이 자신에 찬 표정으로 말했다.

“적들이 험한 산길을 통해 남하하니 행군 속도가 결코 빠를 수 없습니다. 우리가 먼저 주도권을 잡고 움직이면 됩니다.”

강감찬이 고개를 끄덕였다.

61
국밥

십이월 십이일 인시 초(3시), 고려군은 흥화진을 떠나 철주를 향해 남하하기 시작했다. 강민첨이 좌군을 거느리고 가장 먼저 출발했고, 조원이 우군을 거느리고 그 뒤를 따랐으며, 그다음으로 강감찬이 중군을 이끌고 출발했다. 군사들에게 휴식 시간을 충분히 주며 천천히 행군했다. 고려군들은 평탄한 해안 길로 움직이고 있으므로 험한 산길을 통해 이동하고 있는 거란군보다 훨씬 여유가 있었다.

강민첨이 철주에 다다랐을 때는 오시 초(10시)였다. 철주성 북문에 들어서니 이미 설치된 수많은 천막이 눈에 들어왔다. 그 천막들 안에서 무수한 솥이 김을 내뿜고 있었고, 부녀자들은 분주히 움직이고 있었다.

박종검과 철주방어사 최창 등이 나와서 강민첨을 맞았다.

박종검이 강민첨에게 말했다.

"모두 준비되어 있으니, 최 방어사의 안내에 따르면 됩니다."

군사들이 솥 앞에 줄을 서면 부녀자들이 뜨끈한 국밥을 나무 대접 한 가득 퍼 주었다.

강민첨 역시 군사들과 마찬가지로 자신의 그릇에 국밥을 받았다. 말린 생선을 주재료로 해서 미역과 다시마, 시래기 등이 들어간 해물장국밥이었다. 시원하고 칼칼한 것이 맛이 매우 좋았으며 뜨끈한 국물을 들이켜니 몸이 매우 따뜻해졌다.

강민첨이 감탄하며 박종검에게 말했다.

"맛이 정말 좋구려."

군사들을 잘 먹여야 하는데, 그렇다면 고깃국을 먹이는 것이 가장 좋다. 그런데 십만이 되는 병력에 제대로 고깃국을 먹이려면 한 끼에 만 근 정도의 고기가 필요하다. 만일 돼지국밥을 끓인다면 돼지 이백 마리가 필요한 것이다. 한 번 정도 먹는 것은 가능하겠지만 매 끼니를 이렇게 할 수는 없었다. 고기를 생산하려면 많은 시간과 비용이 필요했고 대량의 고기를 비축하는 것 역시 어려웠다.

그래서 생각한 방법이 어포(魚脯)를 이용하는 것이었다. 다양한 종류의 물고기로 어포를 만드는데, 반으로 갈라서 내장을 제거하고 소금에 절여 수분이 거의 없을 정도로 바짝 말렸다. 이렇게 하면 장기간 보관할 수 있어서 대량으로 비축할 수 있었다. 또한 무게도 아주 가벼웠다.

해안의 인력을 동원하여 그 지역에서 계절마다 나는 다양한 물고기들로 만들게 했다.

조기, 청어, 숭어, 홍어, 민어, 전어, 삼치, 방어, 밴댕이, 대구, 도루묵, 고등어, 오징어 등등.

왕순은 해안 지역 마을들에 조서를 내려보냈다.

"우리의 날래고 용감한 군사들이 북적들을 막아서고 있다. 그들은 나라와 가족을 지키고자 목숨을 건 싸움을 하고 있다. 그들을 지원하기 위해서 어포를 만드는 데 힘써 달라. 나라를 구하는 것은 군사들의 힘만으로 되는 것이 아니다. 우리와 같이 해내야 하는 것이다."

그리고 어포를 많이 생산한 사람들에게 왕후들이 짠 베를 상으로 내렸다.

강감찬이 중군을 이끌고 철주에 도착했을 때, 강민첨이 이끄는 좌군들은 이미 철주를 모두 떠난 후였고, 조원의 우군들이 식사를 하고 있었다. 배식은 매우 질서 있게 잘 이루어지고 있었다.

행군 중간에 조리된 식사를 제공받으면, 음식을 만드는 시간과 수고를 덜 수 있으므로 행군 속도를 높일 수 있다. 물론 건량을 먹으면서 행군할 수도 있겠지만 건량은 소화가 잘되지 않는다. 지속적으로 건량을 먹는다면 군사들의 체력은 급격히 떨어지게 된다. 전쟁은 기본적으로 체력이 뒷받침되어야 할 수 있는 것이다.

강감찬도 국밥을 받아먹었다. 국밥의 양은 푸짐했으며 속이 뜨끈하고 편안한 것이 역시 건량과 비할 바가 아니었다. 식사를 마치고 철주를 떠나 통주로 움직였다. 철주에서 통주까지는 삼십 리 길이었다.

술시 중간(20시)에 통주 성벽 바로 앞에 이르자, 통주의 군민들이 성벽 위에서 환호했다.

"상원수 각하가 오셨다!"

"고려 만세!"

강감찬은 손을 들어 군민들의 환호에 답했다. 성으로 들어가자, 강민첨과 조원, 박종검, 통주방어사 최탁(崔卓), 통주도부서 유백부 등이 나와서 강감찬을 맞았다.

강감찬이 물었다.

"거란군의 움직임은 어떤가?"

유백부가 답했다.

"거란군은 계속 산길로 이동 중인 것으로 보입니다. 이곳으로 오려는 움직임은 없습니다."

역시 철주와 마찬가지로 수많은 천막이 처져 있었고 군사들은 통주의 부녀자들이 끓인 해물국밥으로 식사를 했다. 부녀자들은 아주 열심히 일하고 있었다. 이 전쟁에 승리하려면 자신들의 힘이 반드시 필요하다는 것을 잘 알고 있는 듯이 보였다.

통주성에서 밤을 보내는데, 해시(21~23시) 무렵 척후가 와서 보고했다.

"적들이 '수레넘이고개' 북단에 도착하여 숙영을 준비 중입니다."

이날 거란군은 축시(3~5시)부터 행군을 시작했었다. 천운군이 선두에 섰는데, 소배압은 천운군상온 야율해리에게 이렇게 명령을 내렸다.

"행군 속도를 하루 사십 리에 맞추라! 어떤 문제가 생기면 더 늦추어도 좋다. 그러나 더 빠르게 가서는 안 된다."

소배압은 정찰을 철저히 하게 했다. 이 길은 신해년(1011년)에 야율분노가 이끄는 만 명의 군사가 회군하는 길에 고려군에게 참살당한 곳이었기 때문이었다. 물론 고려군 주력은 해안 길 쪽에 있어서 이쪽에 나타날 가능성은 희박했다. 그래도 조심해서 나쁠 것은 없었다.

길에 들어선 소허열은 감회가 새로웠다. 팔 년 전, 야율분노와 더불어 퇴각하다가 고려군에 매복 공격당해 이곳 산길을 헤매다가 겨우 내원성에 당도했었다. 삶과 죽음의 갈림길이었다. 길잡이 역할을 맡은 갈불려에게 물었다.

"이 길로 쭉 가면 큰 고개가 있는데 고려인들은 뭐라 부르는가?"

"차유령*(車踰嶺)이라고 부릅니다."

"차유령?"

"고려어로는 '수레넘이고개'라고 합니다. 수레가 넘을 수 있는 큰길이라서 그렇게 부릅니다."

---

* **차유령(車踰嶺): 평안북도 천마군 금골리 부근에 있는 고개. 대차유령과 소차유령이 있다.**

십이월 십삼일 인시 초(3시) 무렵, 강감찬, 강민첨, 조원, 김종현, 유참 등은 통주성 동문의 문루에 있었다.

강민첨이 동쪽을 가리키며 말했다.

"이곳에 오면 언제나 숙연해집니다."

강감찬이 물었다.

"양 상서 때문인가?"

강민첨이 고개를 끄덕이며 답했다.

"양 상서가 이 일대에서 퇴각하는 거란군에게 심대한 타격을 주지 못했다면 전쟁은 더욱 힘들어졌을 것입니다."

조원이 말했다.

"양 상서가 곽주를 탈환하지 않았다면, 아마 부원수와 저는 이 자리에 있지 못했을 수도 있죠."

한창 대화를 나누고 있는데 척후가 와서 보고했다.

"적들이 어젯밤에 수레넘이고개 앞에서 숙영했습니다."

조원이 말했다.

"거란군들이 굽이굽이 산길을 넘느라 고생을 많이 하는군요."

강감찬이 일동에게 물었다.

"거란군이 이곳 통주 쪽으로 올까?"

강민첨이 답했다.

"통주로 올지는 모르나, 어떤 길을 선택하던 안주까지는 반드시 올 것입니다."

좌군이 아침 식사를 마치고 행군 준비를 끝내놓고 있었다. 강민첨이 강감찬에게 말했다.

"저는 이제 출발하겠습니다."

목사는 열심히 이랴이랴 수레를 몰고 있었다. 하루 전, 거란군이 내륙 길로 행군하고 있다는 소식이 구주에 전해졌다. 구주방어사 시거운은 청룡고개에 매복하라는 명령을 구주군에 내렸다.

청룡고개는 구주에서 북서쪽으로 사십 리 거리에 있었는데, 수레넘이고개를 지나 구주로 오는 가장 빠른 길은 이 청룡고개를 넘는 것이었다. 청룡고개는 주도로이기는 하지만 수십 개의 구비가 있는 험한 고갯길이었고 갈대가 대단위로 군락을 이루고 있었다.

이제 대정으로 승진한 목사는 일족으로 구성된 열 대의 수레 부대를 이끌고 있었다. 목사의 수레 부대는 거마창이나 마름쇠 등 전투에 필요한 각종 물품을 날랐다. 청룡고개에 도착해 보니, 장군 황호맹의 지휘로 천여 명의 구주행군들이 곳곳에 진지를 구축하고 있었다.

말을 탄 누군가가 목사 쪽으로 다가왔다. 말을 탔음에도 키가 무척 커 보였다. 목사는 그가 시음달(柴音達)이라는 것을 곧 알아챘다.

시음달은 구주방어사 시거운(柴巨雲)의 아들이었다. 올해 열여덟 살의 나이로 육 척 두 치의 키에 얼굴이 하얗고 이목구비가 매우 뚜렷했다. 거기에 양반가의 자제라서인지 귀티가 흘렀다. 목사는 시음달을 볼 때마다 종자가 자신들과 다르다는 생각을 자주 했다. 시음달은 황호맹 휘하에서 전령의 역할을 맡고 있었다. 시음달이 목사에게 말했다.

"대정님! 장군님이 거마창을 저 앞쪽으로 옮기랍니다."

"알겠소."

시음달이 명령을 전달하고 돌아가자, 옆에 있던 목개가 한숨을 쉬며 말했다.

"전생에 어떤 일을 해야 저렇게 생겨서 태어날 수 있을까?"

목사가 던지듯이 대꾸했다.

"우리가 전생에 그 어떤 일을 하지 못한 것은 분명해 보인다."

62
청천강

십이월 십육일 오전, 수백 기의 거란 기병이 청룡고개 북단에 나타났다.

황호맹의 옆에 있던 시음달은 나무 사이에 몸을 가린 채 매우 긴장한 표정으로 그 모습을 보고 있었다. 생애 처음으로 적군을 마주하게 된 것이었다. 시음달은 황호맹을 흘끗 보았다. 황호맹은 눈을 가늘게 뜨고 있었는데 눈동자 속에서 서늘한 살기를 느낄 수 있었다.

거란군이 오십 보 안까지 다가오자 황호맹은 화살을 날렸다.

"피이히이이잉~~~~~~."

"피잉! 피잉! 피잉!….."

황호맹의 우는살이 날자, 구주군들은 다가오는 거란군을 향해 화살을 쏘아댔다. 거란 기병 몇이 말에서 떨어졌고 황급히 퇴각했다. 거란군들은 백 보 밖으로 물러나서 다가오지 않았다. 잠시 대치 상황이 이어지는 중에 청룡산 정상에서 고개 북단을 관측하던 군사가 급히 달려와서 보고했다.

"산 아래 적병들이 그득합니다!"

거란군 주력이 당도한 것이었다. 황호맹이 시음달에게 명했다.

"방어사께 적 본대의 도착을 보고하라!"

시음달은 말고삐를 채며 구주 쪽으로 달려갔다.

                    고려거란전쟁 – 구주대첩(하)

곧 거란군이 방패를 앞세우고 전진해 왔다. 그리고 양옆의 산등성이로도 넘어오려고 했다. 구주군만으로는 상대할 수 없는 군세라는 것을 여실히 느낄 수 있었다.

황호맹이 구주군들에게 명했다.

"화공을 실시하고 구주로 퇴각한다!"

곧 갈대에 불이 붙었고 청룡고개는 온통 불바다로 변했다. 구주군들은 즉시 구주 쪽으로 후퇴했다.

십이월 십칠일, 강감찬은 어젯밤 안주에 도착하여 상황을 파악하며 대기 중이었다. 정오에 구주에서 온 전령 두 명이 도착했다. 이들은 밤새 달려왔다고 한다. 그중 키 큰 사람이 강감찬에게 말했다.

"구주 전령 시음달입니다."

강감찬이 시음달을 알아보고 말했다.

"수고가 많네."

시음달이 보고했다.

"십육일 오전에 적들이 청룡고개에 진입했습니다. 구주군은 화공으로 그들의 진격을 늦추었습니다."

강감찬이 칭찬하며 말했다.

"구주군이 또 수고했군."

시음달이 구주로 돌아가려고 하자, 강감찬이 말리며 말했다.

"지금 구주 근처는 거란군으로 가득할 것이니, 일단 여기에 머무는 것이 낫겠네."

시음달이 고개를 저으며 말했다.

"전령은 오가는 것이 임무이니, 위험하다고 안 갈 수는 없습니다. 구주로 가서 제가 제대로 전달한 것을 알려야 합니다."

강감찬이 대견하게 바라보며 말했다.

"몸조심하고 무리하지 말게."

해시(21~23시)에 다시 구주에서 전령이 왔다.

"거란군이 어제 청룡고개를 넘어와 구주 북쪽 보습산 자락에서 숙영을 했습니다."

강감찬이 제장들에게 말했다.

"거란군이 이제야 구주 북쪽에 왔다면 여기까지 오는 데 닷새 이상 걸리겠군."

강민첨이 말했다.

"많은 인원이 좁은 길 하나로 움직이고 있으니 빠르지는 못할 것입니다. 우리는 충분히 쉬면서 적을 기다릴 수 있습니다."

소배압이 십칠일 인시 초(3시)에 숙영지에서 출발하여 십 리 정도 가니, 남쪽으로 고려의 구주성이 보이는 곳에 도착했다.

이곳은 두 개의 개천이 만나는 곳으로 산맥으로 둘러싸여 있었으나, 동서의 폭이 오백 보 정도 되고, 남북의 길이가 십 리 조금 못 되는 길쭉한 장방형 모양의 평야 지형이었다.

소배압이 갈불려에게 물었다.

"저곳이 고려의 구주인가?"

"예, 그렇습니다."

소배압이 주변을 돌아보며 제장들에게 말했다.

"이곳이 아주 넓지는 않지만 회전을 펼쳐볼 만한 지형이군."

야율팔가가 지형을 유심히 보며 말했다.

"만일 우리가 북쪽에 진을 치고 고려군이 남쪽에 진을 친다면 우리에게 유리한 상황을 만들 수 있습니다."

소배압이 고개를 끄덕였다.

갈불려가 북쪽으로 난 길을 가리키며 말했다.

"그런데 여기서 북쪽은 여진족들이 사는 지역인데 올해 고려에서 삭주를 설치했습니다."

소배압이 물었다.

"고려에서 직접 지배하고 있나?"

"그렇지는 않습니다."

소배압은 소허열, 야율팔가 등 제장들을 거느리고 주변 지형을 시찰했다.

이때 한 장수가 소배압의 앞에 나타났다. 그는 소배압을 보자마자 말에서 내려 무릎을 꿇었는데 남피실군 상온 야율아과달이었다. 야율아과달의 보고를 받고 소배압은 말없이 고개를 끄덕였다.

소배압은 구주 동북쪽 벌판에 지휘 막사를 세우게 했다. 곧 한족 향병* 일만 명이 나무를 베어 영채를 만들고 갖가지 공성무기를 제작했다. 타초곡기들은 구주성 주변을 횡행하며 성 밖의 집과 뽕나무밭 등에 불을 질렀다.

잠시 후, 소배압은 직접 북채를 잡고 북을 쳤다.

"눙, 둥, 둥."

북소리가 세 번 울리자, 모든 거란군은 하던 일을 멈추고 함성을 질렀다.

"와! 와! 와!"

거란군들이 성을 에워싸고 요란하게 북과 징을 치며 화살을 성안으로 날렸다. 구주성을 공격할 모양새였다.

---

*   **한족 향병**: 한족으로 구성된 노역 부대.

신시 초(15시), 시음달은 잠을 자고 있었다. 안주에 갔다가 새벽에 구주로 들어와서 그대로 곯아떨어졌다. 연이틀 잠을 제대로 자지 못해서인지 한낮이 지나도록 잠에서 깨지 못했다. 그런데 밖에서 들리는 거대한 함성에 잠에서 깨고 말았다.

서둘러 갑옷을 챙겨 입고 밖으로 나오니 온통 북새통이었다. 성벽 뒤로는 포차(砲車)들이 배치되고 있었고, 성벽 위에는 목만과 포만이 세워져 있었으며, 큰 칼날이 장착된 대우포, 낭아박, 야차뢰 등이 설치되고 있었다. 그 사이를 사람들이 분주히 움직이며 성을 방어하는 데 필요한 갖가지 물품들을 나르고 있었다.

시음달은 성벽 위에 올라 밖을 보았다. 거란군은 구주 북동쪽에 있는 '오리벌'에 무수한 막사를 세우고 있었다. 그리고 거란 기병들이 온통 밖을 횡행하며 불을 지르고 있었으며 갑자기 다가와서 성벽 위로 화살을 날리기도 했다. 아마 내일쯤 본격적으로 구주성을 공격하려는 것 같았다. 구주성이 세워진 후에 대규모 적의 공격을 받는 것은 처음 있는 일이었다. 시음달에게 긴장감이 확 밀려왔다.

그런데 그다음 날이었다. 날이 밝아오는데도 거란군의 모습은 그 어디에서도 찾을 수 없었다. 성을 공격할 모양새만 꾸미다가 다시 남쪽으로 향한 것이다.

십팔일 오전, 강감찬은 봉수 신호를 통해 거란군이 구주를 지나쳐 남하하고 있다는 사실을 알게 되었다. 태주를 지나쳐 거란군이 청천강의 북쪽 지류인 구룡강에 도착한 것은 그로부터 사흘 후였다.

이십일일 해시 중간(22시)에 척후가 와서 보고했다.

"거란군이 구룡강 북쪽에서 숙영 중입니다."

이제 드디어 거란군이 하루거리에 온 것이었다. 강감찬은 즉시 명령을 내려 무기를 점고하게 했다. 거란군이 안주로 온다면 조만간 전투가 있을 것이었다.

그다음 날(22일) 오전, 안수진(安水鎭)에서 봉화가 올랐다. 안수진은 안주에서 청천강을 오십 리가량 거슬러 올라가면 있었다. 안주를 중심으로 동쪽으로는 안수진, 서쪽으로는 안융진이 청천강 방어선을 형성하고 있는 것이었다.

신시 초(15시), 안수진의 병력들이 안주로 왔다. 적의 대군이 오면 안주로 철수하라고 명령이 내려져 있었다.

강감찬은 즉시 낭장 이상의 제장들을 소집해 명령했다.

"각 지휘관과 장수들은 진법 훈련을 실시한다."

군사들은 체력 유지를 위하여 계속 휴식하게 하고 낭장 이상의 장수들로만 안주를 나가서 진법 훈련을 하는 것이었다.

거란군이 앞으로 어떻게 움직일지 알 수 없었다. 이곳 안주로 올 수도 있었고 청천강을 건너 남하할 수도 있었다.

이십삼일 오전, 소배압은 청천강을 건너 안수진 북쪽 벌판에 있었다.

소배압이 갈불려에게 물었다.

"여기서 안주까지는 서쪽으로 오십 리 정도 된다지?"

"예, 그렇습니다."

소배압이 서쪽을 바라보며 말했다.

"지금쯤 고려군은 안주에 집결해 있겠군."

소허열이 말했다.

"고려군들이 우리에 맞춰 기동했다면 그럴 것입니다."

야율팔가가 말했다.

"고려군은 요충지를 지키며 우리를 그쪽으로 유도하고 있습니다."

소배압이 고개를 끄덕이며 말했다.

"고려군 지휘관들이 제법 영리한 자들이야."

지금 상황에서는 삼 년 전(1016년)처럼 안주로 갔다가 후퇴하는 척하며 고려군과 회전을 하는 것이 가장 무난한 작전이었다.

야율팔가는 소배압을 보았다. 소배압은 이제 예순여섯의 나이로 인생의 황혼기였다. 자신의 저택에서 삶의 마지막을 여유롭게 보낼 나이인 것이다. 그렇지만 소배압은 막중한 책임감을 가지고 황제와 국가를 위해 마지막 봉사로서 이 전쟁에 임하고 있는 것이었다.

술시 초(19시), 거란군이 청천강을 건너 남하하여 안수진 남쪽 삼십 리 지점에서 숙영 중이라는 보고가 들어왔다. 거란군이 안주로 오지 않고 더 남하한 것이었다. 가장 예측 가능성이 적었던 움직임을 보이고 있었다.

거란군의 목표 지점은 알 수 없다. 서경이 될 수 있고 혹은 중간에 방향을 틀 수도 있다. 만에 하나 개경으로 가려고 할 수도 있었다. 어쨌든 이제 고려군도 움직일 시간이었다.

강감찬은 즉시 제장들을 소집해 명령을 하달했다.

"좌군을 선두로 전군 남하한다."

회의를 파하며 나오는 중에 조원이 쓴웃음을 지으며 강민첨에게 말했다.

"진짜, 늙은 소가 보통이 아니네요. 우리가 가능성을 낮게 보았던 움직임만 하고 있어요."

"그래도 언젠가 한 번은 우리의 함정에 걸려들겠지."

다음 날인 이십사일 인시 초(3시), 고려군은 강민첨의 좌군을 선두로 출발했다. 고려군이 당도한 곳은 안주에서 남쪽으로 육십 리 거리에 있는 숙주였다. 그런데 숙주에 백성들은 없었다. 모두 서경으로 대피시켰던 것이다. 군사들은 지니고 있는 건량과 물을 끓여서 저녁 식사를 했다.

강민첨이 강감찬에게 보고했다.

"척후의 보고에 의하면 거란군은 같은 속도로 계속 남하 중입니다."

조원이 말했다.

"흠, 천천히 묵직하게 밀고 오고 있군요."

다음 날인 이십오일 인시 초(3시)에 출발하여 남쪽으로 십 리를 간 후, 동쪽으로 방향을 틀었다. 동쪽 이십 리 지점에는 자모산(慈母山)이라는 큰 산이 있는데 이 자모산의 정상에는 고구려 때 쌓은 산성인 자모산성이 있었다.

강민첨의 좌군은 자모산성에 정오에 당도하여 유숙할 준비를 했다. 자모산성에는 미처 서경으로 대피하지 못한 노약자들이 모여 있었다. 고려군이 등장하자 이들은 환호성을 질러댔다.

"아군이다! 와! 와! 와!"

강민첨은 자모산의 정상에서 동쪽을 바라보았다. 아직 거란군은 보이지 않았다. 그런데 정오가 지나자 동북쪽 사십 리 지점에 거란군이 나타나기 시작했다. 그리고 강을 끼고 거란군의 막사가 세워졌다.

신시 중간(16시)이 되자 강감찬의 중군도 도착했다. 강감찬이 물었다.

"거란군이 보이는가?"

"동북쪽 사십 리 지점에 당도했습니다."

강감찬은 즉시 자모산 정상에 올랐다. 과연 동북쪽에 거란군의 막사가 그득했다.

강민첨이 힘주어 말했다.

"거란군의 정찰병은 이곳에 오지 않았습니다."

거란군은 이곳에 고려의 주력군이 주둔하고 있는지 전혀 모를 터였다. 강감찬이 제장들에게 말했다.

"우리가 아주 좋은 위치를 잡았군."

고려군은 거란군의 위치를 정확히 알고 있지만, 거란군은 고려군의 위치를 모른다. 포석에서 큰 우위를 점한 것이었다.

이십육일 새벽, 거란군은 다시 행군을 시작했다. 고려군은 자모산성에서 계속 대기했다. 거란군은 사십 리를 행군한 후, 자모산 동남쪽 산자락 부근에서 숙영을 했다. 고려군 입장에서는 거란군보다 하루치 체력을 비축한 것이었고 또한 마치 손바닥을 보듯이 거란군의 움직임을 보고 있었다.

조원이 강감찬에게 말했다.

"이제 거란군이 큰길을 따라 내려가면 서경입니다."

강감찬이 제장들에게 물었다.

"저들이 서경을 노릴까?"

강민첨이 답했다.

"우리가 따라붙었다는 것을 소배압이 알 것입니다. 그렇다면 섣불리 서경을 공격하려고 하지는 않을 것입니다."

63
자주와 마탄

이십칠일 인시 초(3시)부터 거란군은 다시 행군을 시작했고 정오(12시) 무렵이 되자, 마지막 남은 부대가 숙영지를 막 떠날 준비를 하고 있었다.

그때 서쪽 계곡에서 일단의 기병들이 함성을 지르며 쏟아지듯이 나오기 시작했다.

"와아!"

강민첨이 이끄는 고려군 좌군 소속의 기병들이었다. 거란군이 행군을 시작하자, 강감찬은 좌군을 이끌고 자모산성에서 나와 산길을 통해 거란군의 숙영지까지 접근한 다음, 돌격 명령을 내린 것이다. 기병을 필두로 공격해 들어가자 거란군들은 황급히 본대를 뒤쫓아서 도망치기 바빴다.

고려군들은 십 리가량 쫓으며 거란군을 두들겨 댔다.

"적을 주살하라!"

십 리를 지나 왼편에 백족산이 보이자 강민첨은 군사들을 멈추게 하고 전열을 정비하게 했다. 혹시 모를 거란군의 반격에 대비한 것이었다. 잠시 후 조원의 우군이 당도했다.

조원이 강민첨에게 말했다.

"적들은 딱히 반격할 생각이 없는 것 같습니다."

포로로 잡은 거란군을 심문하니, 이들 대부분은 한족 향병으로 거란군의 주력부대는 아니었다. 전장을 정리해 보니 삼천 정도를 베었고 오백 명 정도를 포로로 잡았다.

곧 척후의 보고가 있었다.

"거란군 본대는 서경 쪽으로 남하하다가 백족산에서 다시 동쪽으로 방향을 틀어 대동강 서쪽 기슭을 따라 남하하고 있습니다."

거란군은 서경으로 직진하는 길이 아니라 동쪽으로 이동하여 대동강을 따라 내려가는 길을 택했다. 그렇다면 거란군의 목적이 서경을 공격하는 것이 아닐 가능성이 컸다.

강민첨과 조원은 군사들을 이끌고 백족산 북단으로 가서 숙영지를 설치했다. 거란군 숙영지와의 거리는 삼십 리 정도였다. 신시 중간(16시)에 강감찬이 당도하자 잠시 작전 회의를 한 후, 여기서부터는 거란군의 뒤를 따라 추격하기로 했다.

그다음 날인 이십팔일 인시 초(3시), 이번에는 조원의 우군이 선두가 되어 행군을 시작했다. 정오(12시) 무렵, 드디어 거란군 숙영지에 도착하니, 거란군은 모두 이동하고 없었다. 그런데 이동 흔적으로 보아, 거란군은 두 방향으로 나누어 움직이고 있었다. 본대로 보이는 무리는 대동강을 넘어 동쪽으로 움직이고 있었고, 또 다른 무리는 대동강을 따라 남하하고 있었다. 조원은 즉시 대동강을 따라 남하하는 거란군의 뒤를 쫓았다.

동쪽으로 가면 자비령을 넘지 않고도 개경으로 갈 수 있다. 그러나 길이 험해서 시간이 아주 오래 걸릴 것이다.

그들보다는 주도로로 움직이는 거란군 부대를 잡는 것이 더 시급했다. 이들이 빠르게 움직여 아군보다 먼저 개경으로 가면 개경이 위태로워질 수 있었다.

조원이 급한 목소리로 좌우위 맹군 장군 고열에게 명령을 내렸다.

"그대는 맹군을 이끌고 선봉에 서게. 반드시 거란군의 뒤를 잡아야 하네!"

고열은 부리나케 움직였다. 십 리 정도를 빠르게 움직이자, 행군하고 있는 거란군의 후미가 눈에 들어왔다. 그 모습을 본 고열은 즉시 활을 빼어 들고 선두에 서서 앞으로 갔다.

전속력으로 달려 나가 오십 보 안까지 접근하자 화살을 쏘아 보냈다.

"피잉-."

좌우위 맹군 부대원 모두 활을 빼어 들고 순차적으로 사격을 하자, 드디어 거란군들이 행군을 멈추고 진영을 갖추는 것이 보였다. 곧 조원이 이끄는 우군 본대가 당도하여 진을 쳤다.

이 거란군은 상온 야율구리사(耶律歐里斯)가 이끄는 우피실군이었다.

부상온 소효충(蕭孝忠)이 야율구리사에게 말했다.

"도통께서 접전을 되도록 피하라고 하셨습니다!"

야율구리사가 고려군의 진영을 보며 말했다.

"저들이 친 진을 보시오!"

소효충이 보니, 고려군의 진영은 사각형의 방진이 아니라 방패를 든 보병들이 몇 열의 횡내로 늘이선 첩진(疊陣)이었다. 기병대를 상대로 방진이 아니라 첩진을 쳤다는 것은 적의 장수가 군사에 대한 경험이 적은 자라는 것을 의미했다.

야율구리사가 자신감에 찬 어조로 말했다.

"저들을 해치우는 데 그리 오랜 시간이 걸리지 않을 것이요."

고려군과 거란군은 얼어붙은 대동강을 사이에 두고 대치 중이었다. 이곳은 말을 타고 건널 수 있을 정도로 수심이 얕은 대동강의 여울인 마탄이었다. 마탄 주위에는 넓은 벌판이 형성되어 있었는데 이곳을 마탄벌이라고 한다. 겨울이라 마탄벌에는 하얀 눈이 덮여 있었다.

조원은 좌우위 보승군 일만 명으로 하여금 방패를 들고 십 열 첩진을 치게 하고 기병으로 이루어진 정용 삼천 명을 그 뒤에 세웠다. 그리고 보인들과 수송대로 하여금 혁차를 둘려 친 방진을 그 뒤에 세우게 했다.

이 근처 길은 조원이 팔 년 전(1010년)에 강민첨과 더불어 애수진의 군사들과 같이 지나간 길이었다. 잠시 회상에 젖어 있는데 들판에서 노닐던 새들이 날아오르는 것이 보였다. 거란군이 뒤로 약간 진을 물리고 있었다. 고려군에게 대동강을 넘어 자기네 진영 쪽으로 오라는 무언의 권유였다.

팔 년 전, 이 마탄벌에서 지채문은 거란군에게 패했었다. 지금까지 고려군은 이런 넓은 지형에서 만 단위가 넘는 거란군과 정면에서 싸워서 이긴 적이 한 번도 없었다.

거란군이 진을 뒤로 물리자, 조원은 군사들을 대동강을 넘어 전진시켰다. 대동강을 넘어 벌판 위에 발을 디디자, 눈과 그 아래 풀들이 부드럽게 밟혔다. 조원은 앞을 뚫어지게 응시했다.

드디어 거란군은 움직이기 시작하여 일제히 삼백 보 앞까지 접근해 왔다. 마치 검은색 파도가 천천히 덮쳐오는 것 같았다.

조원이 명했다.

"수질노를 준비하라!"

조원의 명령에 수질노를 든 군사들이 대기하는데, 갑자기 거란군의 좌익과 우익이 전속력으로 고려군의 양쪽 측면으로 돌진해 왔다.

조원은 즉시 명령을 내렸다.

"좌·우 방진으로!"

조원의 명에 고려군 보병들은 좌·우로 갈라지며 첩진에서 두 개의 방진으로 변했고 조원은 좌측 방진의 중앙에 위치했다. 진형을 변화시키는 사이에 거란 기병들이 백 보 안에 들어오자 조원은 즉시 우는살을 발사했다.

"피이히이이잉~~~~~~"

"피잉-, 피잉-, 피잉-."

조원의 우는살이 날자, 수질노를 든 군사들이 일제히 화살을 쏘아댔다. 거란 기병들은 화살 세례를 받으면서도 오십 보 안까지 접근해 왔고 그들 역시 화살을 난사하기 시작했다.

"피잉-, 피잉-, 피잉-."

곧 창을 든 거란의 기병들이 바로 앞까지 들이닥쳤다. 조원은 자신이 있는 좌측 방진의 군사들에게 즉시 명령했다.

"마름쇠!"

좌측 방진의 군사들이 후면을 제외한 삼면에 무수한 마름쇠를 뿌려댔다. 거란군은 거세게 돌격해 들어왔고 고려군들은 창과 도리깨 등으로 돌격해 들어오는 거란군을 밀어내고 있었다. 격렬한 싸움이 이어지고 있는 가운데, 조원의 눈길이 향하고 있는 곳은 자신이 속한 좌측 방진이 아니라 우측 방진이었다.

우측 방진에도 거란군이 충격해 왔는데 좌측 방진과는 다르게 마름쇠를 뿌리지 않았다. 그저 방패와 창 등으로 거란 기병을 막을 뿐이었다. 그러나 사람의 힘으로 기병이 달려드는 힘을 막을 수는 없었다. 곧 고려군 방패진에 균열이 생기며 거란군이 매섭게 파고들었다.

고열은 우측 방진에 있었다. 고열과 그 주위의 군사들은 손잡이가 긴 칼을 잡고 있었는데 장도(長刀)라고 불리는 것이었다. 장도는 오 척 길이의 자루에 두 척 길이의 날이 달려 있었다. 고열의 장도는 은으로 도금되어 있었고 그 위에 섬세한 무늬가 그려져 있었는데 붉은색과 녹색

으로 채색(彩色)되어 있었다. 이렇게 은으로 도금된 장도는 특히 은장장
도(銀粧長刀)라고 불렸다. 고열은 자신의 은장장도 자루를 움켜잡았다
가 폈다가를 반복하며 긴장을 풀려고 했다.

조원이 보니, 우측 방진에 거란 기병들이 새카맣게 달라붙어 있었다.
그 모습을 보고 즉시 명령을 내렸다.

"우측 방진의 장도 부대는 출동하라!"

곧 뿔나팔이 울고 깃발들이 신호하자, 두터운 찰갑을 입고 있던 고열
은 바로 튀어 나갔다. 고열을 필두로 장도를 든 군사들은 몸을 잔뜩 낮
추고 오직 말의 다리만 노렸다.

"이얍!"

"이히잉!"

장도에 다리를 베어진 말은 울부짖으며 무릎을 꿇었고 거란군들은
중심을 잃고 말 등 위에서 떨어졌다. 그러면 골타 등 타격 병기를 든 고
려군들이 그들을 처리했다.

장도를 휘두를 때 주안점은, 후두부나 등을 거란군에 얻어맞을 각
오를 하고 자세를 낮추어 오직 말 다리만 보고 움직여야 한다는 것이
었다.

고열은 정신없이 장도를 휘두르다가, 뒷목과 어깨 부분에 몇 대 얻어
맞았다. 그러나 갑옷을 단단히 입고 있었기 때문에 큰 타격을 받지는
않았다. 고열은 무아지경의 상태에서 계속 움직였다. 그러다가 주위에
더 이상 벨 수 있는 말의 다리가 보이지 않자, 정신이 조금씩 돌아오기
시작했다.

"헉, 헉. 헉."

숨을 몰아쉬면서 한쪽 무릎을 꿇었다. 완전히 지쳤지만 호흡을 가다
듬으며 형형한 눈빛으로 베어야 할 말 다리를 찾았다. 그런데 그때 좌

측 방진에서 뿔나팔 소리가 울렸다.

"뚜웅~~~~~~~~~."

"둥, 둥, 둥, 둥, 둥⋯."

고려군의 총공격 신호였다. 고열은 뒤를 돌아보았다. 후미에서 대기하던 삼천의 좌우위 기병들이 함성을 지르며 달려오고 있었다.

"좌우위!"

"성상을 위하여!"

좌우위 기병들이 출격했다는 것은 자신이 이끈 장도 부대가 거란군 진열을 붕괴시켰다는 것을 의미했다. 고열의 몸속에 전율이 일었다.

우피실군 상온 야율구리사는 고려군의 진영이 두 개의 방진으로 변할 때부터 알 수 없는 불편한 기분을 느꼈다. 그래도 초반에 고려군의 우측 방진에 균열을 내고 붕괴시키는 줄 알았는데, 오히려 갑자기 공격하던 아군들이 허물어지고 있었다. 그것이 정확히 어떤 과정으로 진행되고 있는지 파악할 수도 없었다. 야율구리사의 불편한 기분은, 전장에서 통제력을 상실할지도 모른다는 예감이었다. 처음에 가졌던 자신감과는 다르게 모든 것이 뜻대로 되지 않고 있었다.

야율구리사는 자신이 거느린 본대 병력 삼천을 이끌고 아군을 구원하려고 움직였다. 그런데 그때 고려군 기병들과 맞닥트렸다고 생각했는데 고려군은 기병만이 있는 것이 아니었다. 커다란 장도를 든 고려 보병들이 말의 다리를 마구 찍어대고 있는 것이 보였다. 순식간에 진영이 붕괴되고 있었다. 야율구리사는 정신이 멍해져서 아무런 생각이 나지 않았다. 그때 누군가 소리쳤다.

"후퇴해야 합니다!"

부상온 소효충이었다. 그 목소리를 듣고 야율구리사는 반사적으로 말고삐를 채며 뒤로 달렸다. 지휘관인 야율구리사가 후퇴하자 우피실 군 역시 그 뒤를 쫓았다.

고려군은 거란군을 추격하며 계속 맹렬히 두들겨댔다. 거란군은 동 쪽으로 도망갔는데, 십 리 정도 추격한 후에 조원은 징을 쳐서 군사들 을 중지시켰다.

“징, 징, 징….”

너무 멀리 추격하다가 거란군의 주력을 만날 수도 있기 때문이다. 전 장을 수습하고 보니, 전사한 거란군의 숫자가 일만이 넘었다. 이즈음 강감찬이 도착하여 조원을 치하하며 말했다.

“대승이군. 수고했네!”

칭찬의 말은 겨우 두 마디에 불과했으나, 강감찬의 얼굴에 드러난 자 신감 있는 표정은 더욱 많은 것을 말해주고 있었다. 만 명이 넘는 적과 정면으로 맞서 싸워 이긴 것은 이번이 처음이었다.

강감찬이 작전에 대해서 묻자 조원이 답했다.

“두 개의 방진을 쳐서, 좌측의 방진은 고정된 모루의 역할을 했고 우 측의 방진에 정예한 병사들을 위치시켜 망치의 역할을 하게 했습니 다.”

곧 중군과 우군은 서경으로 들어갔고 얼마 후 강민첨의 좌군도 서경 에 도착했다.

그다음 날(29일) 강감찬은 군사들을 쉬게 하고 거란군의 이동로를 파 악하는 데 주력했다. 거란군은 또다시 길이 좋지 않은 동쪽 산악 지형 에서 움직이고 있었다. 어디로 갈지 아직은 알 수 없었기 때문에 거란 군의 움직임이 명확해질 때까지 체력을 비축할 참이었다.

해시 중간(22시)에 척후들이 와서 보고했다.

“적들은 어제 서경 동쪽 백 리 지점인 제석산(帝釋山) 남쪽에서 숙영

한 뒤에 오늘 다시 남쪽으로 행군했습니다.”

강감찬은 전령을 개경으로 보내 거란군이 남하하는 움직임을 보이고 있음을 알리고 여전히 군대를 쉬게 했다.

몇몇이 근심 섞인 목소리로 말했다.

“우리도 개경으로 가야 하지 않겠습니까?”

“거란군이 우리보다 먼저 개경에 접근하면 우려스러운 일이 발생할 수 있습니다!”

강감찬이 그들을 보며 단호히 말했다.

“거란군의 움직임이 명확해질 때까지 우리는 체력을 비축하며 기다릴 것이네.”

그다음 날인 삼십일, 한 해의 끝 날이었다. 역시 해시 무렵(21~23시) 척후들이 와서 보고했다.

“적들은 어제 토산현(土山縣: 평양특별시 상원군) 동쪽에서 숙영을 했고 오늘 다시 남하했습니다.”

강민첨이 강감찬에게 말했다.

“이제는 우리도 움직여야 합니다.”

그다음 날인 새해(1019년) 일월 일일, 강감찬이 김종현에게 명했다.

“병마판관 김종현은 선봉에 서서 개경으로 이동하라! 거란군의 속도로 보았을 때 오일 정도에 개경에 당도할 것이니, 그전까지 도착해야 한다.”

서경에서 개경까지는 사백 리 길이었다. 김종현의 신군이 거란군보다 빨리 도착하려면 하루 백 리를 행군해야 한다. 쉽지 않은 여정이지만 지금까지 이런 상황을 대비해 훈련을 해온 것이었다.

64
개경

십이월 초하루, 거란군의 침공이 임박했다는 첩보가 개경에 전해지자, 왕순은 즉시 이 사실을 전국에 알리고 전쟁에 대비하도록 했다. 특히 개경에서는 거란군이 공격할 때를 대비하여 방어 훈련을 실시했다.

신하들 중에는 이 방어 훈련에 반대하는 사람들도 있었다.

"지금 훈련을 한다면 백성들이 동요할 것입니다."

왕순이 말했다.

"나 역시 훈련에 동참할 것이오. 짐과 백성들이 하나가 되어 국난을 극복할 것입니다."

평장사 유방이 이 훈련을 지휘했다. 윤징고, 서눌, 곽원, 최충 등 군사를 아는 관리들이 동·서·남·북의 한 방위씩 맡았다.

왕순은 황금 갑옷을 입고 위봉루에 올라 그것을 지켜보다가 곧 성벽을 돌면서 백성들을 위로하며 일일이 말을 걸었다.

"추운데 수고가 많소. 옷을 따뜻하게 입도록 하시오."

십이월 십이일 신시 끝(17시) 무렵, 해는 서쪽 하늘 끝에 걸려 있었다. 그때 강감찬이 보낸 전령이 당도했다.

"십일 새벽, 거란군의 침공이 시작되었습니다! 거란군의 총사령관은 소배압으로 스스로 십만 기병을 거느렸다고 합니다."

유방, 최사위, 채충순, 최항, 박충숙 등 재추들이 건덕전에 들었다.

유방이 말했다.

"도성 안에 계엄을 선포하겠습니다."

계엄이 선포되면 광화문만 개방되고 신시 말(17시) 이후에는 통행이 금지된다.

십이월 십삼일 해시 중간(22시)에 다시 강감찬이 보낸 전령이 당도했다.

"적의 주력은 학우령을 통해 남하하고 있습니다. 그리고 흥화진 쪽으로 일만 정도의 적이 왔는데, 수공이 성공을 거두어 적 수천을 섬멸했나이다."

승전했다는 보고에 왕순의 얼굴이 환하게 밝아졌다. 이 수공은 재추들에게도 알리지 않은 극비사항이었다. 물론 작년 겨울에 강화도 내가천에서 둑을 쌓는 실험을 했으므로 재추들은 강감찬이 요상한 작전을 쓰려고 한다는 것은 눈치채고 있었다.

왕순이 어좌의 손잡이를 강하게 잡으며 말했다.

"북쪽에서 우리 군대가 잘하고 있군요!"

왕순과 재추들은 수공에 대해서 전령에게 자세히 물어보았다. 재추들은 강감찬의 이 희한한 작전이 어느 정도 성공을 거두었다는 사실에 이상함과 더불어 신기함을 느꼈다.

박충숙이 안타까운 어조로 말했다.

"적의 주력이 흥화진을 포위했다면 가장 최상의 결과를 얻을 수 있었을 텐데요."

왕순이 말했다.

"첫 전투에서 승리를 거둔 것만으로도 큰 성공입니다."

북쪽에서 전령이 개경으로 끊임없이 와서 상황을 보고했다.

아군과 거란군은 각기 해안 길과 내륙 길로 남하하고 있었다. 마치 서로 거리를 두고 경주하는 것과 비슷했다. 거란군은 내륙 길로 남하하다가 결국 청천강을 넘었다. 경술년(1010년) 이후로 거란군이 처음으로 청천강을 넘은 것이었다.

재추들이 웅성거리자, 왕순이 담담히 말했다.

"거란군이 깊이 들어오려고 하는군요."

채충순이 말했다.

"적장이 소배압이니, 움직임을 예측하기 힘듭니다."

유방이 말했다.

"정찰을 강화하겠습니다."

거란군은 계속 남하하고 있었다. 거란군의 남하가 계속되자, 평장사 최항이 건의했다.

"긴급한 상황이니 민심을 위로할 대책이 필요합니다."

최항의 건의에 따라 사면령과 세금 탕감의 조서를 내렸다.

"유배형 이하의 죄인을 사면한다. 또한 이 년 이상 묵은 조세는 모두 탕감한다."

이십구일 해시 초(21시), 부원수 강민첨이 자주(慈州) 내구산(來口山)에서 적을 패퇴시켰다는 보고가 들어왔다. 왕순은 가만히 고개를 끄덕이며 강민첨의 모습을 떠올렸다.

강민첨의 외모는 순박한 동네 아저씨 같았다. 은사합격을 한 탓에 '늙은 학생'이라는 조롱조 별명까지 가지고 있었다. 그렇지만 그의 기개와 과단성은 외모를 한참 뛰어넘었다. 그 어떤 전투에서도 대단한 능력을 보여주고 있었다. 왕순은 왠지 모르게 마음이 뿌듯했다.

이날 밤, 왕순은 대명궁에 들었다. 대명왕후와 더불어 공주들과 놀아준 후 재우려고 했다. 이제 일곱 살인 적경공주(積慶公主)를 안아서 잠자리에 들게 하려고 하자, 적경공주는 왕순의 손길을 피해 도망갔다.

"까르르르."

적경공주는 무엇이 좋은지 자지러지게 웃으며 요리조리 몸을 피하다가 급기야 방문을 열고 대청으로 나갔다. 왕순이 겨우 적경공주를 잡았는데, 바깥으로 나가는 대청 문의 창호에 옅은 빛이 비쳤다. 그믐달이라 빛이 거의 없는데 이상했다. 왕순은 적경공주를 방에 들여보낸 후, 대청 문을 열고 하늘을 보았다. 혜성이 긴 꼬리를 늘어뜨린 채 하늘을 날고 있었다.

태양과 달, 별은 질서정연한 법칙에 따라서 움직인다. 그래서 그 움직임을 예측할 수 있다. 그런데 혜성은 아무런 법칙 없이 갑작스럽게 나타났다 사라진다. 따라서 질서를 파괴하는 불길한 재앙의 징조로 인식되고 있었다.

왕순은 건덕전으로 가서 태복감*(太卜監) 진함조(晉含祚)를 불러들였다. 진함조가 보고했다.

"혜성이 천시원**(天市垣)에서 나타나 서쪽을 가리키고 있습니다."

왕순이 근심 어린 목소리로 물었다.

"어떤 변고를 의미하오?"

진함조가 머리를 조아리며 말했다.

"신이 점을 쳐보니…."

진함조가 말끝을 흐리며 뜸을 들이자, 왕순이 재차 물었다.

"점괘가 어떠했소?"

"'호걸들이 몸을 일으키리라!'였습니다."

왕순이 고개를 갸웃하며 말했다.

---

*   **태복감**(太卜監): 고려시대 천문 관측을 담당하던 관직.

** **천시원**(天市垣): 서양의 뱀자리를 포함하는 동양의 별자리로, 백성들의 운명을 주관하는 곳으로 알려져 있다.

"불길한 점괘는 아닌 것 같소."

"소신도 이러한 점괘는 처음이옵니다."

다음 날(30일) 해시 중간(22시), 한 해의 마지막 날이었다. 왕순은 연경궁에서 잠에 든 어린 두 아들과 두 딸을 보고 있었다. 달이 없는 그믐으로 칠흑같이 어두운 날이었다.

이 어둠을 뚫고 강감찬이 보낸 전령이 달려왔다. 왕순은 건덕전으로 나가 전령을 접견했다.

"시랑 조원이 적을 추격하여 마탄에서 전투를 벌여 일만여 급을 베었습니다!"

왕순의 마음속에서 전율감이 솟아 올라왔다. 고려군들이 거란군에게 계속 승전하고 있는 것이다. 게다가 일만이라면 엄청난 숫자였다. 그리고 마탄이었다!

왕순이 전황에 대해서 자세히 물었다.

"적의 주력이었나?"

"아닙니다. 적의 주력은 서경 동쪽 내륙 길로 움직이고 있습니다."

왕순이 고개를 끄덕이며 다시 물었다.

"조 시랑은 무슨 진을 쳤는가?"

"처음에 방패를 앞세운 첩진(疊陣)을 쳤다가, 방진으로 변화시킨 다음, 장도대를 출동시켜 거란군의 진영을 붕괴시켰습니다."

"혁차를 이용한 진은 그 뒤에 있었나?"

"네, 보인들이 혁차 방진을 치고 뒤쪽에 대기하고 있었습니다."

전략과 전술을 만드는 회의에 왕순도 가끔 참여했고, 만들어진 전술에 대해서는 반드시 보고를 받았다. 강민첨이 안정적인 전술을 선호한다면 조원은 과감한 것을 좋아했다.

마탄에서 승리를 거두었다는 소식에 왕순 곁에 시립하고 있던 한 사람의 얼굴색이 변했다. 응양군 상장군 지채문이었다. 지채문은 마탄에서 크게 승리했다는 소식에 만감이 교차했다. 아군의 승리는 몹시 반가운 일이었으나 자신이 부끄럽게 느껴졌다.

연이은 승전 소식에 관리들은 큰 희망을 품게 되었다.

채충순이 밝은 표정으로 말했다.

"'호걸들이 몸을 일으키리라!'는 점괘에서 '호걸들'은 우리 고려의 장수들로 생각됩니다."

재추들이 희망적인 말들을 쏟아내는 가운데, 최사위가 말했다.

"조원이 마탄에서 승리하였으나, 거란군의 주력은 개경을 향해 남하하는 움직임을 보이고 있습니다."

왕순이 차분히 말했다.

"도성 방어계획에 따라서 절차를 진행하도록 하십시오."

기미년(1019년) 일월 일일, 새해 첫날이 밝았다. 설날이라 떠들썩해야 할 도성 안은 무거운 적막감만 감돌았다. 원래는 집집마다 떡국을 끓이고 윷놀이, 연날리기, 팽이치기 등을 하며 분주해야 했다. 그러나 지금은 거란군이 언제 도성으로 들이닥칠지 알 수 없었다.

왕순은 위봉루에 나와서 군사들과 백성들을 격려했다. 자신들의 곁에 있는 왕의 모습은 군민들에게 큰 안도감을 주었다.

오히려 흔들리는 사람들은 관리들이었다. 거란군이 자비령을 통하지 않고 내륙 깊숙한 길로 오고 있었다. 이것은 거의 예상하지 못한 일이었다.

왕순은 관리들의 마음이 흔들리고 있다는 것을 눈치챘다. 건덕전에 관리들을 모아 놓고 말했다.

"이번 전쟁에서 우리는 계획대로 승전하고 있소. 우리가 도성을 단단히 지킨다면 거란군을 크게 패배시킬 수 있습니다. 짐은 그대들과 같이 만세의 영광을 이룩할 것이오."

관리들이 자신의 위치로 돌아간 다음에 재추들만 남았다. 평장사 최항이 조심스러운 목소리로 말했다.

"아군의 승전 소식이 연이어 왔지만, 거란군이 계속 남하하고 있는 것을 보면 적의 주력이 큰 타격을 입지 않은 것은 분명합니다. 만일 적들이 아군보다 먼저 개경에 도착하면 개경은 몹시 위태로운 처지가 될 것입니다."

왕순이 미미하게 고개를 끄덕였다. 최항이 계속 말을 이어나갔다.

"성상의 안전이 무엇보다 중요합니다. 거란군이 도착하기 전에 성상께서 은밀히 남쪽으로 가시는 것이 만전지책입니다."

왕순이 고개를 저으며 말했다.

"짐은 이미 백성들에게 약속했소. 그 약속을 반드시 지킬 것이오."

최항이 다시 간했으나 왕순은 요지부동이었다.

채충순은 왕순을 보았다. 이제 스물여덟이 된 왕은 아직도 젊었다. 그러나 이제는 완숙미가 있었다.

채충순이 말했다.

"성상께서 하시려고 한다면, 신은 목숨을 다할 것입니다."

왕순이 미소 지으며 말했다.

"경이 짐을 뒷받침하면 반드시 성공했습니다. 이번에도 성공할 것입니다."

채충순이 머리를 조아리자, 왕순이 다시 말했다.

"이번에는 개경의 백성들과 생과 사를 함께할 것이오. 결코 개경을 떠나지 않을 것입니다!"

왕순은 개경 사수를 천명했지만, 태조의 관을 삼각산(三角山: 현재 북한산) 향림사(香林寺)로 옮겨 안치하게 했다. 태조의 관은 삼 년 만에 다시 향림사로 옮겨지는 것이었다. 아무래도 거란군이 개경으로 오면 태조의 능을 약탈할 것을 우려했다.

또한 개경 성곽 밖 여러 창고의 곡식과 물품들을 성안으로 옮기기 시작했다. 이 일에는 부녀자들과 아이들도 모두 동원되었다.

최항이 조심히 건의했다.

"분조*(分朝)를 하시는 것이 어떻겠습니까?"

경술년과 다르게 이제 왕순에게는 든든한 두 명의 아들과 다섯 명의 딸이 있다. 대명왕후가 두 명의 딸을 낳았고, 연경궁주가 두 명의 아들과 두 명의 딸을, 안복원주가 딸을 하나 낳았다.

재추들 모두 분조에 찬성했다. 왕순은 잠시 생각한 뒤에 말했다.

"이 문제는 왕후들과 상의해보겠습니다."

왕순은 대명궁으로 가서 연경궁주와 안복원주, 경애왕후를 불렀다.

왕순이 대명왕후 등에게 말했다.

"신하들이 분조를 말하고 있습니다."

대명왕후가 물었다.

"거란군이 당도했습니까?"

"곧 당도할 것으로 예상하고 있소."

대명왕후가 다시 물었다.

"우리 군사들이 적들을 잘 상대하고 있지 않습니까?"

"그렇습니다."

"그렇다면 개경이 가장 안전한 곳 아니겠습니까!"

연경궁주가 말했다.

"공주와 왕자들 모두 어립니다. 스스로를 지킬 수가 없습니다. 궁을

---

* 　분조(分朝): 임금과 태자(太子)가 따로 피난할 때, 태자가 거느리는 조정.

떠나면 과연 어디로 가겠습니까!"

안복원주와 경애왕후 역시 왕순 곁을 떠나지 않겠다는 뜻을 강력하게 피력했다.

왕순은 잠시 생각했다. 왕후들의 말도 일리가 있었다. 그러나 미래를 대비하지 않을 수 없었다. 왕순은 다시 한번 분조에 대해서 말했다. 그러나 왕후들의 뜻은 강경했다.

"우리는 모두 성상과 함께하겠습니다."

왕순은 몇 번 더 왕후들을 설득했다. 그러나 왕후들의 뜻을 꺾을 수 없었다.

"흠-."

왕순이 짧은 한숨을 내쉬고 잠시 생각한 뒤에 말했다.

"내전을 지켜줄 사람이 필요할 것 같소."

대명왕후가 잠시 생각하더니 말했다.

"좌복야에게 맡기는 것이 좋겠습니다."

왕순은 즉시 좌복야 박충숙을 대명궁으로 불렀다. 박충숙이 긴장된 표정으로 궁으로 들어왔다. 대명왕후가 그 표정을 보고 농담을 던졌다.

"멧돼지가 부르니 긴장하셨소?"

박충숙이 머리를 숙이며 말했다.

"왕후전하와 내전을 보호하기 위해 제 모든 것을 다할 것입니다."

대명왕후가 옅은 미소를 지으며 말했다.

"경의 충성심은 내가 누구보다 잘 알고 있소. 그러나 만에 하나 어쩔 수 없는 상황이 온다면 우리의 정결함을 어떻게 지킬지도 생각해주시오."

박충숙이 대명왕후를 보았다. 그러나 아무 말도 하지 않았다.

대명왕후가 여전히 미소 띤 표정으로 말했다.

"설마 좌복야께서 제 말뜻을 모르시지 않겠지요?"

박충숙이 고개를 숙이며 말했다.

"잘 알고 있습니다. 준비하도록 하겠습니다."

왕순은 대명왕후를 비롯한 후비들을 보았다. 이들과 또 한 번 위기의 순간을 넘겨야 하는 것이다.

술시 중간(20시), 강감찬이 보낸 전령이 도착해 보고했다.

"거란군은 계속 남하하고 있으며, 이 속도라면 오일 오후쯤에 개경에 도착하게 됩니다."

왕순이 즉시 명했다.

"청야작전을 실시하시오!"

청야작전을 실시한다는 왕명이 개경 시내에 떨어지자, 밤임에도 불구하고 사람들은 가재도구 등을 챙겨서 일사불란하게 성곽 안으로 들어오기 시작했다.

그다음 날 해가 뜰 무렵, 왕순은 광화문 위에 서 있었다. 왕순의 몸이 황금빛으로 반짝였다. 황금색 갑옷을 입고 있었던 것이다.

개경의 병력은 응양군 백 명이 전부였다. 그 외에 약간의 관리들과 부녀자, 아이들, 노인들이 있을 뿐이었다. 몸을 움직일 수 있는 개경의 백성들은 남녀노소를 가리지 않고 성벽을 방어하기 위해 자신이 맡은 구역으로 움직였다. 왕순은 아이들을 성벽에 세우고 싶지 않았으나 어떤 이가 말했다.

"어차피 개경이 함락되면 살 수 없을 것입니다."

거란군의 속도라면 나흘 후에 도착한다고 한다. 그렇지만 강감찬의 고려군이 더 빠른 길로 오고 있으므로 그전에 도착할 것이다.

그런데-.

일월 이일 오후, 소배압은 드디어 개경에서 북쪽으로 백 리 떨어진 곳에 있는 마을에 당도했다.

소배압이 갈불려에게 물었다.

"이곳이 신은현인가?"

"네, 그렇습니다."

신은현은 두 물이 만나는 곳에 있었는데, 북쪽에서 남쪽으로 흐르는 큰물은 예성강이었고 동쪽에서 서쪽으로 흐르다가 예성강과 만나는 작은 하천은 신은천이었다. 마을에는 개 짖는 소리 하나 들리지 않았다. 사람들은 모두 어디론가 대피한 것이었다. 여기서 개경으로 가는 큰길은 두 곳이 있다고 한다. 비교적 평탄한 서쪽 길과 험한 동쪽 길이 있다. 동쪽이 조금 더 멀지만 모두 백 리 길이라고 한다.

이곳에 영채를 세우게 하고 다음과 같이 명했다.

"타초곡기를 사방으로 보내 약탈과 정찰을 하게 하라."

고려군을 따돌리고 이곳까지 오는 데 성공했다. 적어도 절반은 성공한 것이다. 지금까지는 위치를 노출시키는 것을 최소화하기 위해 불 때는 것을 금지하고 말린 고기와 건조한 만두, 가루로 된 우유 등만 먹게 했었다. 이제 군사들의 사기를 높이기 위하여 불을 피우고 양을 잡아서 제대로 된 식사를 할 것을 명했다.

소배압은 제장들과 더불어 저녁 식사를 했다. 구운 양갈비와 방금 쪄낸 촉촉한 하얀 만두가 요리되어 나왔다. 노릇하게 구워진 양갈비를 보니 침이 저절로 넘어갔다.

소배압이 양갈비를 맛있게 뜯으며 제장들에게 말했다.

"며칠 동안 제대로 된 식사를 하지 못했으니 마음껏 먹도록 하시오."

제장들이 식사를 시작하자, 소배압이 그들을 치하했다.

"자비령이 아닌 길로 개경 바로 앞까지 당도했으니, 작전의 일차 목적을 달성했소. 모두 수고 많았소."

홍화진과 마탄 등에서 꽤 많은 병력을 잃었지만, 소배압은 굳이 그 사실을 언급하지 않았다.

도감 야율팔가가 말했다.

"고려군 주력 역시 여기서 멀지 않은 곳에 있을 것입니다."

소배압이 원탐난자군을 통솔하는 소포노(蕭蒲奴)에게 물었다.

"고려군 주력은 지금 어디에 있을까?"

소포노가 답했다.

"자비령을 넘어 개경으로 향하고 있습니다. 그리고 아직 개경에 오지 못한 것은 분명합니다."

"그렇다면 우리가 먼저 개경으로 가면 크게 당황하겠군."

"그럴 것입니다."

부도통 소허열이 말했다.

"개경은 반드시 우리 수중에 떨어질 것입니다. 고려왕이 예전처럼 남쪽으로 도망가면 이번에는 쫓아서 반드시 잡으면 됩니다."

제장들이 물러간 후, 야율팔가가 홀로 남아서 말했다.

"여기서 더 들어가서 개경을 함락시킨다면 문제가 없지만, 만일 그렇지 못하다면 앞뒤로 고려군에 포위당할 수 있습니다."

"알고 있네."

소배압은 짧게 대답했다.

그다음 날 새벽, 낭군군* 상온 야율호덕(耶律好德)에게 편지를 들려 기병 열 기와 더불어 서쪽 길로 개경으로 보냈다. 그리고 그 뒤로 거리를 두고 낭군군 기병 삼백을 따르게 했다.

소배압이 생각하기에, 여기서 바로 전군이 개경으로 진군하는 것은

---

* 　낭군군: 죄를 지은 귀족 집안의 자제들과 그들의 수하들로 이루어진 군대.

위험했다. 고려군 주력이 뒤에서 길을 막을 수 있기 때문이다. 그것보다는 안전한 책략을 쓰기로 결정한 것이었다.

야율호덕이 사신으로 가서 개경의 방어 상태를 살피고, 방어 상태가 허술하다면 뒤따르는 삼백으로 공격한다. 요행이 필요한 일이지만 무리수를 두는 것보다는 훨씬 나을 것이다.

65
설죽화

삼 년 전(1016년) 일월 이십일, 설죽화는 곡주(谷州: 황해북도 곡산군)에 있었다. 이제 겨울이 끝나고 있었는데, 겨울잠을 자던 동물과 식물이 깨어나는 시기인 경칩이 바로 코 앞이었다. 열다섯 살이 된 설죽화는 어머니와 농사 준비에 한창이었다. 며칠 전에는 삼밭을 갈고 오늘은 농기구를 정리했다.

삼밭은 집안의 주요 수입원이었다. 삼의 줄기 껍질로 실을 만들어 삼베를 짜는데, 설죽화의 어머니 홍씨의 솜씨가 아주 좋았다. 홍씨가 만든 삼베는 매우 촘촘해서 최상품으로 인정받고 있었다.

삼베는 주로 옷이나 이불을 만들고 그 외에도 밧줄, 고기 잡는 그물, 모기장, 종이 등에 이용되는 필수 생활 자원이었다. 그리고 삼의 열매는 기름을 짜서 식용으로 하거나 능불 기름 등에 이용되고 기름을 짜고 남은 찌꺼기는 사료와 비료로 이용한다. 삼은 버릴 것이 하나 없는 농작물이었다.

그런데 얼마 전 거란군이 다시금 고려를 침공해 왔고, 고려군의 패전 소식이 오늘 전해졌다. 곽주 서쪽에서 거란군에 패하여 수만 명이 전사했다는 것이었다. 참전한 군사들이 있는 집들은 울음바다가 되었고 모든 주민이 슬퍼하며 거란군이 고려 영토 깊숙이 들어올 것을 걱정했다.

며칠 후 다시 소식이 전해졌는데, 불행 중 다행히도 거란군은 물러갔다는 것이었다.

삼월이 되자, 곡주 지역 호장들이 결원된 군사들과 일품군, 이품군, 보인들을 보충하기 위하여 집집마다 돌아다녔다.

그때 설죽화는 호장 척상유(拓常儒)를 찾아가서 말했다.

"저도 군사가 되고 싶어요."

척상유가 손사래 치며 말했다.

"무슨 말도 안 되는 소리냐!"

아무리 졸라도 척상유가 상대해주지 않자, 설죽화가 이렇게 말했다.

"그럼 저를 홍화진으로 보내 살게 해주셔요."

척상유가 당황하다가 말했다.

"나에게 그럴 권한이 어디 있느냐!"

"그럼 누구한테 그럴 권한이 있어요?"

척상유가 잠시 생각하더니 말했다.

"그건 엄공*(嚴公)이나 재상은 되어야 하지 않을까!"

사실 설죽화를 홍화진으로 보낼 수 있는 방법은 있었다. 호장인 척상유가 그 내용을 담은 문서를 조정에 보내도 아마 허락될 것이다. 최전방인 홍화진에는 사람이 늘 필요했기 때문이다. 그러나 설죽화를 이주시키고 싶지 않았기 때문에 일부러 엄공과 재상을 들먹인 터였다. 척상유의 말에 설죽화가 입을 앙다물었다.

며칠 후 동이 트기 전, 설죽화는 봇짐을 하나 지고 조용히 집을 나섰다. 그리고 남쪽으로 무작정 발걸음을 옮겼다. 백 리를 가서 신은현에 당도했는데 날은 저물었고 마땅히 묵을 곳이 없었다. 관리들이 사용하

---

*   엄공(嚴公): 이 당시 왕의 칭호는 '성상'이나 '성상폐하' 등이 공식적으로 사용되었으나, 관리나 백성들은 그들만이 있는 자리에서는 왕을 '엄공'이라 부르기도 했다.

는 역(驛)을 이용할 수도 없었고, 일반인들이 이용하는 원(院)에서 묵을 수도 없고, 그렇다고 아무 집이나 들어가 재워 달랠 수도 없었다.

다행히 버려진 폐가가 보여서 거기서 눈을 붙인 후에 다음 날 축시 중간(2시)에 일어나서 다시 걷기 시작했다. 부지런히 걸어서 해가 저물 무렵인 유시 끝(19시)에 개경 광화문 밖에 도착할 수 있었다. 이제 해는 서쪽으로 지고 있었고 관리들이 모두 퇴궐했는지, 광화문 앞에는 지나다니는 사람이 많지 않았다.

그때 자색 관복을 입은 한 사람이 광화문을 나오는 것이 보였다. 설죽화는 자색 관복이 가장 높은 관리의 복색이라는 것을 알고 있었다.

설죽화는 간절한 목소리로 그를 불렀다.

"재상 각하! 재상 각하!"

그런데 그 사람은 눈길도 주지 않고 제 갈 길을 가고 있었다. 설죽화는 뛰어들어 말고삐를 잡으려고 했다. 수행하던 구사*들이 깜짝 놀라서 설죽화를 제지하며 호통쳤다.

"물러가라!"

구사가 제지하여 다가갈 수 없자, 설죽화가 부르짖었다.

"저의 아버지는 흥위위 초군 항정으로, 경술년에 양규 각하의 휘하에서 싸우다가 전사했습니다!"

이 자색 관복을 입은 사람은 중추사 채충순이었다. 설죽화의 부르짖음에 가던 길을 멈췄다. 그리고 중후한 목소리로 물었다.

"네 아버지는 어디서 전사했는가?"

"애전이라는 곳에서 전사했다고 들었습니다."

---

*　구사(驅史): 종친(宗親)이나 공신(功臣), 당상관(堂上官) 이상 및 각 중앙 관청 등에 소속되어 관리들을 호종(扈從)하거나 잡무를 수행하는 잡류직.

애전이라면 양규의 마지막 전투가 있던 곳이었다. 채충순이 다시 물었다.

"아버지의 이름이 어떻게 되는가?"

설죽화가 힘차게 대답했다.

"흥위위 초군 항정 이관입니다!"

채충순이 되뇌었다.

"이관!"

이윽고 채충순이 물었다.

"양 상서가 시를 지어 준 그 이관인가?"

"네, 맞습니다!"

채충순이 부드러운 표정으로 설죽화를 바라보며 말했다.

"너의 아버지는 고려를 구한 영웅이군! 네 이름은 무엇인가?"

"저는 설죽화입니다."

"이관의 집은 곡주인 것으로 알고 있는데, 여기까지 그래 무슨 일인가?"

설죽화가 힘차게 말했다.

"저를 흥화진으로 보내주십시오!"

뜻밖의 말에 채충순이 설죽화를 물끄러미 보다가 물었다.

"어째서 흥화진으로 보내달라는 것인가?"

"거란군과 싸우고 싶습니다."

"흠-."

채충순이 숨을 한 번 내쉰 후에 물었다.

"올해 나이가 몇 살인가?"

"그게….."

설죽화가 대답을 주저하자, 채충순이 말했다.

"자네가 나를 '재상 각하'라고 부르지 않았나! 재상은 고려에서 일어나는 일을 모두 알 수 있으니, 솔직히 말해보게."

"올해로 열다섯입니다."

채충순이 잠시 생각하더니 말했다.

"잠시 기다리게."

그러더니 구사 하나에게 명했다.

"공역승*이 아직 궁궐에 있나 알아보게."

구사가 알아보러 간 사이, 채충순은 말에서 내린 후, 설죽화에게 이런저런 질문을 했다. 지금 어떻게 먹고사는지와 곡주의 상황에 대한 것이었다.

금세 구사가 와서 보고했다.

"공역승은 좀 전에 퇴궐했다고 하옵니다."

구사의 말을 듣고 채충순은 북쪽으로 걸음을 옮겼다. 설죽화가 따라서 걷는데 앞에는 웅장한 산이 개경의 북쪽을 감싸고 있었다. 설죽화가 산을 바라보자 채충순이 말했다.

"저 산이 송악산이지."

일각을 넘겨 걷는데, 설죽화는 발바닥이 상당히 아팠다. 어제오늘 무리해서 이백 리 이상의 길을 걸은 탓이다. 송악산 기슭으로 접어들었을 때, 채충순이 어떤 집 대문 앞에 멈추어 섰다.

안에 기별을 넣자, 누군가가 달려 나와 채충순에게 길게 읍하며 말했다.

"갑자기 어인 일이십니까?"

---

*　공역승: 병부(兵部)에 속하여 역마(驛馬)를 맡아보던 관청인 공역서(供驛署)에 속한 종8품 관직.

설죽화가 보니, 스무 살 정도의 젊은 남자가 좁은 소매의 단령을 입고 있었다. 봄이 왔다곤 해도 아직 날씨가 쌀쌀한 터였는데, 그는 땀에 흠뻑 젖어 있었다.

채충순이 그 모습을 보고 말했다.

"무예 연습에 한창이었군."

채충순이 설죽화에게 말했다.

"양규 상서의 아들 양대춘이라네."

양규의 아들이라는 말에 설죽화가 고개를 꾸벅 숙였다. 채충순이 이번에는 양대춘에게 말했다.

"흥위위 초군 항정 이관의 여식이네."

양대춘이 눈을 크게 뜨더니 미소를 머금고 말했다.

"영웅의 딸이 왔군요."

양대춘은 설죽화에게 상다리가 부러지도록 음식을 대접했다. 설죽화가 한창 식사하고 있는데 풍채가 웅위한 사람이 대청으로 들어왔다. 설죽화를 보고는 미소를 지으며 말했다.

"나는 우보궐 최충이네. 양 상서의 휘하에서 자네 아버지와 같이 곽주를 탈환했지."

셋은 밤늦도록 술을 마셨고, 최충은 설죽화에게 이관이 속해 있던 흥위위 초군의 무용담을 자세히 들려주었다. 설죽화는 봇짐 속에서 누런 봉투를 하나 꺼냈는데, 그 봉투 안에는 양규가 이관에게 써 준 시가 적힌 종이가 있었다. 양대춘은 아버지 양규의 친필을 접하고 형언할 수 없는 감정을 느꼈다.

다음 날 아침 설죽화는 양대춘과 함께 궁궐로 향했다. 수창궁 관인전에 들어가서 어좌에 앉아 있는 사람에게 절을 두 번 했다. 설죽화는 난생처음 궁궐에 와서 왕을 알현하는 참이었다. 가슴이 두근거렸다.

왕순이 부드러운 목소리로 설죽화에게 말했다.

"고개를 들라!"

설죽화는 고개를 들었지만 눈길은 아래를 향하고 있었다. 양대춘이 예법에 대해서 여러 번 반복해 알려준 덕에 숙지하고 있었던 것이다.

왕순이 물었다.

"곡주에서 개경까지는 이백 리 길이 넘는다. 혼자 왔다고 들었는데, 어떻게 왔는가?"

설죽화가 눈을 들어 흘끔 왕순을 보았다. 얼굴이 궁금해서 도저히 참을 수 없었던 것이다. 왕순의 얼굴을 파악한 후 재빨리 다시 눈길을 아래로 하며 대답했다.

"걸어서 왔사옵니다."

"며칠이나 걸렸는가?"

"이틀이 걸렸습니다."

"도중에 잠은 어디서 잤는가?"

"신은현의 폐가에서 잠시 눈을 붙였습니다."

"짐은 그대의 아버지가 양 상서에게서 받은 글귀에 큰 감명을 받았나. 그래서 곡을 붙여 고려군의 군가로 만들었다."

설죽화가 머리를 조아리며 말했다.

"성은이 망극하옵니다."

역시 양대춘이 가르쳐준 말이었다.

"평소 의식에 모자람은 없는가?"

왕순의 말을 듣고, 설죽화가 옆에 있던 양대춘을 살짝 쳐다보았다. 양대춘이 설죽화가 보는 이유를 알아채고 아주 작은 목소리로 말했다.

"의복과 음식."

설죽화가 답했다.

"성상폐하께서 구분전을 내려주셔서 저희 모녀는 부족함 없이 살고 있습니다."

"그대는 짐에게 원하는 것이 있는가?"

"저를 흥화진으로 보내주시옵소서!"

"어째서 흥화진에 가고 싶은가?"

"군사가 부족하다고 들었습니다. 저도 흥화진에 가서 거란군과 싸우겠습니다."

왕순은 설죽화를 물끄러미 바라보았다. 키는 오 척 정도에 얼굴은 까맣다. 눈은 가로로 길게 쭉 찢어져 있었고 입과 코가 작았다.

설죽화는 왕순이 자신을 보자, 갑자기 메고 있던 봇짐을 내려놓고 풀기 시작했다. 설죽화의 행동에 모두 의아해하는데, 봇짐에서 꺼낸 것은 작은 쇠뇌였다.

쇠뇌를 본 응양군 상장군 지채문이 급히 움직여 왕순의 앞을 막아섰다. 양대춘 역시 재빨리 설죽화의 손을 잡았다. 갑작스런 돌발 상황에서 잠시 침묵이 흐르다가, 왕순의 침착한 목소리가 들렸다.

"설죽화는 쇠뇌를 공역승에게 넘게 주게."

설죽화는 양대춘이 자신의 팔을 잡자, 반사적으로 뿌리치려고 했는데, 왕순의 목소리를 듣고는 팔의 힘을 풀었다.

양대춘이 설죽화로부터 쇠뇌를 건네받는 것을 본 왕순이 지채문에게 말했다.

"상장군! 위급 상황은 끝난 것 같군요."

지채문은 원래의 자리로 돌아갔지만, 눈길은 설죽화에게 고정되어 있었다.

왕순이 양대춘에게 손짓했다. 양대춘이 어좌에 다가가 쇠뇌를 왕순에게 건넸다. 쇠뇌는 일반 쇠뇌의 절반도 되지 않는 크기로 아이들 장난감 용도의 것이었다. 왕순이 쇠뇌를 보며 의아한 듯이 말했다.

"이 쇠뇌는 살상용이 아니라 아이들의 장난감인데….."

왕순은 눈길을 설죽화에게 돌리며 물었다.

"그대는 왜 이 작은 쇠뇌를 여기에 가지고 온 것인가?"

설죽화는 예상하지 못했던 소동에 떨리는 목소리로 답했다.

"곡주의 호장님이 엄공이나 재상이 저를 흥화진으로 보내줄 수 있다고 해서, 그분들을 만나면 제 실력을 보여주려고 가지고 왔습니다."

'엄공'이라는 말에 신하들이 계면쩍은 표정을 짓는데, 왕순이 미소 지으며 물었다.

"그대의 실력이 대단한가?"

설죽화가 떨림이 사라진 단호한 목소리로 답했다.

"제 실력을 보시면, 저를 흥화진으로 보내주실 것입니다!"

왕순이 몸을 일으켜 어좌의 계단을 내려갔다. 그리고 설죽화 앞에 서서 쇠뇌를 건네며 말했다.

"짐은 그대의 실력을 보고 싶군!"

왕순이 호기심을 보이자, 설죽화는 왠지 신이 났다.

왕순이 시종들에게 명했다.

"과녁을 가지고 오라."

설죽화가 말했다.

"제가 과녁도 가지고 왔습니다."

설죽화는 손가락 크기의 인형을 꺼냈는데 세울 수 있는 나무 받침대가 달려 있었다. 왕순이 자세히 보니 사람 모양의 인형이었고 인형의 가슴에는 이렇게 글자가 쓰여 있었다.

"島夷老音(도이노음)"

이 글자는 한자가 아니고 이두*(吏讀)였다. 실제로 발음할 때는 '되놈'이라고 발음한다.

설죽화가 말했다.

"저를 흥화진으로 보내주시면 되놈들을 무찌르겠습니다!"

설죽화는 다섯 보 떨어진 탁자 위에 인형을 놓고 쏘았는데, 첫발이 인형의 오른쪽 허벅지 부분에 맞았다. 가슴이나 머리를 맞추어야 명중이니 빗나간 것이었다.

두 번째는 인형의 왼쪽 팔을 맞추고, 그다음은 오른쪽 팔을, 그다음은 왼쪽 허벅지 부분을, 마지막 화살이 인형의 머리를 정확히 맞췄다. 설죽화는 자신이 의도한 대로 화살을 보낸 것이었다.

"짝, 짝, 짝…."

왕순이 감탄한 표정으로 박수를 치며 말했다.

"실력이 대단하군!"

칭찬에 설죽화가 머리를 조아리자, 왕순이 말했다.

"그대를 흥화진에 보내주겠다."

설죽화가 뛸 듯이 기뻐하며 말했다.

"정말이요! 정말 감사합니다!"

설죽화는 너무 기뻐서 예법을 잊고 왕순을 똑바로 바라보고 있었다. 왕순이 표정을 엄히 하며 말했다.

"그렇지만 아직 나이가 너무 어리다. 삼 년이 지나 열여덟 살이 되어서도 흥화진에 갈 생각에 변함이 없다면 그때 보내주겠네."

설죽화의 표정에 실망감이 비쳤지만, 어쨌든 허락을 받은 것이었다. 설죽화가 머리를 조아리자 왕순이 부드러운 목소리로 물었다.

---

* 이두(吏讀): 한자의 음과 훈(뜻)을 빌려 우리말을 표기하던 방식.

"그대는 다른 원하는 것은 없는가?"

설죽화가 잠시 망설이더니 말했다.

"전투용 쇠뇌를 하나 주십시오. 그 쇠뇌로 삼 년 동안 열심히 연습하겠나이다."

왕순이 시종에게 명했다.

"짐의 수질노를 가지고 오라!"

왕순은 설죽화에게 자신의 수질노를 선물했다. 그리고 양대춘에게 명했다.

"이 뛰어나고 용맹한 궁수인 설죽화의 접반사*(接伴使)로 공역승을 임명하니, 오늘 하루 개경 구경을 시켜주고 잘 대접하도록 하라!"

설죽화와 양대춘이 나가자, 채충순이 아뢰었다.

"설죽화의 일을 내일 조보**(朝報)에 싣겠습니다."

전국에 설죽화의 일화를 알려서 민심을 고취하려는 의도였다. 왕순이 고개를 끄덕이며 말했다.

"그녀가 우리에게 힘을 주는군요."

왕순은 설죽화 앞에서 밝은 모습을 보였지만, 마음은 밝지 못한 상태였다. 두 달 전에 거란군에 대패하여 그 인적, 물적 피해와 또한 감정적 상처를 메우는 것이 쉽지 않았기 때문이었다. 설죽화의 등장은 작은 일이었지만 상당히 큰 위안이 되었다.

채충순은 왕순에게 또 한 가지를 건의했다.

"서북면의 부녀자 중에 자원자를 뽑아 쇠뇌 쏘는 훈련을 시키는 것도 좋겠습니다."

---

*   접반사(接伴使): 임시 관직으로 외국 사신을 접대하는 일을 맡는다.
**   조보(朝報): 조정에서 발행하는 신문.

양대춘은 설죽화에게 궁궐 여기저기를 구경시키고 궁중 음식을 대접했다. 그리고 개경 시가지를 둘러보고 광통보제사 오층탑에 올랐다.

"와아!"

설죽화는 오층탑 위에서 바라본 개경 시내의 풍경에 탄성을 질렀다. 그날 다시 양대춘의 집에서 묵고, 그다음 날 양대춘과 더불어 곡주로 향했다. 양대춘이 설죽화를 데려다주고 다시 개경으로 돌아가자, 설죽화는 마음에 허전함이 느껴졌다.

66
희생

그로부터 삼 년 후인 무오년(1018년) 십이월, 설죽화는 곡주에 있었다. 이제 성상폐하와 약속한 삼 년이 다 되어가고 있었다. 내년이면 흥화진에 갈 수 있다는 생각에 하루도 거르지 않고 쇠뇌 쏘는 훈련을 했다. 연습하고 또 연습해서 날아가는 기러기를 맞출 수 있는 수준까지 도달했다.

그런데 거란군이 또다시 쳐들어왔다. 십이월 이십오일 오시 초(11시), 곡주에는 난리가 났다.

"거란군이 청천강을 넘었답니다!"

경술년(1010년) 이후 처음으로 거란군이 청천강을 넘은 것이었다. 만일 거란군이 곡주 쪽으로 오면, 기본적인 피난 계획은 그때의 상황에 따라서 가장 안전한 곳으로 대피하는 것이었다. 개경이나 혹은 동북면으로 갈 수도 있있나.

그다음 날에도 거란군이 계속 남하하고 있다는 소식이 전해졌다. 경술년에 거란군이 개경까지 왔지만, 개경에서 북쪽으로 이백 리 떨어진 이곳 곡주는 다행히도 피해를 입지 않았었다.

이제 일흔이 다 된 호장 척상유는 은퇴가 얼마 남지 않았다. 흰 수염을 나부끼며 향리 회의에서 주장했다. 향리들도 젊은 사람들은 모두 참전했으므로 예순이 넘은 노인들만 있었다.

"국난의 시기에 우리가 단합하지 않으면 어떻게 이겨내겠는가! 우리는 개경으로 가야 하네."

척상유는 개경으로 가서 방어를 돕고자 했다. 그렇지만 반대하는 사람들이 훨씬 많았다.

"성상폐하께서 상황을 보아 가장 안전한 곳으로 가라고 하지 않으셨습니까! 그렇다면 개경에서 먼 동북면으로 가는 것이 가장 안전합니다. 동북면으로 가야 합니다."

"개경으로 들어갔다가, 팔 년 전처럼 개경이 무너지면 어찌한단 말입니까!"

척상유가 단호한 목소리로 말했다.

"그러니까 우리가 개경으로 가서 방어를 도와야 한다는 것이지."

흥위위 대정으로 제대한 척상유는 군인 정신이 투철한 사람이었다. 언쟁을 벌였지만 의견 차이는 좁혀지지 않았다. 결국 척상유는 이렇게 주장했다.

"그럼 아직 거동이 가능하여 개경 방어에 힘을 보탤 수 있는 남자들만 개경으로 가세."

척상유의 강력한 주장에 결국 이렇게 하기로 결정이 났다. 이 내용을 하달하자, 설죽화는 척상유를 찾아가서 말했다.

"저는 쇠뇌를 쏠 수 있으니, 개경으로 가겠습니다."

척상유가 물끄러미 보다가 말했다.

"내가 허락하지 않는다고 네가 따라오지 않을 것도 아니지 않나."

설죽화가 어머니 홍씨에게 개경으로 간다고 하자, 홍씨가 울면서 말했다.

"살아도 같이 살고, 죽어도 같이 죽어야지. 나도 같이 가자."

다음 날 이십칠일 묘시 중간(6시), 삼백 명의 곡주 사람들은 개경을 향해 남하했다. 거동이 가능한 백여 명의 남자 노인들과 그들의 가족들이었다.

척상유는 며느리 이씨와 이제 한 살 된 손자 척위공(拓謂恭)을 데리고, 소가 모는 수레를 끌고 대열의 맨 뒤에서 움직였다. 척상유의 첫째 아들은 흥위위 초군 소속으로 경술년 전쟁에서 양규와 더불어 애전에서 전사했고, 둘째 아들은 지금 역시 흥위위 초군 소속으로 참전 중이었다. 설죽화와 홍씨는 척상유와 같이 움직였다.

건장한 사람이라면 하루에 백 리를 가겠으나 노쇠한 사람들이 그렇게 무리할 수는 없었다. 오십 리를 가서 협계현(俠溪縣: 황해북도 신계군)에서 하루를 묵었다. 협계현도 벌집을 쑤신 듯 온통 난리였다. 협계현 사람들의 의견도 나뉘어서 그다음 날 일부는 동북면으로, 일부는 곡주 사람들과 같이 개경으로 움직였다. 육십 리 길을 움직여 한 마을에 다다랐고 이곳에서 하루를 묵었다.

그다음 날(29일) 묘시 초(5시)에 출발하여 남쪽으로 이십오 리를 가서 신은현에 당도했을 때는 벌써 사시 중간(10시)이었다. 신은현 사람들은 이제 막 개경으로 순서대로 출발하고 있었다. 거란군이 이쪽으로 오고 있다는 소식이 오늘 아침에 당도했다고 한다. 곡주 사람들은 신은현 사람들이 다 떠날 때까지 기다려야 했다. 곡주 사람들이 불안해하자, 척상유가 자신의 활을 들며 말했다.

"거란군이 오더라고 걱정하지 마라. 내가 대열의 후미에서 그놈들을 전부 거꾸러뜨릴 테니까!"

그런데 신은현 사람들이 모두 떠나자 시간은 벌써 정오(12시)를 넘기고 있었다. 이제야 길을 나서는데, 삼십 리를 가니 이미 유시 중간(18시)이 지나며 해가 지고 있었다.

척상유가 모두에게 말했다.

"이제 여기서 오 리 정도만 더 가면 마을이 있어. 그곳에서 하루를 묵을 것인데, 날이 어두워지고 있으니 모두 조심들 하게."

어둠 속에서 천천히 꾸역꾸역 움직였다.

"으아앙-."

그런데 아기의 울음이 터져 나왔다. 척상유가 몰던 소가 발을 헛디뎌서 수레의 바퀴가 길 바로 옆의 도랑에 빠지고 만 것이다. 그 충격에 수레 위의 작은 요람에 누워 있던 척위공이 울음을 터트린 것이었다.

깜짝 놀란 이씨가 아들을 구하려고 두 자 깊이의 도랑 아래로 급히 내려갔다.

"악!"

그런데 이씨 역시 비명을 질렀다. 발목이 접질린 것이었다. 설죽화와 홍씨가 이씨를 도우려고 움직이자, 척상유가 조용히 말했다.

"소가 놀래니, 모두 가만히 있게!"

척상유는 수레와 연결된 소의 멍에를 조심히 벗겨내고, 수레 위의 척위공을 안아 들고 홍씨에게 건넸다.

"으아앙-."

그 와중에도 척위공은 계속 울어댔다. 척상유는 설죽화와 더불어 도랑으로 내려가 이씨를 부축하여 다시 길 위로 올라서게 했다. 그런 다음 수레를 살펴보니 바퀴가 망가져서 사용할 수가 없을 듯이 보였다. 그 와중에 소는 어디로 갔는지 어둠 속에서 도통 찾을 수 없었다.

어쩔 수 없이 수레에 실려 있는 물품 중에 최소한의 식량만 등에 지고 이동할 수밖에 없었다. 이씨는 아들 척위공을 업고, 다리를 절뚝이며 걸었다. 멀리 이동할 수 없었기에 길 근처 비어 있는 집으로 들어갔다.

문제는 그다음 날이었다. 묘시 초(5시)에 출발하는데, 이씨의 상태가 좋지 않았다. 그래서 홍씨가 척위공을 업고 설죽화와 척상유가 번갈아 이씨를 부축하며 걸었다. 그런데 점점 느려져서 앞서가는 곡주 사람들을 따라잡을 수 없게 되었다. 조금 걷고 쉬고를 반복하다 보니 해가 지는 유시 중간(18시)이 되었는데도 겨우 이십 리밖에 이동하지 못한 것이다. 이제 사거리에 다다랐다. 남쪽으로 가면 개경이고, 북쪽으로 가면 자비령, 서쪽으로 계속 가면 서해였다. 다행히 마을이 하나 있었지만 사람은 한 명도 보이지 않았다. 이곳에 있는 빈집에서 하루를 묵었다.

이제 새해(1019년)가 밝아 일월 일일이 되었다. 척상유는 며느리 이씨의 상태를 살폈다. 이씨의 상태는 좋지 않았다. 움직이지 말아야 하는데 움직이니 더 안 좋아지는 것이었다. 이날도 역시 이십 리밖에 가지 못했다. 그래도 평주(平州: 황해북도 평산군)에는 당도했다.

그다음 날(1월 2일), 척상유는 결단을 내려야 했다.

척상유가 설죽화와 홍씨에게 말했다.

"이래서는 너무 늦어. 설죽화와 홍씨는 우리 위공이를 데리고 먼저 가게."

홍씨가 울면서 말했다.

"호장 어른, 어찌 우리만 갑니까!"

설죽화도 생각해보니, 이렇게 가서는 답이 없었다. 설죽화가 척상유에게 말했다.

"개경에 가면 우리 고려군의 도움을 받을 수 있을 것입니다. 저와 엄마가 빨리 가서 말을 빌려 모시러 오겠습니다."

설죽화가 이렇게 말하고 이씨로부터 척위공을 받아들려는데, 척위공이 엄마 품을 떠나면 울어 재껴서 어떻게 할 도리가 없었다.

어쩔 수 없이 설죽화와 홍씨는 세 사람을 두고 출발했다. 묘시 초

(5시)에 출발하여 사십 리를 걸어 오시 초(11시)에 영파역(迎波驛)에 당도했다. 여기서 개경까지는 오십 리 길로, 이곳에 당도했다면 이제 안전한 지역까지 왔다고 볼 수 있었다.

부리나케 길을 재촉하여, 영파역을 지나 얼어붙은 예성강을 건너서 금교역을 지나 개경에 당도했을 때는 이미 해가 져서 술시 초(19시)였다. 개경의 통덕문 앞에 왔는데, 해가 졌기 때문인지 성문은 굳게 닫혀 있었다.

설죽화가 통덕문의 문루를 올려 보며 외쳤다.

"성문을 열어주세요!"

문루에서 누군가 물었다.

"어디서 오는 사람들이요?"

설죽화가 답했다.

"곡주에서 왔습니다."

"그대의 이름은 무엇인가?"

그런데 목소리가 귀에 익었다. 설죽화가 외쳤다.

"저는 설죽화입니다. 혹시 공역승 나리 아니십니까?"

누군가 횃불을 들고 앞으로 나서는데, 과연 설죽화가 아는 사람이었다. 바로 양대춘이었다. 양대춘의 지금 관직은 군기감 주부이지만 설죽화는 삼 년 전의 관직으로 부른 것이었다.

잠시 후 문이 열렸다. 양대춘이 가까이 와서 설죽화를 보더니 말했다.

"곡주 사람들이 어제 개경에 도착했는데, 네가 뒤처졌다는 말을 듣고 심히 걱정하고 있었어."

설죽화가 말했다.

"뒤에 세 명이 더 있습니다. 구하러 가야 합니다."

양대춘은 즉시 평장사 유방에게 보고하여 허락을 얻었다. 양대춘과 설죽화는 밤을 새워 움직여서 다음 날 진시 초(7시)에 평주에 도착했는데, 여명이 밝아오고 있었다. 평주를 한참 뒤졌는데 척상유와 이씨를 찾을 수 없었다. 양대춘이 말했다.

"날이 밝았으니 거란군이 언제 들이닥칠지 몰라! 이제 우리도 철수해야 해!"

설죽화가 주변을 둘러보다가 평주 동북쪽 야산을 가리키며 물었다.

"혹시 저곳에 산성이 있나요?"

양대춘이 고개를 끄덕이며 말했다.

"성황산성이 있어."

설죽화가 간곡히 말했다.

"저곳에 가보고 그래도 없으면, 그때 개경으로 가요."

양대춘과 설죽화는 예성강을 동쪽으로 끼고 있는 성황산성으로 향했다. 성황산성 서문으로 들어가, 척상유를 부르고 다녔다.

"호장님! 호장님!"

한참을 부르자, 응답하는 소리가 들렸다.

"설죽화인가?"

겨우 그들을 만난 설죽화가 이씨와 척위공을 태웠고, 양대춘은 척상유를 뒤에 태웠다. 시십 리를 가서 사시 중간(10시)에 영파역에 당도했는데, 밤을 지새운 말들이 매우 피곤해하며 걸음을 제대로 떼지 못했다. 양대춘이 말했다.

"이제 개경이 멀지 않으니, 여기서 잠깐 쉬었다가 갑시다."

개경이 멀지 않은 데다가 거란군이 보이지 않자, 마음의 여유가 어느 정도 생긴 것이었다.

반 각쯤 쉬는데, 북쪽에서 다가오는 말발굽 소리가 들렸다. 깜짝 놀란 일행은 재빨리 말 위에 올라 부리나케 길을 재촉했다. 이십 리 길이의 곧게 뻗은 긴 고갯길인 대현(大峴)의 중간을 지나는데, 일단의 기병들이 달려오는 소리가 들렸다. 양대춘이 뒤를 돌아보니 거리는 오백 보 정도였고 복색으로 보아 거란군들이 분명했다. 양대춘 일행은 말에 박차를 가하며 최대한 빠르게 움직였다. 그러나 십 리쯤 가서 금교역에 다다를 때가 되자, 거란군과의 거리가 백 보밖에 되지 않았고 곧 따라잡힐 것 같았다.

양대춘이 다급히 일행에게 말했다.

"내가 시간을 끌 것이니, 어서 가시오."

말을 멈추게 하고 내린 다음, 척상유에게 말고삐를 넘겼다.

그런데 척상유 역시 말에서 내리며 말했다.

"나리가 말을 타고 가시오. 내가 거란군을 막겠소."

양대춘은 순간 어찌할 바를 몰랐으나, 척상유의 단호한 표정을 보고 말에 올랐다. 척상유는 이제 칠십을 바라보는 나이지만, 얼굴에는 군인의 기상이 있었다.

양대춘은 멈춰 있는 설죽화에게 외쳤다.

"어서 달려!"

"피잉-."

양대춘은 말을 달리다가 고개를 돌려 뒤를 보았다. 보아하니 척상유가 날린 화살 소리였다. 척상유는 근처의 나무를 엄폐물로 삼고 꼿꼿이 선 채로 거란군을 향해 화살을 날리고 있었다.

"피잉-. 피잉-. 피잉-."

바람을 타고 활시위 소리가 계속 울렸다. 양대춘은 다시 한번 뒤를 돌아보았다. 척상유는 나무 뒤에 잘 엄폐하고 있었지만 거란군이 빠르게 접근하고 있었다. 양대춘은 척상유가 칼을 빼어 드는 모습을 보았다. 그리고 척상유가 외치는 소리가 바람결에 실려 왔다.

"나, 흥위위 대정 척상유다!"

양대춘이 다시 돌아보았을 때 척상유는 쓰러져 있었다. 척상유 덕에 어느 정도 시간을 벌었지만 말들이 너무나 지쳐 있었다. 금교역을 지나 이십 리를 달리자, 말의 속도는 더욱 느려졌다. 이제 거란군과의 거리는 다시 백 보 안으로 좁혀지고 있었다.

양대춘은 앞서 달리는 설죽화를 보다가 다시 뒤를 흘긋 보았다. 거란군이 육십 보 안까지 접근하고 있었다. 양대춘은 몸을 살짝 세워 무게 중심을 약간 뒤로 가져갔다. 그러자 말이 속도를 늦췄고 거란군과의 거리는 사십 보까지 좁혀졌다. 그때 재빨리 몸을 돌려 화살을 쏘았다.

"피잉-."

"윽!"

양대춘이 날린 화살은 앞서 달려오던 거란군의 투구 부분을 맞췄고 그는 중심을 잃고 말에서 떨어졌다. 양대춘은 다시 몸의 중심을 앞으로 해서 말을 빨리 달리게 했다. 거란군이 화살을 날렸으나, 양대춘은 이미 화살의 살상력이 미치지 않는 거리까지 벗어나 있었다.

양대춘은 속도를 늦췄다가 쏘고, 다시 빠르게 달리는 일을 반복했다. 이런 식으로 계속하면 시간을 상당히 벌 수 있겠지만 문제는 역시 말의 체력이었다. 쏘고 순간저으로 빠르게 다시 날려야 하는데 점점 느려지고 있었다.

"히이이잉!"

결국 말의 엉덩이에 거란군이 날린 화살을 맞았고 말은 비명을 질러 댔다. 이제 조금만 가면 삼거리였다. 여기서 남쪽으로 이십여 리만 가면 개경이었고 이곳은 송악산 서북쪽 끝자락이었다.

그런데 체력이 빠진 말이 다시 화살에 맞자 갑자기 무릎을 꿇고 말았다. 양대춘은 재빨리 뛰어내린 다음에 동쪽의 산속으로 들어가려고 했다. 그런데 달려오던 속도 때문에 착지할 때 넘어지며 구르고 말았다. 양대춘은 순간 정신을 잃었다.

양대춘이 정신을 차렸을 때는 창을 든 거란 기병이 다섯 보 안으로 접근하고 있었다. 양대춘은 왼손으로 활집에서 활을 뽑아 들려고 했으나, 활이 없었다. 넘어질 때 어디론가 떨어진 것이었다. 거란 기병의 창이 자신의 가슴을 향해 들어오자 몸을 굴려 피하려고 했다.

"쉬익-."

그때 화살이 공기를 가르는 소리가 들리더니, 달려오던 거란 기병이 비명을 지르며 몸을 웅크리는 것이 보였다.

"컥!"

양대춘은 재빨리 몸을 일으켜 화살이 날아 온 방향으로 뛰었다. 이십 보 거리에서 설죽화가 수질노를 재장전하고 있었다. 양대춘이 소리쳤다.

"산속으로 들어가!"

이곳은 송악산의 서북쪽 산자락으로 산속으로 들어가면 거란군을 따돌릴 수 있을 것이고 산자락을 따라 개경으로 갈 수 있다. 그런데 양대춘의 외침에도 설죽화는 도르래를 이용해 재장전하느라 여념이 없었다.

양대춘이 재장전하고 있는 설죽화의 왼손을 낚아채고 산속으로 들어갔다. 그 바람에 설죽화는 수질노를 손에서 놓치고 말았다. 정신없이 산으로 들어가는데 뒤에서 시위 소리가 연이어 울렸다.

"피잉-, 피잉-, 피잉-."

거란군들이 뒤를 쫓으며 화살을 쏘고 있었다. 양대춘은 시위 소리가 나면 몸을 숙였다가 펴기를 반복했다. 그런데 어느 순간 설죽화의 손이 너무나 무겁게 느껴졌다. 양대춘은 고개를 오른쪽으로 돌려 설죽화를 보았다. 설죽화의 몸은 축 처져 있었다. 양대춘이 보니, 등에 화살이 두 대나 꽂혀서 더 이상 뛸 수 없었던 것이다. 양대춘은 급히 설죽화를 업었다. 설죽화가 힘없이 속삭이는 것이 들렸다.

"저를 두고 가세요."

양대춘은 대답 없이 설죽화를 단단히 잡았다. 설죽화의 팔에 힘이 들어가며 자신의 목을 감는 것이 느껴졌다. 양대춘은 설죽화를 둘러업고 뛰었다.

"헉, 헉, 헉."

잠시 후, 숨이 턱까지 차올랐다. 이렇게 뛰어서는 더 이상 거란군을 따돌릴 수 없다고 판단했다. 양대춘은 다수를 상대하기 편한 적당한 지점을 찾다가, 길 왼쪽이 가파른 비탈인 곳에 당도했다.

거기서 설죽화를 옆에 내려놓고 칼을 빼어 들었다. 그런데 설죽화는 조금의 미동도 없었다. 양대춘은 직감할 수 있었다. 옆에 보이는 돌을 들어 쫓아오는 거란군을 향해 던진 다음, 설죽화의 가슴에 귀를 대었다. 아무런 소리도 들리지 않았다.

양대춘은 급히 설죽화의 시신을 비탈로 밀어놓고 다시 도망치기 시작했다. 몇십 보를 달리자, 양대춘의 눈에서 눈물이 하염없이 흘러나왔다.

67
금교역

일월 삼일, 미시 초(13시), 응양군 낭장 거정은 부하 몇을 데리고 개경 북쪽 이십 리 지점에 나와 정찰 중이었다.

이곳에 올 때면, 팔 년 전(1010년)의 일이 늘 생생했다. 여기서 개성부 참군(開城府參軍) 김연경(金延慶)이 전사했고 자신 역시 김연경을 돕다가 죽을 뻔했다. 거정은 전쟁 후 이곳을 다시 찾아서 글자를 새긴 팻말을 하나 세웠다.

"충신 김연경과 그의 충성스런 애마가 전사한 곳."

거정은 거란군이 물러간 후 패전한 죄로 대정에서 강등되어 일반 병사가 되었다. 그런데 삼 년 후인 갑인년(1014년)에, 김연경에게 관직이 추증되며 전사한 상황에 대한 조사가 다시 이루어졌고, 거정이 김연경을 도왔다는 진술이 받아들여져서 관직이 회복되었고 지금은 낭장으로 승진해 있었다.

상원수 강감찬이 개경으로 전령을 보내, 거란군이 개경으로 곧장 온다면 오일 오후 경에 도착할 것이라고 했다. 그렇다면 아직 거란군이 나타날 때는 되지 않았다. 그러나 거정은 긴장을 늦추지 않고 주기적으로 땅에 귀를 대고 군마의 소리가 들리는지 살폈다.

그런데 군사 하나가 땅에 귀를 대더니 거정에게 말했다.

"말발굽 소리가 들립니다!"

거정 역시 무릎을 꿇고 땅에 귀를 댔다. 과연 빠르게 움직이는 말발굽 소리가 들렸다. 그런데 단 한 필의 소리였다. 잠시 후, 과연 말 한 필이 달려왔는데 어떤 여자가 아이를 안고 타고 있었다.

거정이 물었다.

"어인 일이요?"

여자가 울면서 대답했다.

"저는 곡주 사람으로 개경으로 오는 길에 거란군의 습격을 받았습니다."

거정이 물었다.

"거란군의 숫자는?"

"창졸간이라 잘 모르겠습니다."

거정은 부하 하나를 시켜 여자를 호위하여 개경으로 보내고 일단 대기했다. 반 시진 후, 드디어 오백 보 거리에서 인마가 보였다. 거란군이었고 숫자는 십여 기 정도였다.

거란군이 예상보다 이틀이나 먼저 온 것이었다. 거란군을 확인했으니, 이제는 빠르게 움직일 때였다. 거정은 말에 올라 바람처럼 개경으로 달렸다.

이십 리 길을 반 시진 만에 주파하여 굳게 닫힌 개경 통덕문에 당도했을 때는 신시 초(15시)였다. 거정은 통덕문으로 들어가서 건덕전으로 가서 왕순에게 보고했다.

"반 시진 전에 거란군 십여 기가 나타났습니다!"

왕순이 물었다.

"적의 본대를 확인했는가?"

"본대를 확인하지는 못했습니다."

거정의 보고에 건덕전 안이 술렁였다.

채충순이 말했다.

"거란군이 예상보다 너무 빠릅니다."

건덕전 안의 사람들이 대부분 매우 당황했으나 왕순이 침착히 말했다.

"적이 예상보다 일찍 당도했다고 하나, 우리를 공격하려면 준비하는 데에 상당한 시간을 들여야 합니다. 상원수가 부대를 이끌고 그 전에 올 것이니 당황할 것 없소. 계획대로 방어 작전을 실행하도록 하시오."

왕순의 침착한 태도에 건덕전 안의 술렁임도 잦아들었다. 최사위가 우려스러운 목소리로 말했다.

"방어 작전을 실행해도 성벽에 세울 병력이 너무 적습니다."

왕순이 단호히 말했다.

"거란군이 서쪽 길로 온다는 것은 우리에게 기회입니다. 곧 상원수의 부대가 당도하면, 거란군은 이곳에서 포위당하게 됩니다. 그러면 거란군들은 몰살되겠지요. 짐도 성벽에서 거란군을 방어할 것인즉, 상원수가 올 때까지 충분히 시간을 벌 수 있습니다."

왕순은 응양군 백 명을 통덕문에 배치하도록 하고, 직접 통덕문의 성벽으로 향했다. 성벽에 머무르려고 했는데, 유방이 말렸다.

"성상께서 통덕문에 계시면 제가 지휘할 수 없습니다."

왕순은 입을 꽉 다물고 아무 말도 하지 않았다.

채충순이 말했다.

"성상께서는 건덕전에 머무시옵소서. 건덕전에서 군사들을 사열하고 적당할 때 백성들을 불러 격려하십시오. 군민들은 성상이 건덕전에 굳건히 계심을 알게 될 테고, 그러면 사기가 백배는 오를 것입니다."

여러 신하의 간언에 왕순은 어쩔 수 없이 통덕문루에서 내려가려고 했다. 그런데 장수들과 군사들이 매우 긴장하고 있다는 것이 느껴졌다.

그러자 왕순은 생각했다.

'지금 오는 거란군은 겨우 정찰부대일 것이다. 본대는 상원수의 말대로 이틀 후에나 당도할 가능성이 높다. 지금 우리는 너무 긴장하고 있다.'

왕순이 유방에게 말했다.

"성문을 열어놓고 좀 더 편한 분위기로 있는 것이 어떨까요? 적들은 겨우 정찰을 목적으로 하고 있을 겁니다."

유방이 잠시 생각하더니 말했다.

"성상의 명을 받들겠습니다."

개경의 백성들은 성벽 위의 맡은 위치로 찾아가고 있었다. 왕순은 성벽 위를 돌며 백성들을 격려했다. 대부분 연로한 노인들이었으며 종이로 만든 갑옷 등등 다양한 재질과 형태의 갑옷을 입고 있었다. 성벽 아래서는 부녀자들과 아이들이 방어전에 필요한 물자를 날랐다.

장수들과 군사들이 긴장한 데 비해, 팔년 만에 다시 거란군이 개경에 왔음에도 오히려 백성들의 모습은 활기차 보였다.

창을 든 연로한 노인 하나가 왕순에게 말했다.

"저는 이제 예순일곱으로 일품군 출신입니다만, 경술년(1010년)에 이 창을 들고 양 상서의 명을 받아 삼수채에서 회군하는 거란군을 막아섰었습니다."

왕순이 노인을 보며 말했다.

"노인장은 양 상서와 더불어 고려를 구한 영웅이시군요."

노인이 얼굴을 붉히며 말했다.

"영웅은 아닙니다. 그저 양 상서의 지시로 만든 목책진 안에서 거란군을 상대했을 뿐입니다."

왕순이 노인의 창을 가리키며 말했다.

"그 창으로 거란군을 무찌르셨군요."

노인이 창을 들어 보이며 말했다.

"거란군 여러 명을 이 창으로 상대했습니다."

왕순이 손을 내밀자 노인이 창을 건넸다. 왕순은 창을 들고 여기저기를 살폈다. 투박한 창이었으나 예리하게 날이 서 있었다. 왕순이 노인에게 창을 다시 건네자, 노인이 말했다.

"개경은 반드시 지켜질 것입니다."

왕순이 미소 지으며 말했다.

"노인장의 자신감이 믿음직스럽군요."

노인이 또렷한 눈빛으로 왕순을 바라보며 말했다.

"지금 성상폐하께서 저희 곁에 계시니, 거란군을 막아낼 수 있습니다."

왕순이 노인의 말에 고개를 크게 끄덕였다.

신시 중간(16시), 송악산 정상에서 길을 관측하던 군사들이 깃발을 흔들었다. 적들이 접근해 오고 있다는 신호였다. 잠시 후 관측 군사가 건덕전으로 달려와 보고했다.

"거란군 십여 기가 서쪽에 나타났습니다."

최사위가 물었다.

"그 뒤에 더 병력이 오지 않는가?"

"아직 보이지 않습니다."

반 시진 후 통덕문에서 전령이 와서 알렸다.

"적 기병 열 기가 지금 통덕문으로 다가오고 있습니다!"

그 사이에 관측병들의 보고가 이어졌다. 거란군 후속 병력은 보이지 않는다는 것이었다. 그런데 그들은 흰 깃발을 들고 오고 있다고 한다. 그렇다면 거란군의 사신(使臣)일 가능성이 농후했다.

곧, 흰 깃발을 든 거란 기병 열 기가 통덕문 앞까지 다가왔다. 그중 한 사람이 외쳤다.

"나는 낭군군 상온 야율호덕이다. 우리 도통께서 보낸 편지를 가지고 왔다!"

보고를 받은 왕순이 명했다.

"저들을 성안으로 들이지 말고 편지만 받도록 하시오."

편지의 내용은 이러했다.

"대요나라 동평군왕 소배압이 보냅니다. 우리 황제께서 이렇게 명령하셨습니다. '고려에 임금을 배반한 신하들이 있으니 그들을 모두 잡아오라!' 우리는 황제의 명을 받들어 반역하는 무리들을 잡기 위해 왔습니다. 부디 성문을 활짝 열고 황명을 받들어 태평성대의 기틀을 마련하시기를 바랍니다."

소배압의 편지 내용은 약간 중의적이었다. 임금이 거란주를 뜻하는지 목종을 뜻하는지 알 수 없었다. 혹은 둘 모두를 의미하는 것일 수도 있었다.

답서에 대하여 잠시 의논이 있은 후, 최사위가 말했다.

"답서를 길게 써 보낼 필요는 없습니다. 몇 자면 족합니다."

잠시 후 최사위의 의견대로 답서가 만들어졌다. 답서는 완전히 밀봉되어 가죽 주머니에 넣어져서 즉시 통딕문 밖에 대기하고 있는 야율호덕에게 보내졌다.

그동안 야율호덕은 성문과 성벽을 관찰했다. 성문은 열려 있었는데 마치 평온한 평상시의 모습과 같았다. 성문의 문루에는 매가 수놓아져 있는 황색 전포를 입은 군사들이 우뚝하게 산처럼 서 있는 것이 군기가 엄정했다.

야율호덕은 답신을 받고 돌아서며 성문을 향해 외쳤다.

"고려의 군신들은 폐하의 명에 복종하도록 하시오! 명령에 복종하면 영원한 복을 누릴 것이오. 우리가 고려로 온 것은 폐하의 뜻을 전하기 위함이요. 이제 전했으니 우리는 군사를 정돈하여 회군할 것이오."

야율호덕이 돌아가자, 지채문이 왕순에게 말했다.

"분명 저들만 오지는 않았을 것입니다. 뒤를 쫓아 허실을 탐지하겠나이다."

왕순이 허락하자, 지채문은 군사 둘을 데리고 급히 송악산 정상에 올랐다. 이제 시간은 유시 초(17시)가 되어 해가 서쪽으로 저물고 있는데, 서쪽 길을 따라 북상하는 거란 기병들이 보였다.

지채문이 북창문을 통해 나가려는데 누군가 성문 밖에서 달려오고 있었다. 바로 양대춘이었다. 지채문이 물었다.

"어찌 이 길로 오는가?"

"거란군의 공격을 받아 산을 타고 왔습니다."

"거란군의 규모는 얼마나 되는가?"

"급박한 상황이라 정확히 보지는 못했습니다."

양대춘은 궁궐로 향하고, 지채문은 송악산을 내려가 길에 접어들었다. 이제 해는 완전히 져서 어둠이 밀려오고 있었다.

이십 리를 가니 어느새 술시 초(19시)가 되어 날은 완전히 어두워졌고 초승달이 남서쪽에 걸려 있었다. 이제 십 리 앞에 금교역이 있었다. 지채문이 멈춰 서서 군사들에게 속삭였다.

"적들이 금교역에 있을 수 있네."

금교역 서쪽은 계정천이라는 냇물이 흘렀고 동쪽은 두석산 산자락이 있었다. 말을 길에서 보이지 않는 두석산 계곡 쪽에 묶어 두고 산자락을 타고 조용히 움직였다.

금교역에서 백 보 떨어진 곳까지 접근했는데, 아무런 불빛도 보이지 않았다. 하늘에는 초승달과 무수한 별들이 빛을 발하고 있었으나 백 보 밖의 사물을 구별할 수는 없었다. 지채문은 귀에 신경을 집중시켰으나 귓전에는 바람 소리와 짐승의 울음소리만 간간이 들릴 뿐이었다. 지채문은 금교역 쪽으로 더 다가가려고 했다. 그런데 그때 군사 한 명이 조용히 지채문에게 말했다.

"금교역에 인마가 있습니다."

지채문이 의아스러운 목소리로 물었다.

"인마가 있다는 것을 어찌 아는가?"

군사가 자기 코를 가리켰다. 차가운 북풍에 실려 말들의 몸에서 풍기는 체취가 느껴졌다. 술시 중간(20시)이었고 서쪽의 초승달이 지평선 아래로 향하고 있었다. 몸을 낮추고 십 보 안까지 접근하자 말들의 기척이 들렸는데 수백 마리였다.

지채문은 다시 말을 둔 곳으로 온 다음, 전속력으로 개경을 향해 달려, 왕순에게 상황을 보고했다.

"금교역에 수백 기의 거란군 기병이 있습니다."

여기저기서 웅성대는 가운데 채충순이 말했다.

"오후에 왔던 거란의 사절은 우리를 염탐하기 위해서였는데, 우리의 대비가 잘 되어 있다고 판단하자, 그 후속 부대가 금교역에 대기한 채 오지 않은 것으로 생각됩니다."

최사위가 말했다.

"아마도 그들은 자연히 물러갈 것입니다."

모두의 생각이 이렇게 모이자, 왕순이 말했다.

"만일 그들이 밤을 틈타 우리를 공격하고 그 뒤에 후속 부대가 더 있다면 어떻게 해야 합니까?"

유방이 말했다.

"지금은 성벽을 단단히 사수하는 수밖에 없습니다."

왕순이 유방의 말에 고개를 끄덕이는데 지채문이 말했다.

"제가 해결해보겠습니다."

최사위가 고개를 갸웃하며 말했다.

"지금 병력이 없는데 어떻게 해결하겠다는 것이오?"

왕순은 지채문을 보았다. 이제 오십 대 중반을 넘긴 나이라 처진 눈이 더욱 처져 있었다. 그런데 그 처진 눈에서 강력한 기운이 뿜어나왔다.

왕순이 느껴지는 바가 있어 지채문에게 물었다.

"적의 기세를 꺾을 수 있다면 우리에게 매우 유리할 것인데, 응양군 백 명으로 해결할 수 있겠습니까?"

최항이 당황하여 말했다.

"성상을 지키는 군사들을 함부로 동원할 수는 없습니다."

왕순은 최항의 말에 반응하지 않고 여전히 지채문을 보았다. 지채문이 결연히 답했다.

"신이 목숨을 걸고 해보겠나이다."

잠시 후, 지채문은 양대춘, 중랑장 국근, 낭장 거정과 더불어 응양군 백 명과 복마 열 필을 거느리고 황성의 북문인 북창문을 통해 나갔다. 말에 재갈을 물리고 어둠 속에서 조심히 금교역 쪽으로 움직였다. 해시 중간(22시)에 출발하여 금교역 근처 말을 묶어 두었던 장소까지 도착하자, 자정(24시)이 지난 시점이었다.

지채문은 투구를 고쳐 쓰며 양쪽 어깨 근육을 움직여 봤다. 그런 다음 몸 구석구석의 근육에 힘을 주었다. 힘이 묵직하게 들어갔다. 이제 환갑이 다되어 오지만 평소 수련을 게을리하지 않았기 때문에 근력이 쇠하지 않았다. 물론 몸의 기능이 젊을 때 같지는 않았다. 순발력은 스스로 느낄 정도로 떨어졌고, 한번 부상을 입으면 잘 회복되지 않았다. 역시 노화는 피할 수 없는 것이었다. 그래도 아직 무달이라는 이름에 부끄럽지 않을 정도의 실력은 된다.

지채문은 산자락을 따라 금교역 동쪽 삼백 보 되는 지점까지 접근한 후, 대정 이상 장교들을 소집해서 작전을 다시 확인한 후 말했다.

"맡은 바 위치를 정확히 지키도록 하라."

금교역은 가운데 위치한 관아를 중심으로 몇 개의 구역이 담장으로 나뉘어져 있었고 북쪽 구역에 마구간이 있었다. 말을 타고 나갈 수 있는 문은 동쪽에 있는 가장 큰 문인 영빈문밖에 없었다.

지채문은 군사 삼십 명과 같이 마구간 구역의 담장을 넘었다. 마구간 구역에서 마구간 건물은 북쪽 담장에 연해 있었고 남쪽은 마구간 마당이었다. 마당에도 말들이 묶여 있었는데 추위를 피하려고 서로의 몸을 밀착시키고 있었다. 마구간 구역 안에는 거란군이 없는 듯했다. 지채문은 담장에 몸을 붙이고 마구간 구역과 관아 구역을 연결하는 문이 있는 곳까지 이동했다. 담장에 붙어 몸을 숨긴 채, 문에서 열 걸음 정도 되는 지점에 마름쇠 수백 개를 뿌려 두고 대기했다.

잠시 후, 금교역의 대부분 건물에서 불길이 솟아올랐다. 지채문은 불길을 보자, 자신의 활을 단단히 움켜잡았다. 곧 소란한 소리가 들리더니 마구간 구역과 관아 구역을 연결하는 문이 열리고 거란군들이 쏟아져 들어오기 시작했다.

"윽!"

몇 발짝을 뛰다가 마름쇠를 밟은 거란군 하나가 비명을 지르며 주저앉았다.

"피이히이이잉~~~~~~."

지채문은 우는살을 하나 날리고 화살을 연속으로 쏘아댔다.

“피잉-. 피잉-. 피잉-.”

지채문과 같이 온 삼십 명의 군사들 역시 거란군들에게 일제히 화살을 날렸다.

어둠 속이라 빠르게 상황 파악을 할 수 없었던 거란군은 좁은 문으로 계속 들어왔고 화살에 맞고 마름쇠를 밟아서 벌써 오십여 명이 쓰러졌다.

지채문은 뒤로 물러나며 계속 화살을 날렸다. 마침내 상황을 알아차린 거란군들이 지채문 등에게 매섭게 달려들기 시작했다.

그 모습을 본 지채문은 목에 걸려 있던 작은 뿔나팔을 불었다.

“뚜웅~~~~~~~~~.”

뿔나팔 소리에 삼십 명의 응양군들은 오병수박희 대형을 만들었다. 지채문은 자신의 철창을 쥐고 오병수박희 대형의 좌익에서 싸웠다. 지채문은 맹렬히 철창을 휘둘렀고 오병수박희 대형은 거란군을 압박했다.

한편, 중랑장 국근은 나머지 응양군 병력 칠십 명을 이끌고 영빈문 밖의 어둠 속에 대기하다가, 금교역 안에서 불길이 일자 문을 지키던 거란군을 제거하고 들어와 어둠 속에서 기다렸다.

중앙의 관아 구역 위쪽으로 객사와 동헌이 있는데 그쪽에서 거란군들이 나와서 급히 마구간이 있는 곳으로 뛰어 들어갔고 절반 정도가 들어갔을 때 지채문이 부는 뿔나팔 소리가 들렸다.

즉시 오병수박희의 대형을 갖추고 마구간 구역의 문으로 들어가려고 하는 거란군들의 뒤를 쳤다. 그리고 낭장 거정을 포함한 스무 명의 군사를 담장 위로 올라가게 하여 거기서 거란군을 사격하게 했다.

양대춘은 금교역 담장을 넘어 들어가 객사와 동헌에 불을 지른 다음, 어둠 속에서 몸을 숨기고 있다가, 지채문의 뿔나팔 소리를 들리자 재빨리 마구간 쪽으로 달려가 전투를 도왔다. 거란군은 고려군에게 포위되어 점점 쓰러져 갔다.

지채문은 앞에 보이는 거란군의 투구를 철창으로 가격했다.

"악!"

투구가 종잇장처럼 구겨졌고 거란군은 외마디 비명을 질렀다. 이제 제대로 서 있는 거란군은 없었다. 지채문은 휘두르던 창을 멈추고 앞을 물끄러미 바라보았다. 지채문의 발아래에는 사망했거나 상처를 입은 삼백 명의 거란군이 있었다.

크게 다친 거란군 이십 명을 포로로 잡고 노획한 말 삼백 필을 거느리고 즉시 금교역을 떠나 개경으로 향했다. 언제 또 다른 거란군들이 올지 모르므로 신속하게 움직여야 했다. 시간은 인시 초(3시)였다.

어둠 속에서 조심히 행군하여 통덕문이 보이는 곳에 당도했을 때는 진시 초(7시)로 날이 밝아오고 있었다. 지채문이 뿔나팔을 길게 불었다.

"뚜웅~~~~~~~~~."

통덕문 앞으로 가자, 문루와 주위 성벽에는 무수한 개경 백성들이 나와 있었다. 백성들은 매 무늬가 새겨진 황색 전복을 입은 응양군들을 보자 환호성을 질렀다.

"와! 우리 응양군이다!"

"만세, 만세, 마세."

왕순은 새벽녘까지 잠을 이루지 못하다가, 건덕전의 어좌에서 잠시 선잠에 들어 있었다. 그런데 밖에서 커다란 소리가 들렸다.

"우리 응양군이 이겼습니다!"

왕순은 눈을 떴다. 그리고 심호흡을 한 번 한 뒤에 주전자에서 물을 따라 마셨다.

양대춘은 금교역에서 거란군을 몰살한 후, 군사 둘과 함께 설죽화의 시신을 수습하여 개경으로 왔다. 설죽화의 사망을 왕순에게 보고하자, 왕순은 내제석원*(內帝釋院)에서 장례를 치러주라고 명했다.

정오 무렵, 왕순은 왕후들과 더불어 내제석원으로 가서 장례식에 참석하여 설죽화의 어머니 홍경애를 위로했다.

"아이고! 엉엉-."

홍경애는 오열을 했고, 이씨 역시 척위공을 안고 옆에서 눈물을 훔치고 있었다. 홍경애가 왕순에게 봉투를 건넸다. 열어보니 양규가 이관을 위해 지은 시가 적힌 종이였다. 설죽화는 이 봉투를 품속에 넣고 개경으로 온 것이었다. 설죽화의 아버지 이관의 유품이 이제는 설죽화의 유품이 된 것이다.

왕순이 눈물을 흘리며 말했다.

"설죽화가 아이를 구하고 양대춘도 살렸구려."

---

* 　내제석원(內帝釋院): 궁궐 내에 있던 사찰.

68

서로의 의도

개경 시내는 고요했다. 금교역에서 거란군 삼백을 몰살시켰으나, 아직 상황을 속단할 수 없었다.

오후에 왕순은 통덕문의 성벽으로 향했다. 성벽을 돌며 군사들과 백성들을 격려하는 중에 송악산 정상에서 길을 관측하던 군사가 와서 보고했다.

"일단의 병력이 빠른 속도로 오고 있습니다!"

그때 성 밖 멀리서 뿔나팔 소리가 길게 울려 퍼졌다.

"뚜웅~~~~~~~~~."

왕순을 비롯한 성벽 위의 사람들은 모두 밖을 바라보았다. 잠시 후 깃발 하나가 쑥 올라오는데, '風(풍)' 자가 쓰인 하늘색 깃발이었다. 곧 병력들이 모습을 드러냈고 기병과 보병이 혼재된 인원들이 경쾌한 걸음으로 통덕문으로 접근해 오고 있었다.

"와아!"

그들은 접근해 오면서 큰 함성을 질렀고 가까이 올수록 그 소리는 더욱 커졌다. 군사들은 녹색 전포를 입고 있었는데 위아래로 커다란 구름이 수놓여 있고 가슴에는 '神(신)'이라는 붉은 글자가 쓰여 있었다.

그중 선두에 선 한 사람만은 연한 하늘빛 전포를 입고 있었다. 바로 김종현이었다. 드디어 김종현이 신군을 이끌고 도착한 것이다.

유방이 왕순에게 말했다.

"성문을 열어 저들을 맞아들이겠습니다."

왕순이 미소 지으며 말했다.

"과연 때맞춰 왔군요."

"와! 우리 고려군이 왔다!"

성벽 위의 군사들과 백성들이 모두 환호성을 질러댔고 어느새 통덕문 주위 성벽 위에는 더 이상 들어설 자리가 없을 정도로 사람들이 빼곡히 모였다.

유방의 명에 의해 통덕문이 활짝 열렸다. 그런데 하늘색 전포를 입은 김종현은 성문으로 들어오지 않고 통덕문 앞에 멈추어 섰다. 뒤를 따르던 병력도 모두 멈춰선 가운데 김종현 옆에 있는 고각군 하나가 뿔나팔을 길게 불었다.

"뚜웅~~~~~~~~~."

'風(풍)' 자가 쓰인 하늘색 깃발을 필두로 모든 깃발이 우뚝 선 후에 앞뒤로 까닥까닥 움직였다.

깃발 신호에 따라 김종현과 신군들이 왕순을 향해 오른손을 가슴에 대고 고개를 숙였다. 그 절도 있는 모습을 본 성벽 위의 군민들이 환호성을 질렀다.

"와! 성상폐하 만세! 고려 만세!"

열화와 같은 함성들이 성벽을 따라 연이어 울려 퍼졌다. 김종현은 성문으로 들어와 문루로 올라가서 다시 한번 왕순에게 군례를 갖췄다.

왕순이 환하게 미소 지으며 말했다.

"경은 이번에도 짐을 구하러 왔구려!"

"상원수의 명을 받아 밤낮을 달려왔나이다. 성상께서는 안심하소서!"

왕순이 김종현의 하늘색 전포를 바라보며 말했다.

"경술년(1010년)에 경은 기병 세 기로도 짐을 구원하지 않았소! 그때도 거란군을 막아냈는데, 이제는 무엇을 두려워하겠소!"

김종현이 굳건히 말했다.

"만일 북적들이 개경을 공격하려 한다면 우리는 그들을 몰살시킬 것입니다."

군사 하나가 헐레벌떡 뛰어와서 보고했다.

"동쪽에서 일단의 군사들이 접근하고 있습니다."

왕순이 놀라며 물었다.

"적인가?"

"먼 거리에서 본 것이라 아직 어느 편인지 분명치 않습니다."

왕순은 동쪽 성벽 쪽으로 이동할까 했으나 많은 사람이 모여 있어 번잡한 탓에 일단 통덕문에서 대기했다.

잠시 후, 동쪽 성벽을 책임진 서눌이 전령을 보내왔다.

"동북면의 군대가 광화문으로 접근 중입니다!"

동북면병마사 유소가 이끄는 동북면의 군대가 도착한 것이었다. 통덕문 주변의 모든 사람의 얼굴이 환하게 밝아졌다. 이제 동북면의 군대까지 도착했으므로 개경을 방어하기가 더욱 용이해졌다. 거란군이 예상과 달리 개경까지 근접했으나, 아군의 방어체계는 완벽히 작동하고 있는 것이다.

잠시 후, 광화문 쪽에서 함성이 들렸고 점점 통덕문 쪽으로 다가왔다. 어떤 장수가 통덕문의 문루에 올라 왕순에게 군례를 했다.

"동북면병마사 유소! 상원수의 명을 받고 개경을 구원하기 위해 왔습니다!"

왕순이 눈을 크게 뜨고 미소 지으며 말했다.

“오시느라 수고했소.”

유소가 물었다.

“거란군의 모습이 개경에서 관찰되었습니까?”

왕순이 지채문을 가리키며 말했다.

“거란 기병 삼백 명이 금교역에 들어왔지만, 지채문 장군이 이끄는 응양군이 모두 전멸시켰소.”

유소가 말했다.

“신은 곡주와 신은현, 토산현을 거쳐 왔습니다. 제가 신은현을 지날 때 거란군들은 서쪽에서 접근해 오고 있었습니다. 지금 상원수가 이끄는 아군의 본대가 자비령을 넘어오고 있을 것이니, 만일 거란군이 개경을 공격하기 위해 가까이 온다면 그들은 큰 위기에 빠질 것입니다.”

왕순은 유소의 말을 듣고 마음이 매우 든든해졌다.

일월 삼일, 소배압은 신은현에 있었다. 원탐난자군에 의하면 동쪽에서 온 고려군이 이곳을 지나 개경으로 갔다고 한다. 동북면의 고려군일 것이다. 그들을 이곳에서 섬멸했다면 더할 나위 없이 좋았을 테지만 아쉽게도 놓치고 말았다. 주위 이십 리까지 정찰을 보냈었는데, 그 이후로는 아무런 특이 사항이 없었다.

군사들에게는 잘 먹으라고 명했고 술 마시는 것만 금했다. 소배압이 주변 지형을 살피면서 보니, 군사들이 양고기를 굽느라 피워대는 연기와 냄새가 온 천지에 가득했다. 마치 이곳에 거란군이 있다는 것을 고려군에 알려주는 것과 같았다.

야율팔가가 조용히 물었다.

“과연 고려군이 이쪽으로 올까요?”

“오길 바라야지.”

일월 사일 오전, 야율호덕이 보낸 전령이 고려 조정에서 보낸 답신을 가지고 왔다.

펼쳐 보니 단지 여섯 글자가 쓰여 있었다.

"無有背逆之徒(은혜를 저버리고 배반한 무리는 없습니다)."

소배압이 전령에게 물었다.

"개경의 대비는 어떠한가?"

"개경 시내는 매우 평온해 보였고 정예한 군사들이 성문을 지키고 있었습니다."

즉시 제장들을 소집해서 작전 회의를 열었다.

소허열이 말했다.

"고려의 주력군이 아직 개경에 당도하지 않았으니, 일단 개경까지는 밀고 들어가야 합니다."

야율팔가가 반대하며 말했다.

"동북면에서 온 고려군이 개경으로 들어갔으니, 개경을 단기간에 함락시킬 수는 없습니다. 더구나 고려군 주력이 근처에 있습니다. 개경에 접근한다고 해도 얻는 것은 아무것도 없고 오히려 위기에 빠질 수 있습니다."

제장들이 갑론을박을 벌였는데, 소배압은 아무 말도 하지 않고 듣기만 했다.

일월 사일 오후, 야율호덕과 같이 개경으로 갔던 낭군군 군사 중 두 명이 헐레벌떡 돌아왔다. 소배압이 물었다.

"어떻게 된 것인가?"

"저희는 금교역 북쪽 십 리 지점에서 망을 보던 중이었습니다. 그런데 금교역에 있던 아군들이 적의 습격을 받아 대부분이 전사하거나 포로로 잡힌 것으로 생각됩니다."

소배압이 날카로운 목소리로 다시 물었다.

"어디에서 온 고려군이란 말인가?"

"개경에서 나온 자들 같았습니다."

삼백 명이 전멸했다는 소식에도 소배압은 아무 변화를 주지 않았다. 그대로 신은현에 머물며 정찰을 강화하여 오십 리 밖까지 정찰하도록 했을 뿐이었다.

일월 칠일, 드디어 원탐난자군이 고려 주력군의 위치를 알아내었다.

"적의 주력군은 자비령을 넘어와서 동주(洞州: 황해북도 서흥군)에 주둔 중입니다."

"적의 주력군이 분명한가?"

"주둔지의 규모와 밥 짓는 연기로 보았을 때, 수만 명이 운집해 있는 것이 분명했습니다."

"그들이 진을 친 곳의 지형은 어떤가?"

"주위에 얕은 산들이 많은 지형이었습니다."

소배압이 고개를 끄덕이고 제장회의를 소집했다.

소허열이 거센 표정으로 말했다.

"고려군 주력이 근방에 있으니 일합을 겨루어서 그들을 패배시킨 후에 개경을 점령하는 것이 가장 좋은 수입니다."

소허열의 의견은 지극히 당연한 것이었다. 소배압뿐만이 아니라 모든 제장들이 그렇게 생각하고 있었다. 그런데 문제는 회전의 장소였다.

소배압은 구 년 전 삼수채 회전을 지휘했었다. 비록 승리하기는 했으나 패할 뻔한 아찔한 순간도 있었다. 고려군이 선택한 장소에서 회전하는 것은 좋지 않은 일이라고 생각하고 있었다.

그런데 지금, 고려군은 야산이 많은 지형을 선택해 진을 치고 있었다. 그런 지형은 보병이 유리한 위치를 선점할 수 있는 곳이었다. 따라서 그곳에서 싸우는 것은 좋지 않은 일이다. 그리고 만일 아군이 그곳으로 이동한다면 개경에서 나온 고려군이 뒤를 칠 가능성도 있었다.

소배압은 비교적 평탄한 지형인 이곳에서 회전할 생각이었다. 그렇다면 고려군이 이곳으로 와야 한다.

그다음 날(1월 8일), 원탐난자군이 보고했다.

"고려의 주력군은 동주에서 움직이지 않고 있습니다."

소배압이 서쪽을 바라보다가 천운군 상온 야율해리를 불러서 무언가를 지시했다.

야율해리는 천운군을 이끌고 서쪽으로 오십 리를 가서 보산역(寶山驛: 황해도 평산군에 위치)이라는 곳에 주둔했다. 여기는 남쪽으로 백 리를 가면 개경, 북쪽으로 칠십 리를 가면 고려의 주력군이 주둔해 있는 동주이다. 서쪽으로 가면 바다가 나온다고 한다.

천운군은 십일일까지 보산역에 주둔해 있었는데, 사흘 동안 고려군의 움직임은 전혀 없었다.

결국 다음 날(12일) 인시 초(3시), 천운군은 신은현으로 돌아갔다. 고려군의 움직임을 유도하려고 했는데 그들은 꿈적도 하지 않은 것이었다. 고려군의 의도는 명백했다. 자신들이 주둔하고 있는 동주에서 회전하겠다는 것이었다.

이날 밤 늦게 소배압은 제장들을 소집하여 명했다.

"내일 퇴각한다."

퇴각 명령에 소허열이 얼굴을 붉히며 말했다.

"우리가 고려군이 있는 곳으로 기습적으로 이동하면 그들은 반드시 당황할 것입니다."

소배압이 고개를 저으며 말했다.

"그들이 이리로 와야지, 우리가 그리로 가는 것은 좋지 않다."

고려군이 오기를 더 이상 기다릴 수는 없었다. 이제 강물의 얼음이 녹을 시기가 가까워진 것이다.

다음 날(13일), 강감찬은 동주에 있었다. 유시 중간(18시)에 척후병이 와서 보고했다.

"거란군이 퇴각하고 있습니다!"

강감찬이 제장들에게 말했다.

"소배압이 주도권을 잃지 않으려고 하는군."

잠시 작전 회의를 한 후, 강감찬이 명령을 내렸다.

"중군을 선두로 거란군을 추격한다!"

다음 날(14일), 인시 초(3시), 강감찬이 중군을 이끌고 먼저 출발했다. 좌군과 우군은 얼마 전 전투를 치렀기 때문에 중군이 앞장선 것이었다.

오시 초(11시), 강감찬이 보낸 전령이 개경에 당도해서 왕순에게 보고했다.

"신은현에 있던 거란군은 퇴각 중이고, 아군은 추격을 시작했습니다!"

왕순이 재추들에게 말했다.

"수고들 많으셨습니다."

개경은 위험에서 벗어난 것이었다.

왕순이 이어 말했다.

"상원수가 적들을 추격하고 있다고 하니, 신군과 동북면의 병력을 보내야겠습니다."

최항이 우려스러운 목소리로 말했다.

"거란군이 퇴각하고 있기는 하지만, 아직은 소배압의 속임수일 가능성도 완전히 배제할 수는 없습니다. 조금 더 두고 봐야 합니다."

채충순 역시 동의하며 말했다.

"상황이 명확해진 후에 보내는 것이 만전지책입니다."

최항과 채충순은 가장 안전한 대책을 말하고 있었고 옳은 말이었다.

왕순이 힘주어 말했다.

"여기보다는 상원수에게 병력이 필요하오."

잠시 침묵이 이어지는데, 한 사람이 나서서 말했다.

"시기를 놓치면 안 됩니다. 적을 추격해야 합니다."

문하시랑 최사위였다. 왕순이 동조하며 말했다.

"문하시랑의 말이 맞습니다!"

최사위가 자신의 의견에 동의해준 것은 좋으나 약간 의아한 느낌이
들었다. 최사위는 지금까지 강감찬에 대해서는 무작정 반대하는 것처
럼 보였기 때문이었다. 이런 의아함은 왕순뿐만이 아니라 다른 재추들
도 마찬가지였다. 모두가 최사위를 응시했다.

그 눈빛의 의미를 알아챈 최사위가 말했다.

"잘 아시다시피, 저와 강감찬은 좋은 사이가 아닙니다. 그러나 그것
은 개인적인 감정일 뿐, 그것 때문에 나랏일의 옳고 그름을 판단하지는
않았습니다. 지금은 아군을 보내 추격해야 합니다."

다시 갑론을박이 벌어졌는데 누가 말했다.

"개경이 위험해질 수 있습니다."

왕순이 말했다.

"위험하지 않은 전쟁은 없소."

이때 유방이 건덕전으로 들어왔다. 왕순이 의견을 묻자 답했다.

"이제 날이 풀리고 있어 거란군은 회군해야 합니다. 다시 개경을 위
협할 염려는 없습니다."

결국 왕순은 명령을 내렸다.

"동북면병마사 유소는 서쪽 길로 나아가 자비령을 넘고, 병마판관 김종현은 동쪽 길로 나아가 신은현을 지나 거란군을 추격하라! 어서 가서 상원수를 도우라!"

혹시 모를 거란군의 속임수에 대응하기 위하여 길을 나누어 출발시킨 것이었다.

69
수건 군사

강감찬은 떠오르는 아침 햇살을 정면에서 받으며 걷고 있었다. 인시 초(3시)에 안주를 출발하여 청천강 남단의 길을 따라 동쪽의 안수진으로 이동 중이었다. 진시 초(7시)가 지나자 해가 떠올랐다. 이제 경칩*(驚蟄)이 며칠 남지 않아서 날씨는 점점 따듯해지고 있었다. 그렇지만 소나무가 심겨 있는 제방의 북쪽 면에는 아직 눈이 남아 있었다.

강감찬은 혀를 내밀어 왼쪽 윗입술에 대었다. 염증이 있었는데 피곤하면 다시 도지곤 했다. 벌써 한 달 이상 행군 중이었다. 일흔둘의 노인이 감당하기에는 벅찬 여정이었다. 다행히 평소 관리를 꾸준히 해서인지 아직 체력에 여유가 있었다.

상원수에 임명되자 부인 오씨가 핀잔을 주며 말했었다.

"그 나이에 무슨 군사를 지휘하오. 제명에 못 죽겠소."

"이래 죽으나 저래 죽으나 매한가지 아니겠소."

그런데 앞에서 말 한 필이 전속력으로 다가오고 있었다. 앞서 정찰을 나갔던 척후병이었다. 상원수 깃발을 보고 멈춰서 강감찬에게 보고했다.

"적들이 안수진 남쪽 삼십 리 지점에 나타났습니다."

---

* 경칩(驚蟄): 동·식물이 겨울잠에서 깨어나는 시기로 양력 3월 5일 무렵이다.

거란군은 침입해 왔던 내륙 길을 통해서 회군하고 있었다. 강감찬은 개경, 자비령, 서경, 숙주, 안주를 잇는 비교적 평탄한 서쪽 길로 움직이다가, 상황을 보아 적당한 시점에 거란군의 앞을 막을 생각이었다. 그렇다면 거란군을 막아설 수 있는 최적지는 안수진이었다.

안수진의 동·서·북 삼면은 청천강과 개천강으로 둘러싸인 평야 지대였다. 이곳은 강물과 땅이 얼면 행군하기 편하지만 지금은 날씨가 풀리며 발목까지 빠지는 뻘밭이 되고 있었다. 그리고 남쪽은 길이 좁은 산악 지형이었다. 남쪽을 틀어막으면 거란군은 행군에 매우 많은 제약을 받는다. 어쩌면 그때 거란군을 섬멸할 수도 있을 것이었다.

지금 여기서 안수진까지는 이십 리 길이었다. 부지런히 걸으면 한 시진이면 도착할 것이다. 거란군 역시 비슷한 거리에 있지만 지금까지 거란군의 행군 일정을 감안할 때, 안수진 남쪽 어느 지점에서 행군을 멈추고 숙영할 것이었다. 따라서 거란군이 안수진을 지나갈 시간은 내일 새벽이었다. 안수진 근처에 단단한 진영을 세울 시간이 충분한 것이다.

그런데 잠시 후, 다시 척후병이 급히 달려와 보고했다.

"거란군이 안수진을 향해 이동 중입니다!"

강감찬이 놀라며 되물었다.

"거란군이 멈추지 않았다는 말인가?"

"네, 그렇습니다."

소배압은 고려군이 뒤를 추격해 오지 않자, 해안에 가까운 서쪽 길로 움직이고 있을 것으로 판단했다. 그렇다면 고려군이 적당한 곳에서 길을 막아서려고 시도할 수 있다. 소배압이 생각하기에 행군 거리를 고려하면 안수진이 유력했다. 그래서 어제 원탐난자군을 안수진까지 보내 정찰하게 했다.

"밤을 틈타 안수진을 정찰하여 인기척이 있는지 확인하라!"

한 달 전에 고려군은 안수진을 비워두었었다. 대군이 당도하면 안수진을 지킬 수 없다고 판단했기 때문이다. 따라서 이번에도 비워두었다면 안수진 근처 길을 막을 생각이 없는 것이다. 그러나 비워두지 않았다면 길을 막으려는 의도일 가능성이 컸다.

오늘 새벽 원탐난자군이 돌아와 보고했다.

"안수진에 불빛이 보였습니다."

소배압은 숙영 예정지에서 숙영을 하지 않고 무리해서라도 안수진을 통과하기로 결정했다.

거란군이 안수진을 향해 계속 움직이고 있다는 소식에, 판관 유참이 나서며 말했다.

"거란군보다 먼저 도착해야 합니다. 제가 금오위 병력들을 이끌고 선봉에 서서 전속력으로 가보겠습니다."

유참과 금오위 군사들이 말을 달려 안수진에 도착했을 때는 진시 중간(8시)이 조금 지난 시점이었다. 척후병들의 보고에 의하면 거란군이 십 리 안으로 접근 중이라고 했다. 유참은 안수진에서 동남쪽으로 오 리가량 떨어진 길목으로 급히 달려갔다. 그곳 산자락을 살펴보며 유참이 안수진장 정균백(鄭均伯)에게 물었다.

"이 산의 이름이 무엇입니까?"

"건지산이라고 합니다."

"건지산….."

"예전에는 '물가에 있는 산'이라 하여 수지산(洙之山)이라고 불렸다는데, 어떤 고승이 이곳을 지나다가 '물가 수(洙)' 자를 '마를 건(乾)'으로 바꾸면 물의 기운을 잡아주어 홍수의 피해를 입지 않을 것이라 하여,

건지산(乾之山)으로 고쳐 부르게 되었다고 합니다.”

유참은 정균백의 말을 들으면서 지형을 보다가 무언가가 퍼뜩 떠올랐다. 정균백에게 급히 말했다.

“안수진 안에 있는 수건을 모두 모아 오도록 하십시오!”

정균백이 매우 의아해하며 되물었다.

“수건이요?”

“이곳에 수건을 걸어 두면 우리의 군세가 성대하게 보일 것이오.”

일단 금오위 군사들이 가지고 있는 수건을 모두 걸게 했다. 유참이 조금 떨어져서 보니 수건이 마치 깃발 같았다. 수건이 많이 걸릴수록 병력이 점점 더 성대하게 보일 터였다.

곧 거란군 선봉대가 건지산 남쪽 오 리 지점까지 접근했다. 유참은 긴장한 채로 그 모습을 지켜보았다. 거란의 대군이 갑자기 밀고 들어온다면 쉽지 않은 싸움이 될 것이었다. 다행히 거란의 선봉대는 멈춰 서서 더 이상 다가오지 않았다.

그동안 중군이 속속 도착하여 진영을 강화해 나갔다. 강감찬이 걸어 둔 수건을 보고 감탄하며 유참에게 말했다.

“멀리서 보니, 정말 대군이 있는 것처럼 보이는군!”

“산 이름이 건지산*이라는 말을 듣고 갑자기 수건이 생각났습니다.”

얼마 후, 강민첨의 좌군이 도착했고 뒤따라서 조원의 우군도 당도했다. 이제 해가 지고 있었다. 건지산에는 수건의 군사가 아니라 진짜 군사들이 단단히 진을 치고 있었다.

---

*   건지산(巾之山): 평안남도 개천시에 있는 해발 200m의 산이다. 원래 ‘마를 건(乾)’ 자를 써서 건지산(乾之山)이라고 불렸다. 그런데 고려 때 외적이 쳐들어오자 이 산에 수많은 수건을 걸어놓고 대군이 있는 듯이 꾸몄다. 그 이후 ‘수건 건(巾)’자를 써서 건지산(巾之山)이라고 부른다고 한다.

거란군은 건지산 남쪽 십 리 되는 지점에 주둔해 있었는데, 이날 밤 거란군의 움직임은 없었다. 그런데 시간을 끌수록 불리해지는 쪽은 거란군이었다.

그다음 날 아침에도 대치가 계속 이어졌는데, 동북면병마사 유소가 보낸 전령이 도착해 알려왔다.

"동북면군이 오십 리 안까지 왔습니다."

이제 하루 이틀이면 동북면군이 합류한다는 것이었다. 아주 좋은 소식이었다.

이날 하루 종일 거란군 본대의 움직임은 없었다. 그런데 정오부터 하늘에 짙은 구름이 끼기 시작했다. 구름이 끼자 기온이 많이 내려갔다.

어제 오전, 소배압은 숫자를 알 수 없는 고려군이 길을 막고 있다는 보고를 받고 일단 행군을 멈췄다. 고려군이 주둔해 있는 길의 서쪽은 산악지대였고 동쪽은 강을 끼고 있는 평야지대였다. 소배압은 근처 산에 올라 주변을 관찰했다.

안수진 북쪽과 동쪽은 청천강에 다른 지류들이 합류하여 강물을 낀 넓은 평야지대를 형성하고 있는 곳이었다. 고려로 들어올 때 여기는 모두 얼어 있어서 편하게 이동할 수 있었다. 그런데 지금은 날이 풀려 강물이 녹고 있어서 넓은 습지로 변해가고 있었다.

소배압은 원탐난자군을 보내 고려군에 대한 상황과 지형에 대한 자세한 정보를 모아 오도록 했고 스스로도 정찰을 나가 최대한 직접 눈으로 확인하려고 했다.

어젯밤, 소배압은 어둠을 틈타 소수의 군사를 안수진 동쪽으로 보내보았다. 이곳으로 은밀히 행군할 수 있다면 고려군과 교전을 피할 수도 있었다. 내가 선택한 전장이 아니라 상대가 선택한 곳에서 전투를 하는 것은 이미 한 수 지고 들어가는 것이다. 소배압이 싫어하는 전투 방식이었다. 그런데 군사들이 돌아와 보고했다.

"강물이 녹고 있어 땅이 질퍽하고, 어떤 곳은 무릎까지 빠지는 곳도 있어 이동하기 쉽지 않습니다."

이동의 어려움을 무릅쓰고 몰래 야밤에 이동하려고 해도 지금은 하현달이 뜨는 시기였다. 고려군의 눈을 속일 수가 없었다. 결국 동쪽으로 가는 것은 포기해야 했다. 그렇다면 이곳에서 고려군과 승부를 보아야 한다.

오늘은 아침부터 작전회의를 열었다. 소배압이 지도를 보며 제장들에게 말했다.

"적들이 길을 막고 있으니 여기서 승부를 보아야 한다. 의견들을 말하라."

소허열이 말했다.

"서쪽 산악 지역의 작은 길들을 저들이 다 대비하지는 못했을 것입니다. 정면을 고착화시키고 서쪽으로 병력을 보내어 우리가 역으로 저들을 포위하면 됩니다."

야율팔가가 말했다.

"적들이 그것을 예상하여 병력을 분산시켜 놓고 있을 것입니다. 서쪽으로 병력을 보내는 척하며 주도로에 전력을 집중시키는 것이 낫습니다."

작전 회의를 하는 중에 소배압은 바람을 쐬기 위해 막사를 잠깐 나왔다. 정오를 막 지났는데, 북쪽 하늘에서 구름이 몰려오고 있었다. 불어오는 바람이 꽤나 차가웠다.

해가 진 후, 강감찬은 갑옷을 착용한 채로 막사에서 쉬고 있었다. 거란군은 언제든지 진군해 올 수 있었다. 그때 모든 길을 완벽히 방어할 수는 없다. 강감찬은 주도로에 중군을 배치하고 좌군과 우군은 예비대로서 안수진에 주둔하게 하여 상황에 맞게 움직이도록 했다. 서쪽 산악 지대의 작은 길에는 따로 병력을 배치하지 않았다. 단지 정찰만 철저히 하도록 했다.

그리고 기다리고 있는 것이 있었다. 유소의 동북면군과 김종현의 신군이었다. 특히 김종현은 거란군의 뒤를 따라오고 있다고 한다. 그렇다면 조만간 거란군 후방에 등장할 것이었다. 그때 거란군을 앞과 뒤에서 동시에 공격할 수 있게 된다. 시간은 우리 편이었다.

그런데 금오위 상장군 이응보가 들어와서 보고했다.

"적이 개천강을 따라 이동 중인 것 같습니다."

강감찬은 즉시 일어나서 막사 밖으로 나왔다. 하늘에 구름이 짙게 끼어 달빛을 가리고 있어 거란군의 이동을 관찰할 수 없었다. 그리고 차가운 북풍이 불고 있어서 날씨가 상당히 추웠다. 강감찬은 땅을 발로 몇 번 굴러 보았다. 얼어서 딱딱했다.

강감찬은 강민첨과 조원 등 제장들을 소집했다. 잠시 의논 후에 수질노군 천 명을 개천강 서안의 구릉에 집결시켰다.

곧 불화살 몇 개가 연이어 하늘을 날았다. 불화살이 만든 불빛 사이로 움직이는 사람의 형상들이 보였다.

"피잉-, 피잉-, 피잉-."

그 형상들을 향해 수질노에서 화살이 연신 날았다.

날이 밝은 후, 개천강에는 화살에 맞은 오백 구의 거란군 시체가 있었다. 그리고 나머지 거란군들은 모두 청천강을 건너 북쪽으로 빠져나갔다.

강민첨이 조원에게 말했다.

"소배압이 우리의 준비된 전략을 모두 피해갔군."

"늙은 소가 보통이 아닌 데다가, 날씨까지 돕는군요."

강감찬이 다시 전군에 명령했다.

"거란군을 추격한다!"

일월 삼십일 정오, 거란군은 구주 동북쪽에 있었다.

소배압이 갈불려에게 물었다.

"이곳 지명이 어떻게 되나?"

"'강건너마을'이라고 불리는 곳입니다."

고려군이 뒤따라 추격해 오고 있었다. 소배압은 장수들을 모아놓고 작전회의를 했다.

이대로 고려 영토를 빠져나갈 것인가! 아니며 뒤쫓는 고려군과 한바탕 회전을 할 것인가!

이번 전쟁에서 거란군의 피해는 누적되어 있었다. 또한 벌써 고려의 영토에 들어온 지 오십 일이나 지났다. 피로 역시 몹시 쌓여 있었다. 따라서 그냥 고려를 빠져나가는 것이 가장 안정적인 계책이었다. 그러나 소배압 입장에서는 아무 성과도 없이 돌아갈 수는 없었다.

소배압은 개인보다는 나라를 먼저 생각하는 사람이었다. 자신이 공을 세우는 것을 중요시하지 않았고 나라가 잘되는 것을 중시했다. 먼저 나서는 사람이 아니었고 그래서 겸손한 사람으로 평가받고 있었다.

그러나 강한 자부심은 있었다. 나라를 위하여 주어진 일을 지금까지 반드시 해냈다. 그것은 군사적이나 정치적인 측면, 양쪽 모두에서였다. 장수로서 전쟁에 나가면 반드시 승리했고 관리로서는 올바른 행정을 펼쳤다.

승천황태후가 송나라를 정벌할 때(1004년), 소달름(蕭撻凜)이 도통이 되어 군대를 통솔했다. 사람들은 소배압이 도통에 임명될 것이라고 예상했으나 그 보다 후배인 소달름이 된 것이다. 소배압은 이에 대해 전혀 불만을 갖지 않았다. 그저 자신의 역할에 충실하여 발해군(渤海軍)을 거느리고 송나라의 덕청군(德淸軍)을 함락시켜 송나라를 압박했다. 그런데 소달름이 정찰을 나갔다가 송나라 군사가 쏜 화살에 맞아 갑자기 사망하는 사건이 벌어졌다. 이 일로 거란군의 사기는 바닥으로 떨어졌고 반면에 송나라 황제가 전장으로 와서 송나라 군대의 사기는 높아지고 있었다. 이 어려움에 수습하기 위하여 승천황태후는 소배압을 도통으로 임명했다. 소배압은 군대를 잘 수습하여 매년 송나라로부터 비단 이십만 필과 은 십만 냥을 받기로 한 '전연의 맹약'을 이끌어냈다.

그런데 딱 한 번의 오점이 구 년 전(1010년) 고려 침공이었다. 고려의 주력군을 격파하고 개경까지 함락시켰으나 회군길에 무수한 병력과 말, 낙타 등을 잃은 것이다. 황제는 이긴 전쟁이라고 선포했으나 관리들은 모두 알고 있었다. 실제로는 패한 전쟁과 다름없다는 것을…. 소배압은 내색하지 않았지만 관리들이 이렇게 생각한다는 것을 잘 알고 있었다.

그래서 전의 실패를 만회할 만한 큰 성과를 내야 했다. 따라서 고려군을 피해 개경까지 가는 과감한 작전을 썼다. 그렇지만 고려의 방비는 단단했다.

소배압이 제장들에게 말했다.

"이제는 결전의 시간이오. 지금까지 우리는 고려군과의 두 번의 회전에서 모두 크게 승리했소. 여기서 고려의 주력을 섬멸하고 포로와 무기들을 노획하여 승전의 북소리를 울리며 당당히 돌아갈 것이오."

소허열이 지도를 가리키며 말했다.

"고려군이 강을 건넌 후, 우리가 주둔하고 있는 쪽으로 왔을 때 전투

해야 합니다.”

소배압이 고개를 끄덕이며 말했다.

“고려군이 강을 넘어오면 강 때문에 그들의 후퇴가 용이하지 않겠
지.”

야율팔가가 말했다.

“고려군이 강을 건너서 이곳까지 오면, 우리가 뒤쪽으로 기동할 공
간이 부족합니다. 그리고 적들이 강을 건너온 이상, 반드시 목숨을 걸
고 싸울 것입니다. 만일 우리가 조금이라도 밀리면 힘을 써 볼 여지도
없이 패할 것입니다. 따라서 이것은 위험한 길입니다. 우리가 강을 건
너 앞으로 나아가 싸우는 것이 낫습니다.”

소배압이 역시 고개를 끄덕이며 말했다.

“이곳이 협소하니 우리가 움직일 공간을 최대한 확보하는 것이 아무
래도 유리하겠지.”

강감찬은 구주성 북문루에 있었다. 북쪽으로 십 리 너머로 거란군 진
영이 보였다. 어제(29일) 저곳에 도착한 거란군은 숙영지를 건설하고
오늘은 움직이지 않고 있었다. 그렇다면 소배압의 의도는 명백했다.

이제 강감찬의 선택만 남았다. 소배압이 전장으로 선택한 곳에서 싸
울 것인가!

이날 밤, 반가운 인물이 도착했다. 동북면병마사 유소가 동북면군을
이끌고 온 것이었다.

강감찬이 유소를 보고 말했다.

“수고했네.”

“성상께서 상원수 각하를 도우라고 명하셨습니다.”

70
전설의 시작

이월 일일, 구주성 북쪽 성벽, 검은색 전포를 입고 뺨과 목까지 덮는 갈색 가죽 모자를 쓴 사람이 성 밖을 바라보고 있었다. 그런데 전포는 여기저기 천을 덧대어 누덕누덕 기운 것이었다.

이 사람이 모자를 고쳐 쓰는데, 머리카락의 길이가 한 치 길이도 되지 않았다. 마치 승려와도 같은 짧은 머리카락이 햇빛을 받아 반짝였다. 이목구비가 뚜렷하고 얼굴색이 흰 편이었으나 얼굴에 패인 주름으로 세월의 무게를 알 수 있는 초로의 여인, 바로 김숙흥의 어머니, 이신애(李信愛)였다. 이신애가 입은 전포는 김숙흥의 전포를 기운 것이다. 주위에는 역시 검은색 전포를 입은 수십 명의 여인들이 있었다.

이신애가 여인들에게 말했다.

"모두 수질노를 점검하게!"

여인들이 도르래를 이용하여 수질노의 활줄을 당기고 풀기를 반복했다. 설죽화가 개경에 갔던 병진년(1016년) 이후에 정식으로 창설된 여인들로 구성된 구주의 수질노 부대였다.

이신애는 성 밖을 바라보았다. 구주성 동쪽에는 얕은 하천이 북에서 남으로 흐르는데, 구주성 동문 바로 옆을 흐른다고 하여 동문천(東文川)이라고 불렀다. 이 동문천 동쪽에는 벌판이 있는데 물오리가 자주 날아들어서 '오리벌'이라고 했다.

이 오리벌에 혁차가 둘러쳐진 고려군의 영채가 세워져 있었다. 구주 크기의 도시가 하루 사이에 뚝딱 생겨난 것이다. 여기에 십만에 달하는 병력이 주둔해 있었다.

이번에는 북쪽을 바라보았다. 구주성 북쪽은 길이가 십 리, 폭이 오 리 정도 되는 평야가 동문천을 끼고 남북으로 길게 뻗어 있었다. 이 벌 판을 '보습벌'*이라고 하는데, 보습산 동쪽의 벌판이라 보습벌이라고 불렸다. 보습벌 북쪽에는 '강건너마을'이라는 이름의 마을이 있는데, 이곳에 거란의 영채가 건설되어 있었다. 역시 하루 사이에 생겨난 커다 란 도시였다.

"뚜웅~~~~~~~~~."

그때 구주성 동쪽 고려군 영채에서 뿔나팔 소리가 울려 퍼졌다. 영채 안에서 수많은 깃발이 일어섰고, 고려군들이 질서 정연히 영채를 나서 기 시작했다.

"뿌웅~~~~~~~~~."

이어서 북쪽의 거란군 영채에서도 뿔나팔 소리가 울리며 거란군들 이 나오고 있는 것이 보였다. 마침내 고려군과 거란군이 전투를 하기 위해 움직이고 있는 것이었다.

이신애는 자신의 수질노 손잡이를 꽉 움켜쥐었다. 구주성 북문을 통 해 구주군 천여 명이 나가고 있었다. 이신애의 눈에 노란색 바탕에 포 효하는 검은색 거북이가 그려진 깃발이 선명하게 들어왔다. 구주 도령 중랑장의 깃발이었다.

도령중랑장 황호맹은 구주군을 이끌고 성을 나가며 옆에 있던 시음 달에게 명했다.

---

*　보습: 쟁기 등 밭을 가는 도구의 끝에 고정하여 흙을 파는 삽 모양의 쇠붙이.

"상원수 각하께 가서 구주군이 출전했음을 알리게!"

두 나라의 군대가 보습벌에 도열하여 고려군은 남쪽, 거란군은 북쪽에 위치했다. 주력군들이 격돌하는 대회전(大會戰)이 막 시작되려고 하는 것이었다.

벌판에서의 전투는 거란군이 가장 잘하고 좋아하는 전투 형태였다. 소배압의 거란군은 압도적으로 우세한 기동력으로 고려군을 포위 섬멸하려고 할 것이다.

그런데 이 구주 북쪽 보습벌은 산 사이에 있는 분지 지형으로 광활한 평야는 아니었다. 따라서 두 나라 군대만으로도 보습벌이 꽉 찼고 여유 공간이 극히 협소하여 기동력을 이용한 포위 공격이 쉽지 않은 지형이었다.

고려군은 중군과 좌군, 우군으로 나누어 세 개의 방진을 쳤다. 좌군과 우군이 나란히 앞에 서고 그 뒤를 중군이 받치는 형태였다. 각 방진의 앞에는 검차를 배치했다. 그리고 기병 이만을 일만씩 나누어 중군의 좌우에 두었다.

지금까지 벌어진 두 번의 대회전에서 고려군은 모두 패했었다. 이번이 세 번째였다. 따라서 이번에는 반드시 달라야 할 것이었다.

강감찬은 중군에 있다가 곧 명령을 내렸다.

"전군! 진격하라!"

고려군이 검차를 앞세워 먼저 북쪽으로 움직이며 거란군을 압박하기 시작했다.

거란군은 진영의 맨 앞에 수레를 배치하여 검차에 대비했다. 고려군이 오십 보 안으로 접근하자, 소배압이 명령을 내렸다.

"사격하라!"

일만에 가까운 거란 기병들이 동시에 화살을 날렸다. 때는 겨울에서 봄으로 넘어가는 시점이었다. 아직 추위가 가시지 않았고 바람이 북쪽에서 불어오고 있었다. 북풍을 탄 거란군의 화살은 멀리 매섭게 날았다.

"딱! 따닥! 팍!"

거란군이 날린 화살이 고려군 검차 앞면을 때렸다. 고려군들은 검차 뒤에 혹은 방패 뒤에 숨어서 화살을 피했다. 바람의 방향에서 불리했으므로 고려군은 화살을 쏘지 않았다. 곧 고려군의 검차와 거란군의 수레가 부딪쳤다.

"꽝! 꽈광!"

삼 년 만에 다시, 고려군과 거란군 간의 건곤일척의 승부가 시작된 것이었다.

"와아! 밀어! 밀어붙여!"

함성을 지르며 서로를 치열하게 밀어댔다. 그런데 검차는 공격하기 위해 만든 무기였고, 수레는 끌고 다니는 운송용 도구였다. 시간이 지날수록 고려의 검차들이 거란의 수레를 밀어붙이며 조금씩 전진했다. 따라서 거란 진영이 전체적으로 뒤로 밀리기 시작했다.

소배압은 이 모습을 잠시 보고 있다가 마침내 명령을 내렸다.

"둥, 둥, 둥, 둥, 둥….".

소배압의 명령에 북소리가 울리자, 수레 뒤에 있던 거란의 중무장 보병들이 수레 위를 지나 새까맣게 검차 위로 오르기 시작했다. 마치 공성전을 하는 것과 같았다.

강감찬의 눈에 거란 보병들이 검차 위로 오르는 것이 들어왔다. 거란군의 모습을 뚫어지게 보고 있었는데, 강감찬의 눈길이 향하고 있는 곳은 거란 보병들이 아니라 그 뒤의 기병들이었다.

잠시 후, 전투가 치열해지며 고려군 진형의 모습이 약간 흐트러지자 거란 기병들이 순식간에 움직이며 좌군과 우군 사이의 가운데 공간을 헤집으며 돌격해 왔다.

거란 기병들이 돌격해 들어왔지만, 강감찬은 조용히 지켜만 보고 있을 뿐이었다.

좌군을 지휘하고 있던 강민첨은 거란 기병들이 돌격해 들어오는 것을 보고 즉시 명령을 내렸다.

"우측에 거마창을 설치하라!"

우군을 지휘하고 있던 조원 역시 신속히 명령을 내렸다.

"좌측에 거마창을 설치하라!"

쏟아져 들어오던 거란 기병들은 거마창이 갑자기 설치되자, 고려군 좌군과 우군의 측면을 치지 못하고 꾸역꾸역 밀려 들어왔다. 좌군과 우군의 맨 앞의 검차부터 진의 가장 뒤쪽까지 길이는 오십 보 정도였다. 곧, 거란 기병들이 좌군과 우군의 뒤에 당도하여, 일부는 좌군과 우군을 포위하려 했고, 일부는 중군 앞까지 다가왔다.

강감찬은 드디어 명령을 내렸다.

"중군, 전진하라!"

황색 깃발이 앞을 가리키자 중군이 검차를 앞세우고 전진하기 시작했다.

"둥, 둥, 둥, 둥, 둥…."

중군의 검차가 전진하며 중앙으로 들어온 거란 기병들을 공격하자, 거란 기병들은 말에서 내려 방패를 들고 검차에 맞섰다. 거란군은 꾸역꾸역 들어왔고 그 압력에 좌군은 좌측으로 우군은 우측으로 점점 밀려서 중앙의 공간은 커지고 있었다.

고려군의 진영은 점점 凵(감) 자 모양이 되어 갔다.

71
막상막하

혁연은 좌군의 우측면에 있었다. 거란군들이 다양한 크기와 문양이 새겨진 깃발들을 나부끼며 방진 사이로 몰려오자, 거마창을 설치하여 거란군이 진영 안으로 들어오는 것을 막았다.

"와아!"

거란군들이 일제히 함성을 지르며 다가와 화살을 난사했다.

"피잉-, 피잉-, 피잉-."

혁연은 방패와 칼을 들고 대열의 선두에 서 있었다. 무수한 화살이 날아 오자 방패를 얼굴 높이까지 들어 최적의 방어 자세를 취했다. 혁연의 방패는 혁연만 보호하는 것이 아니었다. 혁연과 같은 선두의 방패수들은 서로 단결하여 안정적이고 단단한 방패벽을 만들어 뒤쪽의 군사들도 보호해야 한다.

화살 공격이 방패벽에 막혀 별로 효과가 없자, 거란군들은 아주 가까이까지 다가와 창을 던져댄 후, 말을 타고 진영 안으로 난입하려고 했다. 그런데 거마창 때문에 말을 탄 채로는 불가능했다. 곧 말에서 내려 도끼, 골타(骨朶), 추추(鎚鎚: 무기용 망치) 등 저마다의 병기를 들고 거마창을 넘어오려고 하고 있었다.

"이얍! 차!"

혁연은 기합을 내지르며 거마창을 뚫고 들어오려는 거란군을 칼로 베고 찔렀다. 비슷한 동작을 연신 반복하며 무아지경에 빠져들었다.

그때 등 뒤에서 누군가의 외침이 들렸다.

"와라! 이 북적 놈들아!"

그 순간, 무아지경에서 빠져나왔고 소리친 사람이 이중이라는 것을 알았다. 이중은 혁연의 바로 뒤에서 장창을 들고 거란군을 찔러 대고 있었다.

"후-, 후-, 후-."

이중은 숨을 몰아쉬고 있었으나 창날이 움직임이 활발한 것이 아직 충분한 체력이 남아 있는 듯 보였다.

"피잉-, 피잉-, 피잉-."

뒤의 수질노군과 궁수들도 기회 있을 때마다 거란군에 화살을 날려 댔다.

고려군의 저항에도 불구하고, 거란군들은 거마창을 부수거나 넘어 뜨려 점차 제거해 나갔다.

혁연의 방패 전면에는 사자(獅子)의 얼굴이 그려져 있었고 그 위에 다섯 개의 칼날이 꽂아져 있었다. 칼날 근처에는 꿩 꼬리로 장식해서 칼날이 잘 보이지 않게 했다. 거란군이 근접하자, 혁연은 방패로 거란 군의 몸을 밀었고 방패 전면의 칼에 찔린 거란군이 비명을 질렀다.

"악!"

그리고 오른손에 든 칼로 연신 내려치기를 반복하는데, 칼이 서릿발 처럼 번쩍이는 빛을 내뿜으며 춤을 추었다.

그런데 시간이 지날수록 뭔가 좀 이상했다. 이상한 것은 거란군이 아 니라 아군이었다. 현장을 지휘하는 장교들이 병력을 지속적으로 후퇴 시켰다. 그리고 전력을 다하지 않는 것 같았다. 쓸 수 있는 무기들을 쓰 지 않는 것처럼 보였다.

이 각의 시간이 흐른 후, 혁연의 온몸은 땀으로 젖어서 이마에서 땀이 뚝뚝 떨어졌다. 이제 좌군의 방진은 좌측 산기슭까지 후퇴했고 좌측으로는 더 이상 물러날 곳이 없었다.

"헉, 헉, 헉."

혁연은 가쁜 숨을 몰아쉬었다. 전투는 사람의 체력을 극한까지 소모시키는 행위였다. 의식하지는 못했어도 끊임없이 칼을 휘두른 탓에 손아귀가 약간 찢어져서 피가 흐르고 있었다.

혁연은 다시 한번 칼을 들어 거란군의 목을 베려고 강하게 휘둘렀다. 그런데 거란군 역시 추추를 휘둘렀고 혁연의 칼과 부딪쳤다.

"땡-."

두 무기가 부딪치자 맑은 소리와 함께 혁연의 칼날이 부러지고 말았다. 수백 번 부딪쳐서 약해져 있었는데 이제 부러진 것이었다. 그리고 혁연은 추추에 머리를 얻어맞아 뒤로 넘어지고 말았다. 혁연의 빈자리는 옆의 방패수들이 재빨리 메웠다.

투구 위를 맞았기 때문에 겉으로 보았을 때는 아무런 이상이 없었으나 맞은 충격 때문에 잠시 몸을 움직일 수가 없었다.

"혁연 괜찮아?"

이증이 울상을 지으며 물었다. 혁연은 정신을 잃지는 않았지만 멍해서 대답할 수 없었다.

전투는 점점 치열해지고 있었다. 이증은 혁연을 걱정하면서도 계속 창을 내질렀다. 그런데 갑자기 거란군이 통나무를 가지고 와서 마치 성문을 공격하듯이 고려군의 방패벽을 때려댔다.

"꽝!"

곧 방패벽에 구멍이 생겼다. 쓰러져 있던 혁연의 눈에 그 모습이 들어왔다.

“뚫리면 안 돼!”

다급히 외치며 재빨리 일어나서 벽을 메우려고 했다.

“이약!”

혁연은 짐승처럼 포효하며 단창을 뽑아 들고 몸을 던져 거란군을 물러나게 하려고 했다. 혈전을 벌이며 거란군의 칼과 골타 등에 여러 번 얻어맞아 좌우위 푸른색 전복이 너덜너덜해질 정도였으나 혁연은 물러서지 않았다.

소배압은 자신의 예상대로 아군이 고려군을 밀어붙이자 어느 정도 마음의 여유를 찾을 수 있었다.

소허열이 붉게 상기된 얼굴로 말했다.

“역시 우리가 힘이 더 좋습니다!”

소배압은 신중히 상황을 지켜보았다. 고려군은 확실히 아군에 밀리고 있었다. 또한 바람의 방향도 유리했다. 소배압은 계속해서 병력을 중앙에 밀어 넣었다. 수많은 전투로 다져진 거란군 개개인의 역량은 고려군을 훨씬 상회한다고 판단했고 지금 그것을 증명하고 있었다. 조금만 더 밀어붙이면 고려군의 진영이 찢어질 것이다.

야율팔가가 고려군 진영을 가리키며 말했다.

“고려군 진영에 균열이 생기면, 저들의 중군에 우리의 전력을 집중시키는 것이 좋을 것입니다.”

소배압이 말없이 고개를 끄덕였다. 적장이 위치해 있는 고려군 중군을 포위 섬멸하면 고려군은 패주하게 된다. 그것이 소배압이 의도하고 있는 것이었다.

고려군 중군은 뒤로 밀리고 있었다. 갑옷을 두껍게 입은 거란군들이 새카맣게 검차에 달라붙었다. 중군은 계속 물러났다. 백 보 가까이 물러나자, 중군과 좌군 사이, 중군과 우군 사이가 얇아지며 헐거워지기 시작했다. 그 틈으로 거란군들이 매섭게 파고들어 오려고 했다. 강감찬은 중군의 후방에 있던 부대 중에 구주군과 통주군을 투입했다.

"구주군 좌익으로, 통주군은 우익으로!"

명령을 받은 구주 도령중랑장 황호맹이 구주군을 이끌고 달려 나갔다.

"구주군 출격한다!"

구주군은 중군과 좌군 사이로 가서, 틈을 파고들려고 하는 거란군과 전투를 벌였다.

통주군은 통주도부서 유백부가 이끌었는데, 명령을 받고 우익으로 달려갔다.

잠시 후, 거란군의 공격은 매우 거셌고 구주군은 뒤로 밀리고 있었다. 황호맹이 시음달에게 명했다.

"상원수 각하께 가서 지원을 요청하게!"

시음달은 재빨리 강감찬에게 가서 지원을 요청했다.

곧 강감찬이 명령을 내렸다.

"곽주군, 좌익으로 가서 구주군을 보강하라!"

시음달이 다시 구주군 쪽으로 돌아가려는데, 구주 도령 깃발이 뒤로 움직이고 있는 것이 보였다. 그 모습을 본 시음달이 다급히 달려가면서 큰 소리로 외쳤다.

"구주군은 위치를 사수하라!"

시음달은 도령 황호맹에게 다가가서 인상을 쓰며 말했다.

"물러나면 안 됩니다!"

시음달의 말에 황호맹은 아무 반응을 보이지 않았다. 뒤로 밀리고 싶어서 밀리는 것이 아니었기 때문이었다. 황호맹이 반응을 보이지 않자, 시음달은 고각군이 들고 있는 도령의 깃발을 빼앗으려고 했다.

황호맹이 시음달에게 엄한 목소리로 말했다.

"함부로 움직이지 말게!"

시음달이 악에 바친 목소리로 소리쳤다.

"도령의 깃발이야말로 함부로 움직이지 말아야 합니다!"

황호맹은 아무 대답도 하지 않았다. 그러자 시음달이 다시 외쳤다.

"군사들은 도령의 깃발을 따릅니다!"

시음달의 말을 듣는 순간, 황호맹에게 갑자기 옛 기억이 확 몰려왔다.

구 년 전(1010년 11월), 구주군이 흥화진 북쪽에서 거란군에게 포위되어 위기에 몰렸을 때, 갑자기 구주 도령의 깃발이 나타났었다. 그 도령의 깃발은 김숙흥이 들고 온 것이었다. 그때 황호맹을 비롯한 모든 구주군이 도령의 깃발을 따라 위기를 벗어날 수 있었다.

황호맹의 기억 속에 강렬하게 각인된 도령의 깃발! 이제 그 깃발을 움직이는 것은 구주 도령중랑장 자신이다.

황호맹이 자신의 칼을 뽑아 들면서 명했다.

"우리는 여기서 한 걸음도 물러나지 않는다!"

시음달은 방패를 잡고 자신의 골타를 빼어 들고 구주군 사이를 헤치며 최전방으로 나아가며 외쳤다.

"구주는 후퇴하지 않는다! 우리는 포기하지 않는다!"

시음달은 뒤로 밀리고 있는 선두의 방배수들 사이로 들어갔다. 그리고 앞에 보이는 거란군의 투구 위를 내려치며 소리쳤다.

"우리는 구주 악귀군이다!"

시음달과 구주군은 치열하게 거란군과 싸웠다.

이신애는 구주의 성벽 위에서 전투를 지켜보고 있었다. 거란군이 중앙으로 계속 들어와서 고려군 진형은 계속 부풀어 오르고 있었다. 잠시 후, 고려군의 세 개의 방진 사이에는 거란군이 그득하게 찼다. 고려군이라는 보자기가 거란군의 크기를 견디지 못하고 찢어져버릴 것만 같았다. 그리고 중군에 속해 있던 구주군이 출동하는 것이 보였다. 그런데 잠시 후 구주군은 조금씩 뒤로 밀리고 있었다.

고려군의 상황이 좋아 보이지 않자, 몇몇 부녀자들이 고개를 숙이고 눈물을 흘렸다.

이신애가 엄한 목소리로 외쳤다.

"고개를 들어! 앞을 똑바로 봐!"

이신애의 말에 눈물을 흘리던 부녀자들이 고개를 들었다.

"우리도 군사들이야. 우리에게는 이 전투에 참여할 의무가 있어!"

이신애는 자신의 수질노를 꽉 잡았다.

그때였다. 구주 성벽 위에서 남쪽으로 나부끼던 깃발들이 갑자기 북쪽으로 움직이기 시작했다. 북풍이 남풍으로 바뀐 것이었다.

72
바람이 분다!

유참이 강감찬에게 말했다.

"바람의 방향이 바뀌고 있습니다!"

강감찬이 상원수의 깃발을 보니, 깃발에 수놓아져 있는 황룡이 북쪽을 바라보며 춤을 추고 있었다.

강감찬은 뒤를 돌아보았다. 남쪽에서 불어오는 바람이 뺨에 부드럽게 스쳤다. 그리고 그 바람을 타고 하늘에서는 구름이 몰려오고 있었다. 그런데 그 구름 아래 하나의 깃발이 있었는데, 구름이 마치 그 깃발 끝에 걸려서 오고 있는 듯 보였다.

'風(풍)'자가 쓰인 하늘색 깃발이 바람에 거세게 나부끼는 있는…, 바로 병마판관 김종현의 깃발이었다. 김종현이 전장으로 바람과 같이 오고 있는 것이었다. 그리고 그 바람결에 김종현이 부는 뿔나팔 소리가 실려 퍼졌다.

"뚜웅~~~~~~~~~."

조원은 전황을 초조히 관찰하고 있었다. 아군은 힘을 비축하고 있었고 적당한 순간에 그 힘을 완벽하게 폭발시켜야 한다. 그런데 후방에서 뿔나팔 소리가 길게 이어지자 흘끔 뒤를 돌아보았다. 멀리서 오는 깃발이 눈에 들어왔다. 그 깃발은 병마판관 김종현의 깃발이었고 또한 남쪽에서 바람이 불어오고 있다는 것을 알아차렸다.

그때 군사들이 외치는 소리가 들렸다.

"풍장군이다!"

"풍장군이 바람을 몰고 오고 있다!"

"바람이 분다!"

군사들은 열렬히 환호했다. 이때 군사들의 눈에는, 마치 김종현과 그의 군대가 바람을 몰고 오는 것처럼 보였다.

조원이 쓴웃음을 지으며 말한다.

"이런, 바람은 내가 원조인데⋯."

조원은 총공격 순간이라는 것을 본능적으로 느끼고 상원수 강감찬의 깃발을 보았다.

강민첨 역시 김종현이 도착했음을 알고 살짝 미소를 지으며 말했다.

"풍장군이 제때 도착했군!"

강민첨 역시 상원수 강감찬의 깃발을 바라보았다. 남쪽에 위치해 있던 고려군으로서는 일만의 병사와 남풍이라는 강력한 우군을 둘이나 더 얻은 셈이었다.

강감찬에게 팔 년 전(1011년) 감악산에서의 일이 떠올랐다. 김종현의 깃발을 보며 혼잣말을 했다.

"그가 또다시 바람을 부르고 있으니, 이제 늙은 여우가 늙은 소를 무찌를 시간이군!"

강감찬은 잇따라 명령을 쏟아냈다. 그리고 마지막으로 부하들을 향해 우렁차게 명했다.

"지금 우리는 이 전투를 끝낼 것이다! 진군하라!"

곧 모든 깃발이 앞으로 눕고 빠르게 북이 울렸다. 강감찬이 총공격 명령을 내린 것이었다.

"둥, 둥, 둥, 둥, 둥⋯."

고려군이 먼저 사용한 무기는 석회가루였다. 커다란 풀무로 석회가루를 뿌려댔다. 석회가루는 남풍을 타고 거란군을 덮쳤다. 바람의 방향이 바뀌었기 때문에 가능한 공격이었다. 석회가루 때문에 거란군들은 도무지 눈을 뜰 수가 없을 지경이었다. 석회가루가 눈에 많이 들어가면 실명될 터였다. 티끌만큼 들어간다 해도 앞을 볼 수 없었다.

석회가루 다음에는 석투군이었다.

"꽝!"

석투군이 무릿매를 돌리며 던진 메주만 한 돌이 거란군을 때렸다. 석투군이 일제히 투석하자, 그 위력에 거란군들이 짚단처럼 넘어졌다.

그다음은 발화군이었다. 발화 군사가 불붙은 기름병과 짚단, 횃대 등을 던져댔다.

"으악!"

몸에 불이 붙은 거란 군사들은 울부짖으며 땅에 몸을 굴렸다. 거란군의 선두 대열은 붕괴되고 있었다.

"피잉-, 피잉-, 피잉-."

그 사이로 고려군들이 쏜 화살이 파고들었다. 고려군의 공격력은 폭발하고 있었다. 거란군들은 점점 뒤로 밀렸다. 한참을 이어지던 고려군의 공격은 어느 순간, 순식간에 그쳤다.

그러자 중군의 검차들 사이의 간격이 벌어지며 그 사이로 고려군 보병들이 거란군에게 쏟아지기 시작했다. 하늘색 전복을 입은 김종현은 큰 도끼를 맹렬히 휘두르며 선두에 서서 돌격해 들어갔다. 그 뒤로 신군들이 따랐다.

진열이 흐트러진 거란 방패군 대열은 둑이 무너지듯이 허물어졌다. 잠시 후 완전히 와해되었고 살아남은 자들은 뒤로 도망치려고 했다.

김종현과 신군들은 계속 앞으로 나아가며 각자의 무기를 휘둘렀다.

거란군을 살상하는 것보다는 진영을 파괴하는 것이 목표였다. 좌군과 우군에서도 검차 사이로 고려군들이 거센 파도처럼 거란군에 돌격해 들어갔다. 거란군들은 뒤로 완전히 밀리며 서로 엉기기 시작했다.

구 년 전(1010년) 삼수채에서, 삼 년 전(1016년) 곽주 서쪽에서도 고려군은 초반에 유리했다. 그렇지만 거란군을 끝장낼 결정적 한 방이 부족했다. 이번에는 그 한 방을 보여줘야 한다.

강감찬은 힘을 모았다가 한 번에 터트리는 방법을 썼다. 그래서 거란군 전열에 균열이 생기자, 검차 사이로 보병들을 돌격하게 한 것이다. 검차로 거란군을 밀어붙일 수 있지만 검차는 너무 느렸다. 또한 장애물이 많이 생기면 움직일 수 없는 상태가 된다. 삼수채에서 초반에 끝내지 못한 것은 그런 이유에서다. 따라서 유연하게 움직일 수 있는 보병들을 거란군에 돌격시킨 것이다.

강감찬의 시야에 거란군의 전열이 붕괴된 모습이 들어왔다. 바로 그다음 명령을 내렸다.

"기병들 출격한다!"

드디어 아껴 두었던 양익의 기병들을 출동시킨 것이다.

"또각, 또각, 또각."

말들이 발로 땅을 구르다가 순간적으로 달리기 시작했다.

"다그닥, 다그닥, 다그닥…."

금오위 상장군 이응보는 좌익 기병들의 선두에 서서 달렸다. 지축을 울리며 달리는데, 앞에 있는 거란군 부대 사이사이 비어 있는 공간으로 파고들었다. 목표는 적의 지휘부였다. 거란군의 심장까지 돌진하는 것이다!

소배압은 냉정한 표정으로 보고 있었다. 고려군은 힘을 응축했다가

한 번에 뿜어대고 있었다. 검차가 선두에 서지 않고 검차 사이에서 고려군 보병들이 나와 공격하는 전술은 꽤나 참신했다. 그렇지만 빠르기는 아군이 한 수 위였다. 소배압이 명령했다.

"영채까지 후퇴한다!"

"징, 징, 징, 징, 징⋯."

소배압 주위의 기고군들이 징을 치고 깃발을 뒤로 뉘었다. 아군이 더 빠르기 때문에 영채까지 후퇴하면 보병으로 이루어진 고려군이 따라오지 못할 것이라고 판단했다. 그리고 그때 진형이 늘어진 고려군에 역습을 가하는 것이다.

고려군은 넘실대는 파도처럼 덮쳐왔다. 하지만 소배압의 예상대로 강력하지만 빠를 수는 없을 것이었다. 그런데 그 파도 속에서 두 줄기 물줄기가 믿을 수 없는 속도로 다가오고 있었다. 거란군 사이를 지나쳐 마치 무인지경을 가르듯이 다가오자, 소배압은 직감할 수 있었다. 이 물줄기들이 자신을 노리고 있다는 것을⋯.

소배압은 본능적으로 말머리를 돌리고 뒤로 내달렸다. 가만히 있으면 저 물줄기가 곧 자신을 덮칠 것이었다.

급히 달리다가 영채 바로 앞까지 가서 뒤를 돌아보았다. 좁은 지역에 많은 군사들이 밀집되어 있는 터라 자신을 노리던 고려 기병들은 아직까지는 이곳에 다다를 수 없었다. 그렇지만 온통 혼란하여 당장 무슨 명령을 내려야 할지 판단이 서지 않았다. 일단 전황을 관찰하기 위하여 영채의 전망대 위에 올랐다.

자신을 따라 후퇴한 아군들이 영채 앞에 빽빽이 운집되어 있었고 그런 아군을 고려군이 삼면에서 감싸서 공격하고 있었다. 병력이 움직일 공간이 없기 때문에 이때 내릴 명령은 두 가지밖에 없었다.

이 자리에서 싸우거나 후퇴하거나!

그렇지만 지금은 오직 한 가지였다. 고려군이 동·서·남쪽에서 아군을 감쌌고 북쪽은 영채로 가로막혀 있다. 아군을 보호하는 시설인 영채가 지금은 오히려 기동에 걸림돌이 되고 있다. 따라서 전력을 다해 싸우는 수밖에 없었다. 소배압은 기고군에게 북을 치라고 명령하려고 했다. 총사령관인 도통이 전군에게 보내는 응전하라는 명령인 것이다.

그런데 그때 하늘이 어두워지고 있다는 것을 불현듯 깨달았다. 그리고 몇 방울의 비가 소배압의 얼굴에 떨어졌다. 소배압은 고개를 들어 하늘을 보았다. 남풍에 실려 빗방울이 성글게 날아오고 있었는데, 남풍에 실려 오는 것은 빗방울뿐만이 아니었다. 하늘을 새까맣게 덮으며 화살이 날아오고 있었고 곧 거란군의 머리 위로 쏟아지듯이 내렸다.

고려군들은 삼면에서는 단단한 진영을 짜고 강력히 거란군을 압박하며 밀어붙이고 있었고, 거란군의 머리 위로는 남풍을 타고 수만 발의 화살을 날리고 있었다. 화살이 떨어진 자리는 마치 태풍이 휩쓸고 지나간 것 같았다. 거란군의 진영은 계속 쪼그라들었다.

소배압은 드디어 깨달았다. 지금 이 자리에서는 반드시 패한다는 것을…. 초반에 팽팽했던 승부의 추는 이제 고려군 쪽으로 완전히 기울었다.

망연자실해 있는데, 누군가 소배압의 소매를 잡으며 말했다.

"도통! 일단 후퇴해야 합니다!"

야율팔가였다. 소배압은 영채에서 나와 북쪽을 향해 내달렸다. 거란군들 역시 총사령관을 따라 후퇴하려 했다. 그러자 서로 엉기며 급격히 진영이 무너져 내렸다.

거란군들에게는 후퇴조차 쉽지 않았다. 북쪽에 자신들이 설치한 영채가 있어서 기병으로 이루어진 대군이 한꺼번에 움직일 수 없었다. 따라서 말에서 내려 영채의 담장을 넘어 도망가는 자가 태반이었다. 패신의 광풍이 거란군을 휩쓸고 있었다. 곧 평야 지역을 지나 좁은 산길로 접어들게 되었고 여기서 병목현상이 발생했다. 그들은 어찌할 바를 모르고 처절하게 외쳐댔다.

"목엽산(木葉山)!"

"황하(潢河)!"

"흑산(黑山)!"

거란군들은 위기에 빠지면 본국의 산과 강의 이름을 부르며 자신들의 대장에게 구원을 요청한다.

소배압은 북쪽으로 말을 달리며 남풍에 실려 오는 병사들의 처절한 목소리를 들었다. 그러나 그들을 위해 할 수 있는 것은 아무것도 없었다. 그러나 자신을 위해 할 수 있는 일은 있었다. 소배압은 투구를 벗어 던졌다. 자신의 신분을 감추기 위해서였다. 그다음 거추장스러운 창과 같은 무기를 버리고 갑옷마저 벗어버렸다.

고려군의 화살과 병장기에 맞아 거란군들은 쓰러져 갔고, 도망가다 지쳐서 무릎을 꿇고 자비를 애원하는 거란군들도 있었다. 거란군의 죽음의 질주는 그들의 체력이 다할 때까지 계속되었다.

고려군이 구주 북쪽 석천(石川)을 건너 반령(盤嶺)에 이르기까지 추격했는데, 거란군 시체가 들을 덮었으며 사로잡은 포로와 노획한 말·낙타·갑옷·병장기를 다 셀 수 없을 지경이었다. 거란군이 이토록 참혹하게 패배한 것은 처음 있는 일이었다.

이때까지의 패배를 모두 설욕하고도 남는, 고려의 대승리였다.

73

연회

두 필의 말이 전속력으로 달리고 있었다. 신호위 장군 홍협과 방휴였다. 이들은 구주에서 출발하여 밤새워 말을 달려, 이월 삼일 미시(13~15시) 경에 개경 서쪽 현릉 앞을 지나고 있었다. 원래 현릉 앞을 지날 때는 말에서 내려야 한다. 그러나 방울 세 개를 단 가죽 주머니를 가진 이들은 그러지 않았다. 급보를 전하는 전령들에게는 예외인 것이었다.

삼거리에서 왼쪽으로 방향을 틀어 동쪽으로 달렸다. 완만한 언덕길을 오르자 개경의 서문인 통덕문이 보였는데, 문은 굳게 닫혀 있었다. 홍협과 방휴는 통덕문 앞에 멈춰서 방울 세 개를 단 가죽 주머니를 들어 보였다. 곧 문이 열리자 건덕전으로 가서 왕순에게 보고했다.

"구주 동쪽 벌판에서 거란군에 대승을 거두었으며 아군은 남은 적을 추격 중입니다!"

"우와! 와! 이야!"

건덕전 안에 있던 관리들이 발을 구르며 환호성을 질러댔다.

"흠-."

왕순은 가슴 깊은 곳에서 나온 숨을 내쉬었다. 그리고 홍협과 방휴에게 물었다.

"아군의 피해는 어떻소?"

“아직 정확히는 알 수 없지만 매우 미미합니다.”

왕순은 그제야 마음을 놓을 수 있었다. 고려군이 대승했다는 소식은 곧 개경 시내에 빠르게 퍼졌고 백성들이 위봉루 앞 구정으로 몰려와서 만세를 불러댔다.

“만세! 성상폐하 만세! 고려 만세!”

왕순은 위봉루로 나가 그 만세에 화답했다. 환호 소리가 오랫동안 끊이지 않았다.

내전에도 승전 소식이 전해지자, 대명왕후는 왕후들을 불러 모아 서로를 위로했다. 그리고 박충숙에게 말했다.

“전쟁 중에 왕후들을 보호해줘 고맙습니다.”

박충숙이 머리를 조아리며 답했다.

“제가 한 것이 무엇이 있겠습니까!”

“경이 우리와 함께 있어주어 정신적으로 많이 안정되었습니다.”

다른 왕후들 모두 박충숙에게 감사의 인사를 전했다. 그리고 대명왕후가 박충숙에게 보자기에 싼 어떤 물건을 건넸다.

“이제 이것들은 우리에게 필요 없겠군요.”

그것은 독약이었다. 대명왕후의 요청에 박충숙이 독약을 지급했고 그것을 다시 돌려준 것이었다. 박충숙이 고개를 깊게 숙이며 독약을 받아들었다.

삼 일 후(2월 6일), 날이 밝자 왕순은 통덕문을 나와 북쪽으로 향했다. 재추들을 비롯한 개경의 관리들이 뒤를 따랐다. 금교역에 다다르자 모든 건물이 잿더미가 되어 있는 모습이 보였다. 그 모습을 보며 왕순이 혼잣말을 했다.

“잿더미가 되는 것은 한순간이군.”

수행하던 양대춘이 머리를 긁적였다. 그런 양대춘을 보며 왕순이 금교역 전투 상황을 자세히 묻고 거듭 칭찬했다.

정오(12시)에 다음 역인 영파역(迎波驛)에 도착했다. 그리고 미시 초 (13시) 드디어 강감찬을 비롯한 장수들이 영파역에 당도했다. 상원수 휘하 고각대가 북과 나팔을 불며 군악을 연주하고 군사들은 군가를 우렁차게 부르고 있었다.

상원수 강감찬, 부원수 강민첨, 시랑 조원, 병마판관 김종현, 유참, 박종검, 용호군 상장군 이원, 금오위 상장군 이응보 등이 영파역의 뜰에 도열했다.

강감찬과 휘하 장수들이 어좌에 앉아 있는 왕순을 향해 두 번 절을 한 후, 강감찬이 말했다.

"성상폐하께서는 무탈하셨나이까?"

왕순이 상기된 표정으로 답했다.

"경들이 이렇게 수고를 해주었으니, 짐은 매우 기쁘기 그지없소."

곧 강감찬은 계단을 올라와 왕순 앞에 무릎을 꿇고 하사받았던 부월을 다시 반환했다. 왕순이 부월을 받아들자 신하들과 장졸들이 모두 만세를 불렀다.

"만세! 만세! 만세!"

왕순이 금으로 만든 꽃 여덟 가지를 몸소 강감찬의 머리에 꽂아주었다. 그리고 왼손으로 강감찬의 손을 잡아 일으킨 후 말했다.

"북적의 대군을 물리쳤으니, 이보다 큰 공이 어디 있겠소!"

곧 연회가 펼쳐졌고 왕순은 금으로 만든 커다란 술잔에 술을 가득 따라 강감찬에 주며 위로와 감탄의 말을 그치지 않았다. 강감찬이 큰절을 하며 말했다.

"과분한 칭찬에 신은 몸 둘 바를 모르겠나이다."

왕순이 이번에는 강민첨에게 술을 따라 주며 말했다.

"북적들이 몰려오자 서경을 지켜내고, 영일에서는 여진 해적을 물리치고, 이번에는 군대를 이끌고 들판에서 북적을 격파하니, 그대와 같은 장수는 고금을 통틀어 찾아보기 힘들 것이오. 그대는 우리가 이 전쟁에서 이기기 위해서 하늘이 내려준 사람이오."

강민첨이 깊이 고개를 숙였다.

조원에게는 이렇게 말했다.

"과거에 장원급제했고 과감한 작전으로 적과 싸워 이겼으니 그대는 문무를 겸비한 인재가 틀림없소. 그대와 같은 신하가 있으니 무엇이 두렵겠소!"

김종현에게 미소 지으며 말했다.

"그대는 승리의 바람을 몰고 다니며 짐을 구하고 결국 나라를 구했으니, 진정 고려의 수호자이오."

나머지 장수들에게도 일일이 술을 따라 주며 칭찬의 말을 했다.

왕순은 영파역의 이름을 흥의역(興義驛)으로 고쳐 승리를 기념하게 했다. 흥의(興義)는 '의를 일으켰다'는 뜻이었다. '흥의'라는 지명은 그 후 천 년간 이어진다.

그로부터 이십여 일 후(2월 24일)에 다시금, 개경 궁궐 안에서 잔치를 베풀어 개선한 장수들과 군사들의 노고를 치하했다.

이때 강감찬이 표문을 올렸다.

"신은, '능하지 못한 자는 그만두어야 한다'라는 격언(格言)을 마음에 깊이 새겨 잊지 않고 있사옵니다. 따라서 조그만 재주를 가지고 칠십이 넘도록 나라의 녹봉을 받으니 부끄럽기 그지없사옵니다. 더구나 이제는 늙어 병까지 얻어 '게'처럼 옆으로 걷고, '소'처럼 헐떡이니 관직에 있기 어렵습니다. 엎드려 바라옵건대, 어리석고 늙은 소신을 관직에서 해임해주십시오."

왕순은 허락하지 않고 안석과 지팡이를 내려주며 사흘에 한 번만 조회에 나오도록 했다.

"경이 없으면 그 누구와 국사를 논하겠소!"

며칠 후, 강민첨이 전사한 사람들의 명단을 작성하여 보고했다.

"통주도부서 유백부(庾伯符), 좌우위 군사 혁연(赫然), 이증(李曾), 구주 군사 시음달(柴音達) 등 일백칠십삼 명이 전사하였나이다."

왕순이 명단을 보고 깊이 고개를 숙인 후 말했다.

"이들이 힘껏 싸우다가 전사하였으니 관직을 높이고 그 집에 물품을 후하게 내려주도록 하십시오."

그다음 날(3월 7일) 좌간의대부 서눌은 광화문을 통해 개경을 나섰다. 목적지는 금주(衿州: 서울특별시 관악구 일대) 관악산이었다. 고랑포에서 임진강을 건너 하룻밤을 묵고, 양주를 지나 이틀 후에 관악산 북쪽 기슭에 도착할 수 있었다. 산을 조금 오르자 양지바른 곳에 어느 묘소가 있었다.

서눌이 묘를 보며 말했다.

"숭아! 잘 지냈느냐?"

이 묘소는 경술년(1010년)에 전사한 사재승 서숭의 묘였다. 서눌과 서숭은 사촌 간으로 서눌이 열 살 더 많았다.

서눌이 보자기를 풀어서 나무로 된 함 하나를 꺼냈는데 그것은 혁연의 유골함이었다.

서눌과 서숭의 외모는 상당히 달라서, 사촌이라 말해줘야 조금 닮은 구석을 찾을 수 있을 정도였다. 혁연이 삼 년 전(1016년) 그 어둠 속에서 서눌을 서숭으로 오인한 이유를 알 수 없었다.

혁연의 유골함을 묘 옆에 나란히 놓은 후 말했다.

"네가 혁연을 살렸고 혁연이 나를 살렸으니, 네가 나를 살린 것이구나!"

제9장

승전(勝戰)

74
아코미(阿古見)의 구사일생

삼월 십팔일, 왕순은 건덕전에서 재추들과 회의를 하고 있었다.

문하시랑평장사 최사위가 말했다.

"거란군 포로들을 삼각산 남쪽에 모두 안치시켰습니다. 그들의 재주를 시험하여 장차 각자의 직분을 내려주려고 합니다."

구주 벌판에서 잡은 포로들을 삼각산 비봉* 남쪽에 정착시켰다. 그들의 살만한 터전을 개경 남쪽에서 찾다가 이곳으로 정한 것이다. 산으로 둘러싸인 분지 지형이라 살만한 곳이었고, 주요 교통로에서 좀 떨어진 고립된 곳이었다. 고려인들과의 마찰을 최소화하려는 의도였다.

병부상서 강민첨이 왕순에게 건의했다.

"무예와 용맹이 있는 자는 군사로 뽑아 썼으면 합니다."

왕순이 고개를 끄덕이며 말했다.

"그들도 이제 우리 백성이니 차별 없이 잘 보살피도록 하십시오."

그런데 그때 중추직학사 곽원이 건덕전으로 급히 들어와서 보고했다.

"동북면병마사 유소가 장계를 보내왔습니다."

---

* 비봉: 북한산에 있는 봉우리로 높이는 해발 560m이다. 이 봉우리 정상에 신라시대 진흥왕순수비가 세워져서 비봉이라고 부른다.

왕순이 보니 장계가 담긴 가죽 주머니에 방울이 세 개 달려 있었다. 급보라는 뜻이다. 장계를 읽는 왕순의 표정이 심각하게 변했다.

"동북면병마사 유소가 아룁니다. 압록강 넘어 사는 여진 해적들이 오십여 척의 선단을 구성하여 어디론가 떠났다고 합니다. 척후선들을 보내 그들의 행적을 찾고 있습니다."

왕순이 장계를 읽고 재추들에게 말했다.

"여진 해적들이 다시 대규모로 준동하고 있으니 걱정입니다."

작년에 여진 해적들은 우산국(于山國: 지금의 울릉도)을 공격하여 초토화시켰었다. 고려 해안의 방어선이 단단하여 고려에 상륙하지 못하고 우산국을 약탈한 것이었다.

강민첨이 말했다.

"해적들이 소규모라면 위치를 추적하기 어려워 방비하기 힘들지만, 오히려 대규모라면 더 대비하기 쉬운 측면이 있습니다. 해적들이 침입할 해안 지역에 전령을 보내 경계 태세를 강화하게 하고, 경주, 울주(울산광역시), 금주(경상남도 김해)에 근처의 보승과 정용들을 소집해 대기시키면 어렵지 않을 것입니다. 성상께서는 너무 심려하지 마시옵소서."

왕순이 고개를 끄덕이며 재추들에게 말했다.

"백성들에게 피해가 없도록 만전을 기하십시오."

재추들이 필요한 조치를 취하러 건덕전을 나가려는데 왕순이 강민첨을 불렀다.

"병부상서!"

강민첨이 몸을 돌려 왕순을 바라보았다.

"예, 성상."

"용호군도 파견하도록 하지요."

"명을 받드옵니다."

장군 고열의 지휘하에 용호군 삼백 명이 파견되어 경주에서 대기
했다.

열아홉 살의 아코미(阿古見)는 쓰시마*(對馬島: 일본 쓰시마)의 한 해안가
에 있었다. 삼월 하순의 따뜻한 바람이 살랑거리며 불었고 매우 평화로
운 오후였다. 아코미의 남편은 배를 타고 물고기를 잡으러 바다에 나갔
고, 아코미는 오전에 밭일을 하고 오후에는 해산물을 채취하기 위하여
해변으로 나와 있었다.

해안가로 배들이 들어오고 있었다. 그런데 전혀 보지 못하던 모양의
배였다. 아코미가 영문을 몰라서 멀뚱히 지켜보고 있는데, 배가 해안가
에 닿더니 사람들이 내리기 시작했다. 민머리에 반라의 사내들이었다.
한 사내가 아코미 쪽으로 다가오더니, 갑자기 머리채를 잡았다.

"악!"

머리채를 잡힌 아코미는 별다른 저항도 하지 못하고 배 근처까지 끌
려갔다. 사내는 아코미를 배에 태우려고 했다. 그제야 사태의 심각성을
깨닫고 머리채를 잡은 사내의 손을 뿌리치려고 했다. 사내는 계속 아코
미를 끌고 가려고 했는데, 아코미가 다리에 힘을 주고 버티자 시간이
더디게 걸렸다. 그러자 왼손으로는 머리채를 잡고 오른손으로 아코미
의 뺨을 때렸다.

"짝!"

아코미는 뺨을 맞자 본능적으로 머리를 숙였다. 사내는 다시 아코미
의 머리채를 잡고 끌었다. 아코미가 계속 힘을 주고 버티자, 다시금 뺨
을 때렸다.

---

*   쓰시마: 한국에서는 '대마도'로 많이 불린다.

“짝!”

사내의 손은 매우 매서웠고 이렇게 몇 대를 맞자 드디어 깨달았다. 여기서 반항하면 생명을 잃는다는 것을….

아코미는 다리의 힘을 풀고 사내를 따라서 배에 올랐다. 배 가운데에 돛대가 있었는데 사내는 아코미를 돛대 근처에 앉게 했다.

사내들은 곡식과 가축 등 갖가지 약탈품을 배에 실었다. 얼마의 시간이 지난 후, 아코미는 마음을 진정시키고 주변을 살폈다. 배가 수십 척이나 되었다. 그렇다면 이들의 인원은 수천 명이나 될 것이었다. 이들이 어디서 왔는지는 알 수 없지만, 이들의 행태는 바로 해적들이었다. 배 위에서 마을을 보니 가옥들이 시뻘겋게 불타고 있었고 그 와중에 해적들은 가축을 잡아먹었다.

곧 모두 배에 오르더니 다시 이동하기 시작했다. 아코미에게도 구운 소고기를 던져주었는데 차마 입을 댈 수 없었다. 아코미가 탄 배에는 약 육십 명 정도의 해적들이 있었고 아코미에게 밥을 짓게 했다. 해적들은 쓰시마 해안을 따라 움직이며 약탈과 방화를 반복했다.

쓰시마를 초토화시키고 해적선들이 향한 곳은 쓰시마 남쪽의 섬 이키(壹岐島)였다. 이키에 상륙하여 다시금 약탈을 했고 해적들은 약탈한 물건들을 아코미에게 정리하도록 시켰다. 아코미가 뱃전으로 나와서 약탈품을 정리하는데, 해적들이 사람들을 배로 끌고 오는 것이 보였다. 배 근처로 와서 두 무리로 나누더니, 그중 노인과 아이는 몽둥이로 쳐서 죽이고 건강한 성인 남녀만 배에 실었다. 그 잔인한 모습에 아코미는 눈물을 줄줄 흘렸다. 해적들은 눈에 보이는 모든 가옥에 불을 지른 뒤, 배를 타고 떠나려고 했다.

“피잉! 피잉! 피잉!….”

그때 어디선가 활시위 소리가 들렸다. 아코미가 바라보니, 바로 이키의 병사들이었다. 병사들이 아직 배에 타지 않은 해적들에게 화살을 날리며 함성을 지르고 돌격했다.

"와아~."

갑자기 병사들이 나타나자 해적들은 당황하며 배로 오르거나 바다로 뛰어들었다. 아코미는 그 모습에 자신도 모르게 환호성을 지를 뻔했다. 갑옷을 입은 병사들이 해적들을 무찌르고 자신을 구해줄 것이다!

병사들은 해적들을 무찌르며 해적선에 점점 가까워지고 있었다. 그런데 아코미에게 왠지 불안감이 엄습해 왔다. 병사들의 수가 백여 명밖에 되지 않았던 것이다.

잠시 후, 오십여 척의 배에서 수천 명의 해적들이 뭍으로 내리더니 병사들을 포위했다. 병사들은 잘 싸웠으나 결국 모두 전사하고 말았다. 그 모습에 아코미는 또다시 눈물을 흘렸다.

이키 해안선을 돌며 약탈하던 해적들은 또다시 남쪽으로 이동했다. 해적들이 향한 곳은 일본 본토였다. 본토에 도착하여 해안선을 따라 북상하며 여러 마을을 약탈했다.

이때 이시메(石女)라는 열여덟 살의 여자도 잡혀 와서 아코미가 탄 배에 실렸다.

"흑흑흑…."

이시메는 계속 눈물을 흘렸고 아코미는 그런 이시메를 꼭 안아주며 낮은 목소리로 물었다.

"물질을 할 줄 알지?"

이시메가 가만히 고개를 끄덕이자 아코미가 말했다.

"시키는 일을 열심히 하는 척하면, 탈출할 기회가 있을 거야."

해적선은 나흘 후 무역으로 번창하고 있는 도시 하카타(博多: 일본 후쿠오카) 주변까지 밀고 들어갔다. 해안선을 따라 크고 작은 수많은 가옥이 연이어 있었고 그 중앙쯤에 궁궐 같은 커다란 건물이 있었다. 이곳은 홍려관(鴻臚館)이라는 곳으로, 외국의 사신이나 상인들이 체류하며 무역이 이루어지는 곳이었다.

쓰시마에서 나고 자란 아코미는 대도시를 본 적이 한 번도 없었다. 해적들이 사람들이 많이 살고 있는 하카타에 상륙하여 약탈, 살인, 방화를 저지를 것을 상상하자 아코미는 겁이 났다.

그런데 갑자기 먹구름이 몰려오고 바람이 불며 파도가 거세게 일었다. 좋지 않은 날씨 때문에 해적선들은 해안에 닿지 못하고, 오 리 정도 떨어져 있는 섬에서 하루를 묵었다.

그다음 날 새벽, 언제 그랬냐는 듯이 날씨는 화창했고 해적선들은 상륙을 위해 힘차게 나아갔다. 해안은 지척이었다. 그런데 왼편에서 수많은 작은 배들이 나타났다.

"피잉! 피잉! 피잉!…"

작은 배에는 본토의 무사와 병사들이 타고 있었고 그들은 해적선을 향해 무수한 화살을 날리며 돌진해 왔다. 해적들 역시 응사했다.

아코미는 이 모습을 보고 주변을 살폈다. 전투를 벌일 때 기회를 틈타 바다로 뛰어든다면 해적들의 손에서 벗어날 수 있다! 아코미는 이시메의 손을 삽고 뱃전에 기대어 기회를 노렸다.

그런데 해적들은 본토 병사들의 숫자가 많아 보이자, 전투를 그만두고 왔던 방향으로 퇴각했다. 본토의 배들이 추격해 오면서 계속 화살을 날렸다. 그러나 본토의 작은 배로는 해적선을 따라잡을 수 없었다. 거리가 점점 벌어졌고 나중에는 아예 점처럼 보일 정도가 되었다.

아코미는 그 거리에 따라 절망감이 점점 깊어졌다. 눈물이 나오려는 것을 억지로 참았다. 배 안에 화살이 날아들어 해적들 중 맞은 자가 여러 명이었는데 여기서 눈물을 흘렸다가는 흥분한 해적들에게 살해당할 수도 있었다.

아코미가 이시메를 보니 눈에 눈물이 그렁그렁했다. 이시메의 손을 꽉 잡으며 나직이 말했다.

"울면 안 돼!"

이시메가 말뜻을 알아듣고 고개를 숙여 흐르는 눈물을 몰래 닦았다.

해적선은 왔던 곳을 되짚어 항해했다. 해안을 따라 움직이는 것이 약탈할 곳을 물색하는 것 같았다. 어떤 포구에 이르러서 다시 상륙하려고 했는데, 이번에도 작은 배를 탄 무사들과 병사들이 나타나서 화살을 무수히 쏘아대자, 해적들은 약탈을 포기하고 먼바다로 도망쳤다.

해적선은 북쪽으로 움직여 이키를 지나쳐 쓰시마에서 다시 약탈했다. 아코미는 도망칠 기회를 노렸으나 도무지 틈이 없었다. 쓰시마를 약탈한 해적선들은 항로를 고려 쪽으로 잡았다. 쓰시마에서 멀어지자 아코미는 눈물을 흘렸다. 이제 다시는 고향에 돌아갈 수 없는 것이다. 남편과 생이별을 하고 말도 통하지 않는 곳에서 평생 비참한 노예 생활을 해야 하는 것이었다.

아코미가 탄 배에는 남녀 포로 이십여 명이 있었는데, 어림잡아 일천 명이 넘는 사람들이 해적들의 포로가 된 것 같았다.

해적선은 계속 북쪽으로 달려 어느 섬에 당도했다. 우산국(于山國: 울릉도)이라고 했다. 그 와중에 화살에 맞은 해적 중 다섯 명이 상처가 악화되어 숨졌다.

우산국에 도착한 후, 해적들은 해안을 돌며 역시 재물을 약탈하고 노예로 부릴 사람들을 잡아들였다. 잡은 사람들 중 건강한 사람은 배에 태우고 노쇠한 자는 쳐 죽였다. 아코미가 탄 배에 있던 일본 포로 두 명이 병에 걸리자 해적들은 조금도 주저하지 않고 그들을 바다에 던져버렸다. 지옥과도 같은 시간이었다. 이와 같이 며칠을 우산국에서 보냈다.

옅은 안개가 낀 새벽녘, 해안에 정박했던 해적선들이 다시 바다로 나가려고 하는데, 큰 배 한 척이 물살을 가르며 유유히 다가오는 것이 보였다.

"뚜웅~~~~~~~~~."

다가오는 큰 배에서 뿔나팔 소리가 울렸다. 그 뒤로 숫자를 셀 수 없을 만큼 많은 배가 보였다. 해적들이 몹시 당황하며 자기들끼리 마구 소리를 질러댔다.

"피이히이이잉~~~~~."

긴 울음을 내는 화살 하나가 날더니, 곧 큰 배들이 해적선을 공격하기 시작했다.

"피잉! 피잉! 피잉!…"

화살이 비 오듯이 해적선으로 쏟아졌고 아코미는 이시메와 같이 뱃전에 몸을 웅크리고 숨었다.

처음에는 해적들 역시 화살을 날리며 전투를 하는 듯했지만, 큰 배들의 기세가 맹렬하여 고개를 내밀고 감히 상대하는 자가 없었다. 이내 전투를 포기하고 달아나기 시작했다.

큰 배들은 거리가 있을 때는 화살을 쏘았고 가까워지면 불붙은 둥근 물체를 날려 해적선을 태웠다. 더 가까워지면 들이받아서 해적선을 마치 두부를 으깨듯이 부숴버렸다. 큰 배들은 매우 크고 무기가 많아 해적선들이 감히 상대할 수 없었다.

아코미가 탄 해적선도 도망쳤다. 그런데 갑자기 배 안의 일본인 포로들을 바다에 던지기 시작했다. 더 빠르게 달리기 위해서 배의 무게를 줄이려는 것이었다. 아코미는 이시메와 같이 바다에 던져져서 파도에 휩쓸렸다.

바닷가에서 자란 아코미와 이시메는 물질에 아주 능했다. 혼란한 와중에도 손발을 움직여 해안을 향해 움직였다. 그렇지만 여기서 해안까지는 너무 멀었다. 그전에 체력이 모두 소진될 터였다.

해적들에게 잡혀가 노예로 살 줄 알았는데, 이제 그토록 익숙한 물에 빠져 죽게 된 것이었다.

"거저 마, 빨리 구하래이! 빨리!"

그런데 알아들을 수 없는 말이 아코미의 귓전을 때렸다. 곧 큰 배 위에서 아코미에게 밧줄이 던져졌다. 아코미와 이시메는 그 밧줄을 잡고 배 위로 올랐다. 배에 올라서는 그저 주저앉았다. 너무 힘이 들어서 서 있을 수도 없었던 것이다.

한 사람이 바다를 보며 소리를 계속 고래고래 지르고 있었다.

"어서 구하래이!"

아코미는 무슨 뜻인지 알 수 없었다. 그러나 분위기로 볼 때 물에 빠진 사람들을 구하라는 뜻이라는 것을 알 수 있었다.

소리 지르던 사람이 자신에게 다가왔다. 얼굴이 풍만했고 입은 돌출되었으며 얼굴 살이 축 늘어져 있었다. 예순 살은 되어 보였는데 왼쪽 뺨에 칼에 베인 긴 흉터가 있었다. 무섭게 보이는 인상이었다.

그럼에도 아코미는 무서움보다는 편안함을 느꼈다. 걱정스런 얼굴로 자신을 보고 있는 노인의 눈매가 매우 인자해 보였기 때문이었다.

이 노인이 물었다.

"大丈夫かな？ (괜찮나?)"

노인은 일본어로 말하고 있었다. 아코미가 답했다.

"大丈夫です. (괜찮습니다.)"

이 사람이 다시 말했다.

"高麗国は生命を重視する. みんな安心しろ！ (우리 고려국은 생명을 중시

한다. 모두 안심하라!)"

그제야 아코미는 이 큰 배가 고려 전함이라는 것을 알 수 있었다. 아코미와 이시메는 몸을 떨고 있었다. 추운 날씨는 아니었으나 새벽 기온의 차가운 바닷물을 뒤집어쓰고 있었기 때문이다. 그 모습을 보고 노인이 옆에 있던 군사에게 말했다.

"금보야! 뭐 덮을 것 좀 가져 오래이."

아코미 정도 나이의 키가 훤칠한 젊은 군사였다. 그는 도포를 가져와 몸 위에 덮어주고는 나무 그릇에 김이 모락모락 나는 뭔가를 담아 와서 건넸다. 입을 대어 보니 따듯한 미음이었다. 미음을 들이키자 몸이 한결 따듯해졌다. 흥분이 가라앉으며 자신이 이제 살았다는 것을 직감할 수 있었다.

아코미는 이시메의 손을 잡고 서로를 바라보며 기쁨의 눈물을 흘렸다. 이시메가 배 안을 둘러보며 나직이 말했다.

"배가 정말 크다."

아코미가 보니 광대한 것이 여느 배와는 같지 않았다. 군사들은 이십 명 정도가 있었는데 모두 갑옷을 입고 무기를 들고 있었다.

왕순은 건덕전에서 철리국(鐵利國)의 사신들을 접견하고 있었다. 철리국에서 구주에서 승전한 것을 축하하며 토종말을 바쳤던 것이다.

그때 병부상서 강민첨이 와서 동북면병마사 유소가 보낸 장계를 바쳤다.

"동북면병마사 유소가 아룁니다. 여진해적들이 일본을 약탈하고 돌아가는 길에 우산국을 경유했습니다. 그 사정을 예측하였다가 급습하여 해적들의 배 여덟 척을 포획했습니다. 그리고 사로잡혀 있던 일본인 포로 이백오십구 명을 구출했습니다."

왕순이 고개를 끄덕이며 말했다.

"일을 매우 잘했구려. 해적들에게 납치되어 우산국까지 왔으니 일본인들의 사정이 매우 딱하군요. 그들을 잘 돌봐주고 모두 고향으로 돌려보내는 것이 좋겠습니다."

강민첨이 답했다.

"병부의 관리를 시켜 일본으로 돌려보내도록 조치하겠습니다."

아코미는 우산국에서 영일만까지는 배로 온 후에 여기서부터는 육로를 이용하여 금주(金州: 경상남도 김해시)로 이동했다. 말을 제공받아 타고 갔으므로 힘들이지 않고 이동할 수 있었다. 가는 도중에 역(驛)에서 쉬거나 묵었는데 그때마다 은그릇에 담긴 음식이 제공되었다. 그 양이 매우 풍부해서 배부르게 식사할 수 있었다.

금주에 도착한 후, 금주의 관리가 흰 천으로 된 옷을 한 벌씩 주었다. 그리고 튀긴 쌀로 덮인 음식을 주었는데, 입 안에 들어가자마자 살살 녹는 것이 달콤하기 이를 데 없었다. 찹쌀가루로 만든 유밀과(油蜜果)라는 이름의 과자였다.

금주 관아의 대접은 매우 좋았으나, 고려 조정에서 어떠한 처분을 내릴지 몰라서 아코미 등은 꽤나 불안해하고 있었다.

그런데 얼마 후, 고려 조정에서 관리가 내려와서 말했다.

"나는 고려의 관리, 공역령(供驛令) 정자량(鄭子良)이다. 우리 성상폐하께서 그대들의 사정을 듣고 마음 아파하시며 잘 대접하여 고향으로 안전하게 돌려보내라고 하셨다. 그러니 마음 편안하게 하고 기다리도록 하라."

아코미 등은 모두 환호했다. 그리고 북쪽, 고려의 성상폐하가 있는 곳을 향하여 연신 절을 했다.

정자랑이 절을 하는 아코미 등을 보며 말했다.

"우리 성상폐하께서는 살아 있는 부처로써, 사람들에게 은혜를 베푸시는 것을 큰 책무로 여기시니 그대들은 그 은혜에 감사하도록 하라."

며칠 후, 쓰시마의 관리가 배를 타고 와서 교섭하여 아코미와 이시메 등 선발대 열 명이 먼저 일본으로 가기로 했다. 금주 관아에서는 도중에 먹을 양식으로 흰쌀과 건어물을 지급해 주었다.

아코미는 금주를 떠나 일본 본토에 도착한 후, 조사를 받고 고향 쓰시마에 다시 돌아갈 수 있었다. 남편과 재회한 아코미는 기쁨의 눈물을 하염없이 흘렸다.

쓰시마에서는 날이 좋으면 금주 해안이 보인다. 아코미는 어릴 적부터 그곳을 보고 자랐다. 그곳은 예전 신라 땅으로 일본에서는 적대국으로 여겼다. 그러나 이제는 자신의 목숨을 구해주고 고향으로 돌려보내준, 살아 있는 부처, 성상폐하가 다스리는 곳이었다.

75

믿음

개태 팔년(開泰 八年, 1019년) 삼월 십팔일, 야율융서는 중경*(中京)에 새로 세워진 선황제 경종**의 사당에 있었다. 작년 십일월에 중경에 행차하여 사당이 지어지는 것을 감독하며 지금까지 머무르고 있는 것이다.

추밀사 소합탁이 와서 보고했다.

"도통 소배압, 부도통 소허열, 도감 야율팔가가 돌아왔습니다."

야율융서는 아무 말도 하지 않고 아버지 경종의 초상화만 바라보았다.

소배압이 패했다는 것은 이미 한 달 전에 보고 받았다. 십만에 달하는 병력 중 대부분이 돌아오지 못했다고 한다. 천운군 상온 야율해리, 남피실군상온 야율아과달, 객성사 작고, 발해상온 고청명 등이 모두 전사했다. 거란 역사상 초유의 대패였다. 야율융서는 몸이 휘청할 정도로 큰 충격을 받았다. 돌아오고 있는 소배압에게 몹시 화가 난 상태로 조서를 내렸었다.

"적을 얕잡아보고 깊이 들어가 이 지경이 되었으니 무슨 면목으로

---

* 　중경(中京): 중국 네이멍구자치구(内蒙古自治区, 내몽고 자치구) 츠펑시(赤峰市, 적봉시) 닝청현(宁城县, 영성현)

** 　경종(景宗): 재위 969~982년. 거란의 제5대 황제로 야율융서의 아버지.

짐을 보려는가! 짐은 그대의 얼굴 가죽을 벗긴 뒤에 죽일 것이다!"

야율융서가 소합탁에게 말했다.

"그들을 이리로 데리고 오시오."

곧 소배압, 소허열, 야율팔가가 사당 안으로 들어왔다. 이들의 몸은 밧줄로 묶여 있었다. 야율융서를 보자 무릎을 꿇으며 바닥에 엎드렸다.

야율융서가 시종을 시켜 밧줄을 풀어주게 하며 차분한 목소리로 말했다.

"다녀오느라 수고들 많았소."

소배압 등은 아무 말도 못 하고 머리만 떨구고 있었다. 야율융서가 다시 말했다.

"고려를 정벌할 때 공이 있는 장교와 군사들을 조사하여 보고하도록 하시오."

소배압이 간신히 입을 뗐다.

"명을 받들겠습니다."

야율융서가 한숨을 쉰 후에 소배압에게 말했다.

"흠-, 전사자들의 명단도 작성하도록 하오."

며칠 후, 소배압은 공이 있는 징교와 군사들의 명단과 전사자들의 명단을 작성하여 야율융서에게 보고했다. 야율융서가 명단을 보고 옆에 있던 추밀사 소합탁에게 명령을 내렸다.

"공이 있는 장교들에게는 관직을 더하여 주고, 군사들에게는 금과 비단을 하사하도록 하시오."

"명을 받드옵니다."

야율융서가 전사자의 명단을 살펴보며 말했다.

"전사한 장교의 아내들에게도 물품을 하사토록 하오. 그런데 전사자의 숫자가 생각보다 적은 것 같구려."

소합탁이 답했다.

"전사한 것이 확실한 사람들만의 명단입니다. 실종자와 포로는 일단 제외했습니다."

야율융서가 인상을 찡그리며 물었다.

"포로의 숫자가 얼마나 되오?"

"정확한 숫자는 더 조사해 봐야 알 수 있습니다."

야율융서가 말했다.

"그것도 조사하시오."

"명을 받드옵니다."

소합탁은 소감(少監) 오장공(烏長公)을 고려로 보내서 포로에 대한 사정을 파악하고 교섭하게 했다.

오장공이 두 달 후인 유월에 돌아와서 보고했다.

"고려에서 말하기를, 포로의 정확한 숫자는 자신들도 알 수 없으며, 전쟁 기간 중 거란으로 끌려간 고려인들을 돌려주면 그 숫자만큼 송환하겠다고 합니다."

야율융서는 미간을 찌푸렸다. 전쟁 기간 중에 포로로 잡은 고려인들을 돌려주는 것은 허락할 수 없는 일이었다. 왜냐하면 그들이 거란의 백성이 되었다는 것이 기본 입장이었기 때문이다.

소합탁이 야율융서의 눈치를 살피며 말했다.

"다시 사람을 고려로 보내 무조건 송환하라고 하겠습니다."

야율융서가 더욱 미간을 찌푸리며 잠시 침묵하다가 말했다.

"그렇게 하시오."

"명을 받드옵니다."

소합탁이 대답하고 나가려는데, 야율융서가 말했다.

“그리고 다시 고려 정벌을 준비하도록 하시오! 필요한 군사들을 소집하는 데 얼마나 걸리겠소?”

소합탁이 고개를 숙이며 말했다.

“시간이 조금 걸릴 것이옵니다.”

소합탁은 야율융서가 고려 정벌을 계속 추진할 것을 예상하고 있었다. 소합탁에게 이 문제는 ‘실제 고려 정벌이 가능한가 혹은 불가능한가’가 아니었다. 자신이 황제의 총애를 계속 받으며 권력을 유지하려면 황제의 실추된 자존심에 어떤 방식으로든지 간에 보상을 해주어야 한다는 것이었다.

소합탁은 이렇게 판단했다. 황제 역시 고려 정벌이 쉽지 않다는 것을 잘 알고 있을 것이다. 그렇다면 단지 지속적으로 추진하는 모습만 보여도 황제의 자존심을 어느 정도 충족시킬 수 있다.

소합탁이 이어서 말했다.

“우리의 지배를 받는 여진 부족을 동원한다면 보다 빠르게 군사들을 모을 수 있을 것입니다.”

야율융서가 고개를 끄덕이며 말했다.

“좋은 생각이요. 실행하도록 하시오.”

야율융서는 여진 사 부족으로 조서를 보내 군사를 모집하도록 했다.

“여진은 고려와 국경을 접하고 있어 고려로부터 많은 핍박을 받아왔다. 짐이 이제 고려를 정벌하고자 하니, 여진 각 부족은 우리 대군(大軍)과 합세하여 고려 토벌을 준비하라.”

그리고 소합탁의 건의로, 임아 소박(蕭朴)을 병마도부서(兵馬都部署)로 삼아 고려 정벌을 총괄하고 준비하게 했다. 소박은 소합탁의 최측근이었다.

소박이 고려 정벌을 준비하면서 소합탁에게 은밀히 물었다.

"고려 정벌이 가능하겠습니까?"

소합탁은 대답하지 않았다.

소박이 인상을 찌푸리며 불만을 쏟아냈다.

"실패가 뻔한 일을 저에게 맡기면 어쩌자는 것입니까? 또 그 책임을 어떻게 지라는 것입니까?"

소합탁이 미미하게 웃으며 작은 목소리로 말했다.

"고려 정벌을 추진하는 것만으로도 폐하의 뜻에 맞추는 것이지. 만일 정벌에 실패한다고 하더라도, 폐하는 자기 뜻에 맞추어 어려운 일에 나서주었다고 생각하여 자네를 더욱 총애할 것이라네."

얼마 후, 소박이 야율융서에게 보고했다.

"군사들의 숫자는 꾸준히 채우고 있으나, 말이 너무 부족합니다."

몇 년 전, 고려 정벌을 위해 각 부족에서 말을 징발하다가 반란이 일어나 수년 동안 고생했었다. 야율융서가 고심하는데, 소합탁이 조용히 제안했다.

"한족들의 말을 징발하는 것이 어떻겠습니까?"

한족들이 큰 불만을 갖겠지만 유목을 업으로 하는 다른 부족들처럼 반란을 일으키지는 않을 것이었다. 결국 야율융서는 한족들의 말을 모아서 고려 정벌군에 지급하도록 했다.

칠월, 공부소경(工部少卿) 고응수(高應壽)를 고려로 보내, 포로를 조건 없이 송환하라고 통보했다. 시월에 고응수가 돌아와서 고려 측의 답변을 전했는데, 내용이 이러했다.

"포로로 잡은 거란 군사들은 대부분 사망했고, 살아 있는 자들은 부상이 깊거나 병이 들어 돌아가지 못합니다."

고려 쪽 태도는 명확했다. 돌려주지 않겠다는 것이었다. 야율융서는 내심 기가 막혔고 화가 났지만 당장 할 수 있는 조치가 없었다.

십이월, 고려에서 이런 내용의 문서를 보내왔다.

"토산품을 바치기 원합니다."

야율융서는 허락한다는 조서를 내렸다.

다음 해(1020년) 오월, 고려 사신 이작인(李作仁)이 토산품과 더불어 표문을 들고 왔다.

"옛 제도에 따라서 조공하겠으니, 허락해주시기를 바랍니다."

그리고 정말 반가운 사람이 같이 왔다. 바로 육 년 동안이나 고려에 억류되어 있던 야율자충이 돌아온 것이다. 야율융서는 교외까지 나가서 맞이하고는 야율자충의 손을 얼싸 잡으며 말했다.

"얼마나 고생이 많았소?"

함께 수레를 타고 돌아와서 며칠 동안 연회를 열어 위로했다. 야율자충이 책 한 권을 바쳤는데, 겉표지에 『서정집(西亭集)』이라고 쓰여 있었다.

"이것은 어떤 책이요?"

"신이 고려에 있으면서 폐하와 어버이가 그리울 때마다 틈틈이 저술한 책입니다."

야율융서는 측은한 마음이 드는 동시에 가상했다.

"그내가 고려에 오래 억류되어 있음에도 충절을 지켰으니, 앞으로 높이 쓰려고 하오."

"신은 재주가 없사오니 감히 감당할 수 없나이다."

"그대는 고려에 오래 있어서 그 사정을 잘 알 것이요. 앞으로 짐이 고려를 취하려면 어떻게 해야겠소?"

야율자충이 잠시 생각하더니 입을 열었다.

"고려왕은 어질고 그 신하들은 현명하고 민첩합니다. 고려를 취하려면 급박하게 할 수는 없습니다. 시간을 두어 변화를 기다려야 합니다."

야율융서의 얼굴색이 어두워졌다. 야율자충은 말을 꾸며서 하지 못하는 사람이다. 따라서 그의 말은 그가 본 진실이었다.

고려를 정벌하기 위해서 긴 시간이 필요하다면 외교 관계를 맺어둘 필요가 있었다. 결국 야율융서는 고려 사신에게 조공을 허락한다는 조서를 내렸다.

그 후 이 년간, 고려와 거란 사이에는 정기적으로 사신이 오갔다. 고려에서 보낸 사신단 중에는, 십이월에 거란에 도착하는 것의 규모가 가장 컸다. 야율융서의 생일을 축하하는 사신단이었다. 그리고 거란에서 보낸 사신단은 칠월에 맞춰 고려에 도착하는 것이 규모가 가장 컸다. 왕순의 생일을 축하하는 사신단이었다. 마치 전쟁 전으로 돌아간 모습이었다.

그러던 중에 동여진 사람인 금불라(黔佛羅) 등 일곱 명이 고려로 와서 거란으로부터 받은 관직 임명장과 토종말을 바쳤다.

중추사 서눌이 왕순에게 보고했다.

"거란에서 여진인들에게 관직을 주며 군사를 모집하고 있습니다."

왕순이 물었다.

"거란이 다시금 대규모로 우리를 공격할 수 있겠소?"

"군사를 모으는 데 시간이 꽤 걸릴 것입니다."

"사신단을 통해 면밀히 거란의 움직임을 파악하도록 하고, 여진인들을 계속 회유하도록 하시오."

임술년(1022년) 이월 십이일, 거란 사람인 맹류(孟流)와 연거(演擧) 등 네 명이 도망쳐 왔다. 이들은 이렇게 말했다.

"저희는 거란 상경에서 남서쪽으로 이백 리 떨어진 요주(饒州)라는 곳에 사는 사람들입니다. 그런데 이번에 군역에 충당되어 천 리 떨어진 압록강까지 오게 되었습니다. 오고 가는 길에 먹을 양식을 스스로 준비해야 했는데 보주에 도착해서 양식이 다 떨어지고 말았습니다. 그런데 식량이 제때 지급되지 않아 배고픔에 지쳐 고려로 귀순하게 되었습니다."

왕순이 중추사 서눌에게 보고를 받고 물었다.

"배고픔 때문에 귀순했다는 것이 사실일까요?"

"죄를 짓고 도망쳐 왔을 수도 있습니다. 그러나 전후 사정은 모두 사실로 판단됩니다."

구월 이십일일, 거란 사람인 수우매(首于昧)와 오어을(烏於乙) 등 열아홉 명이 투항해 왔다. 이들은 이렇게 진술했다.

"군역을 지고 각종 노동에도 동원되는데 식량을 스스로 마련해야 하니, 늘 굶주림에 시달리고 노예만도 못한 생활을 하고 있습니다. 고려에 가면 살길을 열어준다는 말을 듣고 왔습니다."

십이월 육일, 거란 사람인 불대(弗大) 등 열한 명이 투항해 왔다. 이들역시 전에 투항해 온 거란인들과 마찬가지 이유였다. 그런데 이들은 다른 정보를 가지고 왔다.

중추사 서눌이 왕순에게 보고했다.

"거란에서 보주에 물자를 비축하고 있다고 합니다."

"전쟁을 준비하고 있군요."

"여진인 세작*(細作)들의 말과도 일치합니다."

왕순은 궁궐로 한 사람을 불러들였다. 바로 강감찬이었다. 강감찬은 삼 일에 한 번씩 조회에 참여하다가, 요즘은 행사가 있을 때만 궁에 들어오고 있었다. 왕순은 건덕전으로 들어오는 강감찬을 보았다. 걸음걸이에 힘이 있는 것이 일흔다섯 된 노인 같지 않았다.

---

*   세작(細作): 간첩.

왕순이 미소 지으며 말했다.

"경은 더 젊어진 것 같습니다."

"그럴 리가 있겠습니까!"

서로 간의 인사말이 오간 후, 왕순이 말했다.

"거란이 전쟁을 준비한다고 합니다."

"오는 길에 들었습니다."

왕순이 안타까운 목소리로 말했다.

"병부상서 강민첨이 있다면 좋을 텐데…."

강민첨은 작년(1021년) 십일월에 갑자기 세상을 떠났다. 지금 총사령관을 임명해야 하는데, 강민첨이 없는 이상 누구에게 맡겨야 할지 확신이 서지 않았던 것이다.

강감찬이 말했다.

"저는 이미 너무 늙어 쓸모가 없습니다. 성상께는 좋은 신하들이 많습니다. 그들과 의논하여 처리하소서."

왕순이 입을 굳게 다물며 아무 말도 하지 않았다. 잠시 침묵이 흐른 후, 강감찬이 부드러운 표정으로 말했다.

"성상께서는 신하들의 바른말을 받아들여 좋은 정치를 펼치시려고 늘 노력하고 계십니다. 그래서 성상 곁에는 능력 있는 신하들이 많이 모여 있습니다. 그들을 믿으소서! 신이 거란군을 이길 수 있던 것도 성상께서 신을 믿어주셨기 때문입니다. 그들은 그 믿음에 보답하여 잘 해낼 것입니다."

왕순은 재추회의를 소집했다. 재추회의 결과, 문하시랑평장사 유방을 서북면행영도통(西北面行營都統)으로 임명하여 서북면으로 가서 거란군의 침공에 대비하도록 했다.

다음 해(1023년) 구월, 마침내 수만 명의 거란군이 국경을 넘어 침범해 왔다.

시월 어느 날, 야율융서는 궁 안에 설치된 무대에서 펼쳐지는 공연을 보고 있었다. 어룡만연희(魚龍曼衍戲)라는 제목의 연희였다.

무대 위에 기이하게 생긴 동물이 등장했다. 몸은 사자와 같이 황색인데, 무늬는 호랑이의 무늬였으며, 꼬리는 부채와 같이 넓게 퍼져 있었다. 무대를 돌아다니며 신명 나게 뛰놀더니, 갑자기 입에서 물을 격렬히 뿜기 시작했다. 그러더니 두 눈이 머리 위쪽으로 몰려 있는 비목어(比目魚)라는 물고기로 변했다. 비목어는 힘차게 헤엄쳤고 입으로는 안개를 내뿜었다. 그 안개는 점점 짙어져서 햇빛을 가리더니 비목어는 거대한 푸른 용으로 변했다. 길이가 팔 장(丈) 정도나 되었고 하늘로 승천할 듯이 몸을 솟구치는데 용의 비늘이 햇빛을 받아 번쩍거렸다.

"와! 용이다!"

"짝짝짝…."

사람들이 탄성을 지르고 박수를 치며 좋아했다. 야율융서 역시 박수를 치고 있는데, 소합탁이 다가와 귓속말로 말했다.

"고려 정벌군으로부터 보고입니다."

야율융서가 고개를 끄덕이자, 소합탁이 말을 이어나갔다.

"이번 달에 흥화진 동쪽 고개에서 고려군과 마주쳤는데, 낙타와 말을 많이 잃었다고 합니다."

"흠-."

야율융서는 짧은 한숨을 내쉬었다. 소합탁이 돌려 말했지만, 이번에도 패전한 것이다. 문득 고려왕들이 용의 후손임을 자처한다는 것이 생각났다.

왕순은 국자감*(國子監)에 있었다. 국자감은 광화문에서 동쪽으로 오리 정도 떨어진 곳에 있는데, 개경 시가지와 멀지 않은 곳에 있으면서도 송악산과 부흥산 자락이 만나는 곳에 자리 잡고 있어서 주위 경치가 아름답고 고요했다. 학생들이 공부하기에 좋은 환경이었다.

왕순이 국자감의 학생들을 모아놓고 말했다.

"잘 지은 시는 꽃보다도 아름답다. 짐은 거기에 더불어 빠름을 아울러 시험하고자 한다."

왕순의 말에 시종 하나가 향 하나에 불을 붙였다. 향이 타는 시간 안에 시를 지어야 하는 것이었다. 시간이 흘러 향이 사그라지자 학생들이 시를 제출했다.

왕순이 시들을 살펴보는데 한 편이 눈에 들어왔다.

옛날에는 전쟁터에서 만나

용맹을 서로 다투었네.

나는 이제 날카로운 칼날을 피했고

그대 역시 독한 수단에 지쳤네.

지금은 창과 방패를 멀리하고

서로 만나면 술과 노래를 부르세.

마땅히 천하의 울음을 그치기 위해

용과 호랑이는 싸움을 멈춘다네.

왕순이 시를 낭독한 다음, 학생들을 보며 물었다.

---

* 국자감(國子監): 고려시대 최고의 국립교육기관으로 과거 시험을 준비하는 학생들이 이곳에서 공부했다.

"이 시는 누가 지었는가?"

학생 중 하나가 나서며 말했다.

"소신이 지었나이다."

왕순이 보니 학생 이자연(李子淵)이었다. 이자연은 소성현(邵城縣: 지금의 인천광역시) 사람으로 이자연의 할아버지 이허겸(李許謙)은 김은부의 장인이었다. 이자연은 국자감 학생 중에 가장 뛰어난 사람으로 평가받고 있었다.

왕순이 이자연을 보고 미소 지으며 말했다.

"그대의 시가 나의 뜻에 꼭 맞는군."

그때 중추사 서눌이 국자감으로 들어와서 짧게 보고했다.

"승전했습니다!"

왕순이 가만히 고개를 끄덕였다.

현화사 석등: 현종은 최사위에게 명하여 부모님을 위해 현화사를 세운다. 이 사진의 석등은 개성 동쪽 현화사에 있던 것으로 일제강점기에 서울로 옮겨졌다.
지금은 국립중앙박물관에서 볼 수 있다.

에필로그

고려와 거란 간의 대규모 군사적 충돌은 이로써 종식되었다. 그러나 소규모 국경 분쟁은 계속된다.

1024년경, 고려의 병부낭중 피위종(皮渭宗)은 국경을 순시하다가, 사냥을 하고 있는 거란 장군을 보고 달려 나가 그의 목을 벤다.

1029년에는 거란에 속해 있던 발해인들이 거란의 동경에서 반란을 일으키자, 이 기회에 고려는 거란이 점거한 보주(의주)를 공격한다. 고려의 이 군사행동은 실패한다.

이즈음 개경 외곽을 둘러싼 거대한 성곽인 나성이 완성된다. 강감찬의 건의로 축조된 나성은, 개경의 방어력을 높임과 동시에 도성으로서의 위용을 보여주는 성곽이었다. 나성의 길이는 20여 킬로미터, 성벽 높이는 8미터, 성벽 위에는 행랑이 4천9백 10칸이나 지어진 장대한 규모였다.

1031년, 왕순은 40세의 나이에 사망한다. 묘호를 현종(顯宗)이라 하였으며, 개경의 서쪽 산기슭에 장사 지냈다.

그리고 이해에 우연히도 왕순, 그러니까 현종이 5월, 거란 황제 야율융서가 6월, 강감찬이 8월에 모두 삶을 마감했다.

이후, 고려와 거란은 정상적인 외교 관계를 맺게 되고 백여 년간 동아시아에는 평화가 찾아온다.

이 시기의 인물인 최충(崔沖)은 뛰어난 유학적 소양으로 후에 해동공자(海東孔子)라고 칭송받게 되는데, 자신이 모셨던 현종에 대해서 이렇게 평가했다.

"현종은 거란이 일으킨 난리를 진압하여 평화를 되찾게 하였다. 또한 뛰어난 인재를 등용하여 공정하게 나라를 다스려 민심을 안정시키니, 온 세상이 평안해지고 해마다 풍년이 들었다. 현종은 좋은 정치로 태평성대의 시대를 열었다."

고려 후기 대학자 이제현(李齊賢)은 다음과 같이 현종을 논평했다.

"현종은 무엇 하나 흠을 잡을 수 없는 분이다."

현종은 '관용의 정신'으로 백성들을 너그럽게 대함으로써 국력을 하나로 모았고, '담대한 용기'로 거란군에 맞섰다. 결국 고려에 평화와 더불어 최전성기를 가지고 오게 된다.

작은 뒷이야기

거란의 2차 침공 때(1010년), 염가칭(廉可偁)은 개경에서 고향 파주로 가다가 거란군에 잡혀 포로로 끌려간다. 그로부터 무려 45년 후인 1055년, 염가칭은 거란 현지에서 낳은 아들과 같이 거란에서 탈출하여 고려로 돌아온다.